非虚构文学 —想象一个真实的世界—

# THE WONDER TRAIL

TRUE STORIES FROM LOS ANGELES TO THE END OF THE WORLD

STEVE HELY

［美］史蒂夫·海利—著
席　坤—译

# 美洲纪行

## 从洛杉矶去往世界尽头

中国社会科学出版社

图字：01-2020-2347号
图书在版编目（CIP）数据

美洲纪行：从洛杉矶去往世界尽头 /（美）史蒂夫·海利著；席坤译. -- 北京：中国社会科学出版社，2021.4

书名原文：The Wonder Trail: True Stories from Los Angeles to the End of the World

ISBN 978-7-5203-6694-6

Ⅰ. ①美… Ⅱ. ①史… ②席… Ⅲ. ①游记—作品集—美国—现代 Ⅳ. ①I712.65

中国版本图书馆CIP数据核字(2020)第104250号



出 版 人　赵剑英
项目统筹　侯苗苗
责任编辑　侯苗苗　高雪雯
责任校对　周晓东
责任印制　王　超

出　　版　中国社会科学出版社
社　　址　北京鼓楼西大街甲 158 号
邮　　编　100720
网　　址　http://www.csspw.cn
发 行 部　010-84083685
门 市 部　010-84029450
经　　销　新华书店及其他书店

印刷装订　北京君升印刷有限公司
版　　次　2021 年 4 月第 1 版
印　　次　2021 年 4 月第 1 次印刷

开　　本　880×1230　1/32
印　　张　14
字　　数　302 千字
定　　价　69.00 元

凡购买中国社会科学出版社图书，如有质量问题请与本社营销中心联系调换
电话：010-84083683

有关一段旅程的故事，每重复一次，我就仿佛又去到那儿一回。

——胡安·庞塞·德莱昂

# 写在前面的话

## 是整个宇宙

——没错，那天当我闭上眼，我看见的是整个宇宙，跳舞的恐龙和其他动物在这幻象之中穿行。

天知道这整个宇宙为何会钻入我的脑海，它延伸至四面八方。超越星系，穿越银河，直抵我们根本无法看见的无限。我体内的每个细胞也与我眼前的星河融为一体，它们和宇宙里的其他粒子一样，最终都是要散在银河最远处的。

看到这儿，有人大概以为我这是昏头了。别担心，尽管我眼前出现了幻觉，可是当下的我仍然清楚自己身在何地 —— 当时的我正身处亚马孙雨林深处的一个村落里，准确地说，是躺在一位当地萨满巫师家的地板上，那位好心的巫师还为我支起了蚊帐。抵达萨满巫师家花了我不少工夫，我乘了差不多两个小时船，又步行了将近一个小时才到达目的地。现在想来其实有点后怕，如果当时真出了什么意外，我想想该怎么办……呃，天知道该怎么办。可能我唯一的办法便是在雨林里不断行走，直至找到有信号的地方，然后发给什么人一条短信，等待救援。

瞧我在说什么，哪儿有什么意外。我在雨林那几天从未感觉到任何不安；相反，我感到的是从未有过的安心和舒适。这种感受至今回想起来都仍觉熨帖。直到今天一闭上眼睛，我仍能看到眼前纷繁的如宇宙之境的图像，它如潮汐一般时常涌上我的心头，冲击我的视觉。不过尽管如此，我想那些事关我当时所到之地所遇之人的种种画面，总归会随着时间流逝而逐渐模糊，就如同消逝在宇宙中的尘埃一般……

# 我在这本书中讲了些什么?

这是一本游记，我在其中讲述了自己从洛杉矶一路南下行至巴塔哥尼亚的种种经历。除去我自己的所见所闻，书中也融入了其他曾前往中南美洲的探险家的故事，以及事关当地的奇闻趣事。

# 读者是谁？

即将踏上某段旅程的人。

想要旅行而不得的人。想要远行的人太多了，可我们总会被这样或那样的因素牵绊住而无法抽身，我想阅读这本书或许能够在某种程度上起到慰藉作用。

因为旅行而得到过某段愉悦回忆的人。

还有那些原本对旅行不是很感冒的人。我在旅途中经历的那些糗事一定会令你们发笑，我想这算一种还不错的消遣方式。

总而言之，我想没什么人会不喜欢这本书。

# 补充说明

这一路上，我穿越墨西哥、中美洲，以及南美洲的西部地带，我想，对于以下族群而言，这本书可能也会具有吸引力：

那些对以上地区有兴趣但不甚了解的人。

那些对中南美洲了如指掌的人。这类读者大约会对我书中的某页描述嗤之以鼻，认为我了解的不过是些皮毛罢了。

那些对拉美有模糊概念的人。

还有那些最近对阅读感兴趣的朋友，为何不从这本书开启你的阅读之旅呢？

总的来说，事实上我希望大家都能喜爱这本书。

# 差点忘了，还有青少年朋友们

我知道最近的青少年朋友们大都涉猎广泛，所以我也希望你们能喜欢这本书。书中内容对于十二三岁以上的孩子，都是可消化理解的。

# 目　录

## 第一部分　原点，洛杉矶



## 第二部分　墨西哥

## 第三部分 中美洲——危地马拉、萨尔瓦多、尼加拉瓜、哥斯达黎加以及巴拿马

## 第四部分 绕过达连地堑抵达哥伦比亚



## 第五部分 亚马孙

## 第六部分 加拉帕戈斯和玻利维亚

## 第七部分 智利和巴塔哥尼亚



## 附录

# | 第一部分 |

# 原点，洛杉矶

所谓探险或旅行，其实是我们大多数人企图书写人类历史的一种方式——沿着我们所居住的星球，独自或是与他人一起漫游。

## 事关游记

那些关于冒险的故事几乎是自人类出现起便伴随我们左右的。你或许曾经在某些纪录片里看到过法国某处岩洞石壁上的雕刻壁画——没错，就是那种线条粗犷的，以奔跑的野牛和马为主题的壁画。我打赌那些壁画一定是对当时人们某次旅行的还原。若非如此，它们也至少是作画者对于未曾成行的探险在脑海中幻想一番后最终映射出的演绎。

自两百万年前我们从东非大陆真正以人类的身份和地球产生互动之时起，有关“旅行”的故事便随之开始了。从此我们开始行走，然后在某处停靠；我们逐渐四散在地球各处，填补了各大洲的每个角落；今天，我们甚至企图将探险的步伐延伸至其他星球。这便是和我们以及地球有关的探险之旅。

当然，我这里所谓的探险故事，可不等同于那些人们习惯围在篝火边讲的惊悚故事，比如什么“铁臂人”之类。可是话又说回来，但凡你有机会能够与其他什么人围坐在篝火边，那你一定是开启了某段探险。所谓探险或旅行，其实是我们大多数人企图书写人类历史的一种方式——沿着我们所居住的星球，独自或是与他人一起漫游。

事实上，早在真正的游记以书本形式出现之前，人们就开始记载有关旅行的故事。苏美尔人在泥板上写成了史诗《吉尔伽美什》[1]，其中便记录了国王吉尔伽美什和他那位食草的伙计恩奇都前往雪松森林冒险的故事。当然了，吉尔伽美什和恩奇都[2]可并不是到雪松森林消遣游乐的，他们的目的是要杀死骇人听闻的洪巴巴[3]，好让自己名声大噪。可是话又说回来，故事进行到吉尔伽美什进入雪松森林前，似乎他早已是了不起的大人物了。根据记录在第一块泥板上的内容，早在前往雪松森林前，吉尔伽美什在乌鲁克的名声就足以让各色美女环绕周围了。这么看来，为了成名而去雪松森林探险听上去有些自相矛盾。可不管怎么说，探险仍是与这位大英雄紧密关联的一个标签。

希罗多德[4]大概算第一个为了写游记而出行的人了。据历史学家推断，希罗多德在公元15世纪前要么居住在希腊，要么就在土耳其西部。为了完成一部游记，他产生了只身穿越地中海并去往对岸的埃及转一转的打算。

---

[1] 《吉尔伽美什》（*The Epic of Gilgamesh*）是目前已发现的最早的英雄史诗，其最早版本是以楔形文字刻在几块泥板之上。《吉尔伽美什》主要讲述的是有关在苏美尔王朝时期来自美索不达米亚平原的英雄人物吉尔伽美什的英雄事迹。（本书脚注如无特殊说明，均为译者注。）

[2] 恩奇都为《吉尔伽美什》中吉尔伽美什之友，在史诗中，恩奇都被描述为是外表粗犷的野人。

[3] 洪巴巴是《吉尔伽美什》中雪松森林的守护者，是传说中的巨型树怪。

[4] 希罗多德 (Herodotus)，古希腊作家、旅行家。

说起希罗多德的游记写作技巧，其实并不复杂，在他看来，游记作家需要做的不过就是把自己感兴趣的所见所闻一股脑塞进文本中，如此一来游记便成了。希罗多德相信沿途人们对他所讲述的一切，比如，他相信中亚的蚂蚁有挖掘和搬运黄金的本事。大多数人当然是不会把掘金蚂蚁这回事儿当真的。不过倒是有些亲希罗多德派的历史学家也会煞有介事地维护希罗多德的说辞，并告诉你，住在拉达克的布罗帕人，确确实实曾从洞穴中收集到喜马拉雅土拨鼠挖出的带有金粉的泥土。可无论事实是什么，其实都不影响我们对希罗多德旅行观的认知。其实掘金蚂蚁的故事不过是在宣扬这样一种观念——“所见即所得”。希罗多德认为世界到处充斥着有趣的事物，你若有机会目睹其中的任何，并将其传播给其他人，那么便会有更多人感受到大千世界的趣味性。

关于希罗多德的观点，当时的人们是买账的。当他带着自己有关埃及的游记回到希腊后，便立即动身前往奥林匹克运动会。在那儿，他站在舞台上向着众人大声朗读他的所见所闻，并收获了人们雷鸣般的掌声。

以上这些有关人们对于希罗多德的游记反应，是由后来的希腊作家琉善所提供的。从琉善原本的语气中，人们总能或多或少感受到一种揶揄的意味。这或许就是人们所说的文人相轻吧。关于希罗多德，琉善[1]如此评价道：“几乎没有人不知道他的名字。他出现在任何地方，人们都会对他指指点点。”

[1] 琉善（Lucian），罗马帝国时代的讽刺作家及修辞学家，其名字也曾被译作“路吉阿诺斯”。

事实上，对于希罗多德凭借其所谓游记受到追捧的这件事，琉善一直耿耿于怀。出于或嫉妒或讽刺的心理，琉善写了一本《信史》[1]，书中全是一些被声称具有绝对真实性的奇幻故事，而人们把这认业为琉善对希罗多德游记的一种戏仿。在书中，琉善讲述的旅行故事要么就是他如何遭遇一条由葡萄酒交汇而成的河流，要么就是他如何登上了一座由奶酪建造而成的小岛。他还告诉人们自己到达了一个只有清晨没有夜晚的星球，那里遍地是犬面的男人，骑在飞行的橡树果子上互相打斗。

对此，琉善解释道，“这一切并非编造，我在这本书中所说的一切都是真实的。他们是我的所见所闻，以及所学，我亲身体会过这一切，他们都是真的。我完全没有编造的必要。因为没有什么事情是需要我付出额外的想象力的。事实上你需要再向远处走一点，那么你便会发现那些疯狂的、值得让人记录下来的奇闻”。

中国古代也有无数文人志士热衷于游记书写，并发展出了“游记文学”这一流派。徐霞客便是其中最有名的游记作者，他靠着为旅行途中寄宿过的当地寺院撰写寺院史来获取旅费，就这样游历了中国。除徐霞客外，“游记文学”包罗了各类有关奇闻怪见的叙事，这使整个流派都成为中国文学史上极富生命力的一条支流。因着游记文学所衍生的内容，不少人一直笃信在15世纪，中国的水手们已经抵达过旧金山沿岸的海滩，并在那附近漫无目的地游荡。

[1] 《信史》也被译作《一个真实的故事》( *True History* )。

值得一提的游记作者当然少不了意大利的鲁斯蒂谦[1]。鲁斯蒂谦在从事游记写作前原本是靠着撰写有关亚瑟王生平的故事为生的。后来鲁斯蒂谦被关入位于热那亚的一座地牢，在那儿遇见了他的狱友马可·波罗。这位狱友便成了后来著名的行者，其足迹甚至远至当时的元大都，也就是现在的北京城。

马可·波罗本人是否真的到过中国，不少学者对此是存疑的。不管事实如何，作为《马可·波罗游记》的实际执笔人，在鲁斯蒂谦看来，撰写这本游记在当时是快速获得一笔财富的绝佳机会。这次代笔的长远影响便是人们从这本游记中听说了中国这片土地。

自此，伟大的探险时代开始了。西班牙小贵族的酒鬼儿子们只身前往南美洲，在和当地人的博弈中幸运地占了上风，并自此在那里打造起了自己的金银帝国。还有一些冒险者则没这么好的运气，有的半路迷失在深不可测的丛林，由此被困在当地直至精神失常。麦哲伦作为大航海时代具有代表性的探险家，在对航行技术一无所知的情况下，乘着一艘漏水的木船开始了他的航行。在到达菲律宾后，当地的土著怀疑来者不善，便杀死了他。而同行的幸存者则凭着一路的经历成为第一批成功环游世界的人。

从此之后人们对于旅行的热情便一发不可收拾。这其中，英国人对旅行尤为热衷，这或许是因为他们生活在阴冷且沉闷的岛屿上，使他们天生对外面的世界抱有热情。第一批到达大溪地的英国人的游记便是一些关于其和当地妇女鬼混的支离破碎的叙述。

[1] 鲁斯蒂谦（Rustichello da Pisa），意大利作家，《马可·波罗游记》的执笔者。

美国学者保罗·福塞尔[1]将自大航海时代起人们因旅行而输出的各式各样文本分类整合，梳理出了一部关于英国人探险的文化史。这部关于探险的历史既回顾了那些多愁善感的贵族们的旅行，也包括了对第一次世界大战幸存者流亡历史的书写。如福赛尔所说的，英国人的探险足迹遍布热带地区、沙漠、奥克斯河的源头以及喜马拉雅山脉的巅峰。由于在外探险的英国人实在太多太多，他们经常会因为路线重合而与自己的同胞在陌生的土地相遇。比如说冒险家埃里克·纽比[2]一边游历阿富汗，一边在途中书写自己在兴都库什山脉的所见所闻，竟碰巧遇到了同是来阿富汗旅行的传奇探险家威尔弗雷德·帕特里克·塞西格爵士[3]，彼时威尔弗雷德·帕特里克·塞西格已经在当地的部落居住了一阵子。

游记类书籍在 19 世纪发展成为一种供普罗大众娱乐的文体。旅行家罗伯特·路易斯·史蒂文森[4]订购了世界上第一个睡袋，于是开启了自己的旅程，这便有了后来畅销全球的《携驴旅行记》。赫尔曼·梅尔维尔[5]记录了自己在马克萨斯与食人族的遭遇，并因此名声大噪。后来当他将志趣转向小说写作后立即走向了破产，

[1] 保罗·福塞尔（Paul Fussell，1924—2012），美国著名文学批评家及作家。作者所提到的这部作品为出版于 1980 的福赛尔的著作《出海：战争期间的英国游记文学》(*Abroad: British Literary Travelling Between the Wars*)。

[2] 埃里克·纽比（Eric Newby ，1919—2006)，英国旅行作家，其足迹遍布印度、中东、欧洲等国，最为广为人知的是其在兴都库什地区附近的旅行见闻。

[3] 威尔弗雷德·帕特里克·塞西格爵士（Sir Wilfred Patrick Thesiger），英国军官及探险家。

[4] 罗伯特·路易斯·史蒂文森（Robert Louis Stevenson，1850—1894)，苏格兰旅行作家与小说家，其游记代表作包括《化身博士》《金银岛》以及《携驴旅行记》。

[5] 赫尔曼·梅尔维尔（Herman Melville，1819—1891)，美国小说家、散文家，其最知名的作品为《白鲸》。

由此可见旅行文学在当时是多么受人欢迎的体裁。亨利·斯坦利[1]并不以撰写游记为生，游记不过是其探险的衍生品罢了。斯坦利广为人知的探险是其前往非洲寻找失踪的传教士戴维·利文斯通。在找到戴维·利文斯通后，亨利·斯坦利在沿途与非洲酋长签订了这些酋长并不怎么明白的合约，并把这些合约卖给比利时国王。因着这些合同，比利时国王一度控制了整个刚果。

以上我提到的这些旅行者都是男性，回看整个人类历史，似乎对于男性来说，停下手头的工作并开启一段旅程是相对容易的事情。女性当然也为人类旅行的历史作出了等同的贡献，甚至在某种程度上，有关于女性的旅行故事听起来更惊人和不可思议。在我本人位于洛杉矶附近的家有一个老戏院，在那儿女飞行员阿梅莉亚·埃尔哈特[2]曾经发表过公开演说，而在那次演说后不久，她便在一次航行中不幸遇难。

近些年来，女性在旅行文学这个领域扮演着越发重要的角色。也是女性，让人们逐渐意识到旅行并不只是一种物理意义上的迁移，而更表现为情绪和意志的一种位移。伊丽莎白·吉尔伯特[3]和谢丽尔·斯特雷德[4]作为杰出的女性游记作家撰写了不少受人喜

---

[1] 亨利·斯坦利（Sir Henry Morton Stanley，1841—1904），英裔美籍探险家，其最著名的经历包括前往中非寻找传教士戴维·利文斯通。

[2] 阿梅莉亚·埃尔哈特（Amelia Earhart，1897—1939）是第一位独自飞跃大西洋以及第一位获得“飞行优异十字勋章”的女飞行员，她在 1937 年飞越太平洋的航程中失踪。

[3] 伊丽莎白·吉尔伯特（Elizabeth M. Gilbert，1969— ），美国作家小说家、记者，其代表作为《美食、祈祷和爱》（*Eat, Pray and Love*）。

[4] 谢丽尔·斯特雷德（Cheryl Strayed，1968— ），美国作家，以散文写作见长，代表作为《走出荒野》（*Wild: From Lost to Found on the Pacific Crest Trail*）。

爱的游记。这些游记不仅还原了旅途见闻，更是记录了她们的情感在异乡土地的投射（除去伊丽莎白·吉尔伯特和谢丽尔·斯特拉德外，在这本书的结尾我还列出了更多优秀的女性游记作家）。

在最近的二十年左右，整个世界都处于巨大的变化之中，这变化超出我们的预期，其结果之一便是我们在世界的任何一个角落都能够不费吹灰之力地一窥万里之外的奇闻趣事。获取有关其他地域的信息比起我童年时代要容易太多，要知道在我小时候，一本《国家地理》杂志就是了解外面世界的唯一渠道了。

尽管人们获取游记的途径多了很多，但我想我仍然能够在这本书中为你们提供一些算得上有趣的东西。

我能提供些什么？我想我的立场便是我拥有的区别于其他人的视阈。这视阈不同于在尼加拉瓜安营扎寨风餐露宿的专业记者，也不同于透过镜头向观众们介绍诸如斯德哥尔摩最好吃的肉松卷在哪儿的那类旅游节目主持人，如里克·史蒂夫。我的视阈大约介于二者之间，它独属于我，其存在的意义便是以期与你们产生共鸣。

# 创作契机

离开家，一路向南，直抵西半球最边缘，这算我的夙愿。我理想中的旅行是沿着中美洲和南美洲规划一条线路，好生游览一番。促使我的计划最终成行的是一次偶发事件：一天我在离家不远的一家咖啡馆买咖啡，偶然注意到了咖啡馆墙上挂着一幅彩色地图。没错，就是那种在任何六年级学生教室里都会出现的彩色地图。地图上中美洲和南美洲大陆以平面姿态映入我的眼帘。从墨西哥到火地岛——也就是位于我家南边的地界，被压缩至墙面大小的色块，尽在眼前。就是在那一刻，脑中隐约有个声音在提示我，似乎是时候该开始旅行了。

回想起来，那幅地图很显然只是店主用来装饰店面的一个摆设。大约是为了配合店里的整体复古装修风格，那幅地图并不鲜艳夺目。它看上去像七十年代的产物，甚至透着一股古旧的气味，但对于我来说，它却无比新鲜，指向未来。

“要么就这样启程吧！”

在说服了我自己之后，便陆续告知亲朋好友这个想法，说我要南下了。

“南下？南下去哪儿？”

面对如此疑问，我总会模糊地应承几句，“说实在的我也还没想好，南边随便什么地方都行，往南一直走到底呗。穿过墨西哥、中美洲，然后再到南美洲，再然后到达麦哲伦海峡之类的地方”。

几乎没什么人否定我的旅行计划，所以我满心认为这项计划应该行得通。可是要知道在洛杉矶，人和人之间似乎有个约定俗成的规矩，那便是不轻易否定别人，即便你的想法听上去糟糕透了。

# 洛杉矶，我是属于你的

洛杉矶在我看来是个活力无限的地方。在洛杉矶，各色人等每天都做着各式各样五彩斑斓的梦，再加上这里每天都充满阳光，对不少人来说简直就如天堂一般。洛杉矶既有海滩，也有深山，可偏巧这二者并不在同一方向上，但生性随意的洛杉矶人对这种不便并不是很在乎。大多数当地人甚至懒得特意上山下海寻觅风景，他们更喜欢成群结伴一头扎进深山老林，在那儿支起帐篷，举行各式各样的狂欢节。在我看来，洛杉矶的狂欢节大概是人类历史上最热闹的一类了。

在我搬到洛杉矶前，我的一个朋友曾经这么对我说，“在洛杉矶哪怕是十足的傻瓜都有机会变成百万富翁，而且这种事情几乎每天都在发生。这就是洛杉矶。如果你骨子里就不喜欢这样的社会氛围，那么还是趁早打消来这儿的念头。如果你并不反感一夜暴富的故事，那么你会爱上这座城市的”。

朋友的这番话着实令我有些惊讶，但我笃定自己会爱上这座城市，所以还是毅然前往。后来事实证明，他说得的确没错，洛杉矶充斥着各种让人摸不着头脑的事物，可与此同时，你却仍然对它所提供的一切感到欣喜和热爱。

如果非要在洛杉矶找一个看上去气质严肃的地方，那应该就是离市政厅和市立法院不远的潘兴广场那一带了，那里沉积着有关这座城市过往的历史，可以说是洛杉矶的心脏地带。但凡你有机会看一眼潘兴广场的一座纪念碑上镌刻的碑文，你定会再次感受到这座城市诙谐随意的气质。我说的这段碑文摘录自美国记者凯里·麦克威廉姆斯在 1946 年出版的游记《加州之南》[1]，碑文的大致内容是说，一天夜里麦克威廉姆斯喝得酩酊大醉不省人事，朋友便把他送到了巴迪摩尔酒店，醒来后，他走到附近的公园散步，看到一位金发女郎将裙子提至膝盖，然后跳入公园的喷泉中，一边戏水一边高声唱着“那表情狰狞又不怀好意的老山羊哟”的歌词。目睹此情此景，这位大记者不禁发出感叹，“这便是我心之所向的城市，我坐在这里就像坐在环形看台观看马戏的观众”。

麦克威廉姆斯的这段文字将洛杉矶的城市气质恰到好处地提炼了出来，来到这儿你就像抵达了马戏乐园——真巧，我恰恰就是热爱马戏的那类人。

当然，这并不意味着洛杉矶时时刻刻都能令人感到放松和欢乐，在这儿我也时常感到无所适从甚至崩溃。我并不把这归咎于洛杉矶，我认为这完全是我自身的问题。我来自麻省，骨子里便

[1] 《加州之南》（*Southern California Country*）的作者凯里·麦克威廉姆斯（1905—1980）是来自美国的记者。麦克威廉姆斯对于加州的政治文化生活发表过大量评述，并因此著书立说。

是个较真儿的人，即便是些芝麻蒜皮的事儿都忍不住要刨根问底。这样的性子总是给我带来困扰，有时我甚至认为这是一种无法摆脱的诅咒。仔细想来，我从未从自己这样的秉性中获得什么益处，相反却时时因此感到沮丧。而在洛杉矶，几乎没人愿意较真儿，整座城市充斥着一种极度悠闲的氛围，没人愿意为了什么事情表现出锱铢必较或是上纲上线的架势，人们最感兴趣的还是插科打诨地度日。荒诞和闲适是这里的主题色，离经叛道才是当地人的生存哲学。

在不少人眼中，洛杉矶就好像是一座以梦编就的城市。人们因为梦想前来此地，他们在这里扎根，在当地大量制造和贩售梦想的公司中求得一份差事。靠梦想生活，说实在的，这听上去确实有些荒谬，可这个命题在洛杉矶却成立，这里的每一个人都笃定地认为，人生不过就是靠着梦支撑的一场演出罢了，每个人都对所谓梦想有自己独特的定义，因着这样的信念，洛杉矶这座城市靠着大大小小的梦境和梦想家有了自己的形状。

如果想要一窥洛杉矶人的梦想，那些关于这座城市的电影和音乐或许是最佳通道。但事实上，这些被人理所当然地认为应该有着最疯狂想法的产业实则还是有其保守的一面，在洛杉矶，反而是房地产、科技、设计、时尚这类的产业在不断以最天马行空的方式造着梦。这些行业的从业者往往看起来得体妥帖，但一张口就能让人大跌眼镜，他们或是畅想自己打算葬身于外太空，或是有意把自己孩子的躯体想办法保存在硅同位素内，好让他们通过神经技术体验处在时空奇点的感觉。对于初来乍到的人，如果遇见这类伙计任谁都会觉得荒唐，可但凡在这儿住一阵子，你便会对如此这般的人和事见怪不怪了。在洛杉矶，如果刚认识的某个朋友告诉你他们一家的乐趣是在家自酿龙舌兰酒并且愿意分给你一些尝尝，千万别觉得古怪，因为在这儿没什么人是愿意按照常理出牌的。

在洛杉矶，你能找到任何美食，墨西哥炸玉米饼、多汁的芝士汉堡、冷榨果汁，萨尔瓦多的普普沙饼，韩式烧烤，等等。人们总是有能力不断挖掘出更多美味，每到周末总会有朋友招呼你开车一起去圣加布里埃尔或者阿罕布拉，说他们在那附近觅到了一家极其正宗的泰式料理店，或是只有在四川才能吃到的卖正宗龙抄手的小馆子。除此之外，洛杉矶还不乏大量新鲜的果蔬，在这儿，采摘人行道边果树上垂下的果子是合法的，毕竟洛杉矶的果树实在太多了。在我之前租住的房子沿途就可以随手摘到葡萄柚。除去这些常见的植物种类，在那些有小鹿和土狼出没的山里，你还见得到棕榈树和仙人掌。

对于这座由梦填满的城市，也有人表达了担忧。他们认为这些梦想的重量洛杉矶可能无法承受，有一天它们甚至会变成当地人的噩梦。归根结底，这些悲观主义者担忧的无非是那些老生常谈的问题——有人担心城市治安，有人担心干旱气候以及水资源缺乏可能会带来的威胁，还有人忧心忡忡地害怕海平面上升会吞噬山地，更有人惧怕从中美洲和南美洲蔓延至洛杉矶的种种令人不安的因素。在他们眼中，洛杉矶随时都面临着崩坏的风险。

当然了，这些末日论者仍旧是少数派，大多数洛杉矶人对于所谓灾难只会耸耸肩表示“或许吧，或许这些有可能发生，但谁知道呢”。接着他们便会告诉你，“这就好比有人在二十几岁的时候愿意读迈克·戴维斯[1]那些关于加州社会问题的文学作品，有的人在同样年纪则只对在聚会上和朋友们大谈曼森家族及《银翼杀手》感兴趣，不过是个人想法不同罢了，大可不必因为别人的某些想法给自己造成什么困扰”。然后有人可能会建议你去看看英国建筑艺术家雷纳·班纳姆的作品，要知道这位建筑师在20世纪70年代拍摄了自己在洛杉矶自驾旅程上目击的种种，向他的英国同胞展示了洛杉矶的一切是多么美妙。或者琼·狄迪恩[2]也不错，他们会告诉你这位女记者是如何放大洛杉矶的种种看似令人担忧的状况，把这一切写成电影脚本，再用赚来的钱跑到夏威夷享受人生的。可讽刺的是，她电影里所描述的那些令人揪心的状况事实上从未在洛杉矶发生过。总而言之，在大部分洛杉矶人看来，杞人忧天实在没什么必要。

英国画家大卫·霍克尼在1963年来到洛杉矶，关于洛杉矶他说过这么一段话，“我刚到这儿的时候，谁都不认识，这里对我而言是个完全陌生且庞大的城市。尽管如此，在到达这儿的一个星期里，我居然能够完成一箩筐事情——我拿到了驾驶执照，买了车，开车到拉斯维加斯然后还在那儿赢了些钱，回来我给自己弄了个画室开始创作。在洛杉矶，任何看似烦琐的事情用一周时间

[1] 迈克·戴维斯（1940— ），美国社会活动家、作家。
[2] 琼·狄迪恩（1934— ），美国小说家，代表作包括《蓝夜》《散漫地步向伯利恒》《奇想之年》等，狄迪恩的作品大多以加州为创作背景。

竟然就可以全部完成，这恰恰符合我对洛杉矶的想象”。我曾把霍克尼的这段话讲给我在纽约的一位女性朋友，当时我的这位朋友带着些许傲慢的神情回应，“老天，怎么每个从洛杉矶过来的家伙都要把这个故事讲一遍”。看得出，当时她对洛杉矶的生活模式并不感冒。几年后我听说她竟然搬到了洛杉矶，供职于一家电动汽车公司，这家公司一直计划着能够依靠一种穿越时空的超级管道将洛杉矶和旧金山连接起来，我可真好奇这种超级管道到底是什么模样。

## 半梦半醒

当然，在这里必须说明，我个人并不完全反对那些对洛杉矶的未来持悲观态度者的意见，甚至某些层面上我和他们同属一个阵营。在我眼里，洛杉矶可能面临的灾难甚至要比末日论者所担忧的状况还要糟糕，这些令人深感不安的情绪实际上早已在洛杉矶蔓延开来。当地新闻每日都在提示着这座城市正经受的考验，内容不外乎什么火灾、谋杀、帮派争斗、民众不满情绪高涨，以及城市治安管理系统不堪重负，等等。但凡你有机会驱车前往洛杉矶县的棕榈泉和兰卡斯特这样的城市，你都会更加切实地感受到新闻中整日滚动播出的令人沮丧的场景。要知道，无论是棕榈泉还是兰卡斯特都曾经依靠各种华丽的宣传语企图吸引投资客。拿棕榈泉来说，提起它估计不少人的第一反应就是类似这片土地是如何与棕榈叶轮廓相似的台词。而事实上，如今棕榈泉的很大一部分地块早就因干旱而乏人问津，继而野狗肆虐。再向前开到莫哈韦沙漠一带，眼前所见更加荒凉。虽说这片沙漠属联邦政府管辖，但政府似乎早就不愿多花心思来改善这里的环境，任由那些整日无所事事的人开着越野摩托在沙滩上撒野。这片荒滩存在的唯一意义，似乎就是供军队建造一些模拟伊拉克的城镇建筑，好用作军事演习。

有一段时间我对飞钓很感兴趣，特意跟着一位朋友学习飞钓技术。我自然很享受学习的过程，可总结下来，我从这项兴趣爱好中切实了解到的知识与钓鱼本身无关，更多的是关于洛杉矶水资源匮乏的事实。此前我还从未感受到要从洛杉矶附近觅得一条小河是多么困难的事情。学习飞钓使我意识到，我们必须驱车到距离洛杉矶市区 266 英里以外的地方才能到达最近的一条可钓河。要知道，洛杉矶的水源远不够供养生活在这里的 380 万人，更别提要浇灌每家每户院子里的葡萄柚树或是填满泳池了。因为极度干燥，洛杉矶形成了一种“沙漠文化”，并催生出了一种城市礼仪——但凡你去参加任何一个重要的会面，对方多半会先递上一瓶水以示尊重。这一点和一些沙漠部落所遵从的礼仪非常相似，大约是因为在干旱的地方，水便成了权力和地位的象征。几百年前，洛杉矶的统治者就对水的重要性了然于心，这就是为什么在那条我们跋涉了 266 英里才抵达的小河沟的岸边能看到这样的英文字样——“此处为洛杉矶水力部所有”。在几百年前，或是通过购买，或者只是趁人不备，当时的统治者占有了附近的水资源，他们抽干湖泊，排空山谷，铺设水泵，绕过数英里丘陵和山脉，借由大型混凝土导水管将水源引入了如今的洛杉矶市。

说到这儿，我大概已经明确自己的立场了。自始至终，我想表达的并不是诸如“灾难马上要席卷洛杉矶”这样的论调，我认为对于洛杉矶来说，灾难已经发生，并且我们每一个人都身处其中——没错，我想用“灾难”二字形容我们所遭受的一切并不过分。可即便这样，仍有络绎不绝的人来到这里，并渴望在此度过余生。或许洛杉矶的确将面临某种我们称为“厄运”的东西，可我并不认为我们能够有什么办法预测或是阻止这种厄运的发生。如果灾难当真降临，那么多半会毫无防备地突袭，那感觉就像我们突然从梦中惊醒，徒然感到一切戛然而止。

## 过往轨迹

在搬到洛杉矶之前，我在纽约生活过一段时间。由于那时纽约的地价还没有涨到如今这般寸土寸金的地步，所以即便刚刚从学校毕业的我，也还是能够负担得起住在曼哈顿岛这样的地方。如果用一个词来形容住在曼哈顿的日子，那大概便是“五光十色”最为贴切。曼哈顿的每一条马路都各具风情，在每个街区都不乏各式各样的酒吧。你常能看到这里的年轻人在周六下午便开始穿梭于各个酒吧之间，直到周日早上才结束聚会，然后四散到城市的各个角落。除去这群夜行动物，纽约周日的清晨也属于早起的人们，这些人多半会在街角的哪一家咖啡厅悠闲地喝着咖啡聊着天，用餐回去的路上或许还会顺便在沿路便利店买一些感冒药片和卷筒纸。一路上运气好的话，说不定还可以偶遇在遛狗的朱丽安·摩尔[1]。

几乎所有住在纽约的人都不会质疑这座城市所能带来的精彩。

---

[1] 朱丽安·摩尔（1960— ），美国知名女演员，代表作品包括《时时刻刻》《不羁夜》《汉尼拔》等。

但当我再次回到纽约时，我发现自己对纽约的感情似乎有一些改变。纽约精彩依旧，可对我来说，它变得越来越像一个有着自己运行体系的大型主题公园，面对这个主题公园，我有些不知所措。当然，仍然有很多人一如既往地被它吸引，也有人在买票入场后或是觉得公园景色不如预期，或是在游览后感到走这一遭并不值回票价，而心生怨气。还有一些人大约只是想觅一个适宜居住的地方，可这个叫作纽约的大型主题公园在他们眼中除了不间断的喧闹的欢乐大游行，别无其他了。

尽管纽约不再是我心中最理想的居住地，可但凡有人问起我"纽约和洛杉矶，你更喜欢哪一个？"之类的问题，我仍会毫不犹豫地说"两个都不错"。当然了，我并不热衷于作详细的比较，那意味着一场无趣对话的开始，意味着我要再一次重复那些我自己都说腻了的有关我居住经验的种种。

事实上，和我本身渊源最深的城市既不是洛杉矶也不是纽约。我说过，我出生在麻省。所以，但凡在我遭遇到比较纽约和洛杉矶之类的话题时，我总会在合适的当口提及我的家乡事实上是波士顿。可我一提起波士顿，麻烦又来了。因为不少美国人会把波士顿认定为一个充斥着抢劫犯和带有爱尔兰口音的酒鬼的地方，而事实上我生活在波士顿美丽而静谧的城郊。但话又说回来，那儿的确有不少来自爱尔兰的酒鬼。

波士顿有着一股极强的本土凝聚力和好战精神，从这一方面看，这座城市倒是和某些土著部落极为相似。如果你有机会读一读波士顿体育史的话，你会惊讶于这些历史叙事与爱尔兰人口中那些英雄故事的套路何其相似——故事的主线无非是当年某个白人英雄靠着勇士精神克服了当地多年来的自然灾害继而获得某些成就。说来更巧的是，甚至是波士顿历史上最伟大的黑人运动员的姓氏也烙印着爱尔兰印迹，没错，我说的这位运动员正是比尔·罗素[1]。爱尔兰带给波士顿的另外一层影响和爱尔兰天主教有关，该教教义主张忏悔精神、自怜和本我强化意识。当这种教义和波士顿的各色人等杂糅在一起后，它所崇尚的精神似乎有了各式各样不同的演绎版本，这使我们很难用哪个词汇来准确描述这个城市所承载的精神特质。

除了爱尔兰天主教，说起波士顿的城市起源，也不得不提到清教徒。在17世纪，随着一支由英国清教徒组成的船队在如今的萨兰姆靠岸登陆，波士顿的历史就此展开。这些清教徒宣称自己带着上帝旨意于此建立圣城，并受命将《圣经》翻译为阿尔贡金部族也就是当地原住民的语言。之后这些清教徒的子孙承续着父辈使命，在波士顿这片土地上开枝散叶。经过一代又一代，波士顿有了各式各样的工厂，开始因着鲸鱼捕捞业逐渐繁荣。这些造就了这座城市的功臣的名字被刻在了哈佛大学宿舍楼的后墙上，而他们怕是无论如何也想不到自己的后代竟会在将来无所顾忌地背离他们当年恪守的信条。这些后辈便是文学故事中“垮掉的一代”，他们在精神状态和信念上与自己勤奋的祖辈形成了无声

[1] 比尔·罗素（Bill Russell，1934— ），也译作“比尔·拉塞尔”，其为波士顿凯尔特人队在五六十年代的中坚力量。比尔·罗素的英文姓氏为Russell，该姓氏为盎格鲁－诺曼血统姓氏，后传播至爱尔兰、苏格兰以及威尔士地区，被当地人使用。

对峙。

总而言之，受到清教徒传统和“垮掉一代”的共同影响，现如今的波士顿人在我看来有着极强的自我意识。这种自我意识有时候表现为一种过度自信，正是这种自信维系着当地人和波士顿之间的感情。这么说吧，在我还年轻的时候曾读到过《波士顿环球报》的报道，内容大概是说时任新罕布什尔最高法院的大法官戴维·苏特在波士顿的公共花园散步，他惊叹于这座城市的风情而发表评论说：“有了波士顿，我们还要巴黎做什么呢？”当时无数波士顿的读者都对苏特这番评论大为赞赏，认为其道出了他们共同的心声。波士顿人的确就是这样以自己的城市为傲的，当他们将其比作“宇宙的中心”或是“美国的雅典”时，有些人可能以为他们不过是在打趣罢了，而事实上这是每个波士顿人内心的真实想法。甚至在将波士顿与雅典作类比时，当地人都唯恐这个比喻会使雅典的风头盖过波士顿，于是总会补充道，“最近的雅典实在是有些乱，我们住在波士顿，又何必费心到那儿去呢”。

新英格兰气候冷峻，地势崎岖，就这两点来说，绝对算不上宜居之地。每到夏日，潮湿阴郁的天气几乎能持续几周，但凡有任何变化，多半也是令人感到更加沮丧的倾盆大雨。这么看来，上帝似乎对这片土地并无垂青之意，可这也恰恰解释了天主教徒和清教徒对新英格兰的执念。在他们看来，上帝就仿佛是一个严格的教练，他指派他们来到这片清冷之地是一种试炼，也恰恰代表了上帝的眷顾。当然，若非这些令人不快的天气，新英格兰的确是分外可爱的。五月和十月是这里晴天最多的月份，阳光普照下的新英格兰几乎让人挑不出毛病。但总体而言，这些偶发的好天气就仿佛是偶尔为长期吃着冷西兰花过活的人送上一颗巧克力马卡龙。可即便这巧克力马卡龙来自全世界最好的西饼店，又如何能抵消他们长久以来所忍受的折磨呢？

相较于波士顿的阴霾，加州的阳光又实在是充足得有些过分了，刚到加州时我甚至觉得这一切来得太不真实。

加州几乎和“阴天”二字扯不上半点关系，即便偶尔下雨，也不过是雷阵雨罢了。由于雨水太稀有，人们并不会反感雨天，反而会因雨水的到来而备感欣喜。这些似乎都能够洗尽悬浮在空气中的尘埃，使整个世界看起来更加透亮，雨后，你甚至能透过加州的群山眺望到卡塔里那岛。

加州和波士顿的不同不仅在于气候，更在于两地居民的生活状态。在新英格兰，几乎人人都挂着一副郁郁寡欢的神色。身处这种无论冬夏都极为阴郁的环境中，没人提得起精神对生活抱有太大的热情。在新英格兰，人们自我娱乐的方式无非就是在不下雨的日子四处散散步。

那么加利福尼亚呢？又是如何一番光景呢？但凡你露出一丝郁郁寡欢的神色，你的当地朋友一定会告诉你，这绝对是你出了问题。要么是你的生活态度不够积极，要么就是你没有学会怀抱远大的理想，所以生活才会略显沉闷。对此，他们有一百种帮助你摆脱阴郁的办法。有人推荐你尝试果汁疗法好排出身体毒素，还有人企图说服你通过靠着稀奇古怪的健身法强壮身体，总之每个人都乐此不疲地向他人宣扬在他们看来能给人带来喜悦的生活方式，尽管这些想法中的大多数听上去实在有些荒唐，可这并不妨碍加州人自得其乐。至少他们在和别人畅聊的时候已经获得了快乐，又有谁会在乎这些想法到底是不是真的不切实际呢？

除此之外，对比洛杉矶人，波士顿人的行事风格要严谨得多。这一点从穿衣习惯就可见一斑，波士顿人总习惯于把大部分纽扣都扣好，而加州人则随意得多。当然我们首先要把这归咎于气候，毕竟波士顿要冷得多。此外，这更体现着波士顿人一贯的处事原则——克己，谨慎，尽量保持体面。

洛杉矶人则完全不同。在洛杉矶，几乎人人都抱有一套自己的主张，所以企图改变他人想法这类行为实际上是有些让人感到冒犯的。打个比方，即便你认为相较于公立学校校长，成人节目主播这样的职位很显然是不那么受人尊敬的，但在洛杉矶你也最好不要公开表达这样的想法，否则会有无数人跳出来批评你不应该指摘任何一种生活方式。这听上去有些夸张，但事实上洛杉矶人就是这样。这大概和这座城市的内在气质有关，这里的人们显得更加包容，他们时刻准备敞开怀抱接纳生活中各种可能的变数。我想，这是一种骨子里的对于世事都持有谦卑态度的处事原则。正是这种开放性使洛杉矶受到各色人等的喜爱，对于这种过于兼容并包的人文环境，严谨的新英格兰人可能会稍稍有些摸不着头脑。

或许是洛杉矶人总是表现出对一切都乐于接纳的态度，我曾经不止一次听到来自其他城市的朋友形容当地人无论说什么做什么都像在演戏一样，让人难辨真伪，甚至觉得有些“假”。某种程度上，有这种看法也无可厚非。就像我刚才提到的，很多洛杉矶人赖以生存的基础便是兜售一些不真实的梦想，这决定了他们必须要为此展现出略带浮夸的演技。在这里，每个人几乎都在为了或大或小的事情进行着表演，这是每个人参与到社会生活中的傍身之技。在洛杉矶生活，每个人就仿佛身处一出大型真人秀里，现实和虚拟的边界看起来并不那么明确。

对于有些人用“假”这个字形容洛杉矶当地人，我倒觉得这种所谓“假”事实上代表着一种礼貌的气质。要知道，洛杉矶就像一个梦工厂一般，每天都有成千上万的人为了那些他们口中“最伟大”“最有创意”的想法忙活着。可这些数以万计的伟大创意中的绝大多数，最终都经由事实证明是多么贻笑大方。即便如此，洛杉矶人也不会对这些失败的项目横加指责，他们大多数会不置可否地耸耸肩，然后继续任由其他“更伟大、更有创意”的想法在这座城市生根发芽。至于结果，他们并不抱有太高的期望。在洛杉矶，大约 10000 个创业者中只有 1 个会最终做出些什么来。对了，千万别相信你周围那些号称是神算子的人，他们会向你打包票，说自己能够预测谁谁谁能够最终成功。要知道在洛杉矶，不靠谱的事儿实在太多，这些“神算子”也是这些“不靠谱”的一部分。也正是因为这种不靠谱，人们定义成功的标准就宽松了很多。即便你做了 100 个错误决定，可但凡你能够做出 101 个正确决定，那么所有人都会认为你是个天才。甚至但凡你能够做出 1 个正确决定，说不定人们都会觉得你是个了不起的家伙。有些人不知道失误了多少次，可就凭着 1 次不太糟的决策，就赚得盆满钵满然后到奥哈伊安度晚年了。这样的例子在洛杉矶可实在太多了。

总而言之，洛杉矶人似乎怀有一种共同的默契，那便是对万事万物都保持热情和包容。如果你对此感到不解，当地人则会反问你："我们有什么理由不这么做呢？"接着他们会解释这背后的动机，"比如说有人兴冲冲地告诉你自己产生了一个惊世骇俗的好主意，尽管这主意听上去实在是太离谱了，但如果你对其表示质疑，下场要么就是这位朋友因为你的质疑而感到颜面尽失继而愤然离席，要么所有人都陷入尴尬，你说你这又是何必呢？还不如在一开始说上一句'这主意听上去真不错'，和气一点儿不是对谁都好嘛？！"正是秉持这样的态度，在洛杉矶你很难听到人与人之间相互质疑。或许有人会把这种行事风格解读为"怕事"心理。我可不这么想，我更愿意把这看作单纯对他人努力及创意的正向鼓励。也许正是因为这种氛围，才有更多人前赴后继地追寻着那些看似飘缈的宏大理想，尽管这些宏大理想有时看上去可真不怎么样。

## 躁动的心

至于为什么我总是对外面的世界分外渴望，我自己也解释不清楚。

我在洛杉矶的生活总体来说算是安逸的，我的正职工作是电视编剧。或许你听说过我的作品，比如《办公室》(*The Office*)、《美国老爸》(*American Dad*)。做电视编剧的人对“季中休息”并不陌生。除了编剧，那些各式各样真真假假的所谓艺术家、演员、制作人也会享受季中休息的福利。季中休息是指某档电视剧在播出一段时间后会断档两到三个月的时间——这往往会引发观众的不满，可与此同时，断档也会引发观众对剧集后半部分的高度期待。这么一来“季中休息”成了刺激收视率的一剂良药，所以电视台总是乐得安排季中休息，作为编剧的我便顺理成章有了不少假期。

在 27 岁的时候，利用那一年的“季中休息”，我靠着乘船和火车进行了一次环球旅行。和我同时开启环游之旅的还有一位我的同行朋友——瓦利·钱德拉塞卡兰[1]，或许你们曾听说过我这位朋友的名字，没错，他是位知名编剧。瓦利曾经因为名望带来的种种而深陷苦恼，为了想个办法让他好过一点，我提出和他来一场环球旅行比赛来短暂地逃离那些烦心事儿。我们说好同时从洛杉矶出发，我向西走，瓦利向东走，率先完成环球旅行的人能够从对方那儿获得一瓶要价不菲的苏格兰威士忌。这场比赛唯一需要遵守的规则是“飞行禁止”。

我和瓦利后来把旅行发生的事情全部记录在《荒谬竞赛》(*The Ridiculous Race*)这本书中。对我个人来说，这次环球旅行绝对是不可多得的经历：我在阿留申火山岛附近乘货船出海，在甲板上看鲸鱼从水面跃出，还和一位美丽的翻译以及两个司机师傅一道完成横穿中国的公路之旅。中国下一站是蒙古国，在那儿我和一户游牧人家住在一起，然后我乘坐横贯西伯利亚的火车穿越森林抵达莫斯科，再然后前往瑞典和当地的名流聚会。我也拜访了在意大利的远亲，在巴黎品尝了美食，接着乘坐玛丽皇后号从南安普顿航行至纽约，最终和一辆卡车司机一起长途跋涉返回洛杉矶。

我原以为这次长途旅行能够多少抑制我长久以来躁动不安的心绪，可事实上并没有，我仍然想要前往远方。在那以后，我还去了不少有趣的地方，包括古巴、越南、印度、迪拜、得克萨斯等。可我仍旧不满足，住在我内心深处的那只对外面世界着迷的野兽从未被真正驯服过。

[1] 作者提到的其好友瓦利·钱德拉塞卡兰(Vali Chandrasekaran)同为美国知名编剧，其代表作为《摩登家庭》(*Modern Family*)。

在完成一次旅行后，我的脑中会蹦出更多关于下一次旅行的想法。当然喜爱旅行并不意味着我对于工作产生了倦怠情绪，我热爱我的工作，并且乐在其中，不过这和我对远游的渴望并不冲突，我一度对类似毛里求斯群岛、马里或密克罗尼西亚的地方深深着迷。从基因角度解释，像我这样过于躁动并总是渴望远行的人或许会被归类进某种症候群。在我看来，几乎每个美国人都或多或少带有这样的基因。

而最近这段时间，令我为之躁动不已的目的地是加州以南的地界。

不仅是我，我想大多数人都有过类似经历。我们常常会为远方的某处风景魂牵梦绕，却最终因为各式各样的原因搁置自己的旅行计划，到最后彻底把最初的打算抛诸脑后。当然对大多数人而言，他们也并不会为未成行的旅行而沮丧，生活仍然按照原先的轨迹前进，并不减丝毫乐趣。可是对我来说，左思右想也没有什么了不得的理由好让我搁置我的南下计划。在这个想法生发之时，我恰好有三个月的季中休息。除此之外，作为一个 34 岁的单身汉，我也没有什么家庭上的牵绊。这对于热爱旅行的我绝对是一次绝佳机会。如此一来，我打定主意要趁着这三个月再次上路，前往南方。

## 奇妙旅程

此次旅行的终极目标是位于智利南部火地岛的威廉斯港(Puerto Williams)，大多数人都认定那是地球最南端的城市。当然除了威廉斯港，我中途还会在一些中南美洲的其他城市停留一阵。

最开始我是打算自驾游的：租一辆旧皮卡或者其他什么车子，一路沿着泛美洲飞驰。但仔细盘算的话，如果单靠我自己这样一路开，那么即便日夜兼程，三个月的时间大概也不够我到达威廉斯港。更别提这一路上我要经过位于哥伦比亚和巴拿马交界的达连隘口，这意味着我需要穿越长达 80 英里的沼泽森林地带。但凡遇上诸如车子爆缸这类问题，以我的一己之力我想是根本搞不定的。更别提我甚至还需要弄明白沿途那些只有西班牙语名字的停车场，想来自驾的困难实在太多了。

在中南美洲完全依赖火车也是不现实的，这里的火车网络本就算不上发达，为数不多的火车主要用于运输煤炭和硝酸盐，而非乘客。所以这一回，我可没办法再做什么“飞行禁止”的保证。

此行我的旅行愿望清单如下：

□ 墨西哥南部的玛雅村落

□ 玛雅古城废墟

□ 景色优美的瀑布（至少一处）

□ 中美洲的火山

□ 品尝世界上最好的咖啡

□ 巴拿马运河

□ 体验中南美洲的复活节

□ 亚马孙雨林

□ 马丘比丘

□ 加拉帕戈斯群岛

□ 安第斯山脉

□ 的的喀喀湖

□ 位于智利的阿塔卡马沙漠

对了，还有巴塔哥尼亚，我想去看看那儿荒芜的平原，参差不齐的群山和迷人的海岸线。这么一来，我的这份清单几乎包括了从洛杉矶到地球最南端的大部分绝妙风景。

不过三个月的时间并不长，愿望归愿望，我清楚地明白风景是看不尽的。而且在我沿途的必经之地巴拿马有个岔路口，这决定了我只能选一条路向前。我的选择是西边那条线路。这也就意味着我不得不错过巴西、阿根廷、乌拉圭、委内瑞拉、苏里南、圭亚那这些地方。对此我是有些遗憾的，要知道我老早就盼着到苏里南去看看那儿的蟾蜍。对了，我还必须跳过伯利兹，也就是旧时的英属洪都拉斯。

在决定了从西线行进后，我开始着手制订旅行计划。我首先规划了自己在复活节到来时需要完成的旅行任务，再然后仔细为穿越达连地堑做了攻略，因为达连地堑是此行最艰险和崎岖的一段路途。

除此之外我不打算再做过多的准备，因为依照我的经验，即便你认为自己准备万全，也断然做不到万无一失。索性先出发，剩下的便是见招拆招了。

## 《致向往城市奇观与旅行奇遇者的赠礼》

如果有机会为我的这本书换个名字，那么我想或许《致向往城市奇观与旅行奇遇者的赠礼》是个合适的选择。需要说明的是，这并非我原创，它事实上是旅行家伊本·白图泰为自己的游记所取的题目。伊本·白图泰的游记完成于1355年，记录了其游历各国的奇闻逸事。说起伊本·白图泰[1]，他应该是在麦哲伦之前完成近乎环球旅行的第一人。他在21岁时离开摩洛哥启程前往麦加圣城，此后便开启了长达24年左右的漫游。

四年间，伊本抵达了中国、越南和马来西亚。根据他的记录，他曾几次到达过撒哈拉沙漠，还有人说他甚至到过俄罗斯。伊本在这一路上结过三次婚，在马尔代夫的天堂岛上，他险些被奥马尔国王取了性命，可谁知道后来伊本不知用什么法子让奥马尔的

[1] 伊本·白图泰（1304—1377），出生于摩洛哥，是举世闻名的旅行家及学者，其朝圣之路途径各国的见闻被详细记录在《伊本·白图泰游记》中。最初伊本·白图泰为游记定名为《致向往城市奇观与旅行奇遇者的赠礼》（*A Gift to Those Who Contemplate the Wonders of Cities and the Marvels of Traveling*），后或因该题目读来略拗口（该题目也被译作“目中珍品，他乡异事，远游奇观”），人们普遍把这本书叫作“Ibn Battuta's *Rihla*”，中文译作“伊本·白图泰游记”。

态度发生了一百八十度大转变，奥马尔不仅任命伊本做了当地的大法官，甚至还把自己最漂亮的妹妹嫁给了他。伊本是个不折不扣的穆斯林，所以对于其旅行沿途时常遭遇裸女这件事，他总是感到困扰，并在游记中发出抱怨。然而从伊本的叙述中我们不难发现，伊本能做的也只是发发牢骚而已，对于那些不穿衣服的当地女性，他根本无计可施。

因着伊本的游记，我在启程前就对此次南下之旅抱有无限期待。我当然知道伊本所经历的种种并不会在我旅程中一一重现，可是即便真有一些奇怪甚或诡异的遭遇，我也会欣然接受。

说实在的，尽管我很中意伊本游记的题目，可我并不觉得自己的游记能完全够格成为类似的“礼物”。我自己自然也不是能够和伊本比肩的人物。在我看来，伊本的一生绝对算得上是令人钦羡的那一种。但话说回来，我并不否认在不少人看来，我的人生经历也不坏。首先，我从小便接受到良好的教育，长大后能够按照自己的意愿追求梦想，并且还在自己感兴趣的领域小有成就。我尚且年轻，是个健康的美国青年，并且还拥有一份不错的工作。因着所有这一切，我能够依着自己的心愿计划并且将我的南下之旅付诸实践。当然，在这儿我并非想要炫耀什么，对于我所拥有的一切，只觉得是上天眷顾，并为此心怀感激。

仔细想来，我看似不错的人生并非由于我自身有多出众或多特别，我认为这在很大程度上应该归结为运气。要知道我们所生活的世界充满意外，很多时候一件事情的成功或失败常常是由所谓“运气”决定的，至少在我所生活的西半球，我时常能感觉到运气是如何在不知不觉中左右着我们的人生——交好运和不走运在每个人的人生中交替上演。我自然不可能全然了解每个人在生活中是如何面对所谓命运的不公的，也许恰恰是随机的运气代表着世界运行的真实面貌。尽管我并不能操控运气，可我认为但凡你能交到什么好运，那么尝试着将自己的经历分享给他人或许是能够延续这种好运的最好办法。没错，分享便是我书写这本游记的初衷。我期待将沿途那些有用或是有趣的信息分享给远方的你们，并且希望你们能够喜欢。

## 如此这般……

几件衬衣、一些换洗的袜子和内衣裤、一个急救箱、止泻药、几本供我一路上消遣的书，这便是我的全部行李。哦对了，还有香烟，在旅行中带一些香烟在我看来必不可少，因为抽烟恐怕是帮助你和陌生人开启对话的最自然的方式了。我把以上这些东西统统塞进我的双肩背包。如此这般，我便正式启程了。我的第一站是墨西哥。

# | 第二部分 |

# 墨西哥

每当夜幕降临之时，整座城市就躁动起来——每幢建筑内似乎都释放出热气和噪声，这和室外从山间吹来的凉风形成了微妙对比。人们趁着夜色展开了与白天不同的生活状态，街头上有骑着自行车匆匆赶往某个集会的妙龄女士，也有聚在一起放浪形骸的年轻学生。夜色中有人选择喧嚣，有人选择沉寂。事实上，入夜的墨西哥城和世界上大多数大都市一样，都换上了另外一副面孔。酒吧里的调酒师忙着调制辛辣的烈酒，年轻人在酒精的催化下显得越发狂野，整座城市都散发出一种暧昧的气息。

# 浑噩的西语学习历程

在旅行开始前，我报名了比弗利山庄语言学院的为期8周的西语课程。说实话，语言班明晃晃的白炽灯，还有讲台上总是一副大汗淋漓模样的老师，让我感到十分不自在，我总是因此想起有关自己学生时代种种无聊甚至是不愉快的场景。因着这份不自在，我几乎翘掉了一半语言班的课程。

为了弥补因翘课而落下的知识点以及自己的愧疚心理，我从手机上下载了一个叫作“多邻国”的语言学习应用程序进行自学。这个软件是通过类似游戏的方式推进语言学习过程的。具体来说，打开应用程序后会出现一只扮演学习督促者角色的卡通小鸟。若你出色地完成了学习任务，小鸟会展露出满意的神情，若你连续太多天都没有上线学习，小鸟则会面露不悦。若你太久不上线，小鸟甚至会哭泣，然后程序会让它呈现越来越伤心和憔悴的样子。由于实在看不下去小鸟一天天变得难过，而我确实也没有坚持在线学习的毅力，我的“多邻国”学习计划也就这么半途而废了。

不过我倒是一点都不慌张。我一直认为将自己置于当地的语言环境中才是学习一门外语的最佳途径。一旦抵达圣克里斯托瓦尔还有麦德林这样的西语环境中，我一定能够很自然地用西语和当地人沟通 —— 如此这般，我顺利地说服了自己把西语课程学习暂时抛到脑后，再凭借对浸润式学习的盲目自信，我为自己的懒惰找到了借口。

就这样，怀揣着自信我只身一人前往洛杉矶国际机场，登上了前往墨西哥城的航班，我心里用西语对自己默念，“一个人，目的地 —— 墨西哥城”。

飞机上坐在我旁边一排的是一对父子。那位父亲看上去神色淡然但却稍显疲惫，边上的小男孩用尽力气从座位上向前倾，他想透过窗子向机舱外张望。男孩患有唐氏综合征，不过看得出他是个讨人喜欢的孩子，而他的父亲脸上写满了对他的爱。这位父亲是我看过的最温柔、最富有耐心的家长，当男孩儿忽然兴奋起来的时候，他能够以温和淡然的口吻安抚孩子，从头到尾也没有表现出任何烦躁不安的情绪。

此情此景，令我动容。我闭上眼睛，倾听那位父亲一句句温和的安抚，那声音令人感到温暖惬意。可忽然之间我意识到父亲对儿子讲的是西班牙语，二人对话的具体内容我几乎听不明白。我一下子陷入了恐慌。

“天呐，这可怎么办。我眼前只是一个八岁左右的孩子，他说什么我都听不懂，可怎么指望能够和讲西语的成年人对话。老天啊” —— 我暗自思忖。

不过唯一值得庆幸的是，此行我在墨西哥并不会逗留太久，所以我那三脚猫功夫的西语想来不会在整个旅途中困扰我太长时间。

# 令人不安的墨西哥北端

世界上那些最出彩的随笔记录，最好的小说以及听来最骇人听闻的新闻报道多半都是以墨西哥北部的边界线为其背景。科马克·麦卡锡[1]、罗贝托·波拉尼奥[2]、查尔斯·鲍登[3]、唐·温斯洛[4]、安布罗斯·比尔斯[5]—— 他们曾经以不同的视角书写过有关墨西哥北部或美墨边境的种种。我把以上这些作者的书写归为"硬汉写作"—— 勇士们对艰险之地的深入描写。

墨西哥绝对是个不同寻常的国家。这里干燥、炎热且充满沙尘，和安逸舒适扯不上半点关系。墨西哥最北部便是美墨边境，

---

[1] 科马克·麦卡锡（Cormac McCarthy），美国小说家，其代表作《血色子午线》（*Blood Meridian*）便是以美墨边境作为小说的地理背景。

[2] 罗贝托·波拉尼奥（Roberto Bolaño），智利小说家、诗人，代表作包括《荒野侦探》（*The Savage Detectives*）、《2666》等。

[3] 查尔斯·鲍登（Charles Bowden），美国记者及散文家。

[4] 唐·温斯洛（Don Winslow），美国推理小说家，其代表作《犬之力》（*The Cartel*），该作品以墨西哥为背景，描写了因毒品交易而引发的种种残酷争斗。

[5] 安布罗斯·比尔斯（Ambrose Bierce），美国短篇小说家、记者、诗人，其代表作包括《鹰溪桥上》（*An Occurrence at Owl Creek Bridge*）、《魔鬼词典》（*The Devil's Dictionary*）等。比尔斯 1913 年为了获取有关墨西哥内战的第一手资料前往当地，然后就此神秘失踪。

这条边境线西起圣地亚哥与蒂华纳，东至里奥格兰德河。然而它并不是自然形成，而是人为干预所致。大约在 1 万年前，在这条美墨边境线形成之前，成千上万的科曼奇人、阿帕奇人和朱曼诺人自由往来于两片大陆之间。之后，因着来自欧洲大陆不同部族之间的冲突，边境线这个概念开始显现。美墨两边在最开始都力求以最大力量吞噬靠自己最近的土地，直至不得不与对方进行正面交锋，以决定眼前土地的归属。至 1836 年，两方冲突催生了得克萨斯共和国的成立。得克萨斯共和国在当时不隶属于美墨任何一方，却和二者均有不解的渊源。成立得克萨斯共和国的这批人是当时住在墨西哥境内的美国人，这些美国民众对于墨西哥政府有着诸多不满，其中最突出的矛盾是他们反对墨西哥政府主张废除奴隶制度，而解决矛盾的方式便是成立自己的国家，即得克萨斯共和国。当然，得克萨斯共和国的成立并非易事，他们首先在阿拉莫战役[1]中失败，随后在圣哈辛托战役[2]中大胜，如此才有了成立共和国的可能。建国后，得克萨斯共和国认定自己和美国有着相似的愿景，便在 1945 年加入了美国，成为其中一个州，而那时他们笃信只要自己愿意，便可以随时离开美国，再次自立门户。有了得州的加持，美国再一次发起了对墨西哥的进攻。这一次美军一路进发至墨西哥首都，他们一路以摧枯拉朽之势破坏进

[1] 阿拉莫所在区域原属于印第安人，后在墨西哥独立战争 (1815—1821) 中被墨西哥人占领。当时的墨西哥政府对阿拉莫所在区域施行开放移民政策，于是大量美国拓荒者涌入，该地区也就是后来的得克萨斯。阿拉莫战役 (1835—1836) 为当地美国拓荒者为了捍卫土地与墨西哥军队间展开的战争。

[2] 圣哈辛托战役发生于 1836 年，其为得克萨斯在与墨西哥人的战争中取得胜利并且赢得独立的决胜战役。

攻，直至将美国国旗插到了查普尔特佩克城堡上，宣告了自己的胜利。战争胜利后，美国人以强悍的征服者之姿，要求重新划定边界。划分原则无非就是将好地方留给美国，看不上的地方就丢给墨西哥。

说到这儿请千万别误会我要通篇讲些枯燥无味的历史或是历数墨西哥的任何不是。我从始至终都认为墨西哥是个充满丰富色彩的有趣国度。此次前往，我的终极目标是要挖掘当地那些令人愉悦的景色和趣闻，对于那些令人不快的事情我不打算讲太多。

在 2008 年，我曾经利用当年一次季中休息的空当坐巴士去墨西哥城旅行。我一直想要去探访所谓“真实的墨西哥”，而那一次我确实也看到了墨西哥真实样貌中的某些部分，不过对于那些部分我个人并不中意。我去的其中一站是墨西哥北部城市华雷斯（Ciudad Juárez），当时华雷斯的市长和警察局长为了躲避当地混乱的局势甚至弃城逃跑到别处。在我到达华雷斯的那个清晨，我记得一切都是一副极端萧条的样子，街上几乎没什么人烟，也没有商店开放，不过也可能是因为我抵达之时仍是清晨，人们还没有出来活动。在 2008 年，有人告诉我华雷斯的状况有所好转，谋杀率大幅下降，城市也似乎有了一点点复苏的迹象。我没有亲自验证过这消息是否属实，如果是，那么我非常乐意再去一次华雷斯，看看那里现在究竟是什么样。

我记得在那次旅行中，沿途我总能透过巴士车窗看到穿着棉质衬衣，系着银扣皮带，戴着大草帽的当地人，除了间或向窗外打望，大部分在车上的时光我都处于昏昏欲睡的状态，而车上一直放着以西班牙语配音的美国电影《风暴突击者》。

车窗外除了干燥的沙漠还是干燥的沙漠。沿着被尘土和褐色大地裹挟的公路一直向前，途中我看到了一座监狱。我暗自思忖，无论开出什么条件，都别想让我靠近这座监狱半步，那里面一定恐怖极了。几个月后，我恰好在报纸上读到了关于该监狱内部发生暴乱的一条新闻，在暴乱中有二十人丧命。

也是在那次旅行中，我乘坐的巴士中途在一个叫亚罕玛达镇（Villa Ahumada）的地方短暂停留。当时我们的司机忽然间不发一言地走下车去，大约有一个小时还没回来。起初我以为他要处理什么事情，所以想着与其这么空等，不如下车买些吃的东西来。当我正要下车，我看到司机在远处向我比画手势，那意思大概是要我留在车上不要乱跑。由于当时我几乎不会西语，所以只能大概猜测司机的手势，是要我们待在车里别动。大约又过去了一个小时，司机先生仍然没有返回。尽管当时我略略有些焦急，但不知怎么地却睡了过去。再过一个小时，司机终于回来了。他并没有向我们说明自己到底经历了什么，只是径直发动车子向前继续进发。在那之后两周，我在一份墨西哥报纸上看到了关于亚罕玛达镇的一篇报道，上面说最近小镇被一个贩毒团伙控制，该团伙在小镇几乎进行了扫荡式的袭击。镇上警察局的所有警员都逃跑了，只剩下一群毒贩为所欲为。

之后车子差不多又开了两天，我终于抵达了墨西哥城。我曾经在那儿的墨西哥城市广场见识了斗牛比赛。那场面可真不是闹着玩儿的。墨西哥城市广场可以容纳 45000 人，活动还没开始，场子就涌入了差不多 4 成的观众。斗牛开始的时候，太阳刚要下山。墨西哥人并不把斗牛看作某种战斗，他们认为这是一种牺牲—— 它充满危险性，并且最终以牛的死亡告终。

我记得那场比赛中一共有两头公牛出场，而它们最终都被杀死了。一只是被骑在马上的斗牛士直接刺死，一只则是在被刺了无数次之后耗尽气血而死。在斗牛比赛中，如果主斗牛士技法高超，牛是可以被刺中一次后便应声倒地的。然而在我观看的比赛中，与第二只牛对峙的主斗牛士总是不能精准刺中斗牛的要害部位，以致可怜的牛被刺得满身伤，无力反击也无法靠一死求得解脱。到后来，主斗牛士逐渐丧失了信心，对于眼前的斗牛束手无策，观众也丧失了耐心，纷纷把坐垫扔向场地并发出嘘声。在长时间的对峙后，那头斗牛还是被杀死了，只不过是在被刺过无数刀之后，以令人极不自在，甚至是残忍的方式被杀死了。

总之我并不觉得当时那趟旅程有什么让我分外留恋的场景。

如果你一定要在墨西哥搜罗类似斗牛一样令人略感残忍的场景，那么你肯定不会失望而归。可我志不在此，我不是记者，无需报道些骇人听闻的见闻。我只是个喜剧作家，一个半吊子历史学家，也算是个探险爱好者，我更乐意挖掘那些令人愉悦的景色和趣闻。所以这次墨西哥之旅，我的主要目的还是探寻那些美好的事物。

我此次南行征途的第一站也就是墨西哥城了。自阿兹特克文明出现的那天起，它便从不缺乏那些疯狂而精彩的人、事、物。

# 墨西哥城一小时

如果你只有一小时游览墨西哥城的话，那么只做这一件事：去逛逛宪法广场！（我这里所说的一小时前提是从计时起你已经在宪法广场附近了，若非如此，比方说你人还在机场，那么我这个一小时的旅行计划就不作数了。）

宪法广场整体呈正方形，在广场中央常年飘扬着一面惹眼的大型墨西哥国旗。在 1847 年，随着美国人入侵墨西哥城，美国国旗也跟着抵达宪法广场。罗伯特 · E · 李和尤利西斯 · 格兰特都参与了那次战争。在从墨西哥北部得到了自己所预期的战果后，美国士兵就此打道回府。几年后，曾经参与美墨战争的退伍老兵又一次踏入战场，只不过这一次是为了南北战争。

宪法广场的北侧是一座巨大的教堂，那是墨西哥城的大都会大教堂 —— 西半球最大的教堂。教堂里的建筑结构和陈设让人叹为观止，绝对值得一游，如果你有什么亲朋好友正处于某种危险的境地中，譬如被人绑架了，那么我建议你可以在教堂里的尼诺 · 卡蒂沃神龛 (shrine of the Nino Cautivo) 前稍作停留，为他祈福。如若没有这种诉求，那么你大可不必将这一小时全花在教堂内部，我倒是觉得该多花些工夫在广场四周转一转。

如果你留心观察，会发现广场上的大教堂是座倾斜的建筑。之所以如此，是因为大教堂下原本是一大片湖泊，随着岁月变迁，大教堂本体便一点点向下沉降了。这听起来可能难以置信，但事实就是如此。大教堂附近的这片地带是多年前阿兹特克人填湖建造起来的人工岛屿，岛屿上便是其首都——特诺奇提特兰（Tenochtitlan）。在 16 世纪，特诺奇提特兰是当时全世界最大的城市，其规模是伦敦的四倍。这座属于阿兹特克人的城市曾经有着不可一世的辉煌，尽管如今我们不再常常提起“阿兹特克”了，它对很多人来说已经是十分陌生的名词。

在第一批到达特诺奇提特兰的人中，有一位叫贝尔纳尔·迪亚斯的西班牙士兵记录了他在这座古城的所见所闻，由他开始，阿兹特克人变成了欧洲人口中的“墨西哥人”。如今大教堂所在的位置是原先阿兹特克神庙的所在地。如果有什么神力能够带你穿越时空，前往 1519 年旅行的话，从大教堂出发可不是个好选择，因为时空那一头正是堆砌起神庙的巨石，抵达的当下你怕是会一头撞到石头上，而后丧命在 16 世纪。

根据贝尔纳尔·迪亚斯的记载，阿兹特克神庙是座极为庞大的建筑，仅是爬到神庙的顶部就足以令他气喘吁吁了。迪亚斯在游记中回忆道，“在神庙顶部有一条巨大的石雕，除此之外还有其他各类动物形态的石雕，这些动物个个张牙舞爪，看起来让人不敢接近”。据迪亚斯说，神庙顶上还放着一座巨大的石头祭坛，祭坛上沾满了当天用作祭献的人的鲜血。不过迪亚斯写到，祭坛上的鲜血倒并不是最令人感到震惊的部分，真正震撼的是站在神庙上向远眺望的景象。在五十年后回忆起当时所见，迪亚斯表示一切都记忆犹新。他说从那儿你能看到方圆数英里外的土地，看到城市、市场，和在那儿进行交易的来来往往的人；你听得到市场喧闹的声响。和迪亚斯一起抵达的人说那景致让他们想到了君士坦丁堡和罗马。四通八达的街道上伫立着一座座有着平坦屋顶的房子，四处可见小型神庙。三条长堤道从岛上辐射至湖水中央，湖上随处可见行驶的小船，在靠近湖岸的部分所见是连成片的城镇、塔楼和寺庙。

这便是特诺奇提特兰，这便是16世纪的墨西哥城。在贝尔纳尔·迪亚斯造访这座古城后的两年，它便被摧毁了，各式各样的石头建筑被无情地拆除，所有当地的居民几乎都被杀死了，总数加起来大概有10万人。这些墨西哥人的尸体遍布特诺奇提特兰的各个角落，据说当时人每走一步便会踏在一具新的尸体上。原本那座充满生机的岛屿在一夜之间横尸遍野。就在我们如今站立的地方，掩埋着的既是特诺奇提特兰过往的辉煌，也有其不愿经历的杀戮。

在摧毁阿兹特克人所建立的城邦后，西班牙人于1573年开始在大神庙旧址上建造基督教堂。从这以后，墨西哥城以另一副面貌开始了新一段历史进程。这时的墨西哥城大约可以用“野火烧不尽，春风吹又生”来形容，尽管历经劫难，这座古城似乎仍旧气息尚存。建造教堂历经了约240年的光景，在这期间，墨西哥城经历了地震、火灾、暴乱以及战争，可这一切都没有阻碍它发展的脚步。以教堂为圆心，墨西哥城迅速向四周扩展，在城市规模和发展程度上远超当时邻国的各大城市。

将特诺奇提特兰旧城摧毁，并在原址上新建殖民地恐怕是西班牙殖民者深思熟虑后的一招棋。很明显，狡猾的西班牙人深谙殖民之道——他们知道想要成功征服阿兹特克人，只需三步：

摧毁当地人信仰的神

树立起自己信奉的神

一切大功告成

事情在西班牙人看来就是如此简单，而这套方案也确实奏效了。西班牙人笃信，摧毁当地人的信仰是建立殖民统治的核心，其他努力都是白费工夫。他们当然也明白，摧毁阿兹特克人的信仰并不能太过粗暴，一些迂回的手段会帮助当地人更好地接受被殖民的事实——找几个当地工匠将基督教的神明和圣灵打造成和阿兹特克神庙原先供奉的神仙差不多的模样。要知道当地的工匠保证能把这类活儿做得很好。再然后西班牙人便可以大张旗鼓地展开其殖民统治了。

这就是西班牙人征服墨西哥的全过程，尽管这征服看起来并非一直伴随着血腥和野蛮的杀戮。然而西班牙人的统治并不长久，大约只有 18 年。在西班牙人即将撤离之时，当地人陷入了混乱和困惑。在这 18 年内，西班牙人除了将自己的生活方式灌输给当地人，更是和不少当地人结合生下了混血儿，这些混血儿在墨西哥城继续繁衍，他们的后裔构成了今天的墨西哥城。

大教堂的背面是墨西哥总统府，事实上总统府也是非常壮观的建筑，可是我们时间不多，在总统府前不宜久留。如果你和我同行的话，在大教堂前稍作停留我便会带你前往位于墨西哥城商业中心的一家叫作艾尔摩罗（El Moro Churrería）的甜品店，这里的招牌点心是西班牙油条[1]以及巧克力酱。巧克力酱有四种不同的口味，分别以墨西哥、法国、西班牙以及瑞士的国名命名，对应的味道是淡味巧克力酱、香草味浓醇巧克力酱、两倍甜巧克力酱以及奶油巧克力酱。。

虽然一口气尝遍四种口味的巧克力酱属实有些过分，可如果是头一次来墨西哥，那么我建议你别错过其中任何一个口味。至于长胖不长胖的顾虑就暂时抛在一边吧。当然，如果有朋友同行一并分享，那是再好不过的了。空口吃热巧克力酱自然是有些单调的，点一份西班牙油条蘸着吃是最佳搭配。这家甜品店自打1930年起就在这里……在如今喧闹的墨西哥城里，它算是安静的、能让人感到放松的一隅。如果你有机会能够在这家店里坐下来小憩片刻，那么请透过店内的玻璃窗向外看，所见便是市中心拉萨罗·卡德纳斯大街热闹并富有活力的街景。据说阿兹特克人的最后一位皇帝蒙特祖马大帝每次要去和他的众多妻子会面前便要喝上几口热巧克力。

[1]　西班牙油条（Churros）是一种起源于西班牙的条状的金黄色油炸面食，实用时多佐以糖霜或是浓巧克力酱。

呀，时间到了。一小时实在过得太快了，你瞧，我们才走了两个地方就必须结束这趟旅程了。

在离开之时，请在脑海中再回味一番当时的旅程，请记下那座大教堂的样貌。请记得西班牙人是如何在冒着浓烟的神庙废墟上建起这座教堂的（当然，阿兹特克神庙的废墟当时或许并没有冒着浓烟，这也许都是我一厢情愿的想象）。请记得这一切是多么残忍——将你的神庙硬生生推倒，以我的神庙将其取代。我只能说这实在是太无耻了。

除此之外，我建议你可以仔细看看，西班牙人打造的教堂是不是和墨西哥神庙有些许相似，尽管这种相似在某些人眼中微乎其微。无论相似与否，其实都不要紧，我之所以这样建议，是因为我感到在墨西哥城游览的真正要义在于你能否从现存的文明遗迹中追溯到哪怕一点旧时文明的样貌。

说来这是我第三次来到墨西哥城，也是我第三次来到这家叫艾尔摩罗的甜品店。从第一次到达此处到当下第三次站在墨西哥城的街道上，这期间我一直都在努力去了解有关这座城市的过往。要知道，在 1519 年，我脚下的这片土地可是西半球最大的城市。

# 第一批抵达墨西哥的白人

等等，让我们换个说法。

# 第一批抵达墨西哥的欧洲人

我之所以不愿使用“白人”这样的表达，是因为如果提及白人，事情就变复杂了。

像在美国一样，讨论“种族”归属在墨西哥是个非常棘手的问题。早在大约400年前的美洲大陆，关于种族问题的争论便已存在。时至今日，在墨西哥，若你执意要对某个人的种族归属刨根究底，你会发现这极其令人头疼。在欧洲人抵达墨西哥之初，他们与当地人生下了混血儿，从这以后，谁再企图从墨西哥这片土地上找出绝对纯正的白种人事实上都没有太大意义。

第一批到达墨西哥的欧洲人是在经历了沉船事故后被海浪冲上了墨西哥海滩。正如我们所了解到的，哥伦布在探索新大陆之时抵达了加勒比海，大约在同一时期，西班牙人也抵达了此处。不久后，这群西班牙人发现了巴拿马。直觉告诉他们，一定还有更广阔的大陆就在不远处，于是他们便向前继续航行。1511年，在这批欧洲人中，一个叫杰罗尼莫·德·阿奎拉的方济会僧侣从巴拿马启航行驶至圣多明各，并在当地卷入了一场官司。与阿奎拉同行的还有其他来自欧洲的男男女女，他们都可以说是了不起的冒险家。

西班牙人到达墨西哥的契机很偶然。就像我刚刚交代过的一样，航行途中他们的船只出了事故，于是只得挣扎着一路漂流，最后狼狈地被海浪带至墨西哥海岸。即便逃脱了葬身大海的厄运，登陆墨西哥也并未给他们带来好运。一上岸，这群欧洲人便成了当地人的俘虏。对了，这些当地土著属于印第安部族，讲玛雅语。面对不知来路的欧洲人，当地人处死了其中几个作为祭品祭献给当地的神明，还有两个女性被强迫做诸如碾玉米这样的苦工，最后因过度劳作而死去。

仅有的两个幸存者一位是那个叫作杰罗尼莫的僧人，还有一位是名为冈萨洛·格雷罗的水手。杰罗尼莫被迫成了奴隶，成日不是拉水砍柴就是在玉米地里干农活。尽管如此，杰罗尼莫仍然一直恪守着僧人的本分，这惹得当地酋长对他格外关注。有一回酋长为了测试杰罗尼莫便派一名美艳的当地少女去和他过夜[1]，谁知杰罗尼莫不为所动，酋长听闻后大为震动。另一位幸存者冈萨洛则逐渐融入了当地部族，他在面部文上了部落的图腾，在耳朵上打了耳孔，娶了土著人做妻子并且生下了三个孩子。由于冈萨洛骁勇善战，他在后来甚至成为远近闻名的部落勇士。

---

[1] 这可不是我信口开河，这一切的历史依据请参阅西班牙历史学家安东尼奥·德·赫雷拉·托德西拉斯（Antonio de Herrera y Tordesillas）撰写的《自被发现之日起广袤美洲大陆及诸岛通史与当地人的历史叙事》（*The General History of the Vast Continent and Islands of America, Commonly Call'd the West-Indies, from the First Discovery Thereof: with the Best Accounts the People Could Give of Their Antiquities*），当然我读的不是西班牙语原版，而是约翰·史蒂芬斯的英文译本。——原书注

在当地生活了七年后，某天正在村子里休息的杰罗尼莫收到了印第安人带给他的一些信件，这些信件是当时刚刚在附近岛屿登陆的欧洲人寄来的。看到这些信件时，杰罗尼莫欣喜若狂。他立即给冈萨洛写了一封信，信上他兴奋地写道，“哦，上帝啊，我们终于得救了！”冈萨洛的回信显得很平静，他回复道，“说实在的，我和我妻子还有孩子在这儿过得很好，所以说……”杰罗尼莫再度写信过去，追问道，“那么你的那些信仰呢，你也要一同抛弃吗？”这之后冈萨洛便再没有回信了。此后没过几年，人们在如今位于洪都拉斯的一处空地上发现了冈萨洛的尸体，当时他一丝不挂，身体的部落图腾文身暴露无遗，据说他是在玛雅人与西班牙的一次战斗中丧生的。

而杰罗尼莫在当下劝说冈萨洛和他一起逃离无果后，只身前往了所在部落附近的海滩，在那片海滩，西班牙人埃尔南·科尔特斯和他的探险队即将抵达。

# 屠戮者——科尔特斯

对有些人来说，科尔特斯这个名字并不陌生。提及西班牙在墨西哥的殖民历史，这位全名是埃尔南·科尔特斯的人物是无论如何不能绕过的。对了，有些时候埃尔南·科尔特斯也会将自己的名字写作“费迪南多·科尔特斯”。若是要概括科尔特斯征服墨西哥的过程，我们大致可以将其描述为“科尔特斯带领508个西班牙人的冒险记”。这508个人中有士兵、水手，还有一些平民百姓。这支队伍前往墨西哥的征途充满了各式各样的惊险事件，也包含无数杀戮。在加勒比海靠岸后，科尔特斯和他的手下们牵着随行的15匹马穿过丛林，跨越雪山，历经艰险后抵达了当时墨西哥的中心地带，也就是当时的阿兹特克帝国。一抵达，他们便开始了大规模的屠戮，杀死了数以十万计的当地土著，城中的湖泊被尸首填满，散发着恶臭。

说起这些西班牙人，在加入科尔特斯的远征队伍之前，他们不过是些普通人。在他们战死前，大部分人都已亲历过将别人的头砍下的血腥场面，可砍头只不过是科尔特斯抵达后所引发的众多残暴行为的一种，那些没有在中途战死的士兵后来目击的可远不止这些。据记载，跟随科尔特斯抵达墨西哥的士兵中有一半在屠戮中身亡。

科尔特斯出生在一个叫麦德林的西班牙小镇上，其父是当地的小贵族。科尔特斯在年轻时便离开西班牙，他的目的地是当时西班牙在古巴的殖民地。在那儿他先是和一名当地女子订立了婚约。据一些史料记载，科尔特斯后来大约是和那位女子的姐姐产生了感情，随即想要对妹妹悔婚。虽然后来科尔特斯还是半推半就地和妹妹结了婚，但据说结婚没几年就将自己的妻子杀害了。

在 20 岁出头的年纪，科尔特斯便已经帮助迭戈·贝拉斯克斯取得了古巴的统治权，在成为贝拉斯克斯的心腹后，科尔特斯曾数次企图谋反以颠覆贝拉斯克斯的统治。科尔特斯的篡权计划导致他身陷囹圄，却又奇迹般地逃脱，可谓神通广大。再后来，科尔特斯和贝拉斯克斯重修旧好，他从贝拉斯克斯那里获得了一些古巴的土地以及几个金矿，成了西班牙位于古巴殖民地的财政官，他也因此变得十分富有。可富有的科尔特斯却如旧时一般狂暴残忍，对于其管辖区域内的奴隶恶毒异常，甚至连一部分同僚都看不下去。

毫无疑问，科尔特斯是个猛士，尽管他的勇猛近乎疯癫，令人避之不及。可即便你打心里厌恶科尔特斯的作为，你也不得不承认他的确是个天不怕地不怕的家伙。毫不夸张地说，科尔特斯就如地狱使者一般，凡是他经过或居住过的地方，留下的只有来自当地人的惊恐和不安。但凡有谁企图反对科尔特斯，那么等待他们的下场要么是死亡，要么是无尽的恐惧。

可能在很多人看来，科尔特斯几乎就是个疯子。然而对于其征服墨西哥的举动，他却能够以一种极端冷静和理性的笔调向当时的西班牙国王查理五世汇报（尽管其对于墨西哥的所作所为并不如他所认定的那样是什么正义之举），在科尔特斯写给查理五世的信中，这个癫狂之人将其君主称为是“至高无上的、孔武有力的、最尊贵的以及战无不胜的神圣罗马帝国皇帝”。

正如科尔特斯向查理五世所承诺的那样，对于这场征服他势在必行。1519 年，科尔特斯带着他的手下抵达墨西哥，消息立即传到了当时阿兹特克帝国国王蒙特祖马二世的耳中，就这样，这场科尔特斯口中的“征服”拉开了帷幕。

# 墨西哥人的蒙特祖马

说实话我并不确定“墨西哥人的蒙特祖马”这样的表达是否妥当准确。在墨西哥停留的日子，我几乎每天都会拿出查尔斯·曼恩的《1491：前哥伦布时代美洲启示录》[1]来读一读。在书中，曼恩表示以“阿兹特克帝国”来框定西班牙人当年发现的文明是不完全准确的，更准确的说法应是“阿兹特克三国同盟”，在该同盟中最有实力的是属于墨西哥人的帝国，其当时的统治者是蒙特祖马。

关于墨西哥文明在蒙特祖马统治时期的种种，《佛罗伦萨手抄本》提供了丰富的记录。佛罗伦萨手抄本[2]又名《新西班牙诸物志》，由贝尔纳迪诺·德萨阿贡修士编纂而成，其所用语言是当时土著墨西哥人所使用的纳瓦特尔语。对于习惯阅读拼音文字的欧

[1] 《1491: 前哥伦布时代美洲启示录》英文原版名为 *1491: New Revelations of the Americas Before Columbus*，其作者查尔斯·曼恩（Charles C. Mann.）为美国记者及作家。

[2] 《佛罗伦萨手抄本》即 *Florentine Codex*，总共包含 12 册，按照“神”“人”“自然诸物”的主题划分，图文并茂地阐述了阿兹特克文化。

州人来说，属于象形文字的纳瓦特尔语就宛如一个个小小的谜团，既令人困惑又充满吸引力。《佛罗伦萨手抄本》中还包含大量的插图，就丰富程度和色彩呈现而言，都远胜当时欧洲的出版印刷品。

《佛罗伦萨手抄本》的前十一卷主要呈现了当时墨西哥土著部落生活的方方面面，它们鲜活地还原了当地人祭祀、打猎、捕鱼、种植等各种场景。除此之外，这些插图还反映了当地的各种神话传说。从中我们可以一瞥当地人的穿着打扮、部落公主的样貌，以及阿兹特克帝国美丽的风光。

在《佛罗伦萨手抄本》的第十二卷，西班牙人出现了。同时出现的还有象征着西班牙人的马匹、火枪。插图描绘的场景还包括：蒙特祖马二世听闻西班牙人到来时与群臣商议防御对策、印第安人和西班牙人会面、印第安人和西班牙人交战，以及在战争中被肢解的印第安人，等等。通过插图我们还可以清晰看到当地墨西哥人反抗的画面：面对西班牙人猛烈的炮火，以及死伤的大量墨西哥人，蒙特祖马二世仔细思忖该如何应对。墨西哥当地人发起的反抗并非毫无用处。一些西班牙人被当地部落俘虏，插图记录了西班牙人的头颅和马匹是如何被印第安人挂在长矛上游街示众的。然而印第安人到底不敌西班牙人的火器，在这场漫长的斗争中以失败告终。

科尔特斯登陆墨西哥时，蒙特祖马——准确地说是蒙特祖马二世，大约 40 岁，那时受其统治的特诺奇提特兰城已经颇具规模。说来墨西哥人建立特诺奇提特兰的始末也颇具传奇色彩。据说在大约 1323 年，其部落信仰的神明启示他们需要寻找一只栖身于仙人掌、口中衔蛇的老鹰，这只老鹰出现的地方便是他们建立城邦之处。

墨西哥人在墨西哥谷的特斯科科湖看到了这只鹰，便攻城掠地，建造了特诺奇提特兰城。在科尔特斯抵达特诺奇提特兰城时，其统治者蒙特祖马的势力已经扩展到方圆两百英里的地界，这些部族都需要向他朝贡。

墨西哥人征服了周边的部族。由于不满蒙特祖马的统治，这些部族反倒在最初对科尔特斯一行人的到来并没有表现出极大的敌意，他们中的一些认为这家伙或许会比蒙特祖马好一些呢。墨西哥人的敌对部族向科尔特斯进贡，并告诉西班牙人蒙特祖马是如何在攻入他们的村子后夺走一切的，这其中还包括他们的妻子和女儿。

《佛罗伦萨手抄本》中描绘了墨西哥人由边境将消息传递至蒙特祖马告知其陌生人入侵的场景，这一切以生动和富有创意的形式被表现出来。在手抄本上，你还能看到在得到消息后蒙特祖马对入侵者到来一事进行占卜的画面。

除此之外，在《佛罗伦萨手抄本》中我们还看到这样的绘图：约莫是在西班牙人到来后，墨西哥当地人染上了一种新的疾病——天花。

## 特诺奇提特兰城被毁灭之始末

作为亲历科尔特斯和蒙特祖马会面的为数不多的人之一，迪亚斯在 84 岁时把自己当年目睹的一切编纂成书。书中的内容少部分是迪亚斯亲笔撰写的，剩余大部分则由他亲自口述，他人代为记录而成。这本叫作《征服新西班牙信史》的回忆录生动还原了那场因西班牙人而起的极尽残酷和暴力的战争。迪亚斯的叙事方式真实鲜活，作为非虚构文学，其精彩程度并不亚于小说中的故事。相对那些宏大的史书，迪亚斯的这本回忆录更像是从一卷大部头奇幻小说中散落的某一本。混乱的战斗、屠杀、人祭、废弃的寺庙、瘟疫、离奇而恐怖的各种场景——在五十年后回忆起这一切时，迪亚斯甚至无法相信自己能从中幸存下来。我所读的《征服新西班牙信史》是 J.M. 科恩从西班牙语翻译而来的英文版。J.M. 科恩承认对比原著，他的翻译确是遗漏了一些精彩的部分，科恩的坦诚让我觉得他的确是位绅士了。

我虽然不喜欢科尔特斯，可对于迪亚斯却是佩服的。他在当年那次探险中基本上就是个无名之辈。他或许能够赢得同僚们的尊重，但实则在队伍里并没有任何实力。在迪亚斯打算写《征服新西班牙信史》的时候，他眼盲并且耳聋，所以像我之前提到的全书主要是通过其口述，别人代为转写而成。问及为何要在暮年之时撰写该书，迪亚斯说自己没什么财富留给子女，能留下的只有这段往事。他说尽管他的故事并没有华丽的辞藻，但绝对真实还原了当年的历史。

在经过一场又一场与当地人的战斗，包括自身队伍内部的纷争后，迪亚斯和科尔特斯队伍中剩下的同伴们抵达了墨西哥谷东部的山脉，彼时山头覆盖着积雪。路过的当地人看见这群外来入侵者向其警告说如若再向前他们会被杀掉，尸体还会被佐以辣椒吃掉。由山顶可见，前往墨西哥帝国的前路被大量的树木阻断，科尔特斯一行人犯了难。不过那些当地人中的投机派，即认为科尔特斯会打败蒙特祖马的那些人，以及被科尔特斯沿途强行掳掠来的人们均表示继续前进是不成问题的。科尔特斯听取了这些人的意见，继续进发，在来到一处能够俯瞰墨西哥谷下方全貌的山脊处时，所有人都被眼前的景象震撼了。

“我们都惊呆了”，迪亚斯说，“其中一些士兵问自己是不是在做梦。你知道那简直太不可思议了，我不知道如何描述自己第一眼看到山谷下方景致时的感受，那是一切是我从未听说过，从未看到过，甚至是从未梦到过的景象”。

迪亚斯看到的城市，也就是特诺奇提特兰的规模有多大呢？那里住着多少人？一些学者认为应该有 20 万人左右。还有学者认为城市中心人口大约是 10 万或是 5 万，而围绕着中心地区的郊外还有另外 10 万人口。

特诺奇提特兰的城市主体位于山谷内的特斯科科湖的湖心岛上，岛上建筑是用巨型石块堆砌而成。围绕城市主体，还四散着不少小镇，每一个镇子都被湖水环抱，湖面上则挤满了当地人用以运输和出行的船只。

特诺奇提特兰城所在的湖心岛有三条宽阔的堤道与湖岸相连，1519 年 11 月，科尔特斯和蒙特祖马在其中一条堤道上会面了。蒙特祖马坐在类似担架一样的椅子上由人抬着出来，周围簇拥着一大群阿兹特克帝国的大臣们。

在见到科尔特斯后，蒙特祖马立即要求这位西班牙人进城参观。蒙特祖马这么做的目的是什么呢？是企图设下陷阱然后杀死西班牙人？还是向西班牙人展示自己的实力从而悄无声息地逼退对方？再或者他自己也根本不清楚自己的目的。

同样使得迪亚斯难忘的还有他在特诺奇提特兰城内的所见所闻。这座墨西哥人的城市里充斥着各式各样的摊贩，好不热闹，摊子上售卖的商品包括金银、羽毛、奴隶、鸟、兔子、水果、松树、布、绳子、凉鞋、豺狼皮、水罐皮、蜂蜜皮、木板、摇篮、家具、斧子，等等。人类的粪便也是一类商品，因为当地人会用粪便擦身体好让自己变得黝黑。街上还随处可见各种烹制并且贩卖各类小吃的妇女。迪亚斯说，“如果让我列举当时看到的商贩，那我怕是用一辈子也说不完，这么说吧，摊贩的数量多到你在位于中央集市 3 英里以外的地方就能听到从集市里传来的喧闹声”。除此之外，蒙特祖马还拥有数个动物园，里面养着各式各样的珍奇异兽，园内还有类似小丑一样的角色，还有一些小矮人、踩高跷的人以及杂耍演员，他们的存在和动物一样，都是为了取悦蒙特祖马。据迪亚斯口述，这些杂耍演员加起来大约能够组成一个社区，这样的社区之于特诺奇提特兰城就相当于好莱坞之于洛杉矶一般。

然而就是这样一个高度发达的古文明社会，在西班牙人抵达后不到两年便被摧毁了。

如果你想了解科尔特斯抵达特诺奇提特兰城后发生了些什么，那么迪亚斯的回忆录是最好的参考资料，毕竟他是为数不多亲历一切的幸存者。据迪亚斯回忆，接下来的几个月，特诺奇提特兰城处处都充斥着战斗，简直是一副世界末日的光景。到处都是被砍掉的人头，建筑物坍塌，城市里充斥着火光。西班牙人为了增强自己的攻击力，用原木制作了可以翻滚的武器，除此之外他们还试图打造一种可以远程发射子弹的弹射器，尽管最终没有成功。

战斗持续了大约 90 天，当地有数千人卷入。迪亚斯说他亲眼看见有 62 名西班牙人在被俘获杀死后作为祭品祭天。一些学者认为迪亚斯所说并不属实，可迪亚斯则坚持自己所说的便是当时真实状况，他说自己每一次上战场前都吓得发抖。

在蒙特祖马之后新继位的皇帝被捕之时，这场旷日持久的战争正式结束了，而特诺奇提特兰城也几乎沦为废墟。迪亚斯说，西班牙人撤离之时，满地都是印第安人的尸体，几乎已经看不到任何路面了。

曾被西班牙人夷为平地的特诺奇提特兰便是今天的墨西哥城，当年废墟上的尘埃和血水经过数百年时光的冲刷，演变成了如今的样貌。据我所知，现在的墨西哥城人口多达 2000 万，尽管这数据并非十分精确。

# 迷失在康德萨街区

在墨西哥城旅行，我的大部分时间都花在了走路上。我是个喜欢在陌生城市四处走走的人，如果是一次三天三夜的旅行，那么我几乎会把时间全部用来漫无目的地闲逛。

安特罗普洛尼亚国家博物馆绝对算是墨西哥城内值得一逛的场所。博物馆收藏了各式各样难得一见的雕塑和摆件。值得一提的是，在这里，你还能看到从旧时墨西哥古城萨奇拉[1]、卡卡斯特拉[2]整片搬运来的断壁残垣、哈利斯科州的竖井墓[3]，以及代表或是反映着阿兹特克人、玛雅人或奥尔梅克文明[4]艺术制造水平的各种珍贵文物。国立人类学博物馆面积非常大，有时你觉得自己

---

[1] 萨奇拉（Zaachila）是位于墨西哥瓦哈卡（Oaxaca）附近的一座城市，该地保有萨波特克文明的遗迹。

[2] 卡卡斯特拉（Cacaxtla）是位于墨西哥特拉斯卡州南部边界附近的考古遗址，该遗址主要以其代表玛雅文明的宫殿以及壁画闻名。

[3] 哈利斯科州位于墨西哥东南部，作者在这里提到的西墨西哥竖井墓首先由考古学家在哈利斯科州发现。

[4] 奥尔梅克文明为古印第安文明的萌芽阶段，年代约为公元前 12 世纪初到公园前 3 世纪，是玛雅文明的前身。奥尔梅克文明具有先进的农业水平，其部族人擅长制造玉器和雕刻。

已经在馆内走了超过 1 英里的距离，而事实上你才浏览了博物馆的一小部分藏品。

博物馆街对面的查普尔特佩克城市公园 (Bosque de Chapultepec) 也是个闲逛的好去处。在查普尔特佩克城市公园总是不乏玩乐的孩子，也有出售各类小商品的男男女女正积极地招徕生意。过去特诺奇提特兰城的人们便是从该处附近的山上收集泉水，然后运送至城中集市以及寺庙供当地人使用。现在公园里的山不再是人们获取生活用水的地方，而是由查普特佩克城堡所取代。也同样是在这座山上，墨西哥人的几位少年英雄[1]曾经在 1847 年同美国军队展开过殊死搏斗。

为了值回票价，我喜欢在傍晚时分或周六夜里去墨西哥城街头走动，我认为那是这座城市最精彩的时刻。至于城市公园什么时候最热闹，这我倒不是很清楚。

在墨西哥城我住在 D.F. 康德萨酒店。酒店的外观保持着墨西哥传统建筑的风韵，服务则非常现代化。住在里面的房客大多都是些看起来有品位的，并且受过良好教育的人，由此，我大概也能推断出运营酒店的是什么样的人，总之一切都令人感到惬意。我在写这本书的时候一下子想不起究竟是谁推荐这间酒店给我，于是便翻找过去和友人的邮件往来企图寻出个答案来。结果证实是我的一位男性友人所推荐，他素来以好品味著称，我想如果有人直接将他描述成是人品极佳的、优雅的同性恋者，他也是

[1]　作者在这里提到的墨西哥少年英雄，即 Niños Héroes，是构成墨西哥爱国传奇的重要组成部分，墨西哥人会在每年的 9 月 13 日来纪念这些爱国志士。

乐意的。

如果照此标准判断，住在康德萨酒店的人可能会认定我是同性恋者。住在这儿的当然不乏直男，对比起来，他们看上去则大多是那种极富性吸引力、有活力且体魄强健的人群。

我记得我入住康德萨的时候，房间正在播一段颇具罗曼蒂克氛围的音乐录影带，大概是一位性感女性和一位强壮男士四目相对的画面。导演还给了这位穿着清凉的女士不少特写镜头，让人遐想联翩。这支音乐录音带不禁让我自问为何要独自旅行呢？思忖片刻我便释然了，毕竟我向往的是孤独的探险，儿女情长还是暂且放在一边好了。这大概正如一句玛雅谚语所说的那样，“如果你想要好好看看这个世界，那么最好选择独自上路”。

在康德萨酒店居住的日子里，我将大部分时间都消耗在沿着酒店附近的街区散步上。康德萨酒店附近街区是墨西哥城内风景最优美的街区之一，在这里，有大量老旧的建筑，它们古老到让人时刻担心会有闹鬼的风险，可尽管如此，它们却并不会使人感到毛骨悚然。相反，这些古建筑在今天仍旧焕发着只属于自己的魅力。当然，这里也不乏现代建筑。这些现代建筑和那些老房子形成了鲜明对比，让整个街区拥有别样的魅力。要知道，无论是老建筑还是新建筑，它们都不能完全言说墨西哥城的历史——因为墨西哥城时时刻刻都处在更新换代之中。要知道旧时被蒙特祖马用来安置为其表演的小丑的街区现在可能成了专卖摩托车和轮胎的商铺聚集地，而你站在这些商铺面前，则可能完全不能察觉历史的痕迹。

在墨西哥城闲逛的日子里，阿姆斯特丹大街是最让我摸不清方向的一条街道。不管我如何调转方向，似乎总是会回到最初的起点。后来我才知道，原来阿姆斯特丹是条环形路，而之所以这样设计，是因为当时住在这里的人们将其用作赛马场跑道。赛马场的拥有者是米拉瓦莱伯爵夫人，而在西班牙语中“伯爵夫人”的发音便是“康德萨”，所以这个街区被称为康德萨街区。

这个关于康德萨街区名字由来的故事，我是从作家弗朗西斯科·戈德曼的书中读到的。他这本书名为《内部线路》，讲的全是有关墨西哥城各个区域的文化风韵。这本书差不多有 300 页，如果你想要快速了解墨西哥城，那么我绝对会推荐这本书。根据弗朗西斯科·戈德曼的记述，一本叫《吉达·罗吉索引》的指南书指出墨西哥城大约有 6400 个街区，索引还将这些街区的名字一一列了出来，此外，还列出了连接这些街区的一部分街道，一共有 259 条。值得注意的是，索引所列出的这 259 条街道并不是那些广为人熟知的大街，反而是不被人注意的巷弄。

说起对墨西哥的专业知识，我当然无法超越弗朗西斯科这样的作家。和弗朗西斯科一样的还有丹尼尔·埃尔南德斯，他在《七上八下墨西哥》中对于墨西哥城的描述同样精彩。另外还有一位叫作罗贝托·波拉尼奥的作家对于墨西哥的熟悉程度也令人称道，他关于墨西哥城的作品叫作《荒野侦探》，里面囊括了当地各种各样的奇闻逸事。除去这些作者，还有成千上万的本土作家从各个视角对墨西哥城做了细致介绍，我这个初来乍到的游客对墨西哥城的了解和他们相比不过皮毛罢了。

和这些墨西哥城的“熟客”或居民相比，我自认自己也并不是完全没有优势。要知道，但凡你在一座城市住久了，那么任其再有魅力，你也会逐渐对其麻木，对那些令人惊叹的风景不再抱有热情。而对于我这种游客来说，墨西哥城的一切都是新鲜的，我或许不能像那些当地作家一样对墨西哥城的一切都如数家珍，可我的叙述也许会为你提供一些新鲜的视角。如果你从未到过墨西哥城，想要咨询一些从游客视角出发的有关墨西哥城的信息，那么我的经历或许帮得上忙。以下这些均是我作为游客对于墨西哥城的一些印象：

1. 墨西哥城的一些城区有着极其闪亮的灯光，其耀眼程度会让你错以为你正置身于什么狂欢节。有一些街区的确有着极强的狂欢节氛围，让人觉得热闹和兴奋，而有一些街区只是徒有其表，看似光鲜，深入其中则不然，迎接你的通常是脏乱不堪的环境。

2. 墨西哥城不像其他城市有统一的某种色调，综观整座城市，其整体色彩是由各种对比鲜明的色块拼凑组合而成的，如果你喜欢无序而鲜明的色彩搭配，那么墨西哥城绝对合你的胃口。

3. 老实说，墨西哥城也有一些令人感到无聊的部分，我指的无聊部分是城市里的那些水泥地下通道。作为行人，有时你为了抵达某个目的地，不得不穿越这些看起来毫无生气的地下道。除此之外，我个人觉得那些过于宽敞的马路也不怎么讨人喜欢，我是说像革命大街那样的宽马路。它们会让人想起冰冷无情的工业文明，缺乏该有的人情味。不过好在水泥地下通道和革命大街这样灰色调的区域只占墨西哥城很小的一部分。这里的大部分街区都有着浓郁的生活气息，它们被住在那儿的人们肆意塑造成与其生活方式契合的样貌，展示出鲜活的生命力。

4. 在不少人的印象里，墨西哥城的治安状况根本无须赘言，好像这里从来不太平，我可不这么想。或许旧时的墨西哥是无序并且危险的，或许时至今日它仍然称不上是百分之百安全，或许未来状况会更糟，可根据我的经验，我在墨西哥城从没有感受到任何不安全的因素。要知道墨西哥城的谋杀犯罪率差不多是 10 万比 8.4，这可要比华盛顿的谋杀率低。我并非刻意美化墨西哥城，我也并不否认墨西哥城还有其他形式的犯罪发生，我的意图不过是希望有打算前来墨西哥城旅行的人们不要因为所谓的“安全因素”而犹豫不前。

5. 毫无疑问，墨西哥城是座“美味”的城市。对我来说，所谓美味并不存在于那些看似豪华的餐厅里，反而在街边小摊上我时常能觅得惊喜。和大多数游客一样，最开始我总是做好所谓美食攻略，然后按图索骥地挨个探访那些老饕们推荐的餐厅，可事实证明，餐厅里的食物总是不尽如人意，大多数情况下他们不过徒有其表罢了，味道平淡无奇。街边小摊就不一样了，我总能在一些不起眼的摊贩那里吃到真正的墨西哥当地风味。街边小摊贩售的食物大部分是当地人喜爱的墨西哥玉米卷，品类不算太丰富。当然，我并不是说摊贩上炮制的墨西哥卷全部是美味的，我也遇到过并不怎么样的地摊食物，可这不就是旅行吗，即便是坏味道，也可以说是一种另类的“惊喜”吧。

6. 我在墨西哥城可以毫不费力地找到各种饮品，它们大多都有着不错的口感。其中包括各式各样的果汁、咖啡，还有啤酒。你想要的品类几乎都可以找到，比方说冰维多利亚啤酒，任何一家酒吧都可以做得很好。至于如何在当地选择酒吧，我的原则就是选择那些看上去吸引眼球的店面。根据该原则选择的酒吧几乎都没有让我失望。要知道在墨西哥城旅游并不是件轻松的事，探访哪怕一条小巷可能都需要耗费你不少元气，所以时不时来上一杯绝对是必要的。

7. 墨西哥城的夜生活是热闹的，却也让人感到疏离。每当夜幕降临之时，整座城市就躁动起来——每幢建筑内似乎都释放出热气和噪声，这和室外从山间吹来的凉风形成了微妙对比。人们趁着夜色展开了与白天不同的生活状态，街头上有骑着自行车匆匆赶往某个集会的妙龄女士，也有聚在一起放浪形骸的年轻学生。夜色中有人选择喧嚣，有人选择沉寂。事实上，入夜的墨西哥城和世界上大多数大都市一样，都换上了另外一副面孔。酒吧里的调酒师忙着调制辛辣的烈酒，年轻人在酒精的催化下显得越发狂野，整座城市都散发出一种暧昧的气息。我曾经试着融入墨西哥城的夜生活，可奇怪的是，墨西哥城的夜晚似乎有一层专属于自己的保护色，你越是想要靠近，它越是将你推开。

## 最佳步行路线

下午五点从隆德雷斯的卡罗博物馆 (Casa Azul) 出发一路向前是我最为推荐的步行路线。当天我原本是打算到卡罗博物馆内部看看，可在我乘坐的出租车停下时博物馆恰好闭馆了。说来我倒也并不遗憾，反而因此松了一口气。卡罗博物馆是弗里达·卡罗 (Frida Kahlo) [1] 的故居，现在开放供游人参观。我打赌这个博物馆的各个角落里一定有着各式各样有腔调的宝贝，绝对值得一看。但我总在想，如果卡罗还活着，她这样性情的人是不是真的允许将参观她的房子变成一门生意，愿意像我一样的人买一张门票，一边翻看小册子，一边听着语音导览在她的家里四处游荡。好吧，很有可能把这间房子变成博物馆是征得过她本人同意的。既然无法进入内部，我只得在博物馆外稍作停留。仔细打量了它的外观，并在内心表达了我对这位伟大艺术家的敬意后，

[1] 弗里达·卡罗 (Frida Kahlo，1907—1954)，也被译作弗里达·卡洛，墨西哥知名女画家，其代表作主要为色彩浓郁炽烈的自画像，其绘画风格主要融合了象征主义与现实主义。

我便径直向前走了。

接下来的路线，若是问我的意见，便是跟着感觉走，无所谓方向。我自己在当下辨别方向无能，只是选了一条看上去最吸引人的小路顺着向前。途中我偶然经过了一座有着类似庙宇外形的建筑，这座建筑现在是国家博物馆，原先则是圣迭戈丘鲁布斯科修道院，而在蒙特祖马统治时期这里建有一座神坛。1847 年入侵的美军与墨西哥人在这里曾经有过激烈交火，寺庙的外壁上还依稀可见一些弹孔的痕迹。寺庙边上有一座公园，在我抵达时，公园里几乎没什么人。如果当初我刻意规划路线，可能我便无法前来此地。若是能够提前规划线路，我倒是想去看看列昂·托洛茨基[1]在被克格勃行刺时居住的那间房子。

我自然是没有找到什么行刺点，我找到了一座能够抵达我的酒店的地铁站，就这样我乘坐地铁返回住处，随性地结束了当天的步行之旅。第二天一早我先是在酒店饱餐一顿——浓奶油芝士、小香肠、木瓜汁还有浓咖啡。之后我乘坐先前预订好的专车前往机场，在快要抵达机场时，我在沿路的立交桥上看到一座小型的卓别林的雕像。

当天下午，在穿越过墨西哥中南部的干涸之地后，迎着日光和热气，我乘坐的飞机在位于瓦哈卡的一座小型机场缓缓降落。就这样，我开始了下一程旅途。

---

[1] 列昂·托洛茨基（Leon Trotsky，1879—1940），俄国军事家政治家，由于与斯大林政治理念不合被驱逐流放，1940 年在墨西哥家中被刺杀。其当时居住的房子就在弗里达·卡罗与其丈夫迪亚哥·里维拉的居所附近。

## 在瓦哈卡的日光下

站在瓦哈卡随便哪个房子的天井处，你都可以毫不费力地将这座城市的全貌尽收眼底。准确地说，瓦哈卡更像一个小镇，而非一座城市。瓦哈卡的城市边缘并不规整，从高处看下去就如用锯齿锯过一般。这里和喧闹无关，每一条街道看上去都是空荡且安静的。没有一个人行色匆忙，所有人都仿佛受一座行走缓慢的时钟所支配，不疾不徐地向目的地进发。

也对，我想不出有什么理由要当地人必须去过那种匆匆忙忙的日子，这本就是座散发着慵懒气息的城市。瓦哈卡总是日光充足，这里的白天尤为炽热，再加上不少街道又长又陡，行人哪有精神和气力快步行进呢？到了夜晚，没了烈日的暴晒，一切显得安静而适宜，人们自然要放松下来，谁还有心思忙着赶路呢。入夜后，我个人觉得最好的去处便是索卡洛广场，在那儿闲逛或是找个长凳坐坐都是不错的。

来过瓦哈卡的人或许会有这样一种错觉，那便是这儿有些中世纪西班牙城镇的气韵在。让我告诉你，这并非你的错觉，事实上西班牙人在16世纪和17世纪时确实参与到了瓦哈卡的城市规划和设计中。西班牙人的踪迹不仅限于此，在墨西哥的其他城镇，在危地马拉、哥伦比亚以及智利，你都可以找到类似瓦哈卡这样带有西班牙风格的城市印记。当年的在地西班牙人尽管并不精通城市规划和设计，但为了完成对当地的征服，他们不得不赶鸭子上架，包揽起改造任务。说是城市规划，他们能做的不过就是差遣一群人开发荒地，然后再差遣另一群人去修建市中心广场。至于城市的其他部分，西班牙人任由其生长，就这样，他们凭着自己对家乡城市的模糊记忆，在地球的另一边建造出了如今瓦哈卡的城市雏形。

当年负责修建瓦哈卡的索卡洛广场的是一个叫胡安·佩雷斯·德贝里奥的西班牙人，他之所以能够得到这份差事是因为他的堂兄——路易斯·德贝里奥是负责规划改造瓦哈卡的领头人。说起路易斯·德贝里奥，后人对他的评价大约都避不开“杀人狂”“暴行”这样的词汇[1]。对于德贝里奥，在这里我想我还是不费力气再多做评价了，以免离题太远。

记得我在瓦哈卡停留时，从我所住房子的露台上可以很轻易地看到隔壁那些人家都在忙些什么。某个下午，我悠闲地坐在露台上边喝啤酒边向四处打量，正巧看到隔壁一位女士抱着晾衣篓忙着晒衣服。那时我本可以去帮帮那位女士，可大约是边喝啤酒边看风景实在太惬意了，我压根儿没有意识到自己本可以为邻居

[1] 对于路易斯·德贝里奥的评价引用自约翰·K. 钱斯的著作——《征服塞拉：瓦哈卡殖民地的西班牙人和印第安人》，该书由俄克拉荷马大学在1989年出版。

搭把手，现在想来我甚至觉得有些过意不去。

瓦哈卡在某种程度上和意大利很相像。说起意大利，我最中意的是那里细窄的鹅卵石小巷，沿街码放整齐的新鲜番茄，还有教堂的钟声。这一切在瓦哈卡也同样不缺乏，这里甚至更加悠闲惬意。非要说有什么不同的话，大概是瓦哈卡多了些烟火气。在这儿，半夜里你时不时可以看到半空中因为电线故障而闪现的火花；白天走在小巷子里还可以碰到那些把汽车设置成摊位的小商贩，总归一切都有些不寻常，但是一切又透露出一种让人安心的真实感。

瓦哈卡的这种真实感令我很是喜欢。这么说吧，我曾经去过法国的一个小镇，位于波尔多的圣埃米利昂，我不是说圣埃米利昂有什么不好，只是那儿的一切都太过“法国”——我的意思是，太过于优雅和精巧了，它精巧到让人隐约有点不自在。或许当地人深谙游客们所期待看到的法国究竟是什么样子，便努力迎合这种期待精心进行了铺排。可这一切并非正中我下怀，反而让我产生了疑虑和一些排斥心理。

瓦哈卡就不同了，这里有太多不按常理出牌的存在和铺陈，没人会为了迎合游客而改变自己的生活轨迹。瓦哈卡的游客并不是太多，但也不少。我打赌，但凡愿意前来瓦哈卡的游客，其中的大部分都和我一样，喜欢这里那些不同寻常的人、事、物。游客们看起来都是三四十岁，他们中多数人的穿扮会让你第一眼看上去便以为他们是诸如音乐家之类的人，总散发出一种潇洒与优雅并存的气质。除此之外，他们到达当地后喜欢在酒吧点上一杯麦斯卡尔酒，或是其他什么小众牌子的啤酒，然后开始谈天说地。对这些人来说，瓦哈卡代表着小众的品位，代表着某种格调。

除此之外，瓦哈卡还格外受到那些退休人士的喜爱。是啊，这里物价便宜，日晒充足，并且节奏缓慢，试问哪个老年人会不喜欢这样的地方呢。我有个朋友的母亲已经有 89 岁高龄，她时不时会到瓦哈卡住上一段日子。我在出发前曾试着向她打听瓦哈卡的情况，她一听我要到瓦哈卡急了起来，担心我是不是要去抢她在那儿的西班牙语老师。后来我索性也就不再向老人家打听什么了，免得她一直担心下去。

在瓦哈卡，我曾经遇到过一位来自亚特兰大的黑人阿姨，这位阿姨说她每年都会来这里住上一段时间，在当地一家诊所做义工。我结识这位阿姨的经过说来也有趣，当时我正站在路边吃冰淇淋——要知道我吃的可不是普通冰淇淋，而是夹着炸蛐蛐的冰淇淋！这位阿姨可能是想要观察我吃下后的反应，所以就停下来看着我吃。说到炸蛐蛐，这是墨西哥当地有名的小吃，在随便哪个集市就可以买到。我不敢说每个墨西哥人都热衷于吃炸蛐蛐，可我敢说喜欢的人不在少数。一些有关当地的旅游指南上总喜欢强调说这种炸物的本体事实上是蚂蚱，并非蛐蛐。要知道我以前在李约瑟镇公园康乐部工作的时候，和这两种生物都打过不少交道，可我从来分不清它们有什么实际差别。对我来说，就算它们真有什么差别，也不是什么值得刻意强调的事。难道蚂蚱的口感比蛐蛐要好很多吗？或者蛐蛐比蚂蚱的蛋白质更高？

管它呢，总之在我愉快进食我的炸蛐蛐冰淇淋的时候，我发现不少炸蛐蛐正从冰淇淋球上掉下来。这位我新认识的黑人女士不无可惜地看着地上的蛐蛐说道，“这些都掉了，实在是可惜”。

“不要紧”，我回答道。之后我告诉她自己即将一路南下至美洲的最南端。这位女士听后并没有露出太过惊讶的神色，而只是说，“这段路程可不短啊”。我对这位女士印象很好，虽然与她只有一面之缘，但我认定她是个好心人。

## 在恰帕斯山顶端
## （和克罗齐摩托车公司的马可一起）

我在早上大约五点钟抵达圣克里斯托瓦尔，整个小城仍浸润在夜色中，待我抵达一会儿太阳才慢慢露出眉目。眼前光景正处于黑夜与白昼之间，令我格外欣喜。在圣克里斯托瓦尔的老城中心有着一排接一排老旧的、平屋顶的矮房子，这些房子朝向南方笔直地分布在街道两侧，每当有日光照射在这些房子上时，就会呈现极其独特的光影效果。我抵达时正遇到一间小咖啡馆刚开门，说是咖啡馆，其实它是一家小杂货店，只不过老板也经营着贩售咖啡的生意。咖啡馆很小，整个面积也就两个厨房餐桌拼起来那么大，不过我在里面自在地喝着黑咖啡，并不觉得有任何局促。一边喝着咖啡，我的眼睛一边盯着斜对面街角的克罗齐摩托车店，等着它开门。

还在读高中的时候，也就是 20 世纪 90 年代中期，作为一个还算关注时政的年轻人，我有时会在报纸上读到有关圣克里斯托瓦尔的新闻。那时的圣克里斯托瓦尔曾经发生过一场近乎于叛乱的政治运动。这场运动是由一位被称为“副司令马科斯”的人发起的。如果你有兴趣，我建议你去读一读有关这位“副司令马科斯”的资料，去了解一下他究竟是何许人也，他和恰帕斯以及圣克里斯托瓦尔的关联[1]。

至于我为何不在这里详述有关“副司令马科斯”的种种，原因很简单，我自己至今对当时发生的一切仍未十分清楚。就算我对有关“副司令马科斯”以及恰帕斯的历史有着卓越的认知，在这里大谈特谈，也未免有些违背我写这本书的初衷。毕竟我想没有任何一个读者会愿意耗费大量精力在一本游记中阅读和政治有关的东西。我想叙述的只是我在当下的所见所闻。我所看到的恰帕斯是充满田园色彩的，也是有些许魔幻的，来到这里你就仿佛坠入了一个有精灵居住的童话世界。在不少古书中，拉美的很多遥远并且具有绝美风光的地方都被描述成“魔幻之地”。无论是在玛雅人的神秘编织物中，还是16世纪在托雷多和萨拉曼卡印刷而成的古书中，我们都找得到对于这类“魔幻之地”的叙述，我们可以把这看作魔幻现实主义的早期表现形式。或许有人认为这类叙述已经是“老生常谈”了，并把这类“魔幻之地”的书写认定为文学家编造出来的为夺人眼球的把戏，然而事实上在如今的拉丁美洲，仍然存在着不少极具魔幻色彩的地方。在我看来那些位

[1] 2014年5月27日的《华尔街日报》曾经刊出一篇题为《墨西哥叛军领袖“副司令马科斯”退休并更名》的文章，文章作者是达德利·阿尔特豪斯（Dudley Althaus），在文章中阿尔特豪斯引用了一句据说是马科斯本人说过的话——“那些或是喜欢或是憎恨副司令马科斯的人现在应该明白他们喜欢或是憎恨的事实上只不过是一个立体化了的影像”。——原文注

于圣克里斯托瓦尔的被群山以及河谷所包围的村落就是这样的魔幻之地。

我自然不是第一个发现圣克里斯托瓦尔这些村落的人。早在20世纪六七十年代时，一群教授和学生来到这儿，便将这里魔幻且美丽的一切记录了下来。这些记录有的被编纂成书，其中最出名的一本叫作《几纳坎坦的黑人：一个中美洲的传奇》[1]，作者是莎拉·赫迪。在这本书1972年版的封套上印着莎拉·赫迪的照片，照片上的她看起来是个非常年轻甜美的女性。当然，我这种带有主观印象的描述很有可能和她本人的脾气秉性相去甚远，“甜美”这样的词汇在有些人看来甚至有损一个科学家的权威形象——我本人当然没有任何这样的意图，只是如果你有机会看一眼赫迪的照片，你绝对会像我一样惊讶：这样一个年轻女孩儿是如何在墨西哥野营探险，独自住在小茅屋里，然后以老男人的口吻叙述出有关当地原始的甚至是粗野的各种故事的？如果你读过她的书，就知道我丝毫没有夸大，即便她的书中包含了18张表格，她还试图将当地人的身份分类，这类田野观察的科学结论仍然不能掩盖这本书极其强烈的人文色彩。尽管我的评论有些取笑莎拉·赫迪的嫌疑，可事实上我打心底里钦佩她。因为在当时像莎拉·赫迪这样的人类学家光是前往圣克里斯托瓦尔的这些村落就非常不易了，更别提在这里居住和进行田野观察了。如今一切则大不一样：过去没有公路、电视和网络的村子改头换面，比方说在几纳坎坦，

[1] *The Black-man of Zinacantan: A Central American Legend.*

当地居民可以很方便地将温室里种植的花朵通过平整的公路运送到外面的世界去，一切都方便了起来。

“全球化简直就像个野兽一样，这儿的一切都变了。”马可指着这些村落对我说。

马可是与我随行的克罗齐摩托车公司的老板。因为当时我打算用一天时间看看恰帕斯山的那些村落，由于时间紧，靠步行肯定是不可能的，所以我从他的店里租了摩托车，就这么结识了马可。

在我们要前往的村落里，当地人即便是在家也不会使用西班牙语，而是用玛雅语进行沟通。他们所使用的玛雅语不止一种，其中包括佐帝尔玛雅语、切特尔玛雅语还有卓尔玛雅语。说到这儿，有人可能会问，“你难道打算把这些复杂到极致的玛雅语弄明白吗？”答对了，我的确打算这么做，不过下一节再讲有关我和玛雅语的交集吧，现在就不展开了。

现在我想告诉你们的是，圣克里斯托瓦尔的这些处在山间的村落完完全全是另外一个世界，这里是属于玛雅人的另一个维度。这里的人们信仰自己的宗教，使用外人不能懂的语言，他们生活在封闭的文化圈中。这些村落有着独特的组织架构与社会运行模式，每一个村子都有一些负责主导当地社会的家庭，这和中世纪意大利一些城市的组织架构有些相似，而这些占主导地位的家庭之间并不总是相安无事，偶尔也会产生冲突。

即便是和中世纪的城市有几分相似，人们对于恰帕斯从过去到现在都存有极强的陌生感，提起它，我们最多只是会说“那应该是个很远的地方”。正是因着这份亘古不变的遥远，恰帕斯至今仍旧得以完好地保留一些古老的印记，这些印记被群山包围，在缭绕的雾气中显得神秘莫测。

我们一路向恰帕斯进发，骑到山腰处时雾气便不那么明显了，眼前的一切逐渐澄澈起来。在告别几纳坎坦后我们的下一个目的地是在恰帕斯山更高处的圣·胡安·查莫拉的小镇，一路上除了能够零星偶遇一辆运输农产品的卡车外，我和马可似乎是唯一的行人。

我到达的当日恰巧是某个宗教节日，后来我回到圣克里斯托瓦尔打电话向我的母亲询问时才知道，按照天主教的规矩，当天是圣约瑟日。据我所知，圣约瑟日算不上天主教的大型宗教节日。在查莫拉，相较之下，圣约翰日更加受到当地人的重视。

不管怎样，我打定主意要看看当地人是怎么庆祝宗教节日的，于是当天在到达查莫拉后我便前往教堂附近一探究竟。那天是周三，有不少人都出现在教堂里。教堂整体呈纯白色，其边角被粉刷成绿松石的颜色，从远处看就仿佛是一个白色的大蛋糕边缘被小心规整地装饰了一圈色彩明丽的果酱。这教堂和洛杉矶的那些天主教堂的样子完全不同。

在白色的教堂外聚集着穿白色衣服的人群，他们是等待进入教堂参加祝祭的。这样的场合不允许拍照，即便是在教堂外面。尤其不能对着小孩拍照，除非你得到小孩本人或者是其父母的允许。教堂内自然更是禁止拍照的。我对于在旅途中拍照这件事并不大在意，所以对于不允许拍照这样的规定并不感到失望。教堂内部为了迎接节日铺满了松枝，有的地方松枝铺得薄一些，走上去还可以触到地板；有的地方松枝铺得多一些，走上去就像走在厚实地毯上。因着这些松枝，整个屋子都充满了松树凛冽的香味。教堂的屋顶很高，让人感到很开阔，有种置身于某个大型宴会厅的感觉。教堂的每一面墙壁上都是圣人主题的壁画，以我并不丰富的宗教知识判断，这些圣人不仅仅是天主教徒信奉的圣人，也有西班牙人和墨西哥当地人崇拜的神明。他们有些看起来慈眉善目，有些则让人望而生畏。这些神明有着五颜六色的头发和服饰，每一位看上去都活灵活现，仿佛只需我轻声呼唤，他们就立刻会神气活现地从画中走入现实。

对不少人来说，神像的功能就是便于求神问佛。所以每当来到一尊神像前，我们总是会看到那些企图和神像交流的人们。有些人只是默默祈祷，有些人则会以耳语或是更大的声音向神像说着什么。这种场景在我看来略略有些不可思议，我当然明白在教堂和神像说些什么是再正常不过的事情，可我认为不该过分夸大神像本身的功能。在圣·胡安·查莫拉的教堂，人们确实把神像当作神明本身来对待。无论是西班牙的僧侣还是方济各会的传教士都曾经试图纠正当地人这种近乎偏执的神明崇拜，然而他们的努力似乎从未奏效，当地人仍然希冀靠着和神像交流获得些什么。

记忆中教堂里在我面前的神像壁画大约是一个高大的男子举着一个小男孩。小男孩的样子应该是幼年耶稣，如果我没记错的话。我当时把这幅壁画誊在了我的笔记本上，可毕竟我的画画技术马马虎虎，因此无法靠着自己简陋的笔法来回想壁画本来的面貌。但这都不要紧，我自认从这幅壁画上获得了力量，并希冀壁画上的神仙能够保佑这本书成为一本佳作。

总之，以上便是教堂内部的模样。

教堂外面有个非常宽敞的广场，在阳光的照射下，广场地面的灰色石砖看起来格外凌厉，和湛蓝的天色形成了鲜明对比。广场对面是国家高等法院和土著和解委员会的建筑，在这幢建筑外面，一些男男女女或是懒洋洋地靠在其外墙上，或是在树荫下乘凉，看样子他们似乎在等什么人。

## 格林戈兰迪亚

在恰帕斯山的山腰上有一条类似瀑布的小溪，途经附近时我看到了在溪流附近的草地上休息的几个牧羊人。他们穿着色彩鲜艳的衣服，那些衣服看起来颇为质朴，我猜是手工剪裁出来的。看着这些或是半躺或是半坐着的牧羊人，我一时间有些恍惚，觉得这场景似曾相识。后来我才意识到这画面和以田园风光为主题的油画如出一辙，那些油画以田地和溪谷为背景，一大片绿色中零星点缀着几个彩色的斑点，那是牧羊人的身影。

这些牧羊人看见马可后友善地和他招了招手，看样子他们或许和马可本人算不上熟识，可大概知道他是带游客到此的向导，并且大约可以判断出这是个好人。的确，马可是那种一眼看上去就让人心生好感的人。牧羊人在远处对马可说了些什么，大概是询问我从哪儿来。只听马可回答，“格林戈兰迪亚”（在西班牙语中，人们用“格林戈兰迪亚”来指代美国）。

由于那些牧羊人使用玛雅语，对西班牙语也不是很熟悉，所以不知怎么地他们以为我来自冰岛，在认定这一点后，他们便相互随意讨论了几句，就不再追究我或是冰岛的任何了，在他们看来这些都是无关紧要的。而我也不愿去纠正他们说我事实上来自美国，我只是笑笑便和马可继续赶路了。再往前一点，马可把我带到一个岩洞附近，很显然这个岩洞是被山涧的水流冲击洞穿而成。

## 喀斯特地貌

在恰帕斯有很多岩洞，这些岩洞聚合在一起也就是人们通常所说的喀斯特地貌。所谓喀斯特地貌，是指被水溶解侵蚀后的石灰石、白云石以及生石膏软化后形成的地表形态。由于这类岩石的质地较软，一块巨大的石灰石经过水流的冲刷作用甚至可以产生超过一英尺的裂口。除去裂口，这些可溶性岩石在水流的作用下有的会产生孔洞，继而形成天坑、岩洞，甚至是地下河。

我个人有个不知站不站得住脚的观点，我认为喀斯特地貌总是和那些有趣的文化相连。比方说在美国佛罗里达、肯塔基、田纳西、阿巴拉契亚，这些地方都拥有喀斯特地貌。在爱尔兰巴伦地区的喀斯特地貌也十分出名，传说中那一带常常有幽灵出没。法国更是有著名的拉斯克岩洞，里面保存有各式各样令人惊叹的溶洞壁画。除此之外，在越南、西班牙、巴布亚新几内亚以及中国的中部地区，喀斯特地貌都和精彩的本土文化有着或多或少的交集。

玛雅文化可以说是生长于喀斯特地貌之上的，当年的玛雅古城看似建立于水中央的岛屿上，实则这些岛屿就是经过水流溶蚀而成的喀斯特地貌。而玛雅人的传说都围绕着深不可测的溶洞和地下河展开，这些故事有的古怪，有的则骇人。

总之在我的印象里，但凡你能够找到喀斯特地貌，那就意味着你即将遭遇到有趣的民族并体会其丰沛的文化。这些地球上的裂缝和凹陷总是让人既畏惧又深陷其中。

## 傻瓜和英雄

作家们在讲述旅行中遭遇的故事时通常会有两种套路，且往往呈现为两个极端，一种是把自己塑造为英雄人物，另一种是通过自嘲让自己看起来像个笨蛋。

如果是走英雄叙事的套路呢，过于直截了当地夸奖自己是如何英勇自然是不合适的。不少人会采取迂回的方式，比方说先行渲染一下周边的环境是如何凶险，然后开始大篇幅描述自己是如何在凶险的环境下保持镇定自若的。然而读者有时对于这种叙事并不买账，他们会认为这有些过于刻意了。

那种把自己描绘成傻瓜的作者呢，并不是真正想暴露自己有什么短处，而是通过刻意渲染自己的笨拙来博读者一笑。通常这种叙事无非就是由作者在陌生的地方遭遇到的一连串或尴尬或危险的遭遇所组成。当然这种遭遇必须有其连贯性才能让读者真正相信你，否则也会显得有意为之而有失自然。

在接下来要讲的故事里，我是以傻瓜的面貌出现的。触发这个故事的关键是在山路上行驶的过程中，我不小心把摩托车的钥匙掉进了小溪里！当时我们正驶过一座桥，我到现在也搞不明白钥匙怎么会掉下去。由于溪流很急，钥匙掉下去的瞬间就不见了。我立刻脱掉衣服打算下水去捞，可是站在溪边的一瞬间我犹豫了，因为我有些不情愿把自己的脑袋扎进水里面，即便在这种紧迫的情况下。我心里实在是担心这溪水里会不会沾染着什么当地的传染病细菌。再后来我努力说服自己，这是条美丽清澈的山间小溪，说不定比美国我家边上的小溪干净多了，里面最多就是会有一些农田里排出的杀虫剂，当然也可能有牛粪、羊粪的残渣。但是……管它呢，现在我的首要任务是捞钥匙，要真把钥匙弄丢了，我可如何向马可交代。想到这里我便不再犹豫，把头扎进水里努力摸索着钥匙的下落，所幸还是找到了。

找到钥匙后的我心情大好，迎着夕阳和马可继续向前，可没料到摩托车又出了状况，这次和钥匙无关，而是引擎出了问题。这一回虽然我也有些焦急，可比起钥匙掉了，我自认引擎故障不是因我而起，所以我想即便是修不好，马可也不会埋怨我。相反，这车子是从马可店里租来的，所以这事情他总归会帮我搞定。果然，马可第一时间开始摆弄我的摩托，检查了一番说是车子的电池出了问题。他说这是小问题，可以修好，只不过要到镇子上才有工具来修。我们当时距离小镇还有差不多 12 公里。

后来马可想出的办法是用一根绳子把我的车子拴在他的车子之后，靠前面摩托的马力带动后面的车子行进，他自然是负责在前面拖车的人，我则坐在后面，不费什么力气跟着马可下了山。待我们抵达镇上，已经是下班高峰期，街道上到处都是车子，一路堵到马可的店门前。费了好一番周折，在晚些时候我们终于回到了马可的店里，把车子修好后，吃了咖喱鱼，喝了冰镇的维多利亚牌啤酒，一天就这样结束了。

## 夜间骑行

在到达圣克里斯托瓦尔的第二天，马可便邀请我加入他和他的朋友一起组织的夜间骑行活动。据马可说，他们每月都有一次这样的环城骑行活动。大约在晚上九点，我如约抵达马可的店里，从他那儿借了一辆自行车，然后前往广场和其他骑行者碰头。参加骑行的一共有30来人，都是年轻人。在前一天和马可吃饭的时候他大略向我讲述了他在当地要好的朋友以及他心仪的女生，他对我说这个女生是那种看起来既性感又凌厉的类型。当天这个女孩子也出现在骑行队伍中，我虽然没有十足的把握，但凭借马可的描述，我也大概猜得出是哪一位。

队伍中的男男女女每一个看上去都活力十足。我们像一群无所畏惧的猛兽一般趁着夜色向前突进，其中最勇敢和嗓门最大的人冲在最前面。事实上，并不是所有人都十分擅长骑行，有人仍然会不时表现得手忙脚乱，不过这并不影响大家的热情。没人会过分在乎诸如配速、强度、骑行距离这些因素，所有人只顾着兴奋地向前冲。领头的骑手们但凡遇到坑洼或者其他危险的路况时会高声吆喝“TOOOPES”这个单词，紧接着后面的人会一个接一个地将“TOOOPES”喊出来传递给后面的人作为提醒。在西班牙语中“TOOOPES”的意思是“会阻碍骑手前行的凸起物或者是凹陷地形”，经过这次骑行，“TOOOPES”成了我最熟悉的西语词汇。

虽然每个个体在骑行中并不会有什么过于密切的交谈，但这仍不失为一种聚合度极高的社会活动，骑行使这群当地年轻人暂时成为一个精力充沛的小团体。这或许从某种角度传递出了当地社会生态的发展方向，而该团体的社会主张则是有关外出骑行，有关享受人生。这于我是一种积极的信号，也是我极其愿意响应的，而马可和他的心上人作为骑行队伍的组织者，也自然会得到我的追捧，即便他的心上人样子看上去的确有些不好惹。

## 在途经帕伦克城路上遇到的瀑布

我的下一站是位于帕伦克城的玛雅古城遗址，距离圣克里斯托瓦尔大约有 130 英里。帮助我前往帕伦克城的是一辆号称可以负载 16 名乘客的中型客车。算上我，当天车子里一共有 12 名乘客，这些乘客有的来自墨西哥，有的来自西班牙，当然还有像我一样来自美国的。除此之外，剩下的就是司机还有一个年龄不大的，可能是司机助手的男孩。客车上没有空调，显得格外闷热，车子上一位来自西班牙的妇女对于没有空调这件事表示出极大的不满，她一再强调自己来自西班牙，而非墨西哥，车厢内的闷热环境在她看来是对她们西班牙乘客极大的冒犯。车上的墨西哥乘客对于她的这番说辞很是不满，露出不悦的神色，而和她同来的西班牙同伴大约是为了避免冲突，也没人站出来应和她。这位女士似乎没察觉到车厢里尴尬的氛围，仍旧顶着高温唱着独角戏，到后来所有人几乎都对她的喋喋不休露出了厌烦神色，她仍旧执着地抱怨着。她似乎认定自己是整个车厢的意见领袖，必须帮助大家伸张正义，所以到了后来她竟无所顾忌地和司机争论了起来。争论过程中她频繁提及我，就仿佛我是其中最不满的一员。我并没有干涉这位妇女的企图，因为她的目的不过是要司机打开空调，虽然方法有些偏执，但出发点是好的。司机也并不让步，他坚持说车子里的空调出了故障，而且这故障是永久性的，根本不可能修好。

西班牙女士对司机的答复压根儿不买账，坚持要司机想办法打开冷气。车子一路穿越蜿蜒的山路和河谷，而这位女士的声音从头到尾没有一刻停下，我想她大概是非要等到车子从山腰某处翻下来才肯真正罢休。在车子即将要到达阿瓜阿苏尔（The Cascadas de Agua Azul）瀑布之前，或许是说了太久，这位女士终于消停了一小会儿。

“阿瓜阿苏尔”的本意是指“蓝色的水”，而阿瓜阿苏尔瀑布也的确呈现出湛蓝色。从远处看上去一段段激流从半空中坠下，拍打在圆形石头上，然后消失于一汪蓝色之中。无论是颜色还是形态，阿瓜阿苏尔瀑布都呈现出一种幻境般的飘渺感，来到此处的人或许会以为自己误入了某个童话世界。

然而面对阿瓜阿苏尔瀑布这样的美景，游客们能做的似乎也有限，多数人不过就只能远远地盯着它看看而已。我下车到瀑布附近，刚好碰见两个从澳大利亚来的小伙子，只见他们先是走到路边的烤玉米饼摊买了小吃来吃，然后盯着小摊上的一个小电视屏幕里正在播放的电影看了一阵子，而他们身后就是正在奔流的阿瓜阿苏尔瀑布。你看，即便近在眼前，游客们和所谓景点们的交集也是很有限的。

离开阿瓜阿苏尔瀑布，在最终抵达帕伦克城前，我们的车子还在另外两个景点稍做了些停留。这两个景点都是位于墨西哥南部的喀斯特地貌，二者各有特色，都非常值得一看。下车的时间总是极其短暂的，大部分时间我们都不得不待在如蒸笼一般的车厢里，闻着汗液的味道。大概到下午 4 点半，我可以明确地感觉到自己的整件衬衣都湿透了，不过还好没过多久我们就抵达了终点——帕伦克城。

# 有关中美洲的古老文字

西班牙人在抵达尤卡坦半岛不久后便知道岛上散落着大量手写书籍。这些书籍有不少都是年代久远的宝贝，一些当地人拥有这些书籍却并不知道它们的珍贵性。这些书籍是用树皮做成的纸缝制而成，玛雅人在上面写满了密密麻麻的文字，其中还夹杂着各种生动的插图和表格，即便是不懂玛雅文字的人，只要看上一眼，都能够明晰其内容一定产自能够进行复杂思考的大脑。

在西班牙人到达后的几个世纪，也就是在差不多 1500 年的时候，这些玛雅人旧时写成的“树皮书”仍然可以寻到，只是数量已然不多，总共加起来不过 50 本，又或者至多大概 100 本的样子。它们中的大部分应该是被收藏在当时特诺奇提特兰城的图书馆里。对，在特诺奇提特兰城没被西班牙人摧毁前，那儿一定有一座图书馆是专门用来存放这些古书的。

迭戈 · 德 · 兰达在 1541 年抵达墨西哥的梅里达时，曾经如此描述他所遇到的玛雅人：“这些人懂得使用文字和字母，凭着这些文字，他们在自己的书中记下有关古物以及科学的一些知识。除去文字和字母，他们还依靠数字以及一些符号来整理和判断事情。这一切都是极为复杂且成体系的。”

那么在发觉这一切后，迭戈·德·兰达做了些什么？是将玛雅人的书收集起来妥善保存，然后留给他们的后人吗？

他没有这么做，答案由他自己揭晓：“说到底，这些书上不过是写了些当地人对于鬼神的迷信以及一些胡编乱造的谎言，所以我们把这些东西全都烧掉了。对于我们的行为，当地人看上去显得极为痛心，因为他们将那些书籍视若珍宝。”

德·兰达抵达便将玛雅人的书籍付之一炬，这是何等混账之人才会做出的事情，据说就连当时同行的传教士都认为这种行为太过分了。或许我们可以从德·兰达的视角出发，来揣测一下他做出这种偏激行为的动机。在到达尤卡坦的第一天，兰达就在丛林中看到了血淋淋的人祭仪式，他被眼前的一切吓到了，所以认定当地人全部是迷信鬼神的乌合之众。只有他或许能够充当解救其于蒙昧的“神”。于是，烧书便成了其“解救行动”的第一步。

现今留存于世的玛雅书应该是3本，哦不，如果我记得真切的话，应该是4本。准确来说，我所提及的所谓“玛雅书”实际上是一种手抄本。而之所以把它们归类为手抄本而非书，主要还是依据其装订的方式。这4本仅存的玛雅人手抄本均是以其被挖掘或是收藏的地点来命名的，它们分别是《德累斯顿刻本》《马德里刻本》《巴黎刻本》和《格罗里埃刻本》。在这里可能需要解释一下《格罗里埃刻本》名字的由来：格罗里埃是位于曼哈顿的一家藏书俱乐部，《格罗里埃刻本》在被考古学家发现后，恰好就是在格罗里埃被展览的。该刻本于20世纪70年代在一处洞穴中被发现。

这些手抄本上满是密密麻麻的文字。然而现代人有机会能够读懂这些手抄本的原因说来有些讽刺——有赖于迭戈·德·兰达。根据他在墨西哥的见闻，兰达写了一本叫作《尤卡坦纪事》[1]的史书，该书记录了玛雅人使用的历法、其崇拜的宇宙之神，以及他烧毁玛雅人手抄本的经过。除此之外，更重要的是，他提供了由其亲自抄写的玛雅人的字母表，这对于后世学者解读玛雅文字有着至关重要的作用。

说到为什么兰达要花时间写下玛雅人的历法、字母表还有其他种种，没人知道原因。或许是因为他烧掉那些古抄本后略微感到良心不安，故以此来作为弥补？又或者他想要借此来进一步了解玛雅人，好让他们尽快皈依天主教？谁知道呢。兰达之所以能够了解这一切，得益于一个玛雅人，这位玛雅人扮演着类似老师一样的角色。可在这个玛雅人死后，德·兰达竟然将他的尸骨挖出，然后把它们分成小块撒在田里。传说他这么做是因为担心若是按照玛雅人的下葬方法，死后他的这个“师傅”可能会在阴间皈依先前的宗教，背叛天主教。

至于《尤卡坦纪事》，很长一段时间人们并没有把它当回事，也并没有意识到可以利用其中玛雅人的字母表来解析玛雅文字。人们对于玛雅文字开始感兴趣是在大约19世纪，1822年，时年

[1] 《尤卡坦纪事》(*Relación de las cosas de Yucatán*)是迭戈·德·兰达在从由尤卡坦返回西班牙途中写成的，成书于1566年。

32 岁的法国科学家让 – 弗朗索瓦・商博良宣称自己破译了阅读古埃及象形文字的方法，在这之后欧美的学者便对包括玛雅文字这样的古代文字产生了浓厚兴趣。想想这怪让人兴奋的，能够读懂 4000 年前人类的文字，要知道那大约跟《圣经》诞生的年代一样久远。

总归，玛雅文字的研究一时间成为学术界、收藏界以及艺术界的香饽饽，不少人花费大量精力来研究这一至今仍未被完全破解的象形文字。

来自爱尔兰的金斯伯勒子爵爱德华・金就对玛雅文明十分着迷，他几乎耗尽了毕生精力来研究该文明。金斯伯勒子爵十分富有，他花费了大量财富汇编并出版了一本《墨西哥的古迹》[1]，书中收录了大量古墨西哥绘画作品的摹本。这些绘画作品收藏于世界各地的图书馆及博物馆，包括巴黎、柏林、德累斯顿宫廷图书馆、维也纳帝国图书馆、梵蒂冈图书馆、罗马的博尔吉亚博物馆、博洛尼亚研究所图书馆、牛津博德利图书馆。

《墨西哥的古迹》一书共有 9 卷。其中 2 卷是我之前提到的那些玛雅手抄本，此外还包括阿兹特克以及米斯特克文字的手卷。

---

[1] 《墨西哥的古迹》英文全名为 *Antiquities of Mexico: Comprising Fac-similes of Ancient Mexican Paintings and Hieroglyphics, Preserved in the Royal Libraries of Paris, Berlin and Dresden, in the Imperial Library of Vienna, in the Vatican Library; in the Borgian Museum at Rome; in the Library of the Institute at Bologna; and in the Bodleian Library at Oxford. Together with the Monuments of New Spain, by M. Dupaix: With Their Respective Scales of Measurement and Accompanying Descriptions. The Whole Illustrated by Many Valuable Inedited Manuscripts, by Augustine Aglio*，出版于 19 世纪，本书原本计划是包含 10 卷内容，但金斯伯勒子爵生前只汇编完成 9 卷。

这是一套十足的大部头，9 卷加起来大约有 30 磅那么重。然而当时的行情并不好，似乎没那么多读者有意愿来阅读这本有关墨西哥古文明的书，而印刷费用又贵得要命。即便当时首版印刷的数量只有 9 本，其对于任何一个家庭也是极大一笔支出。事实上金斯伯勒的家族并不如他想象中来得殷实，在他投身出版他的鸿篇巨制后，家里的经济状况更是大不如前了。金斯伯勒最终死在都柏林的一座监狱里，结局凄惨。不过唯一令金斯伯勒感到欣慰的应该是在他死后，一本记载了特佩特劳兹托克文明的玛雅古抄本最终是以他的名字命名的。

说到德·兰达整理的玛雅文字母表，事实上并没有多复杂。德·兰达只不过是把西班牙文中的每一个字母和玛雅文的每个字母或者象形文字对应起来。值得说明的是，相比于只有二十几个字母的西班牙文，玛雅文字加起来有 300—500 个字母（当然我不确定我给出的数字是否完全准确）。所以在制作西班牙语和玛雅文的字母对照表时，德·兰达将 1 个西班牙字母和 2—3 个玛雅象形字对应起来，可由于后者的数量实在太多，所以还有很多剩余的玛雅象形字没有被配以对应的西班牙字母。这么看来，德·兰达字母表的功用并不像有些人形容的那么不可替代。要知道，我们如今所看到的德·兰达的《尤卡坦纪事》只是这本书的一部分，当初成书时或许那张字母表要比现在留存于世的版本更加完备，谁知道呢？

另一位致力于研究玛雅文字的学者是苏联的语言学家尤里·科诺罗索夫。究竟是不是尤里·科诺罗索夫在柏林国家图书馆的废墟中找到三大玛雅古抄本其中一部的稀世摹本，人们对此是有很大争议的，现在越来越多的人倾向于认为该摹本的发现人并不是尤里·科诺罗索夫。我也不确定。但可以确定的是，在战后的莫斯科，尤里·科诺罗索夫将其全部精力都投入到解读玛雅象形文字中，他所依靠的主要就是一本玛雅古抄本的摹本。

如果你在网上搜索科诺罗索夫的名字，那么八成你会看到一张他抱着猫的照片。在开始研究玛雅文字前，科诺罗索夫已经具备了解读数种语言文字的能力，这其中包括俄语、汉语、阿拉伯语、古埃及象形文字，还有乌兹别克语。据说他甚至对古印度文字也有所涉猎。作为一个出色的语言学家，科诺罗索夫将研究兴趣转向玛雅语似乎是顺理成章的事。他首先自学了西班牙语，然后深入阅读了德·兰达的著述。

科诺罗索夫认为德·兰达所谓的字母表应该是如此完成的：一名玛雅人作为抄录员负责听写和记录兰达念出的每一个字母，比方说德·兰达读出西班牙语中“bay”这个音节（即西班牙语中的 *b*），玛雅人便按照其发音在玛雅文字中找到一个发音相近的象形文字或其偏旁部首记录下来。

科诺罗索夫的这个结论为研究人员破解玛雅文字提供了新思路。他们试图将一个个玛雅文字拆分成不同部分，逐一破解，确定每一部分的意思。学者们当然会有意见分歧的时候，所以在学术期刊的文章中，和他们写给对方的信件中，我们常常看得到他们就某一个字的解读产生争论。也正是在科诺罗索夫时期，考古学家在中美洲又发现了新的玛雅文明遗址，这也为学者们破解玛雅文字提供了更多线索。

科诺罗索夫破解玛雅文字的进度并不快，可不管怎么说，得益于科诺罗索夫这样的学者的努力，玛雅文字这个原本对于现代人密不透风的语言体系开始一点点瓦解了。

真正系统性破解玛雅文字的是以迈克尔·道格拉斯·科伊为代表的一批学者，科伊还在《破解玛雅密码》[1] 一书中详细叙述了他是如何和他的同事们一起完成这项工作的。我个人强烈推荐这本书，在我看来科的叙述充满热情，他常常能够让读者也感同身受地体验到他们成功破解某个文字后的喜悦。科也是个十足的绅士，他在书中时常提及他的同事们所做出的贡献，不过在此之余，科伊也会打趣地将这些和他一起参与破解工作的学者们形容成不折不扣的“疯子们”。总之，虽然这本书的实质内容并不容易，但科伊的叙述并不让人觉得枯燥。科伊在书中试图使用英语来解释玛雅语中类似及物动词用法、动宾结构、主谓宾结构的使用规则。要知道，想讲明白这一切可并不容易。我想科伊并不会真正计较是否每个读者都能够弄明白这本书讲的每一个结构，其真正作用在于展现了想要彻底破解某种古文字是一项多么复杂以及困难的工作。从这个意义上讲，科伊所做的工作是十分了不起的。

即便我已经读过两遍科伊的《破解玛雅密码》，我也必须向你们坦白，我仍旧没有具备阅读哪怕是一丁点玛雅文字的能力。这

---

[1] 《破解玛雅密码》英文原版名称为 *Breaking the Maya Code*，作者为上文所提到的美国考古学家迈克尔·道格拉斯·科伊。

事实上令我感到有些沮丧，毕竟我自认自己对于古文字的兴趣绝对是要超越大多数人的，如果我不去试着学习阅读玛雅文字，那这对我个人来说绝对是个莫大的遗憾。不过值得庆幸的是，这世界上有着比我更加聪明的人已经掌握了解读玛雅文字的技巧，通过阅读玛雅人的文献，他们发掘了更多也更令人感到惊喜的，关于这个古老文明的过往。

## 和帕梅拉一起前往危地马拉

在帕伦克城东北部的森林中有一条小溪，这条小溪边有一处被人们叫作“皇后浴场”的废墟。学术界对于这处废墟是不是归属于曾经的当地皇室有很大分歧，我个人并不是学者，所以无法对此刨根究底，我们姑且就把这里看作溪水边归属不明的一处废墟好了。这处废墟无疑也是玛雅古文明的遗迹，只是较之帕伦克城市中心的废墟，这儿距离更远。所以如果你一大早赶来，是几乎碰不到什么其他游客的。

除此之外，在这处森林的边缘还有类似旧时住宅的废墟。不少考古学家耗费数年光景来探究这处废墟本来的用途，有人认为它是玛雅古城的贫民窟，也有人认为是皇室用来招待访客的类似宾馆一样的建筑。定论至今尚未形成，所以大家仍旧处于各持己见的状态中。

森林外延有一块平整的草皮，同样，我无法判别其用途，但踩上去有点像踩在高尔夫球场上。天哪，我简直难以想象在公元700年时竟有如此先进的设施来建造该场地，要知道，这一定是消耗巨大的人力资源才能得以完成的，怎么说也要几千人。

草皮上还有一座类似瞭望塔一样的建筑。那些占星家当年很有可能就是站在这里观测天象的。玛雅人对于天文十分感兴趣，也在该领域颇有造诣。迈克尔·道格拉斯·科在书中指出，玛雅人甚至计算出了月球运行的周期，而这个周期结果与现代科学家计算出的精确结果只差 33 秒。这座瞭望塔有 4 层高，和如今我们在亚洲国家看到的佛塔外形有些类似。值得注意的是，这座塔并不是一座独立的建筑，它是一座更大型建筑的一部分，这座建筑看上去和一所大学或者高等研究机构类似。

除此之外，草坪上还有像金字塔和寺庙一样的庞然大物。说起金字塔，对于其在玛雅文明中究竟是不是也会被当作墓穴来使用，学术界有很长一段时间都没有定论。现在我们已然了解，答案是肯定的，因为考古学家曾经在金字塔中发现被埋葬的玛雅国王。

在玛雅文明中最令人惊叹的陵墓要数帕卡尔，也就是基尼希·哈纳布·帕卡尔[1]的陵墓。毫无疑问，帕卡尔，即巴加尔二世，曾经是帕伦克城最最不可一世的统治者。他指挥当时的奴隶和水手建立打造了帕伦克。据说帕卡尔的统治一直持续到他 80 岁左右，有人认为这是由帕卡尔统治得力从而获得民众拥戴所致，也有人说帕卡尔的统治事实上中间也经历了波折。当然，也有学者认为在帕伦克发现的这座墓穴并不是帕卡尔下葬之处。帕卡尔的年龄

[1] 基尼希·哈纳布·帕卡尔（K'inich Janaab Pakal），即巴加尔二世（603—683），是玛雅古城帕伦克的国王。

也是争议的焦点之一，一些考古学家依据出土遗骸的骨骼年龄判断帕卡尔死去时应该不到80岁。如果你愿意，可以把头探到帕卡尔的竖井墓的口子里，并向下张望一番，看能否窥见陵墓的哪怕一点样貌。虽然我们无法下定论说这就是帕卡尔的陵墓，但能够确定的是，在遗体下葬的1279年后，尸骨早就不在其中了。

帕卡尔陵墓口处有个盖子一样的东西，上面满是雕花，简直是不可多得的稀世珍品。我想但凡来过这儿的人没有谁会不注意到它，它仿佛是天外来客带来的宝贝，精巧到不可思议，看到它我甚至怀疑当年帕卡尔并不是自然死亡，而是被留下这个盖子的外星人带走了。早在我之前，德国人埃里奇·冯·丹尼肯在其《众神的战车》中煞有介事地将帕卡尔的死和外星人联系在一起，并且企图让读者相信他所说的一切都是真的。《众神的战车》当年一出版就得到了人们的追捧。姑且不论所谓埃里奇·冯·丹尼肯所说的一切是真是假，人们的确因此燃起了对于中南美洲古遗址的热情。我也不例外，小时候我也曾经是《众神的战车》读者之一，那些关于墨西哥古墓的无数未解之谜，我曾一度深深着迷。

当然了，现在的我早就不再相信所谓玛雅文明和外星人是有联系的这种论调，毕竟哪怕没有外星人的加持，玛雅文化内部的谜团就足够吸引我了。说起这些让我感兴趣的未解之谜，有关玛雅人的球场和球赛的种种是其中之一。帕伦克就保留有一处玛雅古球场的遗址。当年的玛雅人热衷于球类运动，其中一种是用橡胶做成的球，游戏规则规定双方不能用手来击球。最后要么是输的一方，要么就是赢的一方会被当作人祭仪式的祭品。有些学者指出，当年这些参加这种球类比赛的选手是由帕伦克城的勇士俘虏而来的，这些被俘虏来的市民必须和这些勇士进行比赛，输的一方要被抓去砍头。当然也有学者对这种说法持怀疑态度，他们认为随便从街上抓来贫民去参加比赛根本就不可能，除非玛雅勇士们愿意先花上几个月时间教会这些平民游戏规则和技巧，而这很显然是不现实的。

帕伦克城有太多未解之谜，任意一处残垣断壁都有可能让你驻足许久，静下来思量与其相关的神秘过往。只不过很可惜的是，这些古遗址大多位于森林里，我是早上 10 点钟到达的，里面又潮又热，即便是我自己想再多站一会儿好思考玛雅人的过往，我的身体也实在吃不消了。

为了来森林附近参观这些玛雅遗址，我在附近一个叫玛雅贝尔的地方预定了住宿。玛雅贝尔是森林里的一处空地，其中一部分被当作露营地使用，此外还有几间小屋。露营地上零星停着几辆拖车，它们大约属于来自美洲的甚至更远大陆的那些富裕游客们。这里还有一个废弃游泳池，看上去里面很久没有盛过水了，不过我还是很乐意坐在池边乘凉。到了傍晚，我总是能听到动物的号叫声，这叫声大到像是要穿破夜色一样，让人感到毛骨悚然。我最开始以为这是美洲虎的叫声，后来有人告诉我这来自吼猴。后来有一晚，当我正在泳池边坐着乘凉时，这群吼猴竟然晃晃悠悠地爬到了泳池边。这可实在是太稀奇了，我在想或许它们觉得我看上去也是无害的生物，才无所顾忌地在我附近活动吧。

玛雅贝尔有一间屋顶铺满毛草的酒吧，很多人都乐意在那儿喝一杯。此外还有一间餐厅，餐厅的上菜速度极慢，不过菜品味道十分不错。光顾这间餐厅的有不少文艺青年，他们中的大多数喜欢坐在玻璃窗前捧着笔记并在上面涂涂写写。

正是在有着茅草屋顶的酒吧，我结识了来自危地马拉的帕梅拉。认识她的那个下午我本该顶着热浪在森林里围着那些遗址打转，可我最终决定坐在酒吧里，毕竟相比满身汗渍地游荡，坐在有冷气的地方舒服地喝上几杯更有助于我思索有关玛雅文明的种种。帕梅拉恰好也在酒吧里，当时她正和一个来自法国的嬉皮士聊天。我听得到他们的谈话，那位法国男士显然乐于主导谈话内容，而话题无非就是嬉皮士们最热衷聊起的那些，诸如福岛核辐射、致幻蘑菇的前世今生之类。此外，这位男士还非常自豪地向帕梅拉炫耀自己的身体完完全全是由健康的蛋白质构成。看得出帕梅拉似乎并不是很愿意卷入这场谈话。

其实我在阿瓜阿苏尔的时候就曾经碰到过帕梅拉，当时她戴着太阳帽，在瀑布边和两个来自以色列的男士热络并且轻松地聊着天。当时的我看到这样一群人一瞬间竟然有些嫉妒，要知道我一路上不仅要忍受蒸笼一般的车厢、了无生气的其他乘客，还有那位喋喋不休的西班牙女士，对比之下，帕梅拉他们看上去可实在是太惬意了。

这下好了，今天大约轮到帕梅拉羡慕我的处境了，看得出她不知该如何摆脱掉眼前的这位男士。在聊完蘑菇、福岛核泄漏后，嬉皮士男士又滔滔不绝地讲起了自己是如何讨厌聚会前那些冗长复杂的仪式，说完这个他又说到自己是如何与凡人不同，说那些什么所谓致幻剂根本不会对他起作用。看得出，帕梅拉一直在努力保持礼貌的态度进行回应——可我看得出，仅仅只是出于礼貌罢了。这就好比你在超市偶遇自己妈妈的朋友，尽管你必须要保持礼貌的态度和这位长辈聊天，可事实上你根本不知道如何把话题进行下去。

法国男士丝毫没有要停下来的迹象，他似乎认为帕梅拉已经被他完全吸引。他自认自己散发出的魅力足够俘获眼前这位女士。看着帕梅拉一副无助的样子，我想如果我装作视而不见或是干脆走掉那定是太残忍了。我喝下一杯酒壮壮胆，随即便走到那位嬉皮士面前打算解救帕梅拉。我先是介绍了自己，然后问帕梅拉还记不记得昨天，我说我们都到过阿瓜阿苏尔瀑布，我在那儿见过她。

事实上，在旅行过程中遇见嬉皮士并不新鲜。而面对像这位法国男士一样喋喋不休的嬉皮士，你必须知道如何应付他们，以避免像帕梅拉一样困在其中无法脱身。我总结出来的办法是对他们的观点表示无条件赞同。要知道嬉皮士们的共性是热爱与人辩驳，并且企图以自己的观点说服你。可若你对他的观点表示无条件赞同，嬉皮士们则先是会感到吃惊，而后会觉得自己准备的一大段企图说服你的台词无处施展，最后便会悻悻离场。这一招我可是屡试不爽。面对这位法国男士，我故伎重施。他自鸣得意地告诉我说自己听说各国元首曾经就蔬菜和牛奶开过大会，认为大部分果蔬都受到了严重污染，他们开会的目的就是打算把这件事对全世界人民保密。对于这种近乎荒谬的说辞，如果反驳，这位嬉皮士先生会没完没了地跟你争论下去，你可千万不能中招。我的办法就是摆出一副“这不是人人都知道的事实”的表情，然后一脸不解地看着他。好了，解救帕梅拉的工作大概到这里就算成功一半了。

其实这个法国男人的目的很明显，东拉西扯大半天并不是为了展示自己多博学，他不过是要借此来获得帕梅拉的注意，让帕梅拉对其倾心罢了。我的出现打乱了他原本的计划，在和我草草应付了两句后，他略带怨气地说，“这里根本不是真正的墨西哥”，似乎他打算来个最后一搏，期待我能够对他的话作哪怕是一点点反驳。我内心真实的想法只有一个，那便是“笨蛋，这里当然是真正的墨西哥”。可若是这样，我之前的努力都白费了。于是我再一次摆出了一副“对，你说得都对”的表情，不再作多余回答。

谁知这家伙不依不饶，说道，“正因为在这里我根本看不到真正的墨西哥，所以我打算到印度去了，那才是我真正的归属”。

“回印度”——这往往是嬉皮士的最后一张牌，在无话可说时，他们往往会以“回印度”来为自己争得最后一点面子，仿佛印度是只属于他们的圣地一样，而这个圣地可以将他们与他们眼中一般的凡夫俗子分隔开来。

再然后，他大概觉得实在是太无趣，便和我们打了声招呼，往自己的帐篷走去了。就这样，我和帕梅拉成了朋友，往后的几天里我们两个人更是成了旅伴。

后来我才知道，虽然看上去很年轻，但帕梅拉已经有 30 岁了。帕梅拉给我的第一印象就好像是童话故事书里描写的那种少女侦探——有着女孩的外表，但散发着与之形成反差的成熟气质。帕梅拉总是会冷不防地笑出声来，我常不知道惹她发笑的究竟是什么事情。而在真正遇到我觉得值得她发笑的那些我做的傻事时，她却总是保持淡然。我和帕梅拉完全是两类人，但这并没有什么不好，在我看来，帕梅拉是个非常棒的朋友，也是位非常有趣的旅伴。

帕梅拉的故事说来一定会让不少人惊讶到合不拢嘴。她的父母本是来自越南的船民，移民到美国后居住在洛杉矶的远郊。帕梅拉有着海洋生物学的硕士学位，可由于对自己的专业感到厌烦，毕业后并没有从事相关工作。她在美国的一众城市闯荡过后挑选了新奥尔良作为落脚点搬了过去，在那儿的一间餐厅做起了服务员。说来她和新奥尔良这座城市的气质可是一点都不搭，她完全就是个一板一眼，过着正直生活的人，真不知她去那儿是为了什么。据帕梅拉说在餐馆里和她一起工作的年轻人无一例外都过着放浪形骸的生活，沉溺于毒品、酒精和性。在告诉我她在奥尔良的工作时，她原本以为我知道一切后会露出吃惊的表情，毕竟在多数人看来她本应去做科学研究之类的工作。帕梅拉说她妈妈如果知道自己在做服务员，一定会非常失望，所以她谎称自己是在路易斯安那州的野生动物和渔业部做研究员。她告诉妈妈自己的老板是如何有魄力、有才干，实验室的同事是如何有爱，自己每天做的事情都是那些受到政府或是企业大力资助的大型研究项目。在餐馆工作一段时间攒够一些钱，帕梅拉就会停下来找个地方去旅游。帕梅拉的旅行经费并不充足，通常一天只有几美金的预算。

去年十二月，她在尼加拉瓜整整待了一个月。帕梅拉把那次旅行描述成一次精彩绝伦的历险，可如果把那些用来美化这次旅行的形容词都去掉，她的旅行在我看来是有些凄惨的。举个例子，她把自己在尼加拉瓜度过的那个圣诞节说成是魔幻的、令人感到不可思议的，但事实上，整个故事的内核不过是一群生活在当地贫民窟的小孩对帕梅拉表示了无限的怜惜和同情。

帕梅拉告诉我她的这些经历的时候，我们两个正企图穿越帕伦克的新城，说实在的，新城实在不怎么样。新城距离我之前提及的森林废墟大概有 8 公里远，说它不怎么样是因为这里实在是有些无聊，虽说看上去有些阴森，可却没什么让人兴奋和想多看一点的景色，走在这里只会让人想赶快离开，一刻也不愿多逗留。如果说这儿有什么值得一看的，也就是附近的墓园了。那些墓碑被涂刷成五颜六色，上面还有各种稀奇古怪的装饰，看上去少了一般墓碑的那种肃穆感。墨西哥南部的一些城市也有类似的墓园，比如说圣克里斯托瓦尔。当然圣克里斯托瓦尔不只是有墓园，那儿的其他小镇也很值得一游。但在帕伦克的新城则不一样了，墓园是唯一的亮点，可能也是唯一安全的地方。这么说吧，我和帕梅拉穿过新城的一座公园时，那附近的长椅上坐着一个看起来不怀好意的男人，他盯着我和帕梅拉，嘴角扯出邪恶的笑容，那眼神和表情直让我感到毛骨悚然，帕梅拉倒是对这一切一点都不在意。我也一直在想，她这么一个清瘦娇小的女子只身前往那么多危险的地方倒是从没受过一点伤害，我想或许她总是眨着圆圆眼睛的那种古灵精怪的气场，在冥冥之中一直庇佑着她吧。对了，帕梅拉的西班牙语说得不错，至少比我流利多了。我想我的症结在于说西语的时候多少有些害羞，帕梅拉则不同，她在和当地人交流时保持着极大的热情，讲起西语来总是眉飞色舞，极富感染力。

帕梅拉和我的下一站都是危地马拉。为了方便起见，我们找了一位当地人做向导带我们前往位于乌苏马辛塔河沿岸的一些玛雅古城废墟。乌苏马辛塔河恰恰位于墨西哥和危地马拉之间，这一带一直不太平，常有人打劫过往船只。河的一边被危地马拉的叛军游击队把持，一边则是墨西哥的当地军队。河流两岸非法移民和非法伐木行为至今仍旧屡见不鲜。总之这条横贯丛林的河流并不如表面看来那么平静。我和帕梅拉当天乘坐一条混动独木舟沿河而下，和我们同行的还有几个来自墨西哥其他地方的年轻游客，不得不说，当天一路上我们度过了非常悠闲愉快的时光，并没有受到来自沿河匪徒的骚扰，唯一称得上危险的因素是趴在河岸沙洲带晒太阳的一条鳄鱼，不过鳄鱼先生似乎没什么兴趣搭理我们。在乌苏马辛塔河流域附近最值得一看的是亚斯奇兰古城废墟，这座古城在公元 800 年左右达到鼎盛，如今只剩一些大型的深灰色石堆，不过从这些石堆中我们还是能辨别出以前的亚斯奇兰是何等恢宏。如果你带着手电筒，往随便哪个石庙残垣深处一照，里面都会呼啦啦飞出一大群蝙蝠，那场面像极了电影里的场景。除了蝙蝠之外，在这些石头堆附近还看得到如叶片般大小的、浑身毛茸茸的大蜘蛛。在 19 世纪 80 年代末，英国的探险家阿尔弗雷德·莫兹莱抵达了亚斯奇兰。莫兹莱的祖上十分富有，他的父辈靠发明螺旋切割机床发了家。在到达亚斯奇兰后，他带走了三块这座古城最精美的艺术品，也就是石雕门楣。这三块石雕门楣的目的地是位于伦敦的大英博物馆，时至今日，前往大英博物馆的游客仍可看到它。莫兹莱带走的门楣上雕刻着一男一女，男性是亚斯奇兰古国的国王盾豹王，女性是王后，也就是造克夫人。浮雕上的造克夫人嘴里咬着一根带刺的绳索，她似乎是在用刺扎破口腔，用里面流出的鲜血进行祭祀。盾豹王站在高处俯视着造克夫人，等待她完成这些仪式。

第二天我打算过河前往危地马拉。在当天下午晚些时候，那位向导将我带到离危地马拉边境很近的拉坎敦丛林，在一处脏乱的十字路口处我租了个小木屋打算凑合一晚。帕梅拉和我在同一处下了车。生活在丛林里的拉坎墩人穿着短袍，留着吉恩·西蒙斯[1]那如锅盖般的中长发。在前往小屋的路上，我和帕梅拉遇到了一个有些奇怪的当地妇女，操着一口我们听不懂的当地语言自顾自地说了一阵子，看我们无所应答就径自走开了。丛林里有一座木质教堂，我在租住的小木屋里可以听到里面传来的唱诗和祷告的声音，这声音差不多持续了 3 个小时之久。帕梅拉没有租住小屋，她原本打算随便找两棵树，把随身携带的吊床绑起来就算她的住处了。可我觉得那样太危险了，所以让她待在我的小屋里，伴着屋子外上万只虫子的叫声，我和帕梅拉没一会儿就睡了过去。

第二天早上我起来的时候，帕梅拉已经先行离开。我整理好

---

[1] 吉恩·西蒙斯（Gene Simmons，1949— ），以色列裔美国歌手，其标志发型为中分中长卷发。

行囊后乘坐独木舟抵达了危地马拉境内。在一家小杂货店门口我看到了她，她看起来一副兴高采烈的样子，似乎已经等我有一段时间了。哦忘记说了，这家小杂货店还兼作公交车站。从这个公交站出发，我和帕梅拉搭乘一辆改装过的校车花了四个小时来到了弗洛雷斯。弗洛雷斯是位于佩腾伊察湖湖心岛上的一座小镇，这里是玛雅文明彻底消失前最后一处保留地，于 1697 年被西班牙人彻底炸毁。若你有机会从上空俯瞰弗洛雷斯，那么当你看到一座座有着可爱红色屋顶的小房子，会错以为这里是一座风景可爱的小城。但当你真正踏入这座小城，你将要面对的是脏乱、恶臭，以及随处可见的蚊子。不出意外，为了节省经费，帕梅拉打算在弗洛雷斯随便什么地方住一晚。我跟她说这里实在是不适合作为她的“露营地”，要她和我一起到佩腾伊察湖另一头的埃尔雷马特，那边的环境较之弗洛雷斯要好得多。

说起来在这次旅途中最令我满意的一张照片就是在埃尔雷马特拍摄的，那也是唯一一张我用来参加旅行摄影比赛的照片。照片框住的景色是落日余晖下的湖面，湖边停着一辆摩托车，还站着一群赤脚的孩子，他们在粉红色夕阳的映衬下开心地摸着水里的鱼，好不自在。

次日天还没亮，我和帕梅拉就坐巴士前往蒂卡尔。蒂卡尔是规模最大的玛雅弃城，那里的金字塔刺破丛林，大有直抵云霄的气势。学者们认为蒂卡尔帝国历史上总共有 13 位君主，这其中还包括两位女性，他们中的最后一任死于大约 1000 年前。到达蒂卡尔后，我找了一个金字塔爬到其顶端坐下来，看着小猴子们在树枝上跳来跳去忙着采摘果子。

帕梅拉总共在危地马拉待了三个星期，她去的地方要比我多得多，其目的地甚至包含一个位于半山腰的偏远村庄，当然她去那儿并非毫无缘由，那个村子以制作一种特殊的发酵奶酪而出名。

我很开心有帕梅拉这样的旅伴，她真是个非常有趣的人。尽管我也认为奶酪村十分有趣，可如果我花费时间和她一起前往，那我断然不可能在既定时间内到达西半球的尽头了。所以在帕梅拉决定前往奶酪村时，我和她便就此作别。

不知道帕梅拉你现在是不是仍然在路上，如果是的话，愿你一切都好。

## 波南帕克的壁画

在研究人员还没有机会读到玛雅人的碑文并得出确凿可靠的结论前，那些富有想象力的“投机者”为了赚取眼球早就已经给这个古老的文明编纂了不少历史。人们也曾经对这些所谓历史信以为真，我相信有不少人一度以为玛雅人是住在远山丛林里的、友爱和谐的一个族群。是，某种程度上，他们在我们脑海中就像“山的那边海的那边”的蓝精灵一样。

随着科学家们对于玛雅人文化的解读一步步加深，我们发现他们的文明比我们想象中要复杂得多。我们知道其有自己复杂的天文历法体系；他们有着和出生、死亡、等级相关的各种仪式。除此之外，玛雅人并不是欢乐有爱的蓝精灵，通过辨认他们在壁画和石雕上记载的文字和图像，我们得知他们生活的世界充满了“俘虏”和“被俘虏”，以及“屠戮”和“被摧毁”。

1946年，贾尔斯·海利[1]被美国的联合果品公司派往墨西哥

[1] 虽然我们的姓氏一样，但可别误会，我和这位先生可没有任何亲缘关系。——原书注

南部的丛林开拓潜在采摘地，不知是不经意还是得人指引，海利抵达了波南帕克—— 一处玛雅古遗址所在地。在到达波南帕克杂草丛生的金字塔后，除了遭遇数不清的蜘蛛和蝙蝠，海利还发现了一处岩洞内的大型壁画。后来据研究人员考证，这幅色彩鲜艳的壁画创作于公元770年，那时欧洲中世纪教堂甚至还没有出现。

来自耶鲁大学的玛丽·米勒教授是研究波南帕克岩洞壁画的专家，她和来自芝加哥大学的克劳迪娅·布列滕汉姆教授一致认为当年海利偶然发现的玛雅壁画具有极高的艺术价值：“无论在绘画品质和创作理念上都是极其上乘的；它以一种精湛生动的方式展现了当时玛雅人的宫廷生活，称得上传世之作。从中我们看得见玛雅人鼎盛时期的种种，而深处其中的他们则不自知其末日即将到来。”

我在亲眼看到这些壁画后，打心底里认同这两位学者的观点。在我抵达之时，这些岩洞附近仍然到处都看得到蜘蛛，只不过应该比贾尔斯·海利在20世纪40年代造访时要干净得多。石壁上绘制的图案简直令人大开眼界，其中有游行的队伍、舞者、供节庆使用的小号、阳伞、用美洲虎皮毛支撑的斗篷、持烟斗的人、正在登基的国王，等等。除此之外，还有些让人看了毛骨悚然的内容，这其中包括疯狂激烈的战斗现场——人们在战斗中相互刺伤，带血的尸体满地翻滚；还有一些类似犯人一样的人出现在墙壁上，他们似乎被拔掉了指甲，露出痛苦的表情。

我们当然承认玛雅人是极富智慧的，那些天文、数学、历法方面的成就我已经数次提及，可通过这些壁画，我们也可以将这个古老部族定义为是好战的、内斗频发的，甚至是残忍的。

如果你愿意，我建议你可以上网搜索一下波南帕克二号岩洞，或是“战斗岩洞”。再然后，请你搜索一下迭戈·里维拉[1]所创作的任意一幅壁画，比如他为墨西哥城国家宫所创作的。里维拉创作国家宫壁画的时间是 1929 年，这比位于波南帕克的岩洞壁画被发现的时间要早 20 年，而玛雅人创作那些岩洞壁画的时间要比里维拉早差不多 1200 年的时间。可仔细比对里维拉和玛雅人的创作，我却总感到二者有些相通之处。我想这大概是因为同一片土地上的艺术家即便隔着时空也是心有灵犀的。

[1] 迭戈·里维拉（Diego Rivera，1886—1957），墨西哥国宝级壁画家。

| 第三部分 |

# 中美洲——危地马拉、萨尔瓦多、尼加拉瓜、哥斯达黎加以及巴拿马

"安逸而纯粹的生活"，是我在哥斯达黎加听到最多的一句话，所谓安逸而纯粹的生活对于哥斯达黎加人而言，其实有很多层次，这种生活方式代表了一种诚实、无忧虑、无压力以及满足的生活哲学。关于这种生活哲学，我本以为哥斯达黎加人只是说说而已，然而后来，我发现每一个当地人确实都在按照这样的方式经营自己的生活。

# 凯瑟伍德和史蒂芬斯

每一任美国总统似乎都曾受同一问题困扰：某个地方究竟受谁管辖，以及打交道的话他们到底该和谁交涉。1839 年，时任美国总统的马丁·范布伦对墨西哥这片土地也产生了同样的困惑。于是他派出了约翰·史蒂芬斯作为探路者，前往墨西哥获得有关那里更多的信息。

约翰·史蒂芬斯是来自纽约的律师，除去律师的本职工作，他还是一位出色的旅行作家。在史蒂芬斯那个年代，人们旅行的目的并不是为了消遣。旅行在当时被认为是具有疗愈功能的活动，比如你生病了，那么根据当时的普世价值，旅行或许可以帮助你恢复。当然，不排除有适得其反的可能。在这里我们没必要追究史蒂芬斯旅行的动机是什么，我们需要知道的是他当年去了中东，然后写出了《埃及、阿拉伯、皮特拉和圣地旅途见闻》和

《希腊、土耳其、俄罗斯和波兰旅途见闻》[1] 这两本畅销书。也是因着这两本游记，史蒂芬斯获得了“最出色以及最受大众喜爱的旅行作家”的美誉。我想能收获这样的赞誉应该是每一位旅行作家都渴望的，也包括我在内。

我和史蒂芬斯除了旅行路线相似外，我自认我们两个的外形甚至都有些相似。你不相信的话可以看一下《中美洲、恰帕斯和尤卡坦的旅途见闻》中史蒂芬斯的素描画像。《中美洲、恰帕斯和尤卡坦的旅途见闻》是史蒂芬斯系列游记中的第三卷，这个系列还有第四卷，书名是《尤卡坦旅途见闻》，可千万别把第三四卷搞混了。我这么说并不是为了抬高自己，把自己吹嘘成和史蒂芬斯一样伟大的作家。除去穿衣打扮和气质上有些类似，我比史蒂芬斯差远了。他的旅行才算得上是真正的冒险。他所到每一处都面临着致命的疾病和其他风险；而我呢，一路上大部分时候都有可算舒适的住所，除此之外，托现代科技的福，我一直可以使用无线网络，几乎没吃过什么苦。不过尽管史蒂芬斯在墨西哥的探险困难重重，我也不会认为他在出发前，在 1839 年的纽约是过着毫无困扰的日子，说不定那时的纽约也充斥着疾病和灾难呢。

其实史蒂芬斯并不是范布伦总统的第一人选，第一个受指派前往墨西哥的人在出发前不幸离世，史蒂芬斯便接下了这个任务。史蒂芬斯也并非独自前往，与他同行的还有一位建筑师兼画

[1] 《埃及、阿拉伯、皮特拉和圣地旅途见闻》( *Incidents of Travel in Egypt, Arabia Paetra, and the Holy Land* ),《希腊、土耳其、俄罗斯和波兰旅途见闻》( *Incidents of Travel in Greece, Turkey, Russia, and Poland* ) 分别于 1836 年和 1838 年出版，其作者也就是约翰・洛伊德・史蒂芬斯（John Lloyd Stephens），是美国探险家，也是一名出色的外交官。

家——弗雷德里克·凯瑟伍德。他们从纽约乘船出发，一路南下至伯利兹。

凯瑟伍德绝对是一位出色的插图画家，下面这幅插图就是由其手绘而成。

对于凯瑟伍德，我认为再多的溢美之词都不过分。我相信任何看过他绘制的玛雅古城废墟的人都很难不被其深深吸引并为之惊叹。如果你认为这些插图不过是些稀松平常的东西，那么我只

能说你受网络影响太深，才会觉得凯瑟伍德的手绘稿稀松平常。要知道这些是来自 1839 年的东西！那时可是完完全全没有网络，如此写实逼真的创作必定是惊艳四座的。

史蒂芬斯和凯瑟伍德沿着墨西哥南部、危地马拉，以及现今洪都拉斯、萨尔瓦多和尼加拉瓜的地界一路跋涉。在水上他们乘船航行，在陆地上则依靠骡子前进。他们遭遇过霍乱、当地的叛军，还有罪犯，也见证过诸如婚庆、葬礼、各种典礼，以及斗鸡、斗牛等各种各样的比赛。根据史蒂芬斯的游记记载，他们曾被当地人作为俘虏捕获，以漏水的谷仓为栖身之地，见证当地人的革命，经历过种种诡异的事情，爬过火山，钻过岩洞。除此之外，史蒂芬斯还汇报了他在当地看见的各种动物，包括蛇、鹦鹉、猴子以及美洲虎。史蒂芬斯对于当地留存下来的玛雅人的废墟十分着迷，他说没什么比那些古城遗址更让他激动的。他愿意整夜睡在那些废墟边上，甚至想要把帕伦克古城整个买下来，不过根据当地规定，除非他娶一位墨西哥妇女，否则没有买下帕伦克的资格。史蒂芬斯竟然认真考虑过要娶一位当地女子，不过最后还是打消了这个念头。总之，史蒂芬斯的终极梦想是买下一整座玛雅古城，就算不是帕伦克也好，买下后，他希望通过海运把整个古城搬到纽约去。

凯瑟伍德和史蒂芬斯二人探访的玛雅古城遗址有 40 多处。在凯瑟伍德的手绘稿上我们看到了倒塌的雕像，长满杂草的断墙以及写满了象形文字的碑文。由于丛林里的蚊子实在太多，凯瑟伍德有时不得不戴上手套以免他用来作画的手被叮咬。一天，史蒂芬斯发现他的脚里长了虱子，不得已他只得把患处整块用刀子割掉。由于伤口实在太疼，史蒂芬斯无法把伤脚再塞回鞋子里，所以只好把它晾在空气中。谁知更糟糕的状况发生了，暴露在外的脚被一群大概是黑蝇一样的飞虫叮咬，形成了上百个像针孔一样的小伤口。几天后凯瑟伍德也遭遇了同样的状况，据史蒂芬斯回忆，“凯瑟伍德和我的遭遇差不多，因为蚊虫的过度叮咬他瘦了不少，左脸几乎整个都凹陷了下去。由于这里的气候实在是太潮湿了，他的左臂染上了风湿病，整个人看上去就好像是瘫痪了一样”。不过史蒂芬斯并没有太把凯瑟伍德的悲惨遭遇当一回事，很显然他认为自己的同伴总会挺过去的。而事实上，没过多久凯瑟伍德也确实恢复了过来。

据史蒂芬斯说，在旅途中他最大的慰藉就是香烟。在帕伦克，某天史蒂芬斯一觉醒来发现自己随身带的玉米饼全部发了霉，沮丧之余他安慰自己至少还有香烟可以抽：“我应该感恩发明香烟的人，这东西是安慰疲惫心灵的舒缓剂，它能够帮助你舒缓心情，打消怒气。像我这样早餐被毁了的人完全指望我的香烟过活了，真不敢想象若是没有它，现在的我可怎么办。”在有些人看来，史蒂芬斯这番对香烟的赞美词似乎有些太过主观了，原本我也是这样一位，可随着我旅行次数的增加，我越发认同史蒂芬斯的观点。

尽管范布伦派出这两位探路者的目的是搞清楚南美这些地方究竟受谁管控，凯瑟伍德和史蒂芬斯这一路辛苦的探险并没有帮助解答范布伦的疑问。这些玛雅人曾经的领地在当时处于一片混乱之中——曾经的中美洲联邦已经瓦解，当地的各个帮派和军阀彼此争斗，很多事情仍然没有定论，所以没人知道谁才是当地真正有话语权的人。

意识到总统的疑问在短时间内是不可能被解答的，凯瑟伍德和史蒂芬斯启程返回纽约，然后将他们在南美的见闻出版成书。二人的游记一经出版就获得了人们的追捧，凯瑟伍德的那些生动的手绘点燃了人们对玛雅文明的热情。回到美国后的二人不久之后又开启了另外的旅程，只不过二人不再同路，而是各自选择了新的目的地。史蒂芬斯自己创办了一间公司，主要业务是修建一条穿越巴拿马地峡的铁路。长期待在巴拿马的史蒂芬斯染上了热带疾病，后来因此丧命。凯瑟伍德在《中美洲旅行见闻》的重印版中回忆，“长期暴露在热带气候中导致我的伙伴染上了致命的疾病，在1852年，他永远地离开了我们”。在史蒂芬斯去世后第三年，凯瑟伍德也在异乡去世，死因是其乘坐的北极号蒸汽船在纽芬兰海岸附近与另一艘蒸汽船维斯塔号相撞沉没。

## 充满灾难的危地马拉

危地马拉大约可以用“不稳定”这个词来形容，我说的不稳定不是什么局势不稳定，而是外在环境的不稳定。导致这种不稳定的因素是四散在危地马拉各处的火山。这些火山之于危地马拉就好像青春期少年脸上的粉刺一样，有些恼人却又无可避免，其中的帕卡亚火山至今仍旧活跃。由于这些火山，你在危地马拉不时可以遭遇到一些崩裂的地缝，其中会冒出带着硫黄味道的热气，我还试着利用这冒出来的热气烤过随身携带的棉花糖。说起帕卡亚火山，想要一睹其风貌的朋友们大可不必费尽周折，在危地马拉的首都——危地马拉城——你就可以看到它，帕卡亚火山距离危地马拉城不过二十英里罢了。除了帕卡亚火山，你愿意的话，沿着危地马拉西北部与墨西哥的交界处向萨尔瓦多东南部行进，一路上你会看到很多其他火山。（不过在我看来这么做的意义不大。）

在受西班牙王国管制期间，危地马拉的首都并不是危地马拉城，而是安提瓜古城。不过由于地震，当年的古城风貌早已所剩无几了。如今花上 40 格查尔[1]你仍旧可以爬上伊格莱西亚教堂（the Iglesia y Convento de la Recolecciòn）的废墟来感受当年古城的气息；又或者，在城市的另一边，你可以穿过圣地亚哥大教堂的拱门，从那里仰望蓝天的同时洞穿历史。由于安提瓜地震频发，危地马拉不得不将首都迁移至如今的危地马拉城，不过危地马拉城距离安提瓜并不是很远，所以此处也多多少少会受到地震和火山爆发的困扰。

我并不精通西班牙语，所以无法深入阅读那些用西语写成的有关危地马拉历史的种种。通过我阅读的那些英语文献，我大概能够了解到危地马拉的历史充斥着灾难和不幸。

即便没有地震和火山这样的自然灾害侵袭，危地马拉也绝对不是一个适宜居住的地方。这里的群山遮云蔽日，丛林茂密到令人窒息，河水湍急狂野地奔流不息，一切都处在野生而又充满威胁的状态中。西班牙人的破坏使危地马拉更加令人望而却步。西班牙人对于特诺奇提特兰的破坏事实上不止于这座城市本身，这种破坏还辐射到了周边城市，对周围的经济、社会、文化和政治网络造成了不可逆的摧毁。西班牙人不知疲倦的袭击给所到之处的居民都带来了巨大灾难，而他们对此却不以为意，直到认为某块土地再无值得“开拓”的地界，才肯罢休。西班牙人还带来了疾病，这些疾病如洪水猛兽般攻击着长期与世隔绝的当地人，给他们造成致命的威胁。

[1] 格查尔为危地马拉当地货币，1 危地马拉格查尔约合 0.92 元人民币。

之前我们花了不少工夫讲述贝尔纳尔·迪亚斯的故事，要知道这位朋友探险的最后一站就是危地马拉，不过很可惜，危地马拉并没有成为他的福地，让其获得任何财富。事实上似乎在历史上危地马拉就仿佛被人遗忘了一般，那些世界史中的掘金几乎都与这里无关。天主教传教士也曾经尝试于此传教，不过危地马拉的地势实在崎岖，想要深入传教困难重重。有些意志极其坚定的传教士在穿越重重艰险灰头土脸地抵达危地马拉深山中的某个村庄后，往往发现想要使村子里与世隔绝的玛雅人皈依天主教简直就是异想天开。这些村民恪守着玛雅语和村落的种种规矩，任谁都无法动摇。这种状况在有些村落甚至延续至今。

并不是没有人试图改变或者颠覆这些遥远村落既存的秩序。独裁者、革命者、水果集团的管理者、美国中情局的特工、罪犯、传教士、疯子、恶霸都曾经试图这么做。于是暴动、暴力镇压还有军队之间的相互攻击不时在危地马拉上演，流血事件在这儿一点都不稀奇。而危地马拉在某种程度上能够反映出整个中美洲的状态。

至于危地马拉，史蒂芬斯曾经告诫他的读者，在这儿夜行必须当心，因为一个不小心你就可能会被为某个组织卖命的盯梢者一枪毙命。他曾经和当地的一个寡妇吃过一顿晚餐，这个寡妇的丈夫死于一场由他发动的革命中。这种由个人发动的革命在危地马拉并不少见。美国联合果品公司也曾经间接插手守类似事件。联合果品公司的发迹是靠着大批水手从南美向波士顿运送香蕉，当时有大大小小的公司从事这样的生意，联合果品是杀出重围的那一个。到了 1900 年左右，联合果品基本上已经成为行业内的翘楚，资金充足，资源广布，几乎是到了可以为所欲为的程度。就拿它们所进行的土地交易来说，当时联合果业的土地交易案是由纽约的苏利文 · 克伦威尔律师事务所里最精干的律师经手的。说起苏利文 · 克伦威尔律师事务所，其合伙人之一约翰 · 福斯特 · 杜勒斯后来成为美国国务卿。而杜勒斯的哥哥艾伦曾经是联合果品公司的董事，除此之外，他还曾经在美国中央情报局任职。1954 年中情局暗中参与推翻危地马拉时任总统的统治，这几乎已经不是什么秘密了。美国曾经的总统德怀特 · 戴维 · 艾森豪威尔甚至公开在自己的回忆录中提及这段历史，看得出艾森豪威尔说起此事的口吻是冷静甚至略带骄傲的。

然而当年由美国中情局参与的政变并没有使当地就此太平起来。从 1954 年开始直至 20 世纪 60 年代，危地马拉都陷入内战的泥潭，屠杀、暗杀和爆炸频发，当地局势一片混乱。这一切一直到大约 1996 年才结束，在内战中大约有 20 万人死亡。某个天主教的主教企图整理一份和内战有关的报告，可报告还没有问世他就被杀了。在内战进行到一半，也就是大约 1976 年，危地马拉发生了一场大地震，可人们的重心并没有就此转移，内战仍然在持续。

现在的危地马拉正在一点点从创伤中恢复，如果要选择一位对当地局势扭转有推动作用的人，会有人提名阿方索 · 波蒂略[1]。

[1] 阿方索 · 波蒂略，全名为阿方索 · 安东尼奥 · 波蒂略 · 卡布雷（Alfonso Antonio Portillo Cabrera），生于 1951 年。

阿方索·波蒂略自2000年起任危地马拉总统，尽管不少人对于他在任期间的表现表示赞赏，可这位总统也并非十全十美。年轻时的波蒂略曾经卷入过命案，那时他还只是学校里教授政治学的一名讲师。在卸任总统一职后，阿方索·波蒂略被指控洗钱，后被引渡至美国，在科罗拉多的联邦监狱待了一阵子，再然后又回到了危地马拉。在我看来，这位危地马拉总统的所作所为当然是不对的，可美国花如此大的力气来"关心"一位在危地马拉犯了罪的总统是不是有些不必要？总之我是不能理解为什么要这么做的。

总之危地马拉经历了长时间的阵痛，尽管讲起来这些历史只不过是占不了太多篇幅的只言片语，可对于当地人来说，由一次不公平的交易导致的这一切都太漫长了。

我家的清洁阿姨就来自危地马拉，准确地说她来自奇奇卡斯特南戈[1]。我从来没想过我们两个能够就运势、地理经济学和历史展开一场听来荒谬却十分有趣的对话。出发前我告诉她自己要去危地马拉，她听后露出了焦虑神色，就仿佛是在担心我无法应付即将发生的一切一样。她对我说，"别去危地马拉，为什么不去哥斯达黎加？！那儿好得多。"

[1] 位于危地马拉南部的城镇。

## 美丽的危地马拉

危地马拉也是美丽的。深山里有远近闻名的奶酪村，虽然个人并没有像帕梅拉一样亲自前往，可我笃信它们一定十分可人。

我亲眼看到的危地马拉令人惊叹的风景是阿提特兰湖。阿提特兰湖算是世界级的风景名胜，就连史蒂芬斯也对其赞不绝口。在游记中，史蒂芬斯把阿提特兰湖称作“我们此行见过最壮美的风景”。他还写道，“我们看着从湖底冒出的松软的白色蒸汽缓慢地向四周的山峦处飘散，升腾”。

我自然也想同史蒂芬斯一样停下来欣赏湖边水雾缭绕的风景，可我是乘坐巴士经过阿提特兰湖，并没有机会下车游览。不过我很知足，从车窗看出去的风光一样令人欣喜和满足。

阿提特兰湖是一座由火山包围的湖泊，除去火山，在其四周还分散着一些村落，这其中包括帕纳哈切尔、祖乌娜、圣佩德罗－拉拉古纳、圣卡塔琳娜帕洛波、圣地亚哥·阿提特兰。

尽管这些村庄各有不同，但几乎在每个村子你都能看到一个穿着传统玛雅服饰，头上顶着一篮子鸡崽的当地妇女和以色列来的背包客并排行走的场景。它们共同的营销点大概都是旅社化经营，以本土玛雅文化为特色，专门吸引那些喜欢嬉皮士文化的游客。我想尽可能造访每一个村子，这倒没什么特别的原因，主要是我从小热爱闯关游戏，要造访沿湖的村庄在我看来就像要过关打怪一样，到过的村子越多我越有成就感。为防自己中途就没了精神，一路上我不断靠喝咖啡和吃热巧克力提神。我前往这些村落需要乘船，船夫是一些当地年轻的男孩。他们的技巧十分娴熟，无论是将船只靠岸还是起航都麻利极了。在前往某个村庄的途中我们遇上了一位长相清秀的小姑娘，她带着吉他，问可不可以为我们演奏一曲，得到应允之后她进行了表演。在姑娘演奏途中，我周围的玛雅妇女多数摆出一副不冷不热的表情，可在乐曲结束后，她们中的大多数都从口袋掏出硬币作为对演出的回馈。

午餐时间我来到了一个叫作圣马科斯拉拉古纳的村落，这个村子有不少类似冥想木屋和灵修室一样的场所，它们往往坐落在那些泥泞小路的尽头。除此之外，我在圣马科斯拉拉古纳找到了一家叫作 Blind Lemon’s 的餐厅，老板说他之所以给餐厅起这个名字是因为他喜欢听三角洲蓝调，而“Blind Lemon”则正是三角洲蓝调之父莱蒙·亨利·杰斐逊的艺名。我在这家餐厅吃了饭，从头到尾似乎都只有我一个客人。吃饭中途一个小男孩跑到我的桌边摆弄我的帽子、墨镜和手机，他应该是餐馆负责做饭的年轻女性的弟弟或者儿子，男孩儿看上去对我随身携带的一切都很感兴趣。

阿提特兰湖虽然看上去偏安一隅，但它仍未能躲过曾经在危地马拉爆发的种种暴力事件。比如说在其附近的村庄圣地亚哥·阿提特兰就爆发过流血冲突，在那儿，你至今还可以看到一座以“斯坦利·罗瑟”命名的教堂。斯坦利·罗瑟是来自俄克拉荷马州的天主教牧师，他曾经将《新约》翻译成玛雅语，还在危地马拉当地筹建过一家医院。1981 年，这位牧师在当地一次流血冲突中头部中了两枪。在同一起事故中，还有 30 名村民一同丧命。

罗瑟牧师筹建的医院在 2005 年爆发的一次泥石流中被毁。像这家医院一样因种种天灾人祸而被毁坏的建筑并不在少数。作为叙述者，我并不打算刻意避免提及这些令人伤感的所见所闻，可我也不打算大肆渲染那些悲伤历史。毕竟已经有不少关于中美洲的游记把镜头对准了那些过往的暴力和不幸，我想我最好是讲些不一样的故事。当然了，我绝不是说我们不需要了解危地马拉那些令人心痛的过往，那些故事也理应被悉数整理。只是在我看来整理它们需要一颗强大的心脏，我可能暂时还不能胜任这样的工作。我想我更擅长的是告诉你们危地马拉那些令人向往的人、事、物，比如这里有漂亮的女孩在湖上的小船里弹吉他唱歌等。这么说来我像是一个乐观主义者。这么说吧，我不否认那些暴徒的存在，当他们举起手枪向当地人射击的时候那简直是不能再让人胆寒的瞬间，可我认为在危地马拉那些美好的瞬间总是要多过令人恐惧的瞬间。或许丑陋和不幸会伴随危地马拉一时，但我不认为它们会持续一世。

我选了一个早晨在阿提特兰湖边散步，清晨的湖水澄澈平静，周围看不到任何持枪的人，一切美好极了。在很久以前，不少人认为阿提特兰湖是无底湖。史蒂芬斯在看到阿提特兰湖之后便认为这不可能是无底湖。现如今科学如此发达，人们更不相信什么无底湖的传说了，我当然也不相信。可是当地人却仍然对此深信不疑。我很理解他们，如果我从没有接触过科学，我也会相信这是个无底湖的。

如果有一天我被迫流亡，需要找一个藏身之处过隐姓埋名的生活，那么我想我大概会藏到阿提特兰湖，在那儿找个小房子躲起来。不过现在我已经把这个想法告诉你们了，那大概它就不叫作藏身之处了。当然我相信我的读者们，也就是在读书的各位即便知道我的藏身之处也不会出卖我，可万一有人把我的秘密说出去了呢？谁知道呢。或者你们也可以将这些话看作我的计谋，阿提特兰湖不过是我使出的障眼法，如果真要流亡的话，我肯定不会来这儿的，想要来这儿找我的各位还是放弃吧。毕竟这一路上我发现了无数个适合隐居的“桃花源”，阿提特兰湖只是其中之一罢了。

## 飞跃萨尔瓦多

我最终还是决定乘飞机从危地马拉到下一个目的地圣萨尔瓦多（San Salvador），这看上去似乎是个不怎么明智的选择。这一程机票的钱足够我雇一位专车司机，而且是那种可以直接将我送到圣萨尔瓦多住处的专车。如果不雇人开车的话，巴士和火车也是非常不错的选择，这样的话一路上我必定可以有不少奇遇。选择搭乘飞机主要还是考虑到我的时间实在有限，要知道这一路上我最缺乏的就是时间。所以，飞就飞吧。

乘飞机的过程也并非一无所获，在前往圣萨尔瓦多的航班上我得以更直观地观察危地马拉南部和萨尔瓦多的地貌，它们并不如我想象中那般一马平川，而是充满了沟壑起伏。若非真正从高处俯瞰，我们几乎很难了解到一座城市的地形究竟如何，我想这大概是因为平时我们使用的地图都是以二维的形式呈现某个空间，这种二维画面使我们忽略了空间的立体性，忘了我们不能总是用绝对直线长度来衡量从 A 点到 B 点的距离。在地图上看似短暂的路程在现实生活中可能需要我们大费周章才能抵达。在旧金山生活过一段时间的我对这一点有深切的体会。如果只是通过地图丈量距离的话，那么从联合广场到渔人码头只需走上20分钟便可，但事实情况是，除非你能够有魔法穿过途中的小山并且保证不走冤枉路，20分钟才行。可惜的是我们都没有魔法。在飞机上，我透过云层看到了地面上火山口附近大大小小的反射着银色波光的湖泊，若不搭乘飞机，那么我大约要花上几天工夫才能够绕过这些湖泊抵达圣萨尔瓦多。

如果一定要比较的话，如今的萨尔瓦多比危地马拉的局势更加混乱。这里的暴力事件不胜枚举。举例来说，曾经有位爱好和平的主教因为呼吁当地士兵要保持正义而被暗杀，曾经行为不端的一个代号为“喷焰鲍勃”的家伙竟有机会竞选总统。除去这些，萨尔瓦多也经历了内战，虽然中途有过休战，并且战争至今已经结束，但萨尔瓦多并没有就此变成人间天堂。这里的一切仍旧维持老样子。据统计，在2015年1月，萨尔瓦多平均每天就要发生15起谋杀案[1]。要知道这个国家和麻省诸塞州有着差不多的人口，而麻省在同年同一时间每天的谋杀事故是3.7起。这么看来，如果要评选世界上谋杀案发生频率最高的国家，萨尔瓦多说不定能够拔得头筹，不过要是把它的邻国洪都拉斯也考虑在内的话，谁是冠军就难说了。

在前往圣萨尔瓦多的班机上，在我后面坐着两个萨尔瓦多裔

[1]　该数据援引自《经济学人》2015年1月31日刊出的题为《发生在萨尔瓦多的犯罪：停战协议破弃理论》（“Crime in El Salvador: The Broken-Truce Theory”）一文——原文注。

的美国人，这两个人彼此本来不认识，在飞机上你一言我一语地聊起来才知道大家的背景一样，不过说是萨尔瓦多裔，他们聊天却是一直使用英语的。这两个人其中一个来自洛杉矶，我听到他说有次他回到萨尔瓦多，在当地结识了一个英语说得极其流利的萨尔瓦多人，这一下就让他慌了神，因为很显然这个说着流利英语的萨尔瓦多人是在美国犯了什么十恶不赦的大罪，否则他是不会被赶出美国回到萨尔瓦多的。

萨尔瓦多有诸多帮派，其中规模最大的一个叫作 MS-13，即“野蛮萨尔瓦多人”，该帮派每一个成员的脸上几乎都有着大面积的文身图案。在 Youtube 上不乏和该帮派有关的新闻及其他各类视频。“野蛮萨尔瓦多人”制造了各式各样的暴力事件，这其中包括大规模的杀人案件。据 BBC 在 2004 年 12 月 24 日的报道，“野蛮萨尔瓦多人”的帮派成员在当天杀死了一辆公交车上的 28 名乘客，原因大概是寻仇[1]。

说到这儿我似乎又有些偏离了自己的初衷，我说过，我一心想要探索和展现的并不是中美洲那些可怕的种种，而是那些令人好奇的，让人感到美好的人、事、物。于是一到圣萨尔瓦多，我便把之前听说和设想的有关当地的种种都抛在脑后，立即奔向了我认为最棒的地方。

---

[1] 该新闻报道标题为“和洪都拉斯大规模杀人事件关联的帮派组织”（“Gang Linkedto Honduras Massacre”）—— 原文注。

# 冲浪者们

“冲浪至上”——我的一位在萨尔瓦多做义工的朋友如是说。

我并不十分清楚他工作的具体内容，大概是帮助当地人盖校舍之类的。不过我觉得他选择来萨尔瓦多做义工有一部分原因是想在这里尽情冲浪。在我朋友眼中，冲浪者选择栖居的地方一定是优美并且遥远的未经开发的海滩，至少他是这么向我暗示的。我认识很多冲浪者，他们几乎都为自己选择的某片海滩赋予了很多意义，当然在我看来这有很多是出于主观层面上的一种自我说服。

一路沿着萨尔瓦多的西海岸走，在靠近太平洋的一侧有一个叫作爱斯特隆的类似海滨度假村的地方，其不远处有一个地方叫海龟岛，附近就有一个冲浪点，也就是拉斯弗洛雷斯。这个集冲浪与度假于一体的度假村有自己的网页，以下是它宣传自己的广告语：“这里是集旅馆、餐厅、健康水疗中心、海龟庇护所、瑜伽中心、鹈鹕栖息地、椰子种植园、环保实践基地、课外教育活动中心、码头于一体的综合度假中心，我们致力于回收资源，倡导低碳生活，在这儿你可以和海龟、海鸟、蜥蜴等各种生物和谐相处，享受无限的自然风光。”此外，网站的设计者还选择了一张和广告语颇为契合的图片作为背景，图片捕捉的是一只小海龟跳到人手上的一瞬间。我认为这广告词写得非常不错，把萨尔瓦多的种种危险和不堪从画面中移除，再将其优美的自然风光放大。也有人会说，萨尔瓦多的宣传语明明该是类似“这里是世界上谋杀案发生频率最高的、充满着爆炸和暗杀的城市”，可若果真如此，游客哪里还敢光顾。

在抵达圣萨尔瓦多后，我找了一辆车前往传说中的海龟岛。路程很长，司机大约穿越了大半个萨尔瓦多才真正抵达我在海龟岛的住处。

到萨尔瓦多旅游我甚至不用担心兑换当地货币的事情，因为这儿的人都使用美元交易。在经过一个收费站时我顺利用美元买到了一杯 M&M’s 巧克力豆和一罐可乐，店员找给我的零钱也是美元，准确地说是 9 个新版的 1 美元硬币。圣萨尔瓦多的机场距离其所谓的市区并不远，大概只有十分钟车程。我之所以这么说是因为萨尔瓦多整个国家并没有什么市区和郊区之分，因为即便是这里所谓的中心地带，也仍处于非常原始的状态。路边的车站和房子看起来都像是临时搭建起来的，和来旅行的游客支起来的露营帐篷根本没有太大分别。我倒是能够理解萨尔瓦多这种简陋和野生的面貌，毕竟这里人为和自然灾害几乎是无休止地在发生，既然知道破坏性的外力是一直存在的，那么何必花精力把房子盖得太好呢？萨尔瓦多原始的状态还体现在其野生的自然环境上，到处都是密布的植被，一旦走入其中根本无法找到出口。即便有人拿着诸如锯子一样的工具边走边砍，一刻不停也无法为自己开辟出一条道路，甚至还没等你砍光四周的高草，后面的野草已经重新长了起来。潮热的环境还意味着当地丰富的热带水果资源，芒果树、菠萝树还有番荔枝树遍布在萨尔瓦多各个地方。说起番荔枝可能有些人并不熟悉它的样子，它的外壳像是由无数个孢子组成的某种来自外星的生物体，剥开来里面是呈粉色棉花糖质地的内瓤。这里的道路两边能看到远处的山和河谷，沿途我还看到了好几辆用来载客的卡车，卡车上站着十几个人，他们随卡车的行进颠簸着向目的地进发，看得出这些人中有不少是以家庭为单位出行的，可能因为当天是周六，正是全家出行的好时机。

待我到达海龟岛时已经接近傍晚时分了。我要入住的旅社院子里坐满了顾客，餐桌附近还有前来野餐的当地家庭，往远处可以看到如画般的由沙滩、海水和棕榈树组合而成的风景。

一切都很完美，我把背包扔在房里就迫不及待地跑上沙滩坐了下来。一个十几岁年纪的小女孩坐在我不远处，冲着我笑了笑，然后和我打了招呼。我问她我在这儿应该做点儿什么，她耸了耸肩对我说，“什么都不用做”。

除了刚才我提到的广告语外，海龟岛的网站上还写着这样一段话：“度假村的主人从 12 岁起便开始冲浪，在这里，善待且亲近海洋并非我们的目的，而是深入骨髓的一种生活方式。”太阳下山后，海滩的人群散去，我独自一人吃着烤鱼、喝着冰啤酒享受暮色时遇到了这位号称 12 岁就开始冲浪的度假村主人。

这位先生的名字叫汤姆，老实说我并不怎么喜欢他。激发我负面情绪的原因是他对我的本职工作表现出了些许轻蔑。得知我是一个电视剧编剧时，他对我说，“电视剧这种东西对大众来说也就是他们的精神食粮罢了，可是要知道，人们还是需要糊口的，光靠看电视剧可不行”。这位汤姆先生是按典型海岛居民的样子来打扮的，衬衫这种东西他们是绝对不会穿的，因为体现不出来他们亲近海洋的生活方式。汤姆大概有45岁，顶着一头蓬乱的头发，黝黑的皮肤，整个人看起来有种慵懒的气质。他就仿佛一个管理着大型背包客王国的国王，整日打理着这个度假村的大小事务。让我不是很喜欢他的另一个因素是那个刚刚冲我微笑的女孩，就是那个告诉我在这儿什么都不要做的女孩，竟然是他的女朋友。我说过那个女孩看上去只有十几岁，尽管我不敢百分之百确定她的真实年龄，可她看上去的确就是个孩子。汤姆对他女朋友说话的腔调着实让人有些反感，那种语气就好像他早就经过了大风大浪，而女孩一无所知，只有被他教育或者轻视的份儿。

尽管我不那么喜欢汤姆，可我必须承认他并不是什么坏人，也并非无趣。我认可他的成就，毕竟他靠一己之力打造起这里的大部分设施，正因为有了这个度假村，当地的居民、美国人、德国人、加拿大人，以及世界各地其他的游客，包括我自己，才多了一个可以放松身心的好地方。可在这儿我必须要纠正他对于电视剧的看法。要知道我们现在处于一个电视节目制作和播放的黄金年代，可供人们观看的东西太多太多了，包括《办公室》《我为喜剧狂》，还有《美国老爸》这样的剧集，以我的标准看来都还算不上所谓的精神食粮，当然这并不妨碍大众对它们的喜爱。而能作为精神食粮的节目制作起来可是非常困难的，它需要迎合来自各个领域、各个阶层人的口味。如果你有一天有机会参与制作某个项目是为迎合大众口味，你就会真正懂得这其中的不易。总之，做真正好的电视节目要比在遥远的海角弄一个海龟收容所难得多，信不信由你。

汤姆告诉我，他曾在哥斯达黎加经营过冲浪度假村，凭借他多年的冲浪经验，他知道在萨尔瓦多附近也有类似的海岸可供他经营同样的生意。凭借地图，他准确地定位到拉斯弗洛雷斯，然后买下了如今这块地。再然后，这儿就成为冲浪者们的另一个聚集地。

那天晚上在度假村的酒吧我遇见了三个从美国来的孩子。其中一个男孩专为冲浪而来且已经在这儿住了一阵子，我便问他打算在这儿待多久，男孩听了只是笑笑，也没说出个具体答案来。这个男孩应该是在汤姆这儿做学徒，当然啦，他不会用学徒这样的词来定义自己，这样就仿佛在汤姆和他之间存在什么森严的等级制度一样。这个男孩眼里闪着那种真心热爱冲浪的人才有的光芒，看着他的眼睛，我当真觉得这些冲浪者们所关心和热爱着的的确超越于俗世之乐，他们的境界更为纯粹。就连这个男孩吃东西的样子，都能令人感受到他是如何享受当下生活的。总之我很喜欢这个男孩，喜欢他讲故事的方式，谈及他最近正在读的一本奇幻小说时，他对我说当书中的武士们都忙着厮杀，弓箭手们忙着放箭的时候，魔法师们总是站在距离战场很远的地方，因为只有他们是使用思想来和敌人战斗的。

另外两个孩子一个叫作迈亚，另外一个我只记得是迈亚的女朋友，总之，他们都极其真诚和善良。最初他们两个是在尼加拉瓜的一家孤儿院做义工，但越到后来他们发现状况变得越糟，他们说并不是他们遭遇了什么可怕的事情，只是在孤儿院的工作不符合他们当初的期望。然后他们去了一家加工咖啡豆的农场打工，再然后是一家哥斯达黎加的旅社，在旅社打工之余，他们大部分时间都花在泡温泉或是冲浪上了。所以基本挣来的钱没多久就都消耗光了，过一阵子他们得回美国去，要参加一场婚礼。迈亚的女朋友不会冲浪，似乎这也不是她的爱好，她只喜欢坐在沙滩上看迈亚冲浪。据说接下来太平洋的风暴会为附近的海滩带来一波巨大的海浪，迈亚等待这波大浪已经好久，大约完成这次冲浪他也就可以心满意足地回美国了。

迈亚说明天海里就会有不错的浪花，是冲浪的好时候。我问他能不能带我一起，我想学习，外加租冲浪板，一共付给他 15 美金，迈亚欣然应允。我学冲浪的事情就这么定下了。

## 冲浪的艺术

我想，在大部分人心中，冲浪都是件很酷的事。冲浪者需要具备勇气、技巧以及优雅的仪态，不过这说来也不难，你只需脱掉外套奔向海滩，便算迈出了第一步。冲浪的本质是什么？在我看来其核心便是个体在和宇宙的能量即海浪的对抗中极力保持平衡的过程。说具体些，冲浪要求你在海浪中一往无前，在整个过程中你最好能够保持冷静，控制好自己的身体，当大浪来临时能够与迎面而来的冲力和平共处，而这种势头将一直保持至更大的浪花将你击倒。这时你会猛然间从海面沉下，身后的浪花继续追赶着前面的人，而你的冲浪痕迹在霎时间遁于无形。我概括得还算正确吧？

我认为冲浪者是值得所有人钦佩的人，因为冲浪展现了某种很难得的英雄气概。冲浪者需要征服的既不是其他冲浪者，也不是险峻的山峰这类庞然大物，他们的对手是一种无形的能量，换句话说，冲浪者需要对抗的是其自身的意志。这种无形的能量展示了大自然的美丽和灵动，海浪翻滚之时，就宛如一层深蓝色面纱上下翻涌。冲浪者离开后，一切归于平静，我们甚至无法把握或者留住这些人和自然交汇过的痕迹。当然，也不是完全没有办法，将它们录下来剪辑成视频算是一种办法，就像你能在 Youtube 上找到的那些一样。

“我教过一个朋友学冲浪，他本身是一个非常优秀的游泳运动员，非常强壮，可他对于冲浪似乎一点儿都摸不着门道。倒是我姐姐的一个朋友，她本身不擅长运动，可是冲浪的时候胆子很大，什么都不怕，反而做得很好。”在和迈亚向海中央进发的过程中，他如是说。从他这番话中，我大概听得出他更喜欢那些勇敢的冲浪者，天赋和技巧似乎并不那么重要。我原先有个同事叫作布伦特·弗雷斯特，是个很棒的作家，也是个冲浪爱好者。弗雷斯特在马里布长大，在那儿一直读到高中。那时候每天上学前他都要去冲浪。

“嘿，我猜你一定是特别喜欢冲浪所以才每天都去吧”，我曾经这么问过弗雷斯特。

“才不是，说实话我可一点儿都不喜欢冲浪。冲浪的时候冷极了，而且时常要面临一些吓人的状况，结束后筋疲力尽，整个人都像要散架了一样。不仅如此，冲浪还极其容易受伤”。

“那我就不懂了，既然这样你怎么还天天冲浪？”

“这么说吧，在马里布高中你想要获得同伴们的关注你就必须冲浪。一旦选择冲浪，那么你就必须每天都去。”

对我来说，在萨尔瓦多的海滩冲浪可一点儿都不吓人，我觉得享受极了。迈亚和他的伙伴在我周围自在地踩着浪，轻松而随意，我看着他们觉得他们是被上帝眷顾的孩子。我没那么好的技术，大部分时间我都在船上，有些时候我会从船上下来，要么是躺在冲浪板上漂浮于海面，要么是在浪比较平静的时候蹲在板子上向前移动，我的速度不是很快，以防一个大浪过来我被冲出去。当天的海浪暖和极了，海滩上几乎没什么人，只是偶尔有一两艘木船在附近靠岸，海滩后面是密实的丛林。

待到太阳落山，我感到有些疲惫，是时候停下来了，于是我趴在冲浪板上奋力向岸边滑动，直到一阵浪头猛地把我推向松软的沙滩。然后我拖着沉重的步子回到了海龟岛度假村的院子里，用水冲洗身体后，一下子躺在了院子里的吊床上。

那天晚上度假村的露天酒吧来了一群加拿大的老师，他们是来这儿度假的。他们一群人有说有笑看起来好不欢乐，其中一位男士似乎是领队，他有着浓重的加拿大口音，喝酒说话都很豪爽。他告诉我他们这群人都是老朋友了。其中一个女生很显然对这位领队先生有着深切的爱意，她总是含情脉脉地看着他，或许她暗恋他十几年了。我告诉这位领队先生自己曾经和加拿大骑警一起从耶洛奈夫飞到伊魁特。

“真的吗？那可是有一段距离的”，这位先生如是说。

除了这些加拿大老师，酒吧里还有一位美国来的男士，他是和妻子来度蜜月的，我见到他的时候他妻子不在场，只见到他本人喝得酩酊大醉，连美国人常说的一些歇后语都不记得了，在场的加拿大老师总是热心地帮他说出他记不得的下一句话。还有一些来自欧洲的年轻人，他们有的来自法国，有的来自意大利，还有的来自德国，他们聚在一起用英语讲些过时的笑话，气氛轻松且开心。之前我提起的那个度假村主人的学徒告诉我，他和汤姆第二天要到附近山林里的一个村子去考察一个马戏团，准确地说是一个家庭马戏团。要知道萨尔瓦多的流浪者马戏团是当地一大特色，我非常想跟去一探究竟。读者们，你们看，我对什么都有兴趣，这可如何是好。

不，还是算了，我还是留在原地吧，不然我这趟中美洲之行的最终目的地是无论如何都无法抵达的。

我的下一个目的地是尼加拉瓜，我听说可以从萨尔瓦多坐船前往尼加拉瓜，试问谁又会不喜欢靠乘船前往某个你从未抵达的国度呢？

# 和凯利·斯莱特[1]在丰塞卡湾

我说的这位朋友当然不是真的凯利·斯莱特了。凯利·斯莱特是和他一起的欧洲同伴对他的昵称。说来惭愧，因为时间过了太久，我实在是想不起我这位朋友的名字了。我这人总是很自负地认为自己会记得周遭发生的一切事情和所有相遇过的人的名字，可事与愿违，比如凯利·斯莱特的名字就被我在不知不觉中遗忘了，所以就让我暂且用这个名字称呼他吧。

不过说实在的，在我看来，如果他愿意，是绝对有机会成为斯莱特那样优秀的冲浪运动员的。不少人都知道凯利·斯莱特是优秀的冲浪选手，可并非人人都知道他长什么样。我想我这位朋友的外形便符合大部分人对于斯莱特外形的期待。他有着宽大的臂膀，棱角分明的面部轮廓。我记得我第一次见到他的时候，他赤裸着上身，一只手拿着冲浪板，一只手向后捋着滴水的头发。他谦虚地说自己并不是什么专业级的冲浪选手，很遗憾我没有亲

[1] 作者所提到的凯利·斯莱特（Kelly Slater）是美国知名的职业冲浪选手，与此同时他也是一位作家、商人兼演员。

眼见识过他在海上冲浪的样子，所以就这一点我无法判断。不过他绝对有着专业冲浪选手的体格，这一点我笃定极了。

凯利·斯莱特是一家瑞士还是德国公司的技术代表，没记错的话应该是家电信公司。我和他是在前往丰塞卡湾（the Gulf of Fonseca）的旅途上认识的。

丰塞卡湾这样的地方我一直是非常乐于前往的，它在地图上是位于洪都拉斯、萨尔瓦多以及尼加拉瓜之间的一个小角落，我想到过这儿的人并不多，大概也正因如此，这类地方才会显得格外吸引人且有趣。用文字描述丰塞卡湾的地理位置和形状可能做不到十分形象，我建议大家最好找张地图来看，那样便再清晰不过了。在地图上，当你看到我刚才所描述的三国之间一个像长颈鹿头的海湾地带时，你就找到了丰塞卡湾。说是长颈鹿头，但事实上这只长颈鹿头有三只耳朵，不过除此之外，其余部分还是能让你一眼便会认同这个海湾形似长颈鹿头的。如果你仔细观察，这只长颈鹿似乎伸着舌头，那是海湾的一个突出部分。整体看来就好像一个长颈鹿头正伸出舌头舔着尼加拉瓜的领土。

我和凯利·斯莱特前往丰塞卡湾的目的是为了绕过洪都拉斯前往尼加拉瓜。凯利·斯莱特去过洪都拉斯，曾经在那儿被人持枪抢劫，不过以他的体格，面对任何匪徒想必都不是大问题。他告诉我他在洪都拉斯出行几乎都是靠摩托车。就像我一再强调过的，这次旅途不允许我在每一站都驻足，我必须学会放弃，所以我舍掉了洪都拉斯。我当然知道那里一定充满了趣味，有迷人的风景和震人心魄的古城遗址。下一次，我保证，一定要亲眼看看你，洪都拉斯。

出发前往丰塞卡湾的第一件事，不是别的，是吃早餐。

## 普普萨饼

我和凯利·斯莱特在萨尔瓦多品尝了当地的国民美食——普普萨饼 (Pupusas)，用餐的地方是通往拉乌尼翁（La Unión）码头公路上的一个摊子，那儿的普普萨饼好极了。

说到国民美食你脑海中想到的食物是什么？我想如果要举办一场各国国民美食之间的对决，普普萨饼的战绩可不会差。

所谓普普萨饼就是一种玉米夹饼，里面夹有肉片或者奶酪一类的内陷。在包好内馅后，师傅会把夹饼放在烤架上烤一会儿，这之后，你只需选择自己喜欢的酱料挤在上面，一切便大功告成了。通常两个大号的普普萨饼只需要 1 美元，非常划算。我和凯利·斯莱特一共要了三个饼，在把它们全部吃完后还有些意犹未尽，甚至想再来一个。现在想来凯利·斯莱特真是个不错的家伙，当然也是个不错的旅伴。

## 前往阳光充沛的梅安格拉岛

吃过早饭，我们前往码头准备上船。码头上的船只似乎没有固定的起航时间表，只是看人坐满了便出发。

待到我和凯利·斯莱特的船坐满了人，我们并不能随即出发，而是要在海滩上帮忙把船推进海里。船陷得很深，海水及腰。无法发动的原因是船上的乘客太多。不过踩在泥里推船并不是什么苦差事，泥沙又软又暖，光脚陷在里面很舒服。当时我还在庆幸，还好自己跳下来的时候没有穿鞋，否则一鞋沙子想必会很难过。船顺利发动后，我和凯利·斯莱特便迅速跳了上去。当天阳光很好，不一会儿我们的衣服就全被烤干了。尽管船有些颠簸，可海浪并不骇人。在丰塞卡湾一路航行是令人难忘的美好回忆，这多亏了凯利·斯莱特的陪伴。他精通好几国语言，包括法语、意大利语和德语，除此之外他还会西语，因为在西班牙工作过。不过我们使用英语交谈，他的英语也很不错，可以用言简意赅的英文句子表达他想说的意思，而且我很喜欢他积极冷静的语气。

中途我们的船靠近一座叫作梅安格拉（Isle of Meanguera）的

岛屿停了下来。说实话，对于这座岛屿的文化、历史还有风俗之类的我几乎一无所知。这次靠岸令我又惊又喜，虽然我知道我们要穿过丰塞卡湾，可压根儿没想过会在海湾周围的岛屿停下来。不过我可以确定地告诉你这座岛屿属于萨尔瓦多。对于丰塞卡湾附近的岛屿归属，不同的国家原先是有争议的。后来国际和平委员会这类组织介入，解决了争端，认定其中两个岛屿属于萨尔瓦多，一个岛屿属于洪都拉斯。

梅安格拉给我的印象就仿佛一个乌托邦。我们下船到了岛上的一个小镇，从远处看，这个小镇嵌在类似山谷处的位置，几乎占了整个岛屿的全部面积。小镇的街道基本都是向上爬升的陡坡，所以从远处看上去，这些街道就像要叠在一起似的。只有很少几条小路是沿着山体向下延伸的。镇上有个很小的商店，我猜店里的存货并不十分稳定，不过我打赌你想要的东西柜台后的那位先生一定能拿得出来。我从那儿成功买到了可乐和一些曲奇饼。

凯利·斯莱特和我在小镇的码头处坐了好一会儿。我想或许这座小镇曾经见证过不少激动人心的事情（当然这概率并不大），可从它现在的样貌看来，它似乎在很长一段时间内都陷入平静之中，没有任何翻天覆地的变化，我想这种平静在将来也会延续下去。

还有一些当地的年轻人出现在码头附近，再来就是大大小小的船只了，其中有些是渔船，有些是客船，它们有的被绑在码头，有的则忙着前往下一个不知何处的目的地。那些当地年轻人大多都赤裸着上身，看上去很瘦弱，他们每一个几乎都忙着摆弄自己的手机，有人在打游戏，有人在发短信，我不禁好奇他们的信息是要发给谁，是发给彼此呢，还是某个在远方的人呢。

“世界上的每个人几乎都在忙着看手机”，凯利·斯莱特对我说道，说罢他对我笑笑，不过没有再发表过多其他意见。凯利·斯莱特也买了可乐和曲奇饼。我暗自揣测如果我刚才买一包香烟来抽的话，说不定他在心里会稍稍看低我，尽管我想他多半不会在乎我抽不抽烟。不过以防万一，我还是打消了买烟和抽烟的念头。

我们坐在码头看着驶入的船只在海面上激起阵阵涟漪。那些在码头上的年轻人丝毫不理会我和凯利·斯莱特。不理会我也就罢了，可他们怎么竟然会无视凯利·斯莱特呢？！他生得那么帅气，想不注意到他都难。

凯利·斯莱特是个十分讲求效率的人，任何事情他都会做出非常周密的计划。尽管他是个很幽默的人，可是那些无聊的笑话并不会让他觉得有趣。当有些人用一些迂回的方式钻空子，或是拖沓办事时，凯利·斯莱特甚至会对这一切表示不解。中美洲很多地方的办事效率都不高，很显然，凯利·斯莱特对这一点了然于心。可他似乎并不打算真去追究导致这一切的原因，他清楚自己来这儿是为了冲浪、调研、学习西语，顺便会友，找麻烦可不是他的目的。

可是在尼加拉瓜边境，凯利·斯莱特还是碰到了让他爆发的状况。

在经过一片茂密的红树林后，船猛地在一处沙滩停了下来。我们一行人从船上跳下来合力把它拖到岸上，把所有行李丢上岸后又把船推回海里。我们的航程就算结束了。到了这里，除了我和凯利·斯莱特以外，就只剩下三个尼加拉瓜人了，其中包括一个上了年纪的女士，一位老先生，还有一位身材魁梧的年轻人，他的身形看上去像是在大学橄榄球担任边锋的那种球手。

这些尼加拉瓜当地人带着行李沿着一条土路向前走，我和斯莱特则跟在他们身后。走了一阵子眼前便出现了一座混凝土的方形建筑，上面插着尼加拉瓜国旗。这座建筑的正面开了一个小窗口，里面坐着两男一女，他们穿着制服，除此之外，所见还有一台老旧的复印机和两台电脑。

我眼见那三个尼加拉瓜人就快到达边境的办事窗口，里面的三个工作人员还没有做出任何反应。过了一会儿，里面的那位女士总算缓缓地开始挪动，路线是从办公室的一头到另外一头。我该怎么形容这种缓慢呢。这么说吧，她的移动仿佛不带任何目的，似乎只是为了向人们演示，一个人的脚步究竟可以有多慢。在移动到办公室另一头的中途，这位女士甚至还懒散地靠在墙壁上歇息了一阵子，那模样就像一只将要打盹的家猫，我不懂，或许行动缓慢这件事的确给她带来什么了不得的愉悦感。再然后她竟然就一直靠在墙上不动了！不再向前挪动哪怕一小步。

好了，现在房间里的两位男士开始挪动了，仍旧以缓慢至极的速率。这情景令我觉得自己是在看一出慢动作舞剧。我把这三个人想象成舞台上刻意放慢动作的舞者，要知道人若是想刻意控制自己的身体将其行动变得极为迟缓是很不容易的事。这出舞剧的主题，大约是编舞者借由舞者的慢动作来讽刺某些行政机构办事效率低下。舞剧的名字我都想好了，就叫它《慢之舞》。天呐，如果这真是一出舞剧，我想一定会有不少观众买账。

对比我这种看戏的心态，凯利·斯莱特对眼前的一切显得不耐烦多了。他显然没有把这些行动缓慢的边检人员当成舞蹈演员来看。我打赌如果有人一定要他这么做的话，他一定会照做，可如果凭借本能，这一切当然不是他乐于看到的。不管怎么说，这儿毕竟还是现实生活中的入境处，不是布满梦幻诡异灯光的舞台。

这些工作人员大概花了一个小时才为我们的护照盖好章，然后将一些无关紧要的材料归档，做这些活儿对他们来说就像是能够屏蔽掉其他来寻求他们办事的人的最好途径。“喏，我忙着呢”，这样别人也无计可施。那三个尼加拉瓜人比我们到得早，这意味着他们无端花掉的等待时间更长。而且没人对那位老先生和老奶奶提供任何额外的帮助。在两个老人办完手续后，那个年轻的大个子也经历了同样漫长的等待。

凯利·斯莱特看着眼前这一切，越发不解。那个尼加拉瓜青年透过墨镜察觉到了斯莱特的不满，他操着一口南加州口音的英语对斯莱特说，“嘿，这儿就是这样。欢迎来到尼加拉瓜”。

在办妥一切手续后，我们终于得以逃离这个死气沉沉的水泥房子。我想我们一旦离开，那些如提线木偶般的三个人又会回到最初的静止状态。凯利·斯莱特带着不满的口气说道，“这种办事效率实在是不怎么样”。

我当然是要应和他，打算和他一起抱怨一番。

“不过或许这已经是当地办事效率最高的人了，我是说他们已经是这里最好的了”。凯利·斯莱特又补上一句，这么看来他大约不打算再追究下去了。

进入尼加拉瓜后，我们在树下等了大约两个小时，终于等来了一辆载我们前往奇南德加（Chinandega）的车子，这辆车子是由那种黄色校车改装而成的。车子在奇南德加只是短暂地停靠了一下，我们甚至都没有时间在当地买些水果来吃。太阳快要落山的时候，我们抵达了莱昂镇（the town of León）。我和凯利·斯莱特商量后决定当晚只定一间房，兜兜转转一阵子，找到了一家不起眼的旅社，并在那儿住下。旅社住了不少来自加拿大法语区的游客，在旅社布满藤蔓的院子里，他们躺在吊床上忙着做卷烟来抽。我和凯利·斯莱特一起吃了晚餐，在一家牛排餐厅。餐厅中央有一方喷泉，顿时为这一切蒙上了一层神秘感。除了我们俩，餐厅里还有其他顾客，他们看上去并不是一起来的，但却聚在一起说笑，喝酒。那天晚上我们的房里热极了，即便有个吱嘎作响的吊扇，可实际上根本起不了什么作用。和凯利·斯莱特同住一间房让我产生了一种错觉，因为他的俊美我甚至错以为自己是会对男性产生感情的。如果当天晚上他向我示爱，我想我说不定会接受。当然他并没有，那一晚他只是躺在床上研究了一会儿当地的旅行手册，然后冲我微笑了一下便关灯睡下了。第二天我们度过了一个轻松惬意的早上，先是喝了咖啡、吃了水果，然后在莱昂镇的主街道散步，沿街教堂里摆有各式各样的雕像，其中基督受难雕塑让我印象最为深刻，耶稣脸上痛苦的表情就仿佛一切不过就发生在昨天。我们在教堂附近转了转，一人买了支雪糕来吃。凯利·斯莱特说他过会儿想去爬火山，再趁夜看看火热滚烫的岩浆，并邀请我一道前往。我礼貌地回绝了他，表示自己还需要继续赶路。于是我们就这样作别了。

说来有些不好意思，我占用了凯利·斯莱特一整个早上，事实上他本可以把这个早上花在那些对他更有兴趣，或是更有欲望的人身上，我是说那些爱慕他的人，而非我这样的普通旅伴。不管怎么说，尽管我不记得凯利·斯莱特的真实姓名，可我永远不会忘记和他这段短暂而愉快的旅途。

## 格兰弗朗西亚酒店的怪诞壁画

说是壁画，可能形容还不够准确。我想描述的格兰弗朗西亚酒店里的这幅艺术作品事实上是一块超大的方形挂毯。它大约有 10 英尺长，上面涂抹有红色、蓝色、绿色、棕色还有黑色的图案。让我姑且称它为尼加拉瓜挂毯吧，说不定这就是当地最有特色的艺术表现形式，只是我这个外来客没那么了解罢了。

让我来为各位描述一下这幅挂毯上的内容。从左至右，挂毯上的图案分别是：一个扛着火枪的无脸农民，或者是士兵也说不定；一个同样无脸的受伤男人，这个是匍匐在地上的；一个挂在树枝上的无脸男人，看样子已经死了；三个戴着帽子的男人，他们正互相冲着对方开枪；一个掌控着两架火枪的男人，他看上去像是这一群人的领头人；最右边，一个男人正在奋力刺杀另一个男人。这些人四散在一片绿色的草坪上，除了他们之外，草坪上已经堆有数具尸体。

当天晚上我光顾了酒店的酒吧，酒吧里除了酒保只有我一个客人，在我来之前，酒保忙着擦干吧台上的杯子。电视里放着美国棒球赛，我和酒保就棒球赛聊了几句，他说起尼加拉瓜最好的两个棒球选手，一个是卡布雷拉，另一个是拉米雷斯，并对他们称赞有加。我虽对这两个棒球手一无所知，但还是表示自己很钦佩他们，是的，出色的棒球手的确令人钦佩。看得出当天夜里这位酒保的心思不在比赛上。聊了几句我便自顾自地喝酒了。我一个人点了几瓶冰镇的托尼亚啤酒，自得其乐地享受着日落时分的光影。

我所停留的这一站是尼加拉瓜的格拉纳达（Granada）市，它位于宽阔的尼加拉瓜湖沿岸，和太平洋隔海相望。在五月花号抵达麻省时，格拉纳达市已经作为城市存在了百余年。大约在美国独立战争开始之际，格拉纳达已经被海盗洗劫过三次，其中一次是被摩根船长，就是那个被画在摩根船长朗姆酒酒瓶上的家伙，不过我想在现实生活中这位船长大概远不如他在酒瓶上表现出的那么开心。

面对海盗不断的侵扰，当地一名叫拉斐拉·赫雷拉的女性在1762年组织格拉纳达人进行抵抗。据描述，赫雷拉在当时的打扮非常性感火辣，她穿着一袭低胸长裙在船上发射大炮，组织战斗。

格拉纳达这座城市实在是很合我的心意，它风光亮丽，让人感到惬意和放松。从市中心主广场到河岸的距离刚好适合散步，我几乎一整天时间都在附近一带闲逛。这儿有不少游客，很多人聚在当地的酒吧喝酒聊天，好不自在。我在一家叫雷利的酒馆也喝了几杯，在我看来，雷利酒馆应该算得上尼加拉瓜当地最好的爱尔兰式酒馆了。

在中央公园，尼加拉瓜当地人三三两两坐在公园里的长凳上，或是聊天或是在太阳下发呆。我选了一条长凳坐下，当地人便热情地和我聊了起来，他们很友善，和我聊天也没有什么特别的目的，我很乐于听他们讲话，只是我的西语实在不大灵光，聊了一会儿谈话便继续不下去了。那几个当地朋友见状只得耸耸肩，然后继续他们自己的事情。在美国的时候，我很少会坐在公园附近的长凳上来消磨时光。在国外的旅行让我惊觉在长凳上坐着发呆是件多么美妙的事情。只是坐在那儿，或是拿着一瓶水，或是一杯咖啡，看着远方，在我看来就是极大的享受了。尽管这看上去有些像老年人喜欢做的事情，可这无碍我对于这种消遣方式的喜爱。

从中央公园一路向前，我来到了湖边。站在湖边，我呆望着湖水随着日光的变化闪烁出不同的波光。直到快要入夜湖边的蚊虫多了起来，我才往城区方向走，回到我的住所去。在开头提到的那幅壁画，就是在一天结束时，我返回酒店楼下时注意到的。这幅挂毯上的图案，从某种程度上可以说是尼加拉瓜历史的高度浓缩。

尼加拉瓜有很长一段时间都处于极度不稳定的状态，最近一次骚乱是一次由革命演变而来的内战。让我来简要总结一下：从20世纪30年代到70年代，尼加拉瓜的统治都由亲美的索摩查独裁政府把持。大约1970年，在索摩查政府的指使下，一位自由派的报社编辑被杀害，由此引发了当地局势的动荡，紧接着推翻索摩查独裁政府的革命展开了。企图推翻索摩查独裁统治的是桑地诺民族解放阵线。在执政后，桑地诺民族解放阵线在尼加拉瓜全国进行了土地重新分配，并在全国推行提高国民受教育程度、削减贫困等政策。然而桑地诺民族解放阵线也并非一帆风顺，有自称为“反对派”的右翼组织曾一度企图推翻其统治。美国总统罗纳德·里根认为“反对派”的行径和尼加拉瓜过往革命的性质大同小异，其本质都是当地的一任政府企图取代另一任政府。在尼加拉瓜数次政府更迭中，美国几乎一直都多少有参与，且事态发展的结果似乎也并不完全如其所愿。美国国会曾对外宣称，中央情报局以及国防部决定在当时停止帮助尼加拉瓜的“反对派”，但当时一个名叫奥利弗·诺思的海军中校则利用向伊拉克出售武器（这是另一件我们不该做的事情），暗中为当时的尼加拉瓜反政府武装提供经济支持。这就是当时的“伊朗门事件”，我记得当时我是和妈妈一起看电视知道这桩事，当时电视上奥利弗·诺思穿着海军制服出席听证会，并且对所做的一切毫不遮掩或有什么惭愧之色。

以上这些美国和尼加拉瓜的过往纠葛，不少书籍、档案、文章都有记录，而不同的材料会展现出这些事件不同的侧面，从中你会发现这段历史充斥着各种曲折离奇的故事、雾里看花的托词，甚至是谎言。当然，其中也包含不少轶事。比如有一位来自马萨诸塞州普林菲尔德市的爱德华·博兰先生，他是国会最早提议拒绝为尼加拉瓜反政府武装提供资金援助的成员。这位博兰先生在62岁时和一个比自己小30岁的女士坠入爱河，然后生了4个孩子，再之后他干脆直接从国会辞职了。

一些笃信这一切都是阴谋的理论家甚至声称他们收集到了相关证据，认定中情局在当时曾经通过向美国内陆贩售可卡因来支援尼加拉瓜反政府武装，而这是为了达成一项极其复杂的双重秘密计划。这些人的揣测都不怎么站得住脚，要知道，任何绝密计划都需极其周密的谋划才可能实现，连听上去并不那么复杂的牵涉到伊拉克和尼加拉瓜反政府武装的计划都被识破了，这些人口中所谓的美国“双重秘密计划”多半是夸大了的。

最终结局是反政府武装失败了。这当然和时任尼加拉瓜总统丹尼尔·奥尔特加是桑地诺民族解放阵线的坚定支持者有关系。丹尼尔·奥尔特加在20世纪80年代执政，在2006年竞选获胜后再度任职尼加拉瓜总统。说起奥尔特加，他的政治生涯并不平顺，不过在中美洲，但凡后来成为总统的，之前几乎都免不了牢狱之灾，奥尔特加只不过是众多政治生涯曲折的政客中的一个罢了。对于奥尔特加，我无法评述更多，因为毕竟我不是很了解尼加拉瓜政坛。不过我所了解的是，尽管丹尼尔·奥尔特加一直致力于改善当地贫困人口的生活状态，但并非所有人都对他的政策买账。

美国对于尼加拉瓜的政治干涉不仅仅停留在当年涉及伊朗和尼加拉瓜反政府武装的事件中，看似疯狂的“伊朗门事件”不过是美国对于尼加拉瓜干预行为当中的一个篇章罢了。

## 威廉·沃克——尼加拉瓜的“突袭者”

说起尼加拉瓜，还要提到的一位人物是威廉·沃克。沃克出生于田纳西州，在新奥尔良读书，后移居旧金山工作。在1856年，沃克率领60人抵达尼加拉瓜并自立为当地总统。他绝对是个传奇人物。14岁从纳什维尔大学本科毕业，19岁又获得了医学学位，先后做过医生、律师及报社编辑，和一个美丽的盲人女孩订过婚，可后来这位女孩不幸离世。在前往尼加拉瓜之前，沃克曾经尝试征服墨西哥下加利福尼亚半岛以及索诺拉州，并企图在那里建立共和国，可该计划以失败告终，沃克被墨西哥人驱逐出境，所幸的是他倒没有因为这次征途丧命。回到加利福尼亚后，年届30的沃克因为违反了中立法案而被审判，不过他的美国同胞们格外钦佩他的勇气，所以被无罪释放。事实上，虽然沃克的计划在多数人看来是极端疯狂的，不过仔细想想，他的计划也没有那么疯狂，毕竟当年的得克萨斯州就是以同样的方式建立起来的。两年后，不死心的沃克决定把尼加拉瓜作为目标，再一次开始了他的征服之旅。

这次征服取得了阶段性胜利，可好景不长，一支来自哥斯达黎加的军队将沃克和他的手下驱逐出境。要知道这可是经历了一番鏖战，战后的格拉纳达完全沦为废墟，废墟中还插着一块沃克在到来时做的木牌，上面用木炭写着“这里是格拉纳达”。被驱逐后的沃克由美国海军带回新奥尔良，在那儿他再度接受庭审，不过再次被无罪释放。再然后，沃克又一次前往中美洲，在那儿他被一支洪都拉斯的突击队射死，就地埋在了沙滩上。

不少人以各种形式演绎过沃克的故事，不过对于沃克这一生最生动的叙述还要数他自己的回忆录——《在尼加拉瓜的战争》[1]，这本回忆录出版后不久，沃克就去世了。有名的还包括 1987 年埃德·哈里斯主演的电影《烽火怪杰》[2]。著名影评人罗杰·伊伯特曾说这部电影对于整段历史不过是“缺乏想象力的呈现”。彼得·博伊尔尔也出演了《烽火怪杰》，他在其中扮演的是当时美国的大富豪科尼利尔斯·范德比尔特（就是那位在《人人都爱雷蒙德》中扮演父亲一角的先生）。我还记得在电影中，提起厄瓜多尔，范德比尔特把它描述为“美国以南某个不怎么样的小地方”。

---

[1] 《在尼加拉瓜的战争》（*The War in Nicaragua*），出版于 1860 年，是威廉·沃克的自传回忆录。

[2] 《烽火怪杰》（*Walker*），由亚力克斯·考克斯执导，于 1987 年上映，曾获第 38 届柏林电影节金熊奖提名。

## 最完美的咖啡

水眼区（Ojo de Agua）的奥梅特佩岛（Ometepe）是我的下一站。我坐在岛上的一处火山泉边，身子一半在日光下一半在树荫里，双脚则惬意地拍打着泉水。这里的泉水凉爽且清澈，还有一定的疗愈功效，据说旧时当地人曾在这儿祈祷。关于这火山泉的历史我也不想了解太多，总之对我而言它就是一处极适合放松的地方。

不得不说，水眼区应该是中美洲的最佳旅行地了，我是说真的。在这儿如果你会游泳，那你大可以跳到泉水里畅游一番，不会游泳的话，即便坐在泉边也是很不错的。泉水边还有卖椰子的女孩儿，她会把椰子劈开，然后把吸管插到椰子里拿给你。泉水边有各式各样的鸟飞过，这会让你有一种置身热带丛林的错觉。我在这儿遇到的当地人都很不错，和他们聊天让我感到随意。他们并不迫切地想要从我这儿知道些什么，彼此间的交谈简单极了，让我很是舒心。

坐在我附近的有三个美国人，两个女孩儿还有一位男士。他们来自北卡罗来纳州，看上去差不多都是30岁左右。男士在泉边赤裸着上身，我隐约感觉到了他和这些女性之间的一种微妙氛围。后来的聊天证实了我的猜想，这些和他一起的女性似乎都对他抱有或多或少的爱慕之情。

“要知道我从来不刻意向她们散发魅力，即便我的确是个非常性感的人，但我从来不刻意做什么。”坐在一边的我偷听到他在跟别人如此这般描述自己。当时我正在读书，听到这位男士和别人的谈话立刻来了精神头，心想“太好了，有八卦可听了”。哦对了，当时我正在读加西亚·马尔克斯的《百年孤独》，我觉得每一个打算前往哥伦比亚的人都应该读一读这本书。要读完这本书可能需要你花些工夫，马尔克斯在书中讲了一个加勒比海沿岸小镇在百年时光中经历的种种，其中讲述了布恩迪亚家族和整个村落的兴衰。人们用“魔幻现实主义”来定义马尔克斯的《百年孤独》，整个故事充斥着离奇而优雅的叙述，陷入其中你就仿佛进入了一个游离于现实社会之外的世界。

话说回来，其实偷听别人谈话并不太礼貌，我是说像我刚刚这样偷听我的美国同胞。虽然我承认这么做不太对，可我有时候还是会不自觉地去听听周围的人在说些什么。我很喜欢在火山泉边遇到的这些同胞，当时我还在想有没有可能在公路尽头再次遇见他们。

奥梅特佩岛事实上位于火山湖的中央，周围一共有两座火山，湖的直径差不多有20英里。在奥梅特佩岛我的主要交通工具是摩托车，从加州出发之前我刚刚拿到了摩托车的驾驶执照。考摩托车驾照并不容易，我的第一次路考没有成功。失败后我总结了经验，其诀窍就是不能紧张，但凡你紧张了，你就注定会出事故。一往无前是开摩托车的秘诀。牢记这个要诀，我在奥梅特佩岛的驾驶还算顺利。

奥梅特佩岛绝对是锻炼车技的好地方，在镇上开差不多500米乡间土路，一路上所见即是远处的火山风光，如果还有什么别的，那就是偶尔横穿马路的奶牛或是山羊之类。在这样几乎空无一人的路上，你大可以把油门踩足，只管一路向前开，那感觉实在刺激。刺激归刺激，这一路开下来还是有些疲惫的，因为乡村这种环湖的土路上还是有不少沟壑。可对我来说这都不要紧，我仍然乐在其中。忘了说，我骑行的目的地是芬卡马格达莱纳咖啡种植园，我听说在那儿可以喝到全世界最好的咖啡。

在从洛杉矶出发之前，我特地研究了一下有关咖啡种植和咖啡豆的知识，我是当真研究，而不是随便看看。这一番研究让我确信的是，但凡你开始研究咖啡，包括咖啡的生长环境以及品类，接下来你就只会陷入其中，并且越陷越深。因为有关咖啡的一切的确是会让人着迷的。很多人都是从兴趣出发，到最后变成这方面的行家。我当然还远远算不上行家，也没有打算成为行家，因为我知道但凡我再继续钻研下去，就一定会上瘾。

在我读到的资料中有一个说法给我留下最深刻的印象，说咖啡之所以能够被广泛种植是由于它能够帮助杀灭害虫。换句话说，咖啡在一段时间内充当了某些作物的杀虫药。除了这一点，我还从书中了解到了不少有关咖啡的基本知识，以及一些著名的咖啡豆产地。

在萨尔瓦多的时候我把自己刚刚学到的这些有关咖啡的知识讲给了迈亚听，我说过，迈亚在当地一个咖啡种植园待了将近三个月，他对于咖啡自然是比我了解得多，我正好有机会从他那儿学到一些新知识，并且纠正一些错误的信息。迈亚对我说，在火山的阴面一侧，咖啡豆总是长得很好。根据迈亚的这一信息，我顺藤摸瓜在地图上找到了位于水眼区附近的芬卡马格达莱纳咖啡种植园。据我在网上查到的信息，这里是世界上最棒的咖啡种植园之一。

启程前往芬卡·马格达莱纳种植园差不多是下午 4 点，我的出发点是在奥梅特佩岛最南端的马德拉斯火山。一路上并不好走，到处是从火山上滚落下来的巨石，还有大大小小的陡坡和坑洞，这些坑洞应该是由山洪冲击而成。

面对这种崎岖的地势我没什么其他办法，只能硬着头皮向前开，在差不多一个小时之后，我大约只行近了总路程的三分之一，加起来差不多 1000 米，这么一看天黑之前我肯定是到不了芬卡马格达莱纳，所以决定第二天再来。在我还小的时候曾经读到过这么一句话，大概意思是说在一场战斗中，最难的部分便是撤退。每当我遇到不得不撤退或是放弃的状况时，我都会用这句话来宽慰自己。这次也不例外，我告诉自己这并不是放弃，而是蓄积力量迎接更大的挑战。不过我的这次撤退并不完美，倒是十分悲壮。回去的路是个下坡，我就势关掉了发动机，让车子借着坡度往下滑，可下去的路实在是太陡了，车子的颠簸程度超乎想象，我屁股上的肉甚至都被擦破了。看来我唯一的选择只能是明早再和这条路决一死战了，今天我最好还是找个地方尽早休息吧。

在我下山的时候，迎面一个男人开着摩托车向我刚刚调头的方向径直向前，看样子是个法国人，他的后面还坐着一位身材苗条的女士，他们一路绕过岩石和路上倒下的树干，没有半点要退缩的意思。我看着他们心里默默致敬，不过我的斗志并没有就此被重新激发，仍然打算折返然后找个地方吃饭休息。

回程的路上天色逐渐转暗，我能够明确感受到从湖面上刮过来的凉风。我在一家靠近水边的旅馆停了下来，想着在这儿是不是能够遇上之前在火山泉边遇到的美国同胞。如果真能遇到他们，我想我们大概能够一起喝一杯，然后成为朋友，我还可以把他们的故事写进书里。不过遗憾的是，他们并没有光顾。一直到太阳彻底落山，旅店的餐厅里也只有我一个顾客，我点了啤酒和意大利面来填饱肚子。在中美洲旅行我点得最多的食物大概就是意面了，因为意面烹煮起来没那么复杂，所以即便是在很偏僻的餐厅，意面的味道也多半不会太差。而这家餐厅的整体氛围甚至让我对他们能否做出一盘像样的意面都要打个问号。这家餐厅的员工其实并不少，其中有两个男服务员蹲在旅店的墙角，一边抽烟一边聊着天，一个有些发胖的少年一脸阴郁地坐在桌子后面，无助而又落寞地望着远方。我在餐厅用餐到一半，对面火山湖上便刮起了一阵狂风，说是狂风倒也不具备太大的威胁性，可它终归让人觉得阴郁且不安。这阵风要比我在其他热带岛屿经历过的狂风来势凶猛得多，它把餐厅的百叶窗吹得哗哗作响。我无心再继续用餐，意面只吃到一半便打算离开，离开前我还询问了服务员能不能带一些啤酒回房间。

我住的房子在马路另一面，整栋房子一片漆黑，从房子里你根本看不到对面的火山湖。我搞不明白他们为什么非配给我这一间。在房间里我试着继续读我的《百年孤独》，可房里的风扇吱吱嘎嘎响个不停，外面的风声呼啦啦地让人后背发毛，我根本无法集中精神。在危地马拉遇见的帕梅拉曾经告诉过我，住在这里要格外小心，因为晚上会有小偷从湖的另一边游过来潜入游客的房间实施抢劫。如果这是真的，那简直太疯狂了，因为火山湖最窄的地方也有 5 英里，有谁会愿意游 5 英里来抢劫呢？不过这倒还真是没准儿。总之当天夜里，我独自一人睡在前有森林后临火山湖的一座小房子里，在隐隐的担心中睡了过去。

第二天清早，天气好得不得了。我头顶晨光，开着摩托再一次向着昨天崎岖的山路进发，打算前往芬卡马格达莱纳咖啡种植园。这次我成功抵达了终点，当然一路上并不轻松。不过在行进到一半的时候，路边的风景开始有了变化——我是说路边多了不少结有各色果子的树，这些果子便是咖啡果，它们有的呈粉色，有的呈红色，还有些是橘色的。摘下一颗放进嘴里咬碎，口腔里便会充满带有咖啡味道的果汁。

再往前便是弯弯曲曲的小径，不时会有小鸡呱呱叫着穿过路面。芬卡马格达莱纳咖啡种植园门口有一座大木房子，房子四周有宽阔的门廊，大约由于年久失修，很多角落都已经有些破败了，不过这反倒使它有一种古旧的魅力。

一位黑发年轻女子正读着一本什么书，她一看就是个嬉皮士。另外两个大约是从丹麦来的女士静静对坐吃着法式吐司。我回头望向来时的路，沿着火山一路向下是茂密的植被，和公路一起向远处的火山湖延伸下去。

我站了没一会儿工夫，一个女孩儿从厨房的窗子探出头来问我要些什么，我说“咖啡，要味道最好的那种”。点单过后，我找了一张木桌，然后在旁边的椅子上坐了下来。十分钟后咖啡来了，味道虽然算不上惊艳，但还是很不错的。

## 等一下

几个月后当我对我的同事鲍勃讲起我在尼加拉瓜翻山越岭喝咖啡的事情，他说道，“等一下，上次你在印度折腾了一大圈不也就为了喝杯茶，这次换成咖啡了吗？”他说得对，我在印度也有过一次类似经历。

三年前我到印度的大吉岭旅行，跋涉了几公里就是为了找一个茶叶种植园。茶园附近有不少当地妇女，她们戴着大草帽背着采茶篓沿着喜马拉雅山脚下的梯田采茶。在那儿一位年长的印度女士为我讲解了品茶的要义，她细致而缓慢地为我展示了选茶、泡茶、饮茶等一系列步骤，并且断言她为我准备的茶叶定是这世界上最新鲜最上等的茶叶，而这最上等的茶叶一定是选取最好的大吉岭茶叶最嫩的部分外加最适度的水温泡制而成。这位女士以极为庄重的姿态为我奉茶，那架势就仿佛是在进行什么祭拜仪式，而我自然也不敢怠慢，以恭敬的姿态接过那杯茶。茶离手的一瞬间，这位女士的眼睛便牢牢盯住我，期待我喝下后的反应。实话实说，茶叶的味道当然是不错，可硬要我说出和我平时喝过的茶有什么不同，确实是有些为难。我这么说你可千万不要误会，大吉岭的茶园绝对是令人难忘和欣喜的，我自认自己能够有机会到那儿喝上一杯当地的茗茶是幸运至极的事。尼加拉瓜的咖啡种植园之于我也是如此，能够前往并驻留对我来说也是三生有幸的。不过在我看来，真正重要的可能不是当地的茶到底有多美味或是咖啡有多正宗，重要的是这一整趟经历。珍视过程往往更容易感到满足，这样即便咖啡或是茶不如预期，你也不会太过失望。毕竟“前往并抵达”才是我理解的旅行要义。

在离开水眼区的船上，我再一次碰到了先前提及的那群北卡来的男男女女。回程的船很挤，船上有尼加拉瓜当地人，也有来自其他国家的游客。船上有一个收音机，正播着阿兰娜·迈尔斯[1]的《黑天鹅绒》，来自北卡的那群游客中的一位女士随着音乐放声高唱，丝毫不在意旁人眼光，不少船上的乘客挤在收音机旁看热闹，只见她像猫一样拱起背，用力从腹腔挤出声音好把音调飙得更高，她那旁若无人的样子就好像船舱已经成了一座硕大的卡拉OK包房，而且这位女士似乎觉得自己放声高歌时的姿态十分性感。那时大约是早上十点钟。

船员们对于这位女士自顾自的表演似乎并不感兴趣。我想或许是因为船上太闷热了，她才做出如此举动。要说性感，我想当地人绝对是不大会被这些美国女游客所吸引的。要知道这可是热带地区，当地女性的穿着肯定是更富吸引力的。当然这也和穿着

[1]　阿兰娜·迈尔斯（Alannah Myles，1958—），加拿大唱作歌手。

无关，更多的是一种整体的气场。在我看来，一个年长的尼加拉瓜女性在鹅卵石路上蹒跚前行的姿态比那些在洛杉矶做瑜伽的年轻女性甚至更有女性气质。

一曲唱罢，来自北卡的女士拱着腰靠在甲板的楼梯边，冲着围观的人微笑。而多数人并没有对她回以热烈的反应，看样子大家的心态都差不多，认为不过就是大清早看了一个陌生人自娱自乐的演出罢了。

## 尼加拉瓜运河

香港尼加拉瓜运河发展投资有限公司的 CEO 王靖曾经提出在该地修建运河的计划，据说该运河要连通我们乘船经过的火山湖。

不过据我对尼加拉瓜当地办事效率的了解，这条运河想修好怕是要等到猴年马月了。

# 哥斯达黎加：这些小家伙简直太可爱了

从当天跟随导游进入树林后，我便一直在偷偷用手去捏那些雨林树蛙后背的皮肤。我打赌导游早就注意到了我的小动作。

“这些小家伙简直太可爱了”，我们的导游用略带口音的英语说道，除了口音之外，她的声音还有些像卡通片里的小动物。导游口中可爱的小家伙是一种小型树蛙，她边说边用手电筒向前方照过去，不远处一只树蛙正安静地蹲坐在一片湿嗒嗒的树叶上，其眼睛几乎占去了整个身体的五分之一。我所在的地方是哥斯达黎加中央高地的赛林斯奥 - 洛杉矶云雾林保护区（El Silencio de Los Angeles Cloud Forest），当天我跟随导游和一众游客进行丛林夜行探险，这些游客中有些是带着孩子的美国父母。

说到这儿，或许你非常期待听到我对哥斯达黎加的评价，准确地说应该是听到我对这座城市积极的评价。据统计，去年有约 100 万美国人访问过哥斯达黎加，我打赌他们中的大多数一定都对这儿喜爱有加并且度过了极为不错的旅程。在从尼加拉瓜进入哥斯达黎加后，我相信不少人会对这样鲜明的场景转换感到震惊。与尼加拉瓜不同，这儿有平坦的高速路，还不错的街道照明系统，以及行驶正常的汽车，我是说至少不会像尼加拉瓜路上的车子那样动不动就冒烟。哥斯达黎加的当地人看起来也更平和喜乐，我想这大概是因为较之尼加拉瓜人，哥斯达黎加人没有过于频繁地被战争以及贫困侵扰。

以上这些不过是我的个人想法罢了，可能并不能令所有人相信哥斯达黎加确实比尼加拉瓜更好。不过我想数据可以在某种程度上佐证我的观点。举例来说，根据世界银行提供的数据，哥斯达黎加的人均国内生产总值是 10184 美元，而尼加拉瓜只有人均 1851.11 美元[1]，几乎只有哥斯达黎加的十分之一。我们需要想想造成这种悬殊差异的原因究竟是什么？

当然，GDP 并不能代表一切，它并不能代表人们的幸福指数、一个国家的文化底蕴，它也无法和孩子们脸上的笑容划等号。据说如今一些社会学家已经着手将孩子们的笑容作为衡量国家实力的一个标准，如果是真的，那么这一切则变得有趣得多。凭借我在哥斯达黎加和尼加拉瓜的所见，我倒是觉得两地孩子的笑容灿烂程度差别不大。可说到综合幸福指数，哥斯达黎加仍然是胜出的那方，这是为什么呢？

我曾经问过哥斯达黎加人为何对比邻国，他们的生活看起来

[1] 如果你想知道美国的数据是多少，让我来告诉你，53042 美元，我们排名世界第十，这比起第一名的卢森堡可差了不少，那里的人均国内生产总值是 110664.80 美元。最后一名的马拉维是 226.50 美元，听到这里你作何感想？稍许松了一口气？庆幸？不适？还是尴尬？—— 原文注

更加安逸。当地人给出的答案惊人地相似，他们大多会耸耸肩，然后抛出一句“安逸而纯粹的生活本来就是我们这个国家所奉行的信仰”。

“安逸而纯粹的生活”，是我在哥斯达黎加听到最多的一句话，所谓安逸而纯粹的生活对于哥斯达黎加人而言，其实有很多层次，这种生活方式代表了一种诚实、无忧虑、无压力以及满足的生活哲学。关于这种生活哲学，我本以为哥斯达黎加人只是说说而已，然而后来，我发现每一个当地人确实都在按照这样的方式经营自己的生活。

到达哥斯达黎加后的第一个早上，我兴冲冲地到丛林尝试一种叫作丛林高空飞索的项目。所谓丛林高空飞索就是用钩子把你挂在一条高空索道上，然后你便可以沿着索道在丛林里滑行以从高处俯瞰林间的风景。在前往丛林的路上，我和一个来自英国的家庭同乘了一辆车，他们此行目的是来丛林观鸟。这一家三口中很显然，爸爸是个绝对的观鸟爱好者，而妻子似乎并没丈夫那么热衷于观鸟，只是如一般游客一样向窗外不时打量着，而他们的孩子们一路上则不时和他们的爸爸讲讲笑话。

“那边！看！栗胁林莺[1]。”

那位爸爸循声向窗外望去，同时迅速把望远镜放在了眼前。

“干得好，蒂切特太太”，这位蒂切特先生对于妻子提供的情报表示了赞赏，语气中能听得出他因为看到了栗胁林莺而分外兴

[1] 栗胁林莺为分布在加拿大格陵兰、百慕大群岛的一种小型鸟类，身材小巧圆润，后背翅膀有彩色斑块。

奋。虽说对于观鸟抱有热情，可蒂切特先生对于高空飞索本身看上去倒是有些害怕。负责经营高空飞索的当地年轻人见蒂切特先生有些胆怯，甚至开起他的玩笑来，说要让他头朝下乘飞索，像超人那样，嗖地一下子飞出去。

“我有非常严重的眩晕症”，他告诉他们，“我想我做不到头朝下坐飞索，还是让我头朝上吧”。蒂切特先生还是鼓起勇气完成了高空飞索，这对他来说是个不小的挑战，在完成后，他的孩子们纷纷跑过来祝贺他战胜了自我。回程的路上，蒂切特先生仍旧很兴奋，他问我来自哪儿，我向他简单介绍了这一路上我到过的国家。

“我的确很喜欢哥斯达黎加”，他对我说道。

说实在的，像什么危地马拉、萨尔瓦多和尼加拉瓜，在很多人看来都糟透了，相比之下哥斯达黎加这个邻国简直就像天堂一样，尽管它有大大小小的问题。

为什么哥斯达黎加会相对太平？有人说这是因为这个国家没有军队。1948 年，哥斯达黎加时任总统何塞 · 菲格雷斯 [1] 象征性地用大锤在该国军事总部的石墙上敲了一下，然后把军事总部的钥匙转交给了时任教育部长。从那时起，哥斯达黎加便再没有任何陆军、海军或是空军力量。

这显然是个非常明智的举动，在中美洲国家，如果你是像菲格雷斯那样充满改革意愿的总统，极有可能在改革途中本国的军

[1] 何塞 · 菲格雷斯 · 费雷尔（José María Hipólito Figueres Ferrer，1906—1990），担任三届哥斯达黎加总统。

队会跳出来反对你并且推翻你的政权。菲格雷斯曾经历过由军队武装挑起的内战，奇迹的是在内战中菲格雷斯竟然成功躲过了暗杀或是任何袭击。到了 1987 年，当尼加拉瓜还陷在内战的泥潭中不能自拔时，哥斯达黎加的新一任总统奥斯卡·阿里亚斯因为致力于结束内战而获得了诺贝尔和平奖。

除去不设军队外，不同于其他邻国，哥斯达黎加还和美国之间没什么冲突，这大概也是帮助其维持局势稳定的一个因素。菲格雷斯和美国特工艾伦·杜勒斯以及美国中情局一直保持着不错的关系。他和卡斯特罗一度交情不错，不过也有过争吵。菲格雷斯绝对算得上狠角色。1958 年，他出席美国国会的听证会时，先是给在座所有人来了一出疾言厉色的讲话，话锋一转竟又讨论起了“好莱坞女明星们脆弱的道德防线”。菲格雷斯也是个聪明和谨慎的人，相较其他中美洲国家，哥斯达黎加历史上和美国中情局的瓜葛要少得多。

哥斯达黎加的太平当然和菲格雷斯有很大的关系，他是个了不起的人物，至少在我看来是这样。菲格雷斯从 1948 年开始直至最终卸任，都在致力于带领哥斯达黎加探索一条适合其自身的发展道路，尽管在有些人看来这一切并没什么大的成效。菲格雷斯在任期间一共进行了大大小小 834 次改革。他甚至将自己的农场命名为“永不止息的奋斗”。当然，菲格雷斯有过两任美国妻子，说不定这也是帮助其赢得稳定局面的因素，谁知道呢。

还有，哥斯达黎加致力于环境保护。各类国家公园还有生物保护区占到了哥斯达黎加国土面积的百分之二十五，在这儿聚集了大约世界上百分之五的生物种群。我想这也是造就哥斯达黎加良好氛围的原因之一。

同时，哥斯达黎加的民主化联盟很早就将当地精英阶层的财产重新分配，并对乡村地区进行了卓有成效的控制——这是我在德博拉·雅萨教授的著作《要求民主：1870—1950 年在危地马拉和哥斯达黎加的改革及成效》[1] 的封底上读到的。之所以会去阅读雅萨教授的这本书，是因为在这次旅行结束后，我一直在思考哥斯达黎加为什么会比它的邻国富裕得多，我的一位研究政治科学的朋友见我如此感兴趣，便为我推荐了雅萨教授的书。虽说对有些人而言，纯粹的学术书籍可能有点枯燥。雅萨教授的书中有很多这样的句子："然而，如果我们把目光聚焦在个体身上，无论是那些变革的时刻还是那些为化解冲突所做出的努力，它们作为以选择为导向的方法，既没有将那些可能导致民主政权被颠覆的政治冲突理论化，也没有反映出在何种状况下民主政治是可能维系的。"不过，雅萨教授自然比我更聪明，看问题也更加透彻。正如她所指出的那样，从政治层面上看，危地马拉和哥斯达黎加在 1950 年前选择的道路还是基本相同的，只不过自 20 世纪 50 年代后，危地马拉的主题是政变以及内战，而哥斯达黎加则领导当地人关爱树蛙，过起了"安逸而纯粹的生活"。雅萨教授认为"以组织机构为导向的策略"并不适用于类似危地马拉和哥斯达黎加，

---

[1] 《要求民主：1870—1950年在危地马拉和哥斯达黎加的改革及成效》(*Demanding Democracy: Reform and Reaction in Costa Rica and Guatemala, 1870—1950*)，其作者德博拉·雅萨（Deborah J. Yashar）为普林斯顿大学政治学及国际关系学教授。

她对“以组织机构为导向的策略”的定义是，以少数精英的意志为主要参考在社会变革期进行决策。她还指出，哥斯达黎加之所以获得了更加稳定的局面，是因其分配土地的政策较之危地马拉更加公平。我认为雅萨教授的观点是令人信服的。当然，哥斯达黎加之所以能赢得如今稳定的局面，运气或许也占了一部分因素。又或者，若整个国家的人都以“安逸生活”为目标，那么久而久之，这个目标真的会在不知不觉中实现。

# 巴拿马

世界地图上或者是地球仪上的巴拿马就仿佛一个将南北美洲连在一起的吊坠。再打个比方，我们买来的新衣服上总是有那种把吊牌连上去的塑料圈，没错，巴拿马就像是那个塑料圈把两块大陆连在一起。

就像塑料圈的命运总是被解开一样，当人们在南北美洲定居下来后，他们的目光投向了地图上的塑料圈——巴拿马。人们不甘愿看到这条狭长地带就此把太平洋和大西洋分隔开来，于是他们向着巴拿马进发了。

他们真正将目光投向巴拿马是在 1849 年，当时在加州有着大量的淘金者，而为了淘金需要绕着霍恩角多走 5000 英里，这让淘金者们极为不耐烦。为了抄近道，越来越多的淘金者开始在大西洋的科隆停靠，企图从巴拿马穿越到对面去。最初的探险者还有他们雇用的工人以及骡子都因为不堪路途遥远而死在半途。唯一的解决办法就是跨越巴拿马修建一条铁路，这条铁路最初是由美国人约翰 · L. 史蒂芬斯修建，不过铁路还没完工，史蒂芬斯就去世了。差不多有 6000 人在巴拿马铁路的修建过程中失去生命，他们中的大多数是当时来自中国还有加勒比海的工人。这些工人大多数死于疟疾、霍乱以及黄热病，还有一些工人是在患病后自杀身亡。这些死去工人的尸体在当时被一些人装在有防腐剂的桶里卖给医学院用作尸体解剖。据说当时参与铁路建设的一个医生曾尝试把那些死去后无人认领的工人的尸骨统统漂白，打算借此建造一所存放有世界各种族人类骨架的博物馆。

当年那些工人将自己永远留在了巴拿马，而如今数以万计的游客借由他们修建而成的铁路从巴拿马穿行而过。在巴拿马火车站的门廊有一只鹦鹉，它每天会对着来乘车的旅客用西班牙语说“你好”。看到这只鹦鹉的当下，我不禁感叹鹦鹉居然会说西班牙语。不过我想鹦鹉大概也无所谓自己说的是哪国语言。通过训练，鹦鹉究竟还能学会什么其他语言呢？因纽特语？或许我可以试着训练鹦鹉说话，这可作为我的第二职业。我在想世界上一定有那种可以说好多种语言的鹦鹉。不行，我要去搜搜看世界上能说最多种语言的鹦鹉是哪一只。

巴拿马车站的这只激起了我对鹦鹉的兴趣，还好在火车上没有无线网，不然我大概会一路上都忙着搜索各种相关视频，而忽略欣赏巴拿马铁路沿途的风光。对了，我在想那些被抓起来的鹦鹉，会不会心里暗自认为如果说对了主人所期待听到的某句流行语就会被重新放归自然吗？我想这并不是今天我该关心的话题。

通过巴拿马铁路从大西洋到太平洋的单程票售价是 25 美元，从 1855 年起就是 25 美元，这个价钱一直维持到今天。在当时，这段47英里的路程要花掉25美元可是一大笔开销了。如果不坐火车，你就需要选择在火地岛附近的海域冒着狂风航行七天。连给洛杉矶修建供水系统的工程师威廉·墨尔霍兰德都付不起这25美元的火车票，他硬是沿着铁路从南美洲走到了北美洲！

跨越巴拿马的火车车厢里的布置令人感到非常舒适，火车座椅和吧台都闪着一种复古的色泽，吧台里出售品客薯片、咖啡以及绿色包装的巴拿马啤酒。一路上火车会穿越丛林，透过车窗你可以看到海面上航行的巨型船只、油轮以及货轮，它们中的大多数都有差不多10层楼高，300码[1]长。和火车并行的还有一些飞驰的汽车，它们排着队等待通过闸口。这一路上你会经过查格雷斯河流域附近迷宫般的沼泽，穿越黄金峰的断口，而在巴拿马铁路未修建前，数百甚至数千人在这一带丧命。

我是个格外喜欢坐火车的人，而巴拿马铁路在我看来是最棒的一条铁路线路，想想吧，这是多么伟大的一项工程，史蒂芬斯当年为了建成它耗费了多少人力、物力以及精力。

“看来他对窗外的风景并不感兴趣”，在我乘车的途中，坐在我斜对面的一位戴眼镜的法国女士低声说。她所说的“他”是和我们同在一节车厢的俄罗斯年轻人，她一边说着一边往那个年轻人所在的方位看了看。和这位年轻人一起的还有他的三个同伴。很显然他们几个喝了不少酒，这些小伙子皮肤黝黑，走进车厢的时候满身大汗。法国女士所说的那个俄罗斯小伙子进来没多久就

[1] 码，英美制长度单位。1码=0.9144米。

趴在桌子上昏睡了过去，倒下的时候手里甚至还捏着一个空啤酒易拉罐，其他人怕是很快也要支撑不住了。

不一会儿，火车穿过了加通湖，可惜那位俄罗斯小伙子根本没机会看看窗外优美的湖光山色。我和法国女士相视一笑，彼此心领神会，我们都为自己能够充分享受铁路沿线的景色而感到庆幸。不过在我看来，那个俄罗斯小伙子喝得大醉也没什么不好，只要他自己开心便也是一次不错的经历。

# 绑架事件

当我的美国友人们得知我要前往中南美洲旅行时，有人提醒我一路上一定要当心绑匪。我认为类似警告既有些侮辱我，也有些侮辱中南美洲。一来我认为自己还不至于那么没有防范意识，二来这里也没有他们想象中的那么危险。

不过我必须承认，这些朋友的担心并非空穴来风。要知道，当绑架成为某些地方某种人赖以生存的谋生方式的时候，你就需要格外警惕了。20 世纪 80 年代的哥伦比亚和现如今的委内瑞拉都是绑架事件发生频率极高的国家。而且绑架事件往往来得出其不意，常常是你不小心走错路，然后就可能被绑匪劫持再然后就此丧命了。我有一个朋友的朋友，叫哈利·德韦尔，就在横穿墨西哥的旅途中遭遇绑架，不幸身亡。在失踪之前他最后一次和他的女朋友联络是在太平洋沿岸的芝华塔尼欧，之后便和所有人失去了联络。等到人们发现他时，见到的只是在海边的尸体还有那辆随行的摩托车了。哈利失踪的地方恰好是墨西哥特种部队逮捕当地卡特尔组织头目“矮子古兹曼”，也即华金·古斯曼·洛埃拉的地方，所以天知道那附近会发生些什么。我那位和哈利相熟的朋友告诉我，哈利是个正直且勇敢的人，他热爱冒险同时也非常善于处理各种突发情况。

哈利绝对是个比我更热爱冒险的人。我在中南美洲行进的线路基本上不太可能遇到绑匪，或许你已经注意到了，这一路上我走得很快，那些但凡有一点风险的地方都不在我的计划范围内。或许要避免遭遇绑架事件的首要法则就是相信自己的判断，我一路上根据我的判断行事，幸运的是没有遭遇到什么太过骇人的状况。

唯一一次让我嗅到危险气息的就是在从科隆回到巴拿马的一辆出租车上。事情是这样，火车在科隆停下后，我下了车，环顾四周，我不认为这是个应该久留的地方。车站附近的当地人释放出来的讯号是要我最好别靠近他们，所以我立刻决定调头离开。和我一同下车的那位法国女士似乎丝毫没有要离开的意思，我向她点头致意并且心里希望她接下来的旅程能够顺利。再然后我便找了一辆停在车站附近的出租车，一头扎进车里。

算起来我大概在不同的城市坐过近 2000 多次出租车，包括在中国、蒙古、澳大利亚的乡村、印度、古巴、纽约、拉斯维加斯，以及纽约的一些奇奇怪怪的小镇。而在科隆的这次乘车经历是唯一一次让我汗毛直立，并且真正感到害怕的。我上车后，出租车司机就一直念念有词地发出咕哝声，再后来干脆不是咕哝声了，他开始疯狂大叫，还对着我龇牙咧嘴地做可怕的表情，我压根儿听不懂他在叫什么，只是觉得浑身发毛。

现在回想起来，或许这是吸毒后的反应。当时这家伙以大约每小时 90 英里的速度在一条看起来十分不对劲的路上开了好一阵子。我表面镇定，手则默默地在我的背包里翻找任何可以击打他的工具。摸遍书包，我找到的最靠谱的工具就是一个差不多 7 英寸长的手电筒，可我觉得它根本派不上什么大用场。还有就是打火机，我当时想着如果实在有突发情况我说不定可以对着他的眼睛点燃打火机。

开了一阵子之后，他突然猛地停住了车。只见他伸手去擦脸上的汗水，全身整个湿透了，彼时我握紧手里的打火机，打算背水一战。不过后来事实证明，他真的只是想擦擦汗。再然后他又猛地发动了车子，尽管看上去他的行为有些失常，可他似乎还清楚自己的终极任务，期间他还表示他可以带我去看看米拉弗洛雷斯湖附近游客们挂的纪念锁。

言归正传，说回巴拿马运河。坐在飞驰于巴拿马铁路的火车上，我不由感叹这绝对是一项伟大的、令人叹服的工程。可若是跟巴拿马运河相比，这铁路则不免相形见绌了。

# 巴拿马运河开凿始末

巴拿马最大的问题在于这里是一个滋生瘟疫的大坑。没错，“滋生瘟疫的大坑”——著名历史学家大卫·麦卡洛就是这么形容巴拿马的。我的大部分有关巴拿马运河的知识都源自麦卡洛的《沟通大洋之河》[1]，这是我所读过的介绍巴拿马运河开凿始末最好的一部作品。除了这本书，我还观看了一些纪录片，尽管我获取的有关巴拿马运河的信息并不少，可关于这项巨大的工程，我仍然有不少疑问。

最初，是法国人提出并打算花 20 年修建巴拿马运河，由法国人斐迪南·玛利·维孔特·德·雷赛布[2]组织实施。尽管德·雷赛布是个伟大的人物，可关于修建巴拿马运河，他做了不少荒谬的决策。德·雷赛布并不是工程师，而是一个出色的外交官。凭借出类拔萃的决策力、热情以及一些外交手腕，他成功促成并直接

---

[1] *The Path Between the Seas*.

[2] 斐迪南·玛利·维孔特·德·雷赛布（Ferdinand Marie Vicomte de Lesseps，1805—1894），除了主持苏伊士运河，他也是著名的实业家与外交官。

领导修建了苏伊士运河，因着苏伊士运河，从欧洲到印度的航程缩短了近四千英里。在完成了这项惊世骇俗的工程后，德·雷赛布成为享誉国际的英雄式人物。他的名字几乎无人不知无人不晓，人们为他举办了各种各样的宴会，走上巴黎街头为他欢呼，他还获得了荣誉军团大十字勋章和印度星形勋章等各式各样的荣誉。

因着苏伊士运河的成功，德·雷赛布顺理成章地成为巴拿马运河项目的负责人。但是这一次法国人的计划进行得并不顺利，在美国人接手项目前，数千参与工程的法国人在巴拿马丧命，导致惨剧的原因包括泥石流、爆破以及坍塌等各类事故。不过最主要的原因还是疾病，准确地说是疟疾和黄热病。当时医学界的专家普遍认为法国人在挖掘淤泥时引发了瘟疫。德·雷赛布最初的计划是挖掘一条所谓海平式运河，而非我们现在所看到的由水闸调控的运河，而建造一条海平式运河则意味着大量的挖掘工作。

在法国人耗尽所有预算前，因为开凿运河死去的人数已经多达 5000。在运河开凿 5 年后，负责该项目的法国运河公司烧光了所有钱，还惹上了行贿丑闻。再后来，德·雷赛布也因为在开凿运河中卷入了经济纠纷而被送上法庭受审，并被判有罪。

这项法国人未能完成的计划最终由美国人接手了。西奥多·罗斯福总统对一切都深具信心，对于巴拿马运河项目的成功实施，他认为美国人志在必得。说起罗斯福，如果还有美国人不了解这位总统先生既擅长写作，又擅长猎熊和射击的话，那么我想这说明美国的基础教育还有极大的进步空间。

美国人确实成功了，而成功的关键主要有以下两点。

第一，美国人找到了引发疟疾和黄热病的根源，那便是蚊子。在修建运河的过程中，美国人建造了大型污水系统，把污水和积水排空，引入干净水源。除此之外，他们在所有的地方都安装了蚊帐，同时进行了大量的灭蚊工作。还有，他们在排污系统的顶部涂上了油层，以杀死蚊子幼虫。不过即便是这样，仍然有大约6000人因为修建运河而死在巴拿马，这其中大部分是从西印度招募而来的工人。

第二，减少挖掘工作。美国人意识到在巴拿马附近有大大小小的湖泊、河流以及沼泽地。他们选择将这些湖泊与河流连接在一起，而非大费周章地进行挖掘工作。换句话说，美国人所做的就是打造一个史无前例的巨型人工湖。如此一来，唯一需要解决的问题便是如何让船只通过高低不平的湖面。德·雷赛布认为这是不可能实现的。美国人却做到了。原理其实并不复杂，你只需要配合湖面的水平高度依靠水闸对船只进行相应的升降就可以了。或者说你不必把这当作一个表面高低起伏的大型人工湖，你只需把它们想像成五个穿在一起的巨型浴缸，这其中的原理便不难琢磨了。

# 巴拿马运河——世界上最大的“浴缸”

人们把能够通过巴拿马运河的船只中最大吨位的一类船型叫作“巴拿马型船”，一艘巴拿马型船通常约有 965 英尺长，106 英尺宽，可负载约 5 万吨货物，而巴拿马运河水闸的最宽处不过 110 英尺，每一艘巴拿马型船通过水闸都需要由一辆类似火车一样的东西牵引至闸门内，稍有差池可能船就无法进入闸口。轮船驶入，闸口关闭后，工作人员通过放水以及排水使船能够通过不同闸口之间的水位变化从而顺利通行。

能够近距离观看到巴拿马型船带来的激动感想必是可以和孩童看到巨型玩具时的兴奋类比的。我打定主意，一定不能错过机会。

## 在巴拿马运河上钓鱼

在抵达巴拿马后，我一直在思考自己如何才能到巴拿马运河上看一看。

游泳是个办法。美国旅行作家兼冒险家查德·哈里伯顿便是通过游泳横穿巴拿马运河的。那是 1928 年，当时哈里伯顿因此被罚了 36 美分，这事儿便算了结了。除此之外，乘坐观光游船也是个不错的办法，只不过这远不是缴 36 美分罚款就行的，游船要贵得多。思前想后，无论游泳还是乘游船都不是那么合我的心意。后来我灵机一动，想到了渔船。对，找一家渔船公司，到巴拿马运河上游览加钓鱼！

有了这个想法后，通过在网上搜索“巴拿马运河钓鱼”的关键字，我顺利找到了一家提供此服务的渔船公司。第二天一早，我便跟着这家公司的一家摩托汽船来到了运河上，摩托汽船两边是缓慢驶过的各种巨型油轮和滚装式集装箱船。我们这艘船今天的目标主要是孔雀鲈。

“今天可绝对是个钓鱼的好日子”，里奇船长说道。里奇船长的父母都是美国人，而他出生在巴拿马。里奇船长提起巴拿马的种种便会露出掩不住的自豪与兴奋感。在船上他如数家珍地向我讲着当地的风土人情，我则听得津津有味。看得出他很希望我能如他一般喜爱这片土地。

当天和我一同前来乘渔船的另一位游客也来自美国。他和我差不多年纪，出生在俄克拉荷马州，现在住在哥伦比亚，是一位煤炭工程师。在船上他不止一次提起哥伦比亚的女性们是如何漂亮，好像那些女性们是吸引他留在当地工作的一个主要原因。这位工程师先生眼睛很大，嘴里总是叼着一根温斯顿牌香烟，他说自己过去总是喜欢到俄克拉荷马还有得克萨斯的湖泊流域上钓鱼。里奇船长在甲板上备了不少听装的巴拿马啤酒，在他的多次提醒下，我和工程师先生在不到十点时便已经开始欢畅地喝起酒了。

掌船的是位来自巴拿马当地的黑人朋友，叫维克多。维克多看上去是个极其严肃的人，说真的我怀疑他甚至好几年都没笑过了。里奇船长提起维克多满是佩服和感激，说找到维克多来掌船是他的福气。

“维克多恐怕是整个巴拿马唯一一个不喝酒的人”，里奇船长对我说道，而面对如此夸赞，边上的维克多完全不予理会，只是专心开船。

在整个航程中，维克多几乎没有开过口，他唯一发出动静的时候是当注意到我在错误的垂钓点下竿，这时他往往会愤怒地大喊一声，好及时制止我愚蠢的行为。

除了孔雀鲈以外，我们此行的另一个目标是大海鲢，只不过钓到大海鲢是需要一定运气的。孔雀鲈是亚马孙河流域的特产，鱼身是黄绿色，样子几乎就是《超级马里奥兄弟》里的“奇奇鱼”。

为了捕鱼，我们必须穿过一片类似滩涂的地带。这里曾是雨林，后受到洪水冲击成为运河一部分。由于当时正值旱季，这一带的水位线较平时显得更低。沿岸的枯树枝少了河水覆盖，赤裸地暴露在河滩上，活像废弃码头上生锈的输电塔。

“这儿看上去是不是有些诡异？”里奇船长问我。此时我们身后一艘大型货轮缓慢向前行进，从我们的小摩托艇上看过去，几乎在货轮上看不到人影。

孔雀鲈并不难钓，特别是我身边还有维克多不时提醒我应该在哪里下竿。说真的我总觉得维克多是不是在水下装了什么机关，他似乎能够一眼望穿水下发生的一切，相比之下我则愚钝多了。对于捕捞孔雀鲈这件事，我并不感到不安。它们本就是入侵物种，把他们捞上来实则是为亚马孙河“排除异己”，不会对其生态环境造成破坏。一路乘船沿河而下，我越发感受到美国人在开凿这条运河时的巧思。他们当年并没有重新开凿水道，而是选择把现有的天然流域连通在一起，这确实是个了不起的想法。在如此伟大的工程上乘着渔船欣赏沿岸风光，我实在是感到无比惬意。途中，一群猴子出现在岸边，里奇船长见状将船稍作停靠，拿出品客薯片来招待这些小家伙们。起初我有些怀疑这些猴子究竟知不知道自己吃的到底是些什么东西，后来看到它们一个个争先恐后等待被投喂的样子，我确信它们应该不是第一次吃薯片。

“这些家伙可是我的老朋友了”，里奇船长一边说一边扔着薯片，一只猴子妈妈背着它的孩子伸出手掌企图抢夺薯片，脸上的表情甚至显得有些狰狞，“这里有只猴子叫波普，不知道它今天跑哪儿去了”。

俄克拉荷马州来的那位朋友则对这些猴子并不感兴趣。

“看啊，我们在巴拿马运河上，还有比这更美妙的事吗？！”我试图和他搭话。

“要是我们能再多钓到些鱼，那才叫真的美妙”，他回应道，很显然他不是来这儿享受亚马孙河沿途风光的，大海鲢才是他唯一的目的。

其实我们差一点钓到大海鲢。在我们的渔船快要抵达太平洋入海口时，我分明感觉到一只大家伙咬住了我的鱼钩，工程师先生也一样。大海鲢的力道很大，为了控制住鱼竿，我能够感觉到自己后背和肩膀的肌肉都紧绷了起来。可没一会儿鱼便溜走了，旁边的维克多向我这儿瞟了一眼，很显然他对此并不感到吃惊。我自己也并不觉得可惜，毕竟即便我钓上一条大海鲢又能怎么样呢，我志不在此。工程师先生和我一样运气不佳，他也没能活捉猎物，鱼脱钩的一瞬间他的表情沮丧到了极点，随后他点了一支温斯顿香烟，一脸不悦地吞云吐雾起来。再后来的整个下午，他都目不转睛地盯着鱼竿，企图有所收获。

“嘿，我看你今天一整天大概都会惦记着那条跑掉的大海鲢”，里奇船长开玩笑地说，工程师先生并不理会里奇船长的玩笑，只是自顾自盯着海面出神。

“嘿，看啊，那边有一艘巨型集装箱船，就在那儿”，我指着远方，激动地叫起来，不过这也没能激起工程师先生的任何兴趣。也对，并不是谁都像我一样，会因为集装箱船而感到兴奋。

船驶入查格里斯河后便停了下来，在河边的一家餐厅，我们点了炸孔雀鲈鱼搭配卡津辣酱和炸薯条来吃。吃到一半，一个来自南非的水手加入了我们，这位引航员先生身材微胖，约莫五十岁。看上去他和里奇船长并不陌生，只不过依我看他们之间一定有什么过节，否则里奇船长不会表现得那么冷淡。我想如果我愿意打探，说不定里奇船长会愿意告诉我他们之间究竟发生了什么。

这位南非水手说他人生的终极目标是要捕食世界上每一种鱼类。他如数家珍地讲了一大堆我听都没听说过的鱼类名称，还列出了那些最难捕获的种群名单。他说自己曾在加勒比海边的珊瑚礁上飞钓，目标是一种极其狡猾的小鱼，抓到它们实属不易。那些想捕获危险物种的家伙性格中多多少少都有些黑暗面，当然他们有勇气这样做从某些方面来说也是让人佩服的。这位水手朋友对我们讲了一大堆他的人生哲理，很显然，在他看来，他的环球捕鱼之旅证明了这个世界的残酷性。即便是看起来再强悍的个体，也总会遇到克星；即便是再不起眼的生物，也可能在不经意间就对其他种群造成致命威胁。总之生命轮回，死亡是宇宙一切物种的宿命。

这些话听上去实在是有些骇人，尤其不适合在午餐时“享用”。我听了一小会儿便不再理会水手先生的长篇大论。眼前的河岸风光和餐厅里身材性感的服务员显然更值得我多花些心思。一边吃着炸鱼，一边喝着啤酒，我沉醉在悠闲的氛围中，很快就把那一套弱肉强食的道理抛诸脑后了。

## 一闪而过的念头

在巴拿马运河上乘船游览的时候，我脑中倏尔闪过之前和我一起乘坐火车的那位法国女士的脸，不知她现在怎么样，在科隆是否一切安好，现在是不是已经顺利返程。哎，如果那时我陪着她一起去科隆，那么则会显得我颇具骑士精神，可惜我没有这么做。罢了，我猜她自己能够搞定一切的。

# 巴拿马古城遗址

在全世界范围内有着大量极具价值的文化或自然遗产，联合国教科文组织从中选出了约1000处最具代表性的景点，其集合就是我们所熟知的“世界文化与自然遗产”。

尼莎帕提亚要塞[1]、阿努拉德普拉圣城[2]、萨卢姆河三角洲[3]、阿斯基亚王陵[4]，这些景点均属世界文化与自然遗产。说真的，光是提起它们就足够让我兴奋了。即便未来我也许并不能一一造访这些地方，可知晓它们的存在就已是一大乐事了。说到这儿，你们可千万别误会，以为在我心中尼莎帕提亚要塞这一众遗址便是联合国教科文组织列出的世界遗产名录当中的最佳景点了。不不不，在我看来，吴哥窟还有位于加州北部的红木国家森林也都同

[1] 尼莎帕提亚要塞（The Parthian Fortresses of Nisa），位于土库曼斯坦，是帕提亚王国的城市遗址。

[2] 阿努拉德普拉圣城（The Sacred City of Anuradhapura），位于斯里兰卡。

[3] 萨卢姆河三角洲（the Saloum Delta）是位于塞内加尔的萨卢姆河入海口处的三角洲，该地区有着大量的湿地，是非洲西部不多的天然野鸟繁殖地。

[4] 阿斯基亚王陵（the Tomb of Askia），位于非洲马里东部城市加奥，是西非古国桑海王国君主阿斯基亚·穆罕穆德一世的陵墓。

样令人惊叹。可如果硬要从那串长长的名单中选出不那么令人惊喜的存在的话，那可能我会选择巴拿马古城遗址。照实说，在我看来巴拿马古城遗址的确没那么惊艳。本来嘛，不同的人有不同的喜好。再举个例子，我认为位于美国亚利桑那的大峡谷就要比阿尔巴尼亚的培拉特和吉诺卡斯特历史中心[1]震人心魄得多。说实话，像诸如新石器时代燧石矿[2]还有斯特鲁维测地弧[3]这样的遗址，即便是不被纳入世界遗产名录我也不觉得奇怪。好了，继续说下去你们可能会认为我是个过分挑剔和严苛的人，总体来说，我当然认为世界遗产名录是极具有价值的。

在抵达巴拿马之前，我是说截至目前，在这次旅程中，我已经看过了 6 处世界自然与文化遗产。其中我认为最棒的是蒂卡尔遗址，再其次是瓦哈卡。我还去了尼加拉瓜的莱昂别霍遗址，说实话，如果赶时间，大可不必特意绕路前往。除此之外，还有位于哥斯达黎加的迪奎斯三角洲石球以及前哥伦比亚人酋长居住地[4]，反正我是对它不怎么感冒。至少现在来说是如此，不过也说不好以后我又会对它重燃热情。我记得当时我压根儿没有去看酋

[1] 培拉特和吉诺卡斯特历史中心 (Historic Centres of Berat and Gjirokastra) 位于阿尔巴尼亚南部，是现存为数不多的保存完好的奥斯曼帝国时期建筑风格的建筑群。

[2] 斯皮耶纳的新石器时代燧石矿（the Neolithic Flint Mines at Spiennes）位于比利时蒙斯的斯皮耶纳。

[3] 斯特鲁维测地弧（the Struve Geodetic Arc）是由科学家瓦西里·雅可夫列维奇·斯特鲁维于 19 世纪创建的用于确立地球的参考椭球体的一组测量点，这组测量点由挪威到黑海，共计穿越 10 个国家，辐射范围达 2820 公里。

[4] 迪奎斯三角洲石球及前哥伦比亚人酋长居住地 (Precolumbian Chiefdom Settlements with Stone Spheres of the Diquís)，位于哥斯达黎加南部的迪奎斯三角洲，于 2014 年被列入世界文化遗产。迪奎斯三角洲石球也被译作哥斯达黎加石球或秘境石球，是当地原住民以岩石击打后经沙土抛光制成。

长居住地的计划，只是在哥斯达黎加的一家酒吧里，恰好发现自己所处的位置离那儿并不远，才决定前去一探究竟的。

即便酋长居住地这样的遗址在我看来并不值得绕路一去，可若是有谁愿意不计成本地投入金钱和时间对其整体进行重新规划整合，这里潜在的文化历史价值或许会被重新激发，因而更加引人注目。说真的，如果我这本书能够大卖，赚得上亿美元，那么我绝对愿意拿出一部分来帮助完善迪奎斯三角洲石球以及前哥伦比亚人酋长居住地。

说起巴拿马古城遗址，在我看来，作为世界文化遗产，它并没有什么令人欣喜之处。所谓巴拿马古城，如今不过只是散落在空地上的几处石堆罢了，看上去并没有我们想象中的所谓古城的气势。当然我们并不能将这怪罪到旧时的巴拿马人身上，如果他们真能够在当年打造出一个不可一世的王国，巴拿马古城甚至得以延续至今，那么也就没有什么古城遗址一说了。

巴拿马古城的覆灭因亨利·摩根船长而起，对，就是那个被印在朗姆酒瓶子上的亨利·摩根。亨利·摩根当年带着上千名海盗沿着大西洋海岸一路直下，从丛林一侧偷袭巴拿马古城。面对着摩根船长一众人的船坚炮利，当地人束手无策，只得眼睁睁看着整座城池被无情地屠戮直至覆灭。如今巴拿马古城遗址不那么宏大的原因和亨利·摩根也脱不了干系，毕竟枪炮把原本的古城建筑几乎炸了个粉碎。我们甚至应该庆幸，能留下这些零星的石堆建筑就已经是谢天谢地的事情了。

在我游览巴拿马古城的当下，环顾四周，似乎我是唯一的游客。从遗留下来的建筑，我们依稀可以看得出巴拿马古城在当年应该还是颇具规模的，只不过往日辉煌早就随着摩根船长的枪炮声而分崩离析，如今再难觅踪迹。那些石头建筑的窗口处偶然看得到鸟巢，只不过几乎看不到鸟儿的踪影，总之一切都是一副破败萧索的样子。

面对巴拿马古城遗址，我不禁思量，究竟是什么令古城遗址能够成为所谓遗址。换句话说，将遗址和一堆旧石头区分开的基准是什么？我想了想，所谓古城遗址需要拥有城市的“骨相”，拥有令人一眼便能感受到此处曾经是城池的气质和气势。如果以此作为基准，那么巴拿马古城遗址大概不能归入所谓遗址。

在古城遗址后面是一条高速公路，沿着高速公路向外便是如今的巴拿马。一些游记上说古城遗址后面这一带治安状况极差，可说是巴拿马最危险的区域，不过在我停留的那一小段时间，我倒没感觉到有什么格外危险的因素。在高速公路对面我可以听到管乐队演奏的声音，然后我便被这声音吸引，想要追溯其源头，古城遗址便如此这般被我毫无留恋地抛在了身后。

铜管乐的声音来自附近一所学校，大约是校园里的鼓乐队。我站在那所学校外，边抽烟边听着鼓乐声，就这么持续了好一会儿。后来猛然意识到，若是学校里的孩子抑或路过的人看见我这副样子，多半会以为我是个怪人甚至以为我图谋不轨，于是我赶快离开了那所学校。

## 在卡斯科的钱包“失窃”记

在巴拿马古城遗址不远处是卡斯科老城区（Casco Viejo）。卡斯科老城区四处是狭窄小巷和风烛残年的建筑，在小巷漫步就仿佛在历史长河中穿行一样，是件让人兴致盎然的事情。小巷子里总是看得到各式各样的摊贩，这其中有一些书摊，更多的是贩售炖肉和卷烟的摊位。路边还看得到打牌的人们，以及自顾自玩乐的孩子们。说实话，那些当地孩子们玩的游戏看起来实在是有些疯狂，我有点分辨不出这到底是巴拿马的当地特色，还是说我看到的恰巧是些玩疯了的小子们。

一天傍晚，我沿着老城区的街道散步，迎面便是快要消逝的夕阳。那是周六晚上，当天应该是有类似电影节的活动，所以老城的一条街被暂时封了起来，隔着那条街还看得到在远处天空中炸裂开的烟花。沿路向前，一位当地的老先生向我推荐不远处的一家餐馆，我依着老先生的意见，找到了那家餐馆，径直坐了下来。餐馆的装潢像极了20世纪50年代的药房，不过食物却很够味，啤酒也极其爽口。唯一令人不悦的事情在我打算结账的时候发生了——我的钱包不见了。

当下我简直是怒不可遏，将所有一切都怪罪到了当地人头上，不假思索地把他们全都归类为“令人不齿的小偷”。我甚至认为那个老先生所谓的推荐不过就是想将我诱骗至此，然后这里再有什么人作为接应，来偷我的钱包。后来发生的一切简直让我为自己当时如此这般的想法感到难堪。

在发现钱包失窃后，我向酒吧负责收银的女士讲述了自己钱包失窃的事情，然后这位女士转身向自己的老板说了些什么，再然后那位老板挥挥手，示意我可以离开了。当时的我以为他大概压根儿不想理会这档子事儿，所以才匆匆将我打发走，无计可施的我只得气呼呼地走回旅馆。可一进房间，我惊讶地看到我的钱包就躺在我的床上。我这才意识到是自己的疏忽。随后我立刻回到刚才那家酒吧，付了账。酒吧里大家一脸疑惑，我看着他们，为自己心里刚才对当地人不分青红皂白的咒骂感到十分内疚。作为补偿，我一口气在三个不同的当地酒吧消费了三杯啤酒——如果这勉强可以算得上补偿的话。

经过这次事件，我更加笃信巴拿马人的善良秉性。对于当年将巴拿马古城烧杀一空的摩根船长和他带领的海盗们，我只能说那是一帮十恶不赦的恶棍。并且我以后是不打算再喝什么摩根黑朗姆酒了，至少在巴拿马人的地界，我是绝对不会再点来喝了。

在巴拿马老城游荡越久，这座城市过往的面貌就越清晰，那些原本离我遥远的当年侵袭此地海盗的样子，我依稀都能看得见。

# | 第四部分 |

# 绕过达连地堑抵达哥伦比亚

张望着雨中的街景，恍然中我仿佛参透了自己此行的目的。我在这里做什么？看看广袤的河谷，像小孩子一样发发梦，差不多就是这样吧。

# 在雅拉库纳自治区的海滩上

“我们在雅拉库纳自治区[1]（Guna Yala），这儿没有出租车！”

冲着手机那头大喊的是一个德国人。这位德国朋友赤裸着上身，将不怎么健美的身材暴露在日光下。电话那头是一群走失的澳大利亚游客，他们似乎正在为如何抵达德国男士所在的船只而发愁。

雅拉库纳自治区是巴拿马境内的类似自治区一样的存在，库纳族人世代生活在这里。他们肤色黝黑。在这儿你总能看得到乘着独木舟钓鱼的当地人。库纳族部落的妇女们日常的劳动主要是织布，这种布叫作“莫拉斯”。每一块莫拉斯上都织有色彩明快鲜艳的图腾，包括飞鸟、鱼以及各式各样的植物。库纳族妇女几乎人人都穿着这种由莫拉斯裁剪而成的裙子。据我所见，库纳族人无论男女身高几乎都不超过 5 英尺。该族人以低血压和低心脏病病发率而出名，有医学专家认为这和他们喜食热巧克力有关，也

---

[1] 雅拉库纳自治区旧称圣布拉斯自治区，位于巴拿马境内，为库纳族人聚居地。

有学者认为库纳族人闲适无压力的生活方式才是其低发病率的真正因素。的确，库纳族人生活的地方算得上是世外桃源了，所见即是在岛屿之间缓慢穿行的船只，散落在浅滩的礁石，以及零星分布的椰子树。可即便库纳族人生活在这如天堂般的环境中，我也未见其真正能够以所谓享乐方式过活。我在当地曾经遇到过一个库纳族妇女，她穿着莫拉斯织成的裙子和衬衫，围着头巾，脸上因长时间的日晒布满了斑点和皱纹。我无法辨别出她真正的年龄，只见她背着一个婴儿，在海边似乎是在等待船只的到来，然后前往某种未知。

那天并不是适合出海的好日子，天空阴郁多云。和那位当地妇女一样，我也在岸边等待船只到来，就是我之前提到的那个德国人的船，我打算和另外 18 个游客一起乘船前往达连地堑。

# 达连地堑

如今从北美到南美几乎可算是一路坦途了，若从加州出发开车到智利，除去在洪都拉斯有些崎岖路段，很难碰到什么让人头疼的路况。当然这么说的前提，是要把达连地堑排除在外。

所谓达连地堑是位于巴拿马与哥伦比亚交界处的一个丛林区。这里是危险的无人之境，几乎很少有游客前往此处，出没的除了毒贩、土著部落、当地游击队，便是蚂蚁、蟒蛇和猎豹了。至于谁才是掌握达连地堑真正控制权的人，我想没人说得清。

当然，总是有勇士愿意到此探险。这其中包括著名的加拿大旅行作家、历史学家以及植物学家韦德·戴维斯。戴维斯在1973年抵达达连地堑，那一年他只有20岁。和他同行的还有人称“背包侠”的塞巴斯蒂安·斯诺。塞巴斯蒂安·斯诺是来自英国的探险家，这位留着胡子的伊顿校友对于探险有着偏执的热情，他曾经徒步从巴塔哥尼亚前往哥斯达黎加。

除此之外，在2000年，来自英国的汤姆·哈特·戴克和保罗·温德也冒死向达连地堑挺进，结果他们被哥伦比亚当地的游击队扣押了 9 个月才得以脱身。戴克和温德在他们共著的畅销游记《云端花园》[1] 中详细讲述了这段曲折离奇的探险经历。

之前在巴拿马运河上我搭乘里奇船长的船时，他这么说过，“我们也尝试组织过去往达连地堑的旅行团。可似乎人们对那儿并不十分感兴趣，尤其是美国人。要知道在达连地堑，失踪便是真的失踪，就连当地人都找不到你。我是说无论是巴拿马人，还是哥伦比亚人，谁都没办法找到你”。

在真正抵达前，我就早已对达连地堑心驰神往，因此买来了《巴拿马国家地理冒险地图》，企图先在地图上一瞥这块神秘之地的面貌。在这份地图上，达连地堑便是道路逐渐消失的一小块区域。

有关达连地堑最棒的一手资料我认为是安德鲁·尼尔·伊根的游记《穿越达连地堑：一次穿越南北美间丛林禁地的冒险之旅》[2]。需要说明的是，这本书是安德鲁·尼尔·伊根自行出版印刷的。伊根现在在佛罗里达州做房地产经纪人，在达连地堑旅行已是他 18 岁的事了。那时他还生活在加拿大，那一次旅行的起点是墨西哥，终点便是达连地堑。据伊根回忆，那次旅程是不可多得的宝贵经历，他抵达达连地堑后和当地的土著人住在一起，而这些土著部落的居民对外面的世界一无所知。伊根在那儿还遇到了当地部落的“先知”，也就是预言家一类的人，这位预言家以清

[1] 《云端花园》(*The Cloud Garden*)，出版于 2003 年。
[2] 《穿越达连地堑：一次穿越南北美间丛林禁地的冒险之旅》(*Crossing the Darién Gap: A Daring Journey Through a Forbid- ding and Enchanting and Roadless Jungle That Is the Only Link by Land Between North America and South America* )，出版于 2008 年。

晰和笃定的口吻向伊根讲述了不少有关他自己和当地人的故事。

在读完伊根的游记后，我写了一封信寄给他，恭喜并感谢他以如此精彩的方式记录了达连地堑的真实样貌，除此之外我告诉他自己也打算去达连地堑看一看。在回信中伊根说道，“现如今想要穿越达连地堑实在是一个冒险的举动，因为说不好你就会被当地的什么人绑架”。

我倒是不那么担心伊根所说的“绑架事件”，我的态度是听天由命。从伊根的游记看来，他绝对是个硬汉式的人物，在探险这件事上他肯定比我更擅长。总之，伊根是个很不错的家伙（对了，他还为我的上一本书在亚马逊网上写了书评，并打了五星）。

我想我是无法像伊根一样徒步前往达连地堑了，我的选择是乘船，前来雅拉库纳自治区的交通方式也是乘船。

## 加勒比海盗

在前往达连地堑的船上有两个瑞典女孩，两人都只有 18 岁。其中一个总是喜欢把头探出舷窗，然后对着灰蒙蒙的天空大喊，“该死，到底什么时候才会见到太阳？！”还有一个德国女性，看起来大约 25 岁，一路上她都穿着比基尼坐在船舱里聚精会神地看一本名为《一次爱尔兰乡村的圣诞节》的书。她并不是船上唯一的德国人，还有一位约莫 20 岁的德国女孩一路上也是沉迷于阅读，所读是安妮·莫罗·林德伯格的《来自大海的礼物》。这两个德国女孩似乎对彼此都没什么好感，一路上我从没看见两人用德语进行过任何交流。

船上还有两个我的同乡，来自美国的凯特和卢卡斯。凯特是个模样漂亮的姑娘，就像在那些服装目录上看到的模特女孩一样，看起来十分讨人喜欢。凯特是个混血儿，应该是具有一半的亚洲血统，她总是带着灿烂的笑容，让我想到小时候去参加过的夏令营里人见人爱的辅导员。卢卡斯差不多 20 岁出头，尽管还年轻，已经有了些秃顶的趋势，不过这并不妨碍他散发魅力。他总是一副轻松悠闲的样子，并且总能让周围的人感到舒服。即便到了现在，单单是想起卢卡斯，我都觉得十分惬意。

还有一个来自美国的男孩，他带了吉他上船，可事实证明这是个错误的决定，因为在船上几乎没人想听他弹吉他。最开始他还没有明确地意识到这一点，不过很快就明白了同船游客的意思。在航行的最后几天，这个男孩晕船晕得很厉害，特别难受的时候他会缩成一团，然后靠喝大量朗姆酒和吃晕船药麻痹自己好撑过去。在我们乘坐的船只抵达卡塔赫纳时，我觉得其中一个只会说德语的女孩似乎是想要向这个美国男孩示好，不过男孩最终没有接收到信号，这件事就这么不了了之了。

雷娜是位来自荷兰的女士，她和我年纪相差无已，笑起来十分爽朗，事实上爽朗得有些过头。她总说自己乐意和船上的任何一位男士比画比画，她也不是说笑，当真和人掰手腕比力气。雷娜的本职工作好像是某间酒吧的经理。我还是要说说雷娜的笑声，说真的，她一旦笑起来，周围的空气似乎都在震动，一切都显得诙谐了起来，虽然说有些人可能觉得忍受不了她歇斯底里的狂笑，可我倒觉得也挺有趣的。

这艘船的船长是哥伦比亚人，不会讲英语，无论何时看上去都一副冷静干练的样子。这艘船的主人，也就是那个赤膊上身的德国人这么评价这位船长先生，“他从不喝酒，所有的时间几乎都花在读《圣经》上”。德国人的语气中带着些许嘲讽，似乎在他看来这位哥伦比亚人并非最适合做船长的人选。可在我看来，面对任何突发状况，船长先生都处理得游刃有余。船上还额外配有一个厨师和一位帮工，他们负责做饭并打理船上的杂事。那位厨师先生是位来自巴拿马的黑人，无论风浪多大，他都能自如地在船舱内穿梭，并且按时将料理完成。除此之外，这位厨师先生对船舱里发生的一切怪事都能够保持淡然，要知道我们这艘船上可是有八个澳大利亚人，对于他们做出的不合乎常理的事儿，厨师先生都能做到视而不见，镇定自若。

## 在海外的澳大利亚人

依据我的判断，在澳大利亚你几乎找不到 18—25 岁的人，原因很简单，这个年龄段的澳大利亚人忙着到处旅游，他们的踪迹几乎遍布世界每一个角落。

说实在的，澳大利亚人十分与众不同。澳大利亚的历史起始于一场酒后放浪形骸的海滩狂欢。那是在 1788 年的 2 月 6 日，第一批妓女和囚犯抵达杰克逊港，也就是如今澳大利亚悉尼歌剧院所在地附近，狂欢和澳大利亚的历史同时掀开了帷幕。对于当时狂欢的场面，罗伯特·休斯的《致命的海岸：澳大利亚建国的史诗》[1] 中如是说道，“在酒精作用的催化下，男男女女们在海滩的礁石边缠抱在一起，他们的衣服上沾满了红土，彼时，澳大利亚作为殖民地的性史便有了它的第一页”。据当时参与其中的一个军官回忆到，“当时的场面极尽放荡和暴力，说实话我用语言甚至都

---

[1] 《致命的海岸：澳大利亚建国的史诗》（*The Fatal Shore: The Epic of Australia's Founding*），出版于 1986 年。该书作者罗伯特·休斯（Robert Hughes）是澳大利亚著名艺术评论家及作家，该书一度成为澳大利亚早期历史研究的畅销书。

无法描述”。这便是澳大利亚历史的开端，纵然时间已经流逝，澳大利亚人这种离经叛道的精神似乎被完好地保留了下来。

我在这里所说的澳大利亚历史是当地白人的历史。说到澳大利亚自然不能不提当地的土著居民，可土著人的历史似乎并没有太多可供考据的书面资料。他们的历史多靠口述流传和保存，其中一些秘密至今不为外人所知。不由分说，土著居民也是乘船抵达澳大利亚的，只不过在抵达后，他们便不再依赖船只，不再迁徙。

澳大利亚人打心里抱有敬意的两件事，一是史诗，二是荒诞的任何。我把这归结为澳大利亚生物的本质属性。无论你走到何处，你都能看到澳大利亚人不遗余力地将这种荒诞和富有活力的精神发扬光大。我个人是非常喜欢他们的。

我认识不少澳大利亚人，以前去过一次澳大利亚，一共停留了四天。在那儿我受邀和当地知名的节目主持人朱莉娅·泽米罗见面，还有幸拥抱了她。所有澳大利亚的当地朋友都说能够拥抱泽米罗绝对是莫大的荣幸。除去和泽米罗见面外，我还见到了蜷缩在灌木丛里的考拉和袋鼠。对了，我还很喜欢澳大利亚的黄油。

每次在外旅游，如果能够遇到澳大利亚人，我都会感到格外喜悦，因为澳大利亚人总能让人感到一种旺盛的生命力，即便有时他们的确会做出些荒谬的行径，可在我看来恰恰是荒谬让人意识到这个世界的多彩和活力。如果说一群狮子让人想起的是王者气概，几只鸟让人想起的是某种密不可分性，那么一群澳大利亚人则不由分说象征着狂欢的氛围。

让我来讲讲我们这艘船上的澳大利亚人：

艾玛：一个来自澳大利亚的小学老师，在船上她喝了不少酒以至于全程她都处于极度亢奋的状态，不断敲着桌子疯狂大笑。我在想可千万不能让她的学生们看到她这副样子。

比尔和泰德：他们简直像极了我在恰帕斯的阿瓜阿苏尔瀑布边遇见的那两个在路边看电视的青年。比尔和泰德看上去总是一副精神不振的样子，不过即便是精神不振，他们两个也绝对算得上青年才俊。一路上他们似乎都极想和船上的一个瑞典女孩搭讪，无奈功力不佳，最终没有成功。不过我想凭借他俩这样的外貌，一路上总是有机会赢得某位女士的芳心。

五人组：所谓五人组，是 4 个年轻男孩和一个澳洲和委内瑞拉的混血女孩。女孩是其中一个男孩儿的女友。他们一行人辞掉自己在澳洲的工作集体前往墨西哥城，在那儿他们合伙买了一辆道奇牌的迷你货车，开着货车在中美待了大约 3 个月时间。他们所做的就是一路沿着海岸，在适合冲浪的地方停下，待够了再前往下一站。他们在巴拿马城卖掉了迷你小巴，和我搭上同一艘船前往达连地堑。

## 在杰奎琳号上度过浑噩航程

我们此次乘坐的杰奎琳号是一艘 56 英尺长的船，包括船长和船员一共有 19 人。船有两层，下层是为数不多的双人铺位，上层是狭窄的单人铺位。甲板上还有吊床，如果你愿意夜晚在星空下入眠，那么吊床也是个好选择。

船上的伙食算不上差，但也绝算不上好，除去有一晚我们吃到了蜂蜜煎饼，其余时候都比较普通。不过若是船员能够钓到鱼，那就是另外一回事了。

船上这些陌生的同伴们都二十岁左右，看起来身材单薄。这些年轻人背井离乡，渴望冒险，于是我们有幸相遇。船上随处可见被这些年轻人喝空了的啤酒罐。我登船时带了两大瓶阿布洛朗姆酒，不过还不到第二晚就把它们全喝光了。

在第一天入夜时分，船上的游客几乎就把登船前带来的香烟全都抽光了，烟草一下子成了稀缺物。我算是其中为数不多早就储备好“粮草”的人，我想这正应了那句老话，“姜还是老的辣”。要知道在登船前我就往背包里塞满了香烟，以备不时之需。除了普通的万宝路，我还带了巴拿马当地的一种叫皮耶里耶斯的卷烟，这是在巴拿马运河渔船上的里奇船长推荐给我的。皮耶里耶斯很难买到，里奇船长说这是一种老式卷烟，是当地人的最爱。当时我想到接下来的航程漫长，香烟一定是少不了的，于是我就把摊子上的皮耶里耶斯全部买下了。事实证明，我的决策实在是太明智了。因着我充沛的烟草储备，到了航程后期，我俨然成了船上众人追捧的对象。

我们所要穿越的水域位于加勒比海南部边缘的巴拿马和哥伦比亚两个土著岛屿之间，无论是过去还是现在四周都是暗流涌动的海水。

我的同伴在整个航程中几乎都一直处于醉醺醺的状态，这让我恍然中感觉自己身处当年的海盗船上，对，就是类似摩根船长的那种海盗船。当然，我打赌当年那种海盗船上的船员身上的味道要难闻得多，它们嘴里的酒气甚至会让闻到的人感到恶心，他们甚至会不时遭受瘟疫的折磨。摩根船长的海盗船上自然是不会有穿着比基尼的、金发碧眼的北欧美女。那时的船上甚至可能连女人都没有，有的只是一群有暴力倾向的男人们。我在想，随着摩根船长出征的所谓海盗们，多半也应该是 20 岁出头、身材单薄的年轻孩子们。或许是受到某个心怀鬼胎的皮条客的唆使，这些孩子误打误撞上了船，或许在船出航之际他们有过短暂的狂欢，可他们最终的宿命要么是中途因风暴随着航船一起沉没，要么就是在征途的炮火中被炸成碎片。

身材单薄的孩子们，摩根船长海盗船上的年轻孩子们，我猜想就是如此这般，他们随着亨利·摩根一起，穿越泥沼，穿越地峡，抵达巴拿马。他们的航程一定是浑噩而混沌，漫长而短暂。

幸运的是，我的同伴们并不真的是摩根船长船上的海盗。这些年轻人友善平和。当年海盗们疯狂的行径自然是根本不存在于我们周围的，孩子们唯一的消遣就是在海水平静的地方跳进海里随着航船游泳，整个航程轻松而愉快。

## 溪流中的岛屿和神秘独木舟

圣布拉斯群岛（San Blas Islands）是350个或者360个分散岛屿的集合。其中一些岛屿甚至还没有一张餐桌的面积大。稍大一些的岛屿上能看到五六间小木屋。还有一些岛上只有孤零零的一棵棕榈树，样子像极了我们在卡通片中看到的那种沙漠绿洲。

杰奎琳号停靠在其中一座小岛附近，我们一行人纷纷跳入水中潜游，水里有一艘破旧轮船的残骸，我也猜不出它是何时抛锚在此处，30年代？又或是50年代？70年代？不去追究它了。如果你愿意，屏住呼吸你大可以向下潜至船体生锈的引擎处一探究竟。若是你愿意上岸看看，也有不错的风光等着你：岸上的库纳族妇女一边抽着烟一边聊天，她们身边放着大约是刚刚织好的莫拉斯布，这些织布整齐地铺在沙滩上，布面上有各类形状奇异的海洋生物，长着怪异大眼的飞鸟，还有各类花卉植物。附近的岸边有一颗不知是谁的球，我们踢了一会儿便又跳入水中游泳。我们潜到船的一侧，然后爬上挂在双体船两个船壳间的弹力网[1]，躺在上面边喝着当地的啤酒，边吃着香蕉和薯片，好不悠闲。

第二天当船上的年轻人意识到他们携带的致幻剂将要告罄时，他们开始不安起来。一些人企图向当地的库纳族人求助，看看能不能找到类似的替代品，结果自然是无功而返。可后来事实证明，在巴拿马和哥伦比亚的海域间弄到类似致幻剂的东西并不是什么难事。当天那些年轻人在另外一座岛屿附近看到了两个划着独木舟的库纳族男子，他们的船上装着不少鱼，表面上看他们以卖鱼为营生，直到我们中那个会说多种语言的凯特上前询问，我们才得知这些家伙的鱼篓下竟然藏着大量致幻剂。就这样，年轻人的不安解决了，当天晚上，整条船上又陷入了无尽的迷醉和狂欢。

[1] 我这里所说的弹力网的英文学名叫做“trampoline”，可即便是船长通常也不会去使用这个学名。只要说到弹力网，没人会以为你在船上的其他什么地方。—— 原文注

## 五人组

杰奎琳号上的每一个人我都非常喜欢。我看得出，有些时候船上的年轻人会对我的行径表示不理解，他们可能甚至不理解我为什么要只身一人来冒险。对此我并不责怪他们，说实在的，我自己甚至都不是百分之百清楚自己此行的目的。如果一定要说出些什么，或许我只是为了找到像他们一样的年轻人同行，然后做些类似在海上狂欢买醉的事情，仅此而已。

如果一定要从船上选出几个我最喜欢的孩子，那么我会选我之前提到的“五人组”——4 个澳洲男孩和 1 个委内瑞拉混血女孩儿。我会把他们看作一个团体是因为一路上他们都是一起行动的，他们同租一辆迷你货车翻山越岭，而且互相协同合作，是密不可分的一支队伍。五人组中每个孩子都有各自的长处。举例来说，派尔是其中最有嬉皮士气质的成员。他总是随身携带细长的鱼线和鱼钩，并且不费吹灰之力就能钓到美味的大海鲢。在其中承担着类似会计角色的是盖尔，他总是一副乐呵呵的样子，负责保管和打理这一群人此行的账目，也正是因为如此，其他几个孩子多多少少都对盖尔抱存敬畏。詹姆斯是五人组中的精神领袖，他是希腊裔的澳大利亚人。晚上轮到他值班时，他喜欢赤膊坐在甲板的椅子上，一只手拉着右侧船桅的钢索。赤裸上身的詹姆斯恍然中让我错认为希腊神话中的奥德修斯。从詹姆斯身上，我总能感受到一种诗意。詹姆斯向我们讲述了他过往的旅行经历，他说自己曾和朋友们在荒芜的澳大利亚海边支起帐篷，点燃篝火，在那儿他们喝酒，狂欢，肆意挥霍时光，享受生命。米奇是其中的开船好手，他经验老到，即便风浪再大，他也能靠着娴熟的手法带同伴们安然度过风浪。

在航程的最后一夜，船开到了一片公海之上，从那儿我们看不到任何陆地。当天夜里船舱外是无尽的黑夜和汹涌的浪潮，这群澳大利亚青年在船舱内放肆地喝酒，跳舞，大笑，一边玩着游戏一边疯狂敲打着桌子。除我之外，他们大概是整个船舱熬到最晚的几个了。我不知道在我睡着后他们的狂欢还持续了多久。待我一觉醒来时我们的船已经停靠在了卡塔赫纳，从船舱里我看到刚刚升起的太阳，以及不远处被日光沐浴的酒店大楼。

# 停靠港：卡塔赫纳

自1533年始建之初，卡塔赫纳就以金银运转港而闻名。西班牙人还没有抵达之时，土著部落泽努族人居住在这里。泽努族人中的贵族在下葬时总是喜欢以各式各样的金银制品作为陪葬。首先发现这些墓穴的人将里面的金银财宝盗窃一空，并且对外宣称在卡塔赫纳有大量黄金可供挖掘。除此之外，卡塔赫纳在当年还是著名的奴隶市场，大量奴隶被运送至此，他们最终会被贩卖至秘鲁和玻利维亚做开矿之类的工作。与此同时，大量的金银通过骡子火车被运送至卡塔赫纳，也是从这里，西班牙人带着财富启程前往哈瓦那以及更远的目的地。

卡塔赫纳因其潜藏的财富成为海盗们的“狩猎地”。弗朗西斯·德雷克爵士、让·弗朗索瓦·罗伯瓦尔、马丁·科尔、约翰·霍金斯爵士、伯纳德·德斯让、劳伦斯·德格拉夫、尼古拉斯·范霍恩——所有人都对卡塔赫纳虎视眈眈。也正是为了在卡塔赫纳夺金，这些原本是同伙的欧洲人最后不得不互相厮杀。某种程度上，卡塔赫纳的历史几乎可以被看作一部欧洲人相互围攻和袭击的历史。西班牙人在卡塔赫纳投入了大量资本，他们如此不计成本就是为了维护自己在当地的地位和利益。除了资本外，大量顶尖的工程师和数学家从西班牙、意大利跋涉至此，在当地设计了各式各样的堡垒、炮台和防御工事。在詹金斯的耳朵战争爆发之时，西班牙人已经在卡塔赫纳建立起了完备的防御工事。

说起詹金斯的耳朵战争，我想大部分人都还记得，这场战争的起因是一个叫詹金斯的英国船长声称自己在加勒比海遭到了西班牙人的侵袭，还被割下了一只耳朵。这只耳朵被詹金斯放入瓶子里在英国下议院的听证会上当众展示。不过耳朵当然不可能是引发战争的主因，核心是英国人想要通过向西班牙控制下的南美洲贩卖奴隶获利，所以借故挑起战争。最终，英国的海军上将弗农在 1741 年对西班牙控制下的卡塔赫纳港发起了进攻。弗农在战争打响不久就认为自己的队伍志在必得，战争还没结束就向英国发回消息说自己已经打了胜仗。可我们都知道，最后英国人惨败，大约有 18000 名英国士兵死于这场战争，同时英国人还损失了 50 艘战舰。[1]

抵达卡塔赫纳的那天是 4 月 10 日，一个星期四。我记得日落时分的卡塔赫纳美极了——沿着老旧的城墙一直向前，身旁是翻滚的海浪，一切都显得平静而自然。在到达卡塔赫纳前我们已经在海上漂流了整整四天四夜，我整个人都觉得难受极了。在深入

[1] 乔治·华盛顿的哥哥劳伦斯·华盛顿（我记得也有人称呼他为拉里·华盛顿）十分崇拜弗农，他的家庭农场就是以弗农的名字命名的。——原书注

市区前，我们首先需要做的是通过当地的海关。海关大楼虽然破败，但气势犹存，不过当地海关人员的办事效率则不敢恭维。通过海关后，我们一船人便四散开来向着旅社进发。我跟着船上的五人组，我认为这群年轻人办事高效，做任何事情都有明确的目标。果不其然，跟着他们我很快到达了住地——埃尔维亚杰罗旅社。我花了一个小时左右洗澡换衣服，然后到旅社的院子里和其他住店的旅客一起喝啤酒。住在旅社的大部分都是十几岁的少年或者二十出头的年轻人，他们充满热情，谈话间都是对未来的幻想和渴望。

我旅行的那一年恰好是 34 岁，在我看来，如果再过一年，到我 35 岁的时候，若是再住在类似青年旅舍的地方，那些小孩恐怕会把我当成怪老头吧。就趁着 34 岁最后这一段时光，我想再次潜入青旅，和真正的年轻人混在一起。不过在卡塔赫纳的青旅里，并没有谁对我投以异样的眼光，这让我感到心安。在临走的前一天晚上，我打算把剩下的半瓶朗姆酒和一些卷烟送给旅社的几个加拿大孩子。“你们需要这些东西吗？我要走了，不想随身带着它们了，送给你们吧。”这些孩子听后惊讶地看着我，那眼神就仿佛看到了某个乐善好施的神仙一样。

无论是几世纪前的海盗船还是其他什么船，但凡是能够经过日夜颠簸最终抵达卡塔赫纳的，下船后人们的第一件事一定是喝酒还有狂欢。和我同行的伙伴们也不例外，到达的第一晚，我们一票人就聚在一起庆贺靠岸。

所有人都不遗余力地大笑大叫，其中最疯狂的要数艾玛，就是来自澳大利亚的那位小学老师。她的眼中一直闪着炙热的光，而她的笑声近乎癫狂，让人想起童话故事中那些疯癫的海底女巫。我们这群人有幸在哥伦比亚相聚，不久后又会分道扬镳，各自开启新的旅程。四散在各地后，或许时隔多年，偶然有其中几个又会在各类社交软件上再次看到对方。

第二天中午醒来，我花了些时间让自己清醒过来，简单回想了一下昨天夜里自己和同伴们是如何放浪形骸的，便出门了。这一天的主要任务是在卡塔赫纳闲逛。在四月的夜色中，漫步在卡塔赫纳这样的城市绝对是人生一大幸事。这里有古老的广场和倾斜的教堂。沿街的房子上涂满了各式各样只属于热带的彩色涂料，尽管因着海水带来的潮气以及时光的冲刷，那色彩已然不再新鲜。孩子们在巷弄里踢球玩耍，偶有流浪狗经过，看上去它们对周遭正在发生的种种并不感兴趣。街边有各式各样的小吃摊，还包括肉馅卷饼和甜蜜的糕点。除此之外，这里还有当年那些海军将士们的雕塑，只不过大多数游客可能对它们并不感兴趣。如果你有兴趣的话，海边的老城墙也是很值得一看的。

看，享受生活的方式其实有很多种，不只是和年轻人喝酒狂欢，安静地走走看看风景也是很好的。看完风景后的当晚，我又和五人组相聚了，怎奈当天夜里的主题仍然是喝酒狂欢。

第二天我原本打算去卡塔赫纳著名的现代艺术博物馆看达里奥·莫拉莱斯的雕塑作品，顺便说一句，达里奥·莫拉莱斯的代表作是青铜裸女系列雕塑。造访艺术馆的计划最终还是没有成行，几番挣扎之后我选择了和五人组一起到附近的海边喝酒坐一坐。

虽然我暂且不能告诉你有关莫拉莱斯雕塑的更多信息，但我可以笃定地告诉你在卡塔赫纳的海滩聊天喝酒是极其惬意的事情。海滩上有人推着手推车经过，车里的冰柜上装着柠檬盐鱼生，我敢说那是我吃过的最美味柠檬盐鱼生。除此之外，还有人兜售啤酒以及其他杂七杂八的东西甚至是情色服务。我坐在海滩上，把脚浸在海水里，感觉很清凉。

我和五人组的几个孩子喝着啤酒讲着笑话，不知不觉就到了傍晚。我实在是喜欢这些年轻人，他们活跃有趣，擅长说故事，总有新鲜想法，所以我们有说不完的话。我承认，让我这么喜欢他们的原因之一是这些孩子喜欢我参与制作的那些电视剧。他们和我一样，认为情景喜剧并非适合所有人的精神食粮。这些孩子很愿意和我谈论有关电视的种种，很显然他们看过不少上乘的电视节目。即便是在这三个月漫长的冲浪之旅中，他们也会定期看喜欢的电视剧集。他们实在是太过可爱的一群年轻人，一想到要和他们分离我就极其不舍。

当得知我要前往麦德林时，米奇露出了惊讶的表情。米奇是个情绪浓烈的人，同时他十分风趣，在我看来他是对生活品质极其有追求的人。

“是，我的下一站就是麦德林”。

“我们也会去麦德林。”

“哇，那可真是太棒了，你们去那儿打算做什么呢？”一听到他们也要去麦德林，我掩饰不住自己的喜悦，因为我实在是太享受有朋友在身边的感觉了。

“我们在麦德林做什么？”米奇略带不解地看着我，仿佛不太明白我这么问的用意是什么，“当然是要接着喝酒狂欢了”，他说道。

## 关于五人组的最后一些话

尽管五人组的孩子们都是自我意识极强的人，可他们在提到一位他们共同的朋友时总会表现出同样的敬佩之意。这位朋友叫作詹姆斯·麦卡菲，据五人组的孩子们说，麦卡菲是他们认识的朋友中最擅长冲浪的人。要知道，五人组其中的三个年轻人也都是冲浪好手，我曾经亲眼看到他们在暗流涌动的海面逐浪而不露一丝畏惧之色。这么看来，麦卡菲可能真的是超一流的高手。

我在这儿写下麦卡菲的名字，是征求过五人组的同意的，毕竟我认为让更多人知道这位传奇冲浪者的名字是件好事。

“要知道詹姆斯·麦卡菲一直以来所追求的就是和凶险的海浪搏斗，从来都是这样，他几乎从来没有放弃过自己。”米奇如是对我说。

# 迷失麦德林

人们一度认为哥伦比亚曾经的暴乱是由毒品所致，可在毒品出现之前，哥伦比亚就并非太平之地：来自西班牙国王凶残贪婪的掘金者们在几世纪前就在此制造了绵延不休的战争。在与摩尔人争斗几世纪后的西班牙人将目光对准了南美洲。在哥伦比亚，西班牙人和当地人交战，起因无非是财富或土地，为此西班牙人消灭了大量土著居民，而他们自己有时也因战争而永远葬身在燥热的雨林地带之中。

战争持续了太久。在西班牙人气数耗尽之前，哥伦比亚当地出现了这样一群人——克里奥尔人。他们是西班牙人的后裔，但由于出生在哥伦比亚当地，他们并不把自己看作西班牙人。对这类出生在南美当地的欧洲人后裔，不同的人或许会有不同的称呼，可我认为最妥当的称呼应该还是克里奥尔人。说起克里奥尔人，我们自然不得不提到南美洲的民族英雄西蒙·玻利瓦尔。玻利瓦尔是出生在委内瑞拉的西班牙人后裔，但他却是将哥伦比亚人从西班牙殖民统治中解放出来的民族领袖。现在的哥伦比亚几乎所到之处都能看到玻利瓦尔的雕像，尽管他是西班牙人的后裔。不过究竟玻利瓦尔从谁手中解放了谁，这在南美当地人之中并无定论，有些人会说，“不是别人解放了我们，要知道是我们南美人解放了自己”。一些当地人在讲起这些时会颇为激动，互相之间也会起纷争。要知道，厘清哥伦比亚的历史可不是件容易事，加之我的西语水平也不足以支撑我去进行这项伟大的工程，所以对于哥伦比亚的历史，我并不能发表更多见解。

说到一个地方的历史，那么我们总是会谈及其地理特质。哥伦比亚是个多山之地。据当地一位美丽的女士说，哥伦比亚地势起伏程度在世界排位第二，仅次于尼泊尔。事实上我有些不解，人们究竟用何种标准丈量所谓的“地势起伏程度”，不过这并不是什么紧要的问题，就让我们姑且将那位女士的话认定为正确的吧。

毫无疑问的是，哥伦比亚的地势的确崎岖。在地图上你也许并不能直观地感受到这一点，可若是你有机会在当地搭乘巴士旅行一次，那么一切都再清楚不过了。举个例子，若是在地图上看，麦德林到波哥大的绝对距离并不远，可实际若是乘坐巴士，这趟旅程要耗费你大约 12 个小时，尽管在地图上丈量的话，两地的直线距离只有 150 英里。

哥伦比亚到处都看得到郁郁葱葱的河谷，这种蔚为壮观的自然景象得益于数千年来的植物生长死亡沉积下来的肥沃的土层。可就像我刚才提到的，哥伦比亚山地众多，适合耕作的河谷只占哥伦比亚国土面积的很小一部分。据统计，哥伦比亚只有 5% 的土地适合农业耕作。也正是因如此，耕地成为稀缺资源。在

1948—1958 年的十年间，就耕地资源哥伦比亚内部发生了纷争：一些原本拥有耕地的人迫不得已放弃自己的土地，转而搬到山地居住。除了不那么宜居外，哥伦比亚的山地区域也有其独特优势，类似咖啡豆和古柯树这样的植物都是生长在当地的山脚地带的。

哥伦比亚的麦德林（Medellín）和西班牙的一个小镇拥有同样的名字，那个西班牙小镇正是赫尔南·科尔特斯的家乡。试想如果科尔特斯能够看到如今的麦德林，不知道他会作何反应。如今的麦德林拥有 400 万人口，整座城市的心脏地带位于茂密的河谷处，在那儿有不少摩天大楼拔地而起，在河谷与山地的连接处是大量贫民窟，若是你想前往参观，可以乘坐缆车抵达。面对此情此景，我想多半科尔特斯会不置可否地耸耸肩，毕竟这样的麦德林看上去的确还不错。

我总是在想，若是科尔特斯和巴勃罗·埃斯科巴相遇会是什么场景——前者是几世纪前的殖民征服者，后者是当地曾经的大毒枭。说不定二人会一见如故地互相寒暄，也说不定因着好战的性格成为死对头。

事实上，哥伦比亚并不是南美洲唯一适宜种植古柯树的国家，我是说从地理条件来看。玻利维亚和秘鲁都有适宜的地形条件。不过玻利维亚地处内陆，秘鲁过于遥远，这样一比较，处在海港边的哥伦比亚具有得天独厚的优势。而说起巴勃罗·埃斯科巴，那个靠古柯树发家的先生，有太多人可以告诉你有关他的故事，在这儿我就不赘述了。《两个埃斯科巴》是我看过的有关这位毒枭的最好的纪录片。当然这部纪录片不仅记录了埃斯科巴的一生，也能帮助你很好地了解哥伦比亚这个国家及其大大小小的城市。对了还有一本书或许你也愿意一读——马克·鲍登的《杀死巴勃罗》[1]。我在萨尔瓦多的海滩上晒太阳时读的就是这本书，据鲍登的记述，在美国特种部队的协助下，哥伦比亚政府最终被抓获并处死。

如今，曾经的埃斯科巴在麦德林的别墅早已空空如也，如果你愿意甚至可以在那儿涂鸦。在麦德林的这座别墅只是当年这位毒枭众多住所中的一个，所谓别墅，其实是他在被捕后自己为自己修建的豪华监狱。

埃斯科巴死于 1993 年，那时我有个朋友恰好在哥伦比亚的波哥大生活。他告诉我，在埃斯科巴还活着的时候，当地买凶案时有发生，你只需要付 1000 比索就可以取一个人的性命。找一个小混混，然后给他这些钱，那么接下来他会为你搞定所有事情。

“那怎么没人来杀你？”我问他。

“呵，你以为当地有多少人当真能拿出 1000 比索？！”

---

[1] 《杀死巴勃罗》，英文原版全名为 *Killing Pablo: The Hunt for the World's Greatest Outlaw*，出版于 2001 年，该书作者马克·鲍登（Mark Robert Bowden）是美国记者及作家，其作品《黑鹰计划：现代战争的故事》曾被改编成电影，并获得奥斯卡金像奖。

## 关于古柯碱的一些话

根据我在美国的经历，对于古柯碱这种东西，有人浅尝辄止，有人则深陷其中酿成恶果。如果我们从更宏观的层面来看，古柯碱代表着约合 5000 亿美元的产业链，这产业链背后是大量的犯罪行为以及想要组织这些犯罪行为的力量之间的角力。

吸食古柯碱的后果极其严重，有不少人因此丧命。当年著名的 NBA 球星伦·拜亚斯就因为吸食古柯碱死亡，要知道当年他是波士顿凯尔特人队的绝对主力。他死去那年是 1986 年，那时的我只有 7 岁，是凯尔特人队的铁杆球迷，拜亚斯的死让当时年幼的我震惊不已。大约也是从那时起，我便坚定地站在了吸食古柯碱的对立阵营，认为这是再错误和糊涂不过的行为。

成年以后我成了一个剧作家，我并不是没有想过尝试人们口中所谓的“刺激”。可要知道，古柯碱所代表的产业链里充满了罪恶的剥削，数不清的人因此丢掉了性命。尽管这背后的事实我们不能亲眼所见，可它却是真实存在的。我庆幸自己有着清醒的意识，懂得对古柯碱说不。在美国，我认识的朋友中有人因为古柯碱而把自己的生活弄得一团糟，相比那些正常人，瘾君子们的生活只能用麻烦重重和灾难来形容。来到哥伦比亚，或许古柯碱是绕不开的一个话题，而以上便是我对于这玩意儿想要说的所有。

## 是创新中心，也是我们的狂欢中心

如今的麦德林被认为是城市成功转型的典范。在 2013 年,《华尔街日报》和花旗银行将麦德林评选为“年度创新城市”。我认为麦德林也确实担得起这个称号，走在麦德林市中心，我感到平静与闲适。周遭的一切都以悦目的方式铺排组合。在这儿有适合孩子们玩乐的公园，有装潢精良的餐厅和美味的食物，还有适合喝咖啡和读报的各类场所。

我和五人组的孩子们结伴乘坐缆车游览了圣哈维尔。从缆车向下看，整个麦德林就仿佛一座大型迷宫，整个城市被垂直的街道切分成许多个四四方方的小格子。我甚至愿意就这么在缆车上待上几天几夜，什么都不做，就只是安静地俯瞰麦德林城。维罗妮卡——也就是五人组里的那个委内瑞拉女孩儿——说如果只是乘坐缆车游览圣哈维尔未免会失掉尽窥其真容的机会，所以回程我们放弃了搭乘缆车，这样便可以慢下脚步仔细打量周遭的一切。

除了参观圣哈维尔，五人组的孩子们自然是没有忘记自己的第一要务——狂欢，和他们一起在麦德林的夜晚再一次被笑声和酒精填满。

# 一个关于绑架的故事

那天夜里，或者说直到第二天凌晨，我和五人组的小孩都坐在旅社的阳台聊天，眼前是麦德林广袤的河谷风光，而我们身边摆满了冰镇的阿吉拉啤酒。

五人组最终的目的地是委内瑞拉，他们打算去见维罗妮卡的妈妈。说实话委内瑞拉并不太平，在乌戈·查韦斯去世后，副总统马杜罗继任，可马杜罗远不如查韦斯强硬和疯狂。当年为了巩固自己的权威，查韦斯邀请古巴军队进驻委内瑞拉，不过说实话没人知道这些古巴军队究竟听命于谁，在我看来，事实上他们只不过是在当地混乱局势中四处奔走的一大群外国雇佣兵，忙乱而无目的。

对于即将前往委内瑞拉这件事，五人组的男孩们事实上是有些紧张的。维罗妮卡认为这没什么大不了，她十几岁时曾经在委内瑞拉待过一段时间。每当说起委内瑞拉，维罗妮卡的情绪多多少少都有些许激动，不过她的态度和看法都是很准确客观的。

维罗妮卡无意中提起她曾经在委内瑞拉遭遇过绑架事件，现在让我来试着为你们复述一下这起绑架事件的来龙去脉。当然，披露这个故事是经过了维罗妮卡允许的。

当天维罗妮卡和她的朋友开着一辆越野车打算去参加一个聚会，途中她的朋友想要打个电话顺便补妆，于是就顺势将车子停在了路边。车停下来的瞬间，维罗妮卡就意识到大事不妙。果不其然，一个持枪男子从角落窜了出来。他一边把枪对准车窗，一边打开车门，大喊着让维罗妮卡和她的朋友趴在车里，然后自己跳上驾驶席一路狂飙。据维罗妮卡说，那男的肯定是吸了毒，一路上像疯了一样，他让女孩们交出手机，并且要求她们打电话给各自的父母，企图索要赎金。不过所幸当天实在是太晚了，女孩们的父母无一接听电话，绑匪的勒索计划落空了。

趴在车厢内的维罗妮卡撇见了窗外的路标，绑匪要把她们带到格瑞纳斯。那一瞬间维罗妮卡便绝望了，因为在委内瑞拉，提到格瑞纳斯人们首先想到的就是类似绑架抛尸这样的故事。

维罗妮卡尝试和绑匪对话，她问他为什么要这么做，问他有没有孩子。

绑匪只是让她闭嘴，说道，“你根本不了解我的生活，你不过是个开着好车无所事事的有钱女孩，只懂得怎么把自己打扮得光鲜靓丽”。

总之维罗妮卡只记得那个极尽疯癫和可怕的家伙。据她说，在前往格瑞纳斯的路上，绑匪似乎是被路上出现的什么东西吓到了，然后便不再继续向前开。他把女孩们从车里踢了下去，然后便开着车子消失了。

女孩们就这样被扔到了荒无人烟的地方，维罗妮卡说她们费尽周折才想办法回到家，光是回家这段路就又是一段惊险的故事。说到这儿，她耸耸肩，不再继续讲故事，只是又开了一听啤酒喝了起来。

几周后五人组抵达了委内瑞拉，在那儿的加拉加斯待了一周，再然后他们便飞回澳大利亚了。

关于委内瑞拉，孩子们用了“疯狂”一词来形容。

## 在波帕扬度过耶稣受难日

我来南美到底是为了什么？波帕扬（Popayán）让我对这趟旅程产生了疑问。

抵达波帕扬当天恰好是耶稣受难日，也就是复活节的前两天。这前后的整个一周被基督教徒称为“圣周”，而圣周对于拉丁美洲人来说可是个大日子：无论是在遥远的玛雅后裔的村庄里还是繁华的都市里，人们都会组织各式各样丰富多彩的游行以示庆祝。这些游行活动是延续了几个世纪的有关当地文化和宗教传统的表达，我认为若是能够参与其中，必然是非常有意义及有趣的经历。所以我一早就做好打算，要在复活节前抵达波帕扬。

波帕扬位于哥伦比亚西部山区，是曾经的殖民前哨。这里的面积不大，由于地处险峻之处，到达这里在过去并不容易。

我是个虔诚的天主教徒，耶稣受难日的临近让我陷入了对自我的重新审视。我不禁思索起自己旅行的意义，我在想究竟自己费尽周折到南美走这一遭是为了什么？单纯到处看看？还是说把看到的种种记录下来，写成故事卖钱？我忽然间陷入了自我怀疑。

在旅行的最初，我一度认定自己是一个四处流浪的冒险家。我庆幸自己在一路上能遇到合拍的朋友，能无所顾忌地在船上、沙滩上还有酒吧里和他们，我是说和澳大利亚的那些孩子们，喝酒说笑。说实在的，我这种突然的愁绪大约和五人组的离开有关。当我不得不独自在波帕扬的街头游荡时，我又一次怀念起了那些和旅伴们在一起的欢乐时光。

在这儿谈及这种因旅行而起的忧思并不是为赋新词强说愁。我相信绝大多数长途旅行者都曾经多多少少陷入过这样的自我怀疑，就连最伟大的旅行家布鲁斯·查特文也未能幸免——从贝宁跋涉至尼泊尔，再到俄罗斯，查特文把一路的所见所闻记录下来编撰成书，而最终这本书的题目却是《我在这里做什么？》。[1]

我在这里做什么？

我想和我一样迷惑的还有那些和我一同住在波帕扬的帕克莱夫旅社的那群年轻人：一个十几岁左右的日本女孩整日躺在我对面的床铺上发呆，她看上去一副无精打采的样子，我几乎从未见她离开床铺一步。我不知道她是否遭受了什么创伤或者挫折，我也不是没有想过上前问问她是否需要帮助，可思忖良久，我还是决定保持安静，或许每多说一句话，那女孩的元气就会减损一分。

帕克莱夫旅社位于镇上最高的一桩建筑物里，建筑一共有五层，旅社占用了其中的顶楼以及阁楼。旅社里到处都是枕头，让人不禁想就地躺下打个盹。总是会有五彩的灯光从窗户跳进来，如果

[1] 《我在这里做什么？》（*What Am I Doing Here?*）为布鲁斯·查特文所著文集，出版于 1988 年，其中包含了查特文的旅行故事和短篇论文等。

从窗户向外望，能看到街道向远处翠绿的群山延伸，雨滴打在屋顶红色的瓦片和大教堂的圆顶上。张望着雨中的街景，恍然中我仿佛参透了自己此行的目的。我在这里做什么？看看广袤的河谷，像小孩子一样发发梦，差不多就是这样吧。明天我还要继续上路，现在就姑且先眯一小会儿吧。就这样，我陷入了梦境，伴着窗外的雨声和教堂边鸽子喉咙里发出的咕噜咕噜的声音。

旅社里还住着两个英国女孩儿，我是说我认为她们应该是从英国来的。她们两个人裹在一条毛毯下小声说着话，不时发出咯咯的笑声。二人的消遣是在阁楼上循环播放凯瑟琳·海格尔主演的《27 套礼服》。

我在厨房觅食的时候还遇到了一位来自比利时的女体育老师，只见她一边忙着切碎各种新鲜的水果蔬菜，一边手舞足蹈地做着类似健身操式的动作。我敢打包票她绝对是个极好的体育老师。之后她向我讲述了自己和一个哥斯达黎加男人的爱恨情仇，讲故事之余，她还在不停做着蹲下起立。讲到动情处她说分手这件事令她有些感伤，说罢她短暂地顿了顿，然后耸耸肩，继续她的蹲起运动。

也是在帕克莱夫旅社，我读到了加西亚·马尔克斯的讣告。马尔克斯是哥伦比亚有史以来最出名的作家，获得过诺贝尔文学奖。《霍乱时期的爱情》《百年孤独》《一起连环绑架案的新闻》——这些几乎无人不知无人不晓的作品都属于这位伟大的作家。在这之前，我在麦德林旅游时从网上得知了马尔克斯去世的消息，那时的我正在当地一个巨大的超市里寻觅一种小糖霜蛋糕，和我同行的还有五人组里的詹姆斯，他当时正出神地盯着超市对面一家汉堡店的烧烤架出神。毕竟詹姆斯的本职工作是机械工程师，他同时也是个汉堡爱好者，所以他的这个举动在我看来一点儿也不奇怪。

“不好意思，打扰了。”当我和旅社里其他人窝在铺满靠枕的椅子上休息时，一个干练但却优雅的德国女士走过来向我们打了个招呼。这位女士一头黑色短发，身材高挑且修长。她向我们说明了来意，说自己明天计划去爬火山，想找三四个同行的旅伴。费用大约是每人 6000 块，其中包含了向导的费用。

6000 块听起来确实不是一笔小数目，不过这是以当地货币计量的，当然我也懒得把它换算成美元看看究竟要花费我多少钱。这位德国女士向我们一再表明，6000 块的价格对于火山之行来说是非常合理的。

我并非没有爬过火山，在这之前我有过两次完整的火山之行，还有几次在火山周边的游览。要知道爬火山可是个体力活儿，你不仅要忍耐高温，还要忍受不时落到身上和脸上的火山灰。如果恰好能碰上下雨天，那么这项活动还不算那么难耐。我虽然不排斥爬火山，可我真正感兴趣的是攀爬那些真正活跃的火山。尽管你需要穿着并不好走的雨鞋跋涉很长一段时间，在没达到山顶就已经灰头土脸，但是看到滚烫火热的岩浆的那一刻，一切就都值得了。除去火山，波帕扬可供参观游览的地方实在不少，在这儿我大可以找一家餐厅享用当地的美食，然后到附近的教堂或者某个文化遗址转一转，爬火山这么费体力的事情还是算了吧。所以对于当时那位德国女士提出的邀请，我摇摇头表示自己不打算参与。而旅社里的其他人要么是一脸迷惑，要么就是默不作声表示拒绝。

几个月之后，我在美国对我妈妈讲起了这件事，她对于我拒绝那位女士爬火山的邀请表示不解。事实上我只是在说起有关火山还是德国人之类的话题时随口提到了这件事，但是我妈妈却一本正经地教育起我来，认为拒绝这次邀约的本质是我性格上的缺陷所致。我觉得我妈妈讲的也并不是没有道理。好吧，下次如果再遇上相貌姣好的德国女性邀请我去爬火山，我一定一口答应。

总体来说，我在波帕扬度过了非常惬意的时光。在耶稣受难日的当晚，波帕扬的街头挤满了前来参加游行的人们。来的大多数都是当地村镇上的家庭，每个家庭的老老小小沿着卡莱 4 号大街边的人行道翘首以盼游行队伍的到来。孩子们个个跃跃欲试地想要向前跑，可无奈人流移动得实在缓慢，所以他们不得不努力克制自己放慢脚步。耶稣受难日的游行队伍本来就行进得不快，如果世界上有什么类似评选行进最慢的游行比赛，那么这场拉开波帕扬圣周帷幕的游行必然会夺魁。哦，我想那种行进中的军乐队或许也能获得不错的名次。

游行的主角自然是各式各样的花车，耶稣受难日的游行花车上摆放着耶稣基督、犹大、圣母玛利亚以及骷髅形象的彩色雕塑。这些雕像一出场便会赢得所有围观游人的目光。对了，波帕扬的耶稣受难日还被联合国教科文组织列为人类非物质文化遗产。不过游行的人实在太多，还没等到游行结束，我就略感疲倦了。

第二天一早待我出门时街上的人已经不少了，人们似乎仍然沉浸在昨天游行的喜悦气氛中，脸上都带着喜色，当天的天气很好，空气清新，天色晴朗，是个近乎完美的周末。在经过卡尔达斯公园时，我看到一只羊驼被拴在一辆摩托车上。车主是个戴贝雷帽的男人，我操着西语对他讲你的羊驼看上去很不错，他只是冲我礼貌地点点头，没有再多说什么。我心有不甘，继续追问，“你为什么要养羊驼呢？”那位男士答复我说这并不是他的羊驼，他只是代替朋友看管而已。

“明白了”，在这之后我们便再无对话，我又待了一小会儿后便兀自离开了，去寻找当地的玻利瓦尔雕塑。

看完雕塑回来的路上，我碰到了两个当地的大学生，其中一个微胖身材，戴眼镜，另外一个身材瘦削，眼神有些凶悍。他们在一个公园处将我拦下，用英语问我来自何处。我告诉他们自己来自加州，他们一下子兴奋起来，问我可不可以帮助他们完成一个调查采访。他们是当地考卡大学旅游管理专业的学生，据他们讲这学期选修的其中一门课要求他们采访三个外国人。说实在的，我一开始觉得有些可疑，可还是答应接受采访。两个孩子就我是否应该算入采访对象争论了好一阵子，在达成了某种共识后，他们从书包里拿出了已经稍显破旧的文件夹、钢笔和有关采访作业要求的复印件，然后开始了对我的采访。

采访问卷的设计十分细致，这进一步打消了我的疑虑，毕竟我想没有哪个骗子愿意大费周章做一份如此复杂的调查问卷。采访问题包括对波帕扬历史文化氛围、城市美观度以及清洁程度的评价。以 5 分满分为基准，我依次对这三项给出了 4 分、5 分、4

分的评级。最后的问题是，“你是否愿意再次到波帕扬旅游？”说实在的我真不知道自己还愿不愿意来第二次，我甚至连第一次旅游都没结束。不过我还是对他们说，我会选择再回来的，两个孩子听到这句话后一脸如释重负的表情。

采访结束后，我并没有即刻离开，而是和他们聊了一会儿天，他们一个叫弗雷迪，另一个叫克里斯蒂安。中途，我突然灵光一现，问他们要不要和我去喝一杯。现在回想起来，我当时潜意识中想向这两个年轻的拉美学生展现一下影视剧中那种潇洒自信的美国男士的气质，所以不假思索地发出了邀约。那两个孩子先是一副一脸吃惊的样子，随后告知我他们还需要再采访两个外国游客，并询问我可不可以等到差不多晚上七点的时候再和我碰头。事实上自从和五人组告别后，我一直有些空虚，所以才会邀请在街头偶然认识的两个男孩儿一起喝酒聊天。而且他们的加入让我觉得喝酒仿佛成了某种能够帮助我体验当地文化娱乐生活的活动，而若是一个人在大中午跑去喝闷酒，那只会凸显我的寂寞和无聊。

“你们为什么觉得我会是外国人呢？”出于好奇我向他们提问到。

“身高，看你的身高我就大概知道你不是我们这里的人。还有，我眼看着你马上要走进前面的青旅，那总不会错了吧”，克里斯蒂安答。

“原来如此，那么你们干脆就等在这附近吧，住在这儿的还有一个身材高挑的德国女士，差不多有我这么高，她应该是去爬火山了，不过应该过不久就回来了，你们也可以采访她。”

# 在厄尔索塔雷诺度过周六夜晚

说起拉美文学，就不得不提魔幻现实主义。在魔幻现实主义文学中，主人公们生活的地方总是让人想起那些存在于拉丁美洲真实的城市或村落，只不过在真实外壳之下故事的内核就离奇多了：故事中的美丽少女会在午后突然升空并消失在烈日中，吉卜赛炼金术会死而复生。

南美洲是魔幻的——尽管如此言论几乎已成为陈词滥调了，可我们不得不承认，南美洲的确具有某种魔幻的特质。在南美的旅途中，我总有种说不清道不明的感觉——自己的遭遇是受到某种神秘力量支配的，这种神秘力量可能会带来庇佑，也可能招致诅咒。在这里，一切存在似乎都不合乎逻辑，可对当地人来说不按逻辑出牌似乎才是真正合乎逻辑的。

举例来说，我和那两个男孩儿前往的那间酒吧就是个古怪而魔幻的存在。那是在厄尔索塔雷诺（EL Sotareño），我们知道那家酒吧的名字，可没有一个当地人能够告诉你它的准确位置。他们只是含糊地告诉你，“就在不远处，你就只顾向前走好了，你总能找到它”。走进酒吧，暴露在眼前的是一个狭小漆黑的空间，只有几盏古董台灯发出微弱的光亮。酒吧的墙壁上贴满了各式各样的海报、照片和绘画作品。这些海报和照片上的主角多是演奏探戈和波列罗舞曲的音乐家，只不过我根本无法辨认他们属于哪个年代。吧台后面的小角落里放着一个书架，上面塞满了老旧的黑胶唱片。酒吧的老板亲自做着酒保的工作，他穿扮复古，头戴鸭舌帽，帽檐压得很低，以至于我根本无法看清他的眼神。这位酒保先生执着于播放怪异的、说不清流派的歌曲，这使整个酒吧充斥着诡谲的气息。尽管要找到这家酒吧并不容易，可我认为它非常值得探访。即便我能够意识到自己是实实在在地在一间酒吧和两个当地孩子喝酒，可恍惚中我却总是觉得这并非存在于现实世界的场景。天知道这酒吧已经在波帕扬存在了多少个年头，或许 50 年，或许 100 年。

“加西亚 · 马尔克斯逊毙了”，几杯过后，弗雷德开始胡言乱语，眼神也显得越发可怕。经过几个小时，在酒精的作用下，两个年轻人最初的尴尬和拘谨逐渐褪去，取而代之的是更加接近他们本真的面貌。当时的我在想，就算他们当真是什么骗子抑或绑匪，依他们现在这副醉醺醺的样子，想必我也是没有任何风险的。弗雷德两次开玩笑都说要绑架我，可我并没有当真。不过说真的，弗雷德看上去和他的同伴不同，他的确有某些狠角色的潜质。他告诉我自己曾经稀里糊涂地和某个女孩产生了瓜葛，女孩是那种情绪起伏很大的人，有一天竟为了弗雷德从胡米兰德罗桥跳了下去。胡米兰德罗桥是当地一座颇有历史的桥，当天下午我才刚刚从上面走过。

对比弗雷德，他那位胖胖的同伴克里斯蒂安则显得温和许多。克里斯蒂安先是向我讲述了不少和他的名字有关的圣经故事，然后我们聊起了有关哥伦比亚的种种。说起当地的反政府武装——哥伦比亚革命武装力量（FARC），我们认为这可能是过去二十年中导致哥伦比亚不稳定局势的因素之一。因为波帕扬靠近哥伦比亚反政府武装势力范围的控制区域，所以一直以来都不太平。在我抵达波帕扬机场的当下，有大约 80 名军人正要乘坐飞机离开，只见每一个士兵脸上虽然都写着疲倦，但却也透露出如释重负的神色，他们刚刚完成当地复活节的安保活动。据当地报纸报道，波帕扬复活节游行期间共计发现并消除三枚未引爆炸弹。

聊完哥伦比亚反政府武装，我们的话题转到了已故的魔幻主义巨擘——加西亚·马尔克斯身上，当然时不时我们也间或夹带几句对当地局势的评论。

“看看马尔克斯的故乡，阿拉卡塔卡，他在这里出生，因这里成名。可是直到今日阿拉卡塔卡依旧深陷贫困。可你看马尔克斯，他早就飞去墨西哥城生活了。尽管后来他既拥有了声望也拥有了财富，可我却没看到他为阿拉卡塔卡做什么。”

我望向克里斯蒂安，问道，“你怎么看，你同意弗雷德说的吗？”只见克里斯蒂安抬起手做了个耸肩的动作，说，“怎么说呢……好吧，我姑且同意他的意见吧。”

马尔克斯的确很长一段时间都住在墨西哥城，在一次前往阿卡普尔科的海滩度假的旅程中，马尔克斯突然有了写作灵感，随即调头开往阿拉卡塔卡进行创作，再然后便有了举世皆知的《百年孤独》。我想当下他的孩子们一定很困惑为什么他们的海滨度假计划突然泡汤，而马尔克斯的太太为了安抚孩子们的情绪一定费了不少神。

《百年孤独》描写的是一个叫马孔多的村子的兴衰，以及生活在那儿的布恩迪家族几代人的离奇经历。毋庸置疑这是部了不起的作品。可当我在萨尔瓦多的海滩上晒着太阳一页页翻阅《百年孤独》时，说实在的它没有我想象中那般吸引我，至少在那个当下没有。尽管我的这番评价听上去有些不敬，可当时我的感受的确就是如此。仔细想来，我之所以会有这样的感受还是要怪我自己，毕竟《百年孤独》这样的题材压根儿不应该被当作海滩读物来对待，是我的态度太过轻率。不过有时候我也在想，人们赋予马尔克斯的头衔实在太多了——哥伦比亚最出色的作家、哥伦比亚的良知、代言人、出色的外交官，等等。如果真有哪些胆子大的人敢公然对这位伟大的作家发出挑战或是质疑，我倒觉得也未必不是件有趣的事。

像许多20岁出头的孩子一样，弗雷德和克里斯蒂安也喜欢说一些不靠谱的话，并力争自己所说的才是绝大多数人都不知道的所谓“事实”。比方说，我们当晚在推杯换盏之际，弗雷德忽然说起了“9·11”恐袭事件，并且力主这次恐袭和乔治·布什以及里查德·切尼脱不了干系。弗雷德的语气笃定，眼神中透露出的信息是“你们都该相信我”。

对于弗雷德的这套说辞，我的第一反应便是“算了吧，这怎么可能”，然后我看向克里斯蒂安，希望他能站在我这一边。只见克里斯蒂安再次摊开双手耸了耸肩，并没有表态。见克里斯蒂安不说话，我反倒更想和弗雷德就这个问题争出个对错来。弗雷德的这套所谓“9·11 阴谋论”的观点在我看来并不成立，之所以这样想，是因为若当真要制造如此大的阴谋，那其背后的主使必然是个狠角色。想想看布什和切尼在任期间搞砸了多少事情？就拿切尼来说，这位先生去打个猎都能误伤到自己的朋友，更别说策划什么惊天密谋了。

面对我的质疑，弗雷德并没有表现出动摇，毕竟他固执地认定所谓“阴谋论”那套东西。他为自己能够拥有一双识破“9·11”背后主谋的“慧眼”而洋洋得意。为了不破坏气氛，我们争论了一小会儿便休战了，毕竟除去“9·11”还有其他不少值得探讨并且不会引发争端的话题。再到后来，弗雷德和克里斯蒂安问我愿不愿意参加一场户外的生日派对。一提到户外生日派对，我满脑子都是烤盘上滋滋作响的烤肉还有能歌善舞的哥伦比亚女青年，所以便一口答应下来了。

到了派对现场，我才知道自己想错了。这并不是我想象中的可供狂欢的派对。派对的主角是一个比克里斯蒂安和弗雷德还要安静的大学生，这位寿星沉迷在一场足球比赛中，并没有要和我们过多寒暄的意思。而他的妈妈正在一个小得可怜的烤炉前忙着烧肉，看到我们到来，她一脸喜色，仿佛因着儿子终归还是有几位朋友这个事实而释然。在和这位妈妈打了招呼以后，我操着西语向她说明自己可能不一会儿就必须离开这儿回到城里去。要知道午夜时分正是复活节游行最热闹的时候，我可不想因此错过。

回城的路途差不多有 3 英里，我吃不准，所以问弗雷德是不是可以步行回去。

“步行？！那么有百分之九十五的概率你会在途中被人拿刀捅伤”。

“被捅伤？”

“那可不，我被人拿刀伤过三回。你要么干脆多留一会儿好了，我们正在给一个女同学发信息，她说不定一会儿会来加入我们。”

“等等，你说的被刀子捅伤是真的吗？不行，我真的必须回去了。”说实在的，当时我虽然一刻也不想多留，可对于如何在这四下漆黑的地方找到车没有任何头绪。

“如果你执意走回去的话，那么你多半会碰上带刀子的劫匪，他们会要求你交出你的钱和手机。可你要知道，即便你把身上的所有东西都掏出来给他们，这些家伙仍然会对你捅上几下。”弗雷德一边说着一边比画了一个持刀伤人的类似动作。

我不甘心，转头向克里斯蒂安确认是不是情况真如弗雷德说的那般糟糕。只见克里斯蒂安放下手里的薯片，耸了耸肩告诉我，被捅伤的概率如果没有百分之九十五那么高的话，至少也有百分之九十。

“听见了吗，弗雷德说他曾经被刺伤过三次。”我追问道。

“没错，不过弗雷德是个烈性子，他总是企图反击，要么就是和劫匪吵架，所以他怎么可能不受伤。”

克里斯蒂安的话让我犹豫了。思索再三，我打算求助寿星的妈妈。我先是在她面前反复表达了自己对她儿子生日的祝福，然后询问她是不是能够帮我叫一辆出租车。谁知这位女士对此也无能为力，所以我只得暂时留在那儿。仔细想来，若是我执意走回城里然后遇到劫匪，遭殃的只能是我，而劫匪在把我弄伤之后大概率会大摇大摆地加入复活节的狂欢游行中去。不行我可不能让这种事儿发生。或许是神仙显灵，正当我抱着一包薯片在沙发上不知所措时，一辆出租车从窗前开过，我狂奔出门追上这辆车，最终得以顺利回城。

这也是我最后一次见到弗雷德和克里斯蒂安，不过时至今日，我们还仍然通过 Facebook 关注着彼此。

## 在波帕扬度过复活节之夜

正如我之前提到的，在复活节当天的夜里，波帕扬人会再举行一次游行活动。相比耶稣受难日当天的活动，复活节的游行充满着喜悦和欢腾的气氛。来自各种社会团体的男男女女穿着制服，抬着巨大的雕像快步向前，孩子们欢脱地点着爆竹，路边有各式各样贩售肉类和甜食的小摊。游行的重头戏是耶稣基督雕像的出场。耶稣头戴王冠，以胜利者之姿将一众魔鬼以铁链擒于手中。显而易见的是，雕像想要传递的核心思想便是，“看，他重生了！”而这重生令人们振奋。

# | 第五部分 |

# 亚马孙

这幻觉让我清楚意识到自己只不过是漂浮在宇宙中的一粒尘埃，也同时让我明白人类的意识中能够藏得下一整个宇宙与其间的万物。

# 亚马孙

亚马孙河是世界上最宽的河流——这一事实大多数人应该早就知晓。所谓“最宽”事实上是指亚马孙河流域覆盖面积位居世界第一。像尼罗河一样，亚马孙河也会有泛滥期。亚马孙河在丰水期的流域覆盖面积是干旱期的三到四倍。正是由于这种变化，距离亚马孙河岸 50 英里范围内的一切都以半陆地半河流的形式存在：在丰水期，原本的山地成了小岛，小径变成水路。河道附近的房子都被架在半空中，河水泛滥时原本的河岸被淹没，各家各户房子远看就像是浮在水上一样，出行则必须依靠独木舟。

亚马孙河的流量约为每秒 20.9 万立方米左右，大约是密西西比河流量的 12 倍。亚马孙河的主河道大约有 4000 英里，这比从洛杉矶到波士顿的直线距离还要长出 1000 英里。事实上关于亚马孙河的长度至今未有定论，毕竟其支流庞杂众多，很难厘清真正的所谓终点。

虽然我们早就习惯了使用“亚马孙河”这种说法，但事实上亚马孙河比一般意义上的河流要广袤和丰沛得多。对比类似查尔斯河这样的存在，用水系来定义亚马孙河可能更加恰当。它像一个大型的水生生物一样，一呼一吸都会对南美大陆产生巨大的影响。在南美旅行，我所途经和目之所及的亚马孙河流域面积大约有 100 公里左右的样子，而这只占到整个流域覆盖面积的百分之一点五。以后若是有机会，我一定会乘船沿河而下，一览亚马孙河的全貌。不过就算没机会也不打紧，毕竟它是流动着的，哪怕我静止不动，我也是在游览亚马孙河，不是吗？

飞机降落在伊基托斯，从窗口向外看去所见是茂盛致密的丛林。飞机跑道突兀地将这片深绿一分为二，其余部分则错落有致地延伸至看不见的远空中。我想这是我有史以来看见过的面积最大的植被群。

“请问你讲英语吗？”坐在我旁边的一位美国女士如是问。从她和同行友人的谈话中我大概了解到她和她的丈夫以及其他几对来自宾夕法尼亚州的退休夫妇此行来伊基托斯，是要参加为期 6 天的亚马孙沿河之旅。

“是的。”

“你是美国人？你从哪个城市来？”

“我在波士顿长大，但后来一直生活在加州。”

“来伊基托斯前你的上一站是哪儿？”

“是利马，我从利马过来。”在利马，一位私人导游带我逛了当地的市场。这位导游毕业于卫斯理学院，我是在网上找到他的。除了逛市场，我还和他聊了各种琐碎的话题，比如怎么才能教会家猫喝水之类的。我在利马的百货商场买到了极合心意的衬衫还有腰带，在那儿的那些日子我几乎每天都穿戴着它们。利马值得一看的经典首先当数著名的圣弗朗西斯科大教堂，它也被叫作“人骨教堂”。这座建成于16世纪的教堂里堆砌着大量令人感到毛骨悚然的白骨。除此之外，我还推荐总统府前的卫兵交接仪式。利马有很多美食，其中包括味道绝佳的海鲜煲，融合了当地风格的中餐以及日料。我在一家叫唐人馆的中餐厅里吃到了超级棒的炸猪肉三明治，据说这家餐厅是家营业了80年的老店了。

利马过后，便是伊基托斯。

“事实上我这趟旅程很长，我的终点是要抵达南美洲的最南端。”

“我和我丈夫对这趟旅行完全心里没底，压根儿不知道自己将要面对些什么”，那位女士对我说到。

我真希望这位女士提前预订了接机服务，毕竟要在伊基托斯旅行绝不是什么容易的事儿。这座地处亚马孙热带丛林中的城市潮湿且杂乱无序——摩托车、出租车还有其他各类交通工具在街上自顾自地到处乱窜。城区边缘四散着大大小小的木质码头、架高至半空的房子以及各种水上市场。从水上市场你可以买到各式各样的鱼类，这些鱼被鱼贩子们码放在一起，整日暴露在潮气中，还不时会受到苍蝇和乌龟的侵扰。

既然必须要在伊基托斯过夜，那么我想我何不选择一家有来头的酒店，于是卡萨·菲茨卡拉尔多便顺理成章地成了我的落脚点。提到菲茨卡拉尔多，那么就不得不提到那部也叫作《菲茨卡拉尔多》[1] 的电影，当然也有人把它叫作《陆上行舟》。这部片子的导演是德国人沃纳・赫尔佐格，一个十足的天才和怪咖。在《陆上行舟》中，住在伊基托斯的白人菲茨杰拉德企图将亚马孙河的主河道和一条支流分隔开，好找到空处盖一座歌剧院。《陆上行舟》讲述了一个极尽疯狂和不可思议的故事，而更令人感到不可思议的是在赫尔佐格拍摄《陆上行舟》的幕后经历，这一切都收录于《梦想的负担》这部纪录片中。在拍摄过程中，整个剧组经历了各式各样惊险的事件，主演甚至克劳斯・金斯基险些被当地人拿气枪射杀。影片还经历了换角风波，原定男主角是杰森・罗巴兹，在染上痢疾后罗巴兹退出了剧组，而滚石乐队的主唱米克・贾格尔也是电影的原班人马之一，只不过后来因为各种原因放弃了拍摄。当时《陆上行舟》剧组的成员全部都住在卡萨・菲茨卡拉尔多，这幢老房子现在的拥有者是当时电影的制片人沃尔特・萨克瑟。据说当时萨克瑟对于这间酒店并不十分中意，可由于并没有其他更好的选择，他便把菲茨卡拉尔多买下了。在我造访卡萨・菲茨卡拉尔多时，萨克瑟先生正坐在院子里的一把旧藤椅上，见我经过他冲我点点头，当时我手里正端着买来的佐以蔬菜的烤河鱼大快朵颐。

赫尔佐格曾经这样形容过亚马孙热带雨林，“它拥有吞噬一切的能力”。我对这句描述再赞同不过了。来到亚马孙，我便被这里

---

[1] 《菲茨卡拉尔多》(*Fitcarraldo*) 又被译作《陆上行舟》，由沃纳・赫尔佐格执导，于 1982 年上映，拍摄这部电影的幕后故事均记录于后文提到的《梦想的负担》(*Burden of Dreams*)，后者由莱斯・布兰克执导。

潮湿的泥土、水汽还有数不尽的虫子吞噬了。在这里的每分每秒你几乎都会被虫子包围，如果有哪一刻你以为自己侥幸逃脱了那群家伙的围攻，那么不妨抖抖衣服或者看看鞋底，它们一定藏在什么地方。这里简直就是虫子们的天堂！

避蚊胺或许是帮助你摆脱蚊虫的最佳武器。英国和欧洲国家对于驱蚊液中避蚊胺的含量有明确的规定。加拿大也有类似规定，避蚊胺的剂量不得超过 35%。而美国出售的驱蚊液中的避蚊胺含量最高竟然可以达到 99%。美国人研制这种驱蚊液的初衷是为了保护二战期间在太平洋征战的士兵，让他们避开蚊虫叮咬。而在亚马孙雨林，作为游客的我，我很难说究竟是把如此高含量的避蚊胺洒在身上危害更大，还是忍受蚊虫叮咬更难耐。在这二者之间抉择可并不是件容易的事儿。

总而言之，亚马孙丛林区是一条蜿蜒曲折的绵长生物带。这里充满着生机，也充满着危机，身处其中，我只感到周遭的一切都被深邃的热带植被所吞噬，一切都披上了绿色的保护色。

# 下　游

“看，那边有蛇。”我顺着向导手指的方向望去。

除了蛇，在沿河一间房子的木椽上还站着一只巨嘴鸟，只见它的嘴一张一合，似要随时准备说出什么了不得的秘密一样。巨嘴鸟不远处，还有一只大型鹦鹉。

“来，来这边”，向导在不远处的一棵树下冲我招手，一只食蚁兽正沿着树干奋力地向上爬行。

“你看那只树懒”，我抬头，同一棵树上一只树懒以瘫软的姿态挂在树杈上，由于刚下过雨，它身上的毛都是湿漉漉的，这让它看上去更显得缺乏生气。那只食蚁兽仿佛是在嘲弄树懒一般，沿着同一根树杈不知疲倦地来回爬行。忽然间只见那树懒把自己的一只爪子猛然荡了下来，我一惊，以为他这是要对食蚁兽发起攻击。事实上，树懒把爪子伸下来后只是盯着食蚁兽看了几秒，便扭过头去继续抱着树枝发呆了。

“你想要抱一下那只树懒吗？”

“不不不，谢谢”，我拒绝了向导的好意，毕竟在我看来那只树懒可能并不情愿从树上下来。可我的向导太过热情，不由分说地把树懒从树上拎了下来，向传球一样把那只圆滚滚的东西塞到了我的怀里。那树懒蜷缩在我身上一副可怜兮兮的样子，它头顶湿漉漉的毛发贴在雪白的脸蛋上，圆圆的脑袋耷拉着，看上去丧气极了。

对于那些真正的冒险者来说，亚马孙已经算得上是温驯之地了，毕竟通过一代又一代探险者和地理学家的努力，这片广袤丛林地带的样貌已经被大致勾勒了出来。我们对于亚马孙的知识虽然算不上全面，但并不匮乏，举例来说，即便地理学家们仍旧不敢百分之百断定亚马孙河的源头究竟位于何处，但我们至少知道它大约应该是发源于安第斯山脉深处的某地。

然而即便如此，对于亚马孙，人们的探索热情一直不减。举例来说，在卸任美国总统后，西奥多·罗斯福便前往亚马孙的一条支流附近的丛林地带探险[1]，而这一切被坎蒂丝·米勒德以生动的方式记录在《未知河：西奥多·罗斯福的暗地之旅》[2]中。英国博物学家雷德蒙·奥汉龙也曾经以奥里诺科为起点只身前往亚马孙调研，在他的游记《再次陷入麻烦》[3]的第 2 页，奥汉龙说自己

[1] 罗斯福当时前往的这条亚马孙支流西语名为 Rio da Dúvida（英文写作 *The River of Doubt*），译作中文为“未知河”。而该亚马孙河支流之所以被称为未知河是因为人们有很长一段时间不甚清楚它的起点和终点究竟在哪儿，再后来因着罗斯福的探险改支流被命名为罗斯福河。

[2] 《未知河：西奥多·罗斯福的暗地之旅》，英文书名为 *The River of Doubt: Theodore Roosevelt's Darkest Journey*，该书曾一度成为（纽约时报）畅销书，其作者坎坎蒂丝·米勒德 (Candice Millard) 为美国记者兼作家。

[3] 《再次陷入麻烦》，英文书名为 *In Trouble Again*：*A Journey Between the Orinoco and the Amazon*，出版于 1988 年，作者为英国学者雷德蒙·奥汉龙（Redmond O’Hanlon）。

在亚马孙丛林时曾经受到一种牙签鱼的侵扰——这种牙签鱼会随着尿酸钻入人的尿道中去，但凡你在沿河地带撒过尿，那么便可能被这种小鱼盯上。一只牙签鱼便是如此靠着尿素一路爬到了奥汉龙的生殖器内，而这位博物学家不得不因此通过手术切开生殖器，然后取出牙签鱼。

奥汉龙的离奇经历更激发了我对探索亚马孙的热情。几千年来人们都认定亚马孙是不可能被征服的领域，而勇敢又疯狂的奥汉龙靠着漂流、游泳以及步行完成了长达几千英里的亚马孙河探险。还有一个叫做埃德·斯塔福德的英国人，那家伙更厉害，他完全凭借双脚走完了整段旅程，说来斯塔福德只比我大几岁罢了。同样惊人的还有来自加拿大的植物学家兼作家韦德·戴维斯，在我还未成年时他便已经只身深入亚马孙雨林对当地的致幻植物进行采样和鉴定了。

关于亚马孙这段经历，我想我需要和我的读者朋友们致歉：我无法像地理学家或是探险家那样以专业的视角把有关亚马孙的种种清楚地梳理出来。我只是个带着好奇心，在遭遇新鲜事物时会张大嘴巴陷入震惊的探险菜鸟，我能做到的就是一五一十地记录下我听到的和看到的。

我这人向来缺乏冒险精神，也不擅长做准备工作。对于亚马孙之旅，我对自己并没有什么过高期待，“去看看”是我的唯一目标。探索亚马孙之于我就好像“网络”一词之于与世隔绝之人，“性爱”一词之于毛头小伙子，别人口中说起来是一回事，可当真做起来没那么容易。出发前我便确信自己的精力和能力都有限，即便费尽气力，终究也无法将这广袤地带看穿，所见所学不过只是其中的冰山一角罢了。

忘了介绍，我的这位向导叫阿尔贝托，他带我来到的这片能看到树懒还有大嘴鸟的丛林区，事实上是专为游客开辟出来的类似热带动物园的一片区域。除去之前提到的那些动物，我还碰上了一只小猴子，它一边吃着果子一边盯着我这个“不速之客”看了一会儿便径自离开了。

我是在一家叫作“玛尼迪野外探险”的旅行社网站上找到我的向导的，这家旅行社的网站设计风格十分大胆且随意，尽管看上去不那么靠谱，可我还是凭着直觉选择了他。当我的向导把我带到丛林深处时，属于玛尼迪旅行社的丛林小屋在涨潮时被潮水淹没了，然后我被带到了另一处可以休息的地方，他们管那儿叫作“图库树屋”。不出意外，新的落脚处也是用茅草和木头架起来的，看上去一副摇摇欲坠的样子。阿尔贝托的西语比我好一些，不过也还不到自如交谈的程度。他和同行的另一位向导布，在交谈的时候最常使用的还是秘鲁当地原生部落使用的亚瓜语。看得出来，图库树屋一直是由阿尔贝托和布负责打理的，不过很显然他们两个不是真正的老板。据我所知这儿的负责人是一个打扮入时的西班牙女性，听说她和其他经常出入雨林的人一样，总穿着黑色的橡胶雨鞋，这位女士还喜欢戴一副看上去非常昂贵的银色边框的太阳眼镜。

“她是被总部派到这儿来整理账目的，听说这里的账目一团糟”，这些都是一个叫玛迪的英国女士告诉我的，她还说道，“在来这儿之前，那位西班牙女士告诉自己的朋友自己大概要离开 6 个月左右，要到亚马孙把事情弄清楚，不过依我看好像她也没什么实质性的进展”。玛迪似乎也没见过这位西班牙女士，她的消息来源也不过是之前的游客，总之这位来自西班牙的女士几乎已经成了前来图库树屋的游客们永恒的话题。玛迪并非独自前来，她和她的未婚夫米克一起。米克来自澳洲，留着长胡子。在我到来前，只有他们住在图库树屋。玛迪和米克的旅行方向恰好和我相反，他们先是从南极洲出发，然后一路向北行进，在亚马孙停留后，他们的下一站是内华达州的拉斯维加斯，他们打算在那儿注册结婚。玛迪和米克跟我年龄相仿，他们对于我的到来感到十分高兴。他们这趟旅行并不轻松，一路上要忍受旅途劳顿还有南美难耐的气候。看得出他们二人深爱着对方，在旅途总是像兄妹一样互相拌嘴逗趣。有一天向导把我们带到河边的沼泽地带钓鱼，很显然玛迪更擅长这项活动，钓上了不少食人鱼，她因此打趣说米克还不如她像男子汉。我的成果也不怎么样，玛迪也开玩笑般地在我面前炫耀了自己的战果。

不管怎么说，有了玛迪和米克的陪伴，我在亚马孙丛林的“探险”多了不少乐趣：我们一起乘船出游，在亚马孙河上看到了珍稀的粉色海豚；我们还一起通过绳梯爬到高处的瞭望台俯瞰亚马孙雨林全景，将延伸至地平线的绿色尽收眼底；入夜，我们聚在一起烤鱼、煮饭，边吃晚饭边聊有关死藤水的种种传闻。

## 卡皮木和其他神奇植物们

所谓“死藤水”是南美当地印第安部落以卡皮木的藤蔓混合多种当地植物烧制而成的一种致幻类液体。这种致幻剂中的主要化学成分为二甲基色胺（即 DMT）和各种单胺氧化酶抑制剂。前者是一种会使人类大脑产生幻觉的化合物，在医学上主要用于治疗抑郁症。

服用过二甲基色胺后人的大脑会陷入“短路”状态，这么形容吧，那感觉就像乘着火箭向外太空猛冲，再然后你的脑中会出现疯狂的幻象，你会感觉到思绪像是从肉体中被剥离出来一般，之后幻觉会消失，你被拉回现实。死藤水是二甲基色胺和单胺氧化酶抑制剂的混合物，抑制剂的存在有助于二甲基色胺更好地作用于人脑，从而达到制造幻觉的效果，与此同时这种化学反应还会带来一些令人难耐的副作用，比方说长达数小时的呕吐等。

以上这些关于死藤水的知识有一半是我在亚马孙时了解到的，而另一半是我回到美国后通过阅读进一步学习到的，阅读是因为我想搞清楚当时在丛林服下的死藤水对我的身体究竟产生了怎样的作用。

早在 20 世纪 40 年代，哈佛大学的人类植物学家理查·伊文斯·舒尔兹曾以植物学教师身份，深入亚马孙丛林研究死藤水和其在当地原始部落的用途。在前往亚马孙之前，舒尔兹就曾经以俄克拉荷马为起点，以墨西哥为终点，对沿途的各类致幻植物展开调查研究。而这一路上，舒尔兹遇到了各式各样对致幻剂趋之若鹜的人，这其中包括朝圣者、探险家、作家，还有对生活丧失信仰的人等。这其中有人不过是出于好奇，有人则企图依靠致幻剂治疗心理和精神上的创伤。威廉·S.巴勒斯曾在书中生动描述过自己服用死藤水后看见的各种不可思议的幻境，对此舒尔兹认为巴勒斯有些许夸张，他说在服用死藤水后人们能够看到的只不过是令人眩晕的色块罢了。

在厄瓜多尔、秘鲁和巴西都有所谓的死藤水度假村，而所谓度假村，也不过就是丛林深处的几个简陋茅草屋罢了。我曾听说有人甚至把秘鲁能够制作死藤水的萨满巫师请到马里布附近的现代度假村，作为某类疗愈仪式的嘉宾。马里布的那个度假村离我在洛杉矶的家不到 20 英里，可我对于在离家不远处去参加什么疗愈仪式毫无兴趣，而且天知道那死藤水到底正宗不正宗。至少在亚马孙，在这儿我能够亲眼看到死藤水的熬煮过程，看到他们的确是以当地的草药混合而成，是天然有机的。

“喝死藤水的感觉就像是喝醉了一样。”阿尔贝托如是对我说，而布则说自己喝过死藤水便能看到各种稀奇古怪的画面。看我们对死藤水跃跃欲试，那个西班牙妇女也顺势怂恿道，“要么你们就去试试看”。

是啊，为什么不去试试看呢。在我打定主意要去当地的萨满巫师那儿试试死藤水时，我同时意识到这意味着我需要先跋山涉水找到一位巫师。

阿尔贝托和布说如果我们当真想喝死藤水，他们可以把我们带到一位他们认识的萨满巫师家。这需要我们先乘船顺流而下，再跋涉很长一段路，总共耗时两个钟头的样子。

玛迪很显然并不想参与其中，感兴趣的是我和米克。但是我看得出米克似乎也意识到把未婚妻独自一人丢在一个并不安全的小茅屋，然后自己去找什么巫师喝致幻剂确实是不太妥当的，所以他便询问向导是不是能够把萨满巫师请到我们这儿来。

阿尔贝托和布互相交换了眼神，对我们说最好还是我们亲自到萨满巫师家去。米克对这个提案并不满意，布见状说如果我们愿意出 50 美金的话，他们就能帮忙把巫师请到。我们同意付钱，于是在差不多晚饭时分那位传说中的萨满巫师来到了我们的小茅屋。布、阿尔贝托、米克还有我，我们四个人坐在小屋的吊床边，在一片漆黑中，我们等待着巫师开始作法。布和阿尔贝托也打算喝一些。

这位萨满巫师是位上了年纪的老者，瘦弱干瘪，死藤水被他放在一个玻璃可乐瓶内，在里面不断向上冒着泡。只见他坐在一支闪着微光的蜡烛前，嘴里念念有词地开始吟诵着唱词，手里还不停地转动念珠。我仔细听来那唱词中包含着天主教弥撒的只言片语，还有其他一些类似歌颂神明的句子。在吟诵的过程中，这位萨满巫师间或会停下来吹一声口哨，或是吸一口手中拿着的卷烟，即便是吸烟，他的架势也像是在作法一样。就这样，吟诵大约持续了二十分钟，其间我们在黑暗中忍受了包括蚊子和大量其他飞虫的侵扰，实在是难耐。吟诵结束后，萨满巫师拿起他带来的那个可乐瓶，分给我们每个人一小杯瓶子里的液体，也就是传说中的死藤水。说实话，死藤水喝起来就像是在泥里混了水一样，味道令人作呕。喝下去不一会儿我的胃便开始翻江倒海般的难受，大概是早就料到我们有人会吃不消，所以向导提前备好了一个木桶以防有人呕吐。米克是我们中吐得最厉害的那个，颇有经验的布也干呕了一阵。出乎意料，虽然我的胃绞着疼了一阵，但我挺了过去，最终免受呕吐的痛苦。在我们忍受死藤水带来的副作用之时，萨满巫师仍旧念着咒语，他的声音很轻，轻到几乎可以忽略不计。黑暗中我看见米克闭着眼睛躺在地上，而阿尔贝托和布则不时用亚瓜语相互耳语着。我在想他们是不是在讲什么笑话，如果是的话这笑话是关于什么的呢？我在黑暗中思忖了一会儿，也没有头绪，便闭上了眼。

渐渐地死藤水开始发挥作用了，闭上眼后我看见了各种各样动物在游行的场面。这些动物的形态一直在发生变化。原本它们是以企鹅的样子出现，过了一会儿它们又变成了有着巨大滚圆眼睛的小熊，总之我眼前出现的幻境让我想起了皮克斯动画工作室出版的卡通片，其中充斥着大量疯狂的、不可思议的、无序的卡通生物。尽管无序疯狂，而这幻境却并不会让人觉得不悦。

与这样的幻觉共处了大约两个小时后，我的大脑中开始出现了这样的声音："接下来我该怎么办？这幻觉何时才会消失？"说到这儿，我必须解除大家对于死藤水致幻的误区，就我的亲身经历而言，产生幻觉并不意味着失去理智，当下的我仍旧清楚地知道自己所处的位置，甚至能真切地意识到蚊子正在叮咬我。

不知道过了多久，我看到米克倒在了屋子里的吊床上，我也已经要撑不住了，看来我脑中的皮克斯动画电影马上就要结束了。再然后我们的向导起身向各自的屋子走去，而这时萨满巫师仍然坐在小屋里轻声念着咒语，我也不知道他要持续至何时，迷糊之中我摸索着向自己的房间走去，打算休息。

就在推开房门的一瞬间，我感到一阵恶心，失控般地把胃里还没来得及消化的米饭和水果一股脑都吐了出来。后来我听说那些长期坚持服用死藤水的当地人对自己的饮食有着严格的要求，忌辛辣和肉是其基本原则。在呕吐过后，我明白了他们的这种严格要求确实是有道理可言的。

"有趣的植物"，这是我在意识清醒前脑中最后的念头，再然后我便一头栽在小屋里潮湿的床垫上不省人事了。

# 萨满巫师的家

第二天一早，米克、玛迪还有我聚在一起吃早饭时，玛迪打趣说米克昨晚回到房间后简直吐到昏天黑地，说实话我早就料到会是这样。

“你后来有没有出现传说中的幻觉，我是说看见各种各样的猎豹、蛇，还有长着人脸的植物？”很显然玛迪又在揶揄米克，总归她是个爱开米克玩笑的人。

“唔，还好。”米克只是含糊回应道，这似乎是澳洲人对很多事情的态度——“还好”，无论是面对橄榄球赛、混乱，还是老友的葬礼，他们似乎都不会有太过浓烈的情绪，“还好”几乎是澳洲人的口头禅。

再后来玛迪离开去忙别的事情，米克才和我聊起自己的真实感受。

“说实话，我并没有产生什么特别强烈的幻觉”，米克说道。

“我也没有。”

“我的确有一些异样的感觉，不过那并不是幻觉，我并没看到什么奇异古怪的东西，不过……哎……”

“确实，我也没看到什么”，我绝口不提自己在喝下死藤水后出现的类似皮克斯动画电影般的幻境，以免米克感到失落。

“哎，我也不知道是不是所有人都像我一样，不过总归我是尝试过死藤水了”，米克自我安慰道。

米克和玛迪在当天下午离开了丛林，我很舍不得这对夫妻，不过我们约好两天后在伊基托斯再碰面，这也就让我释然了不少。

米克和玛迪走后，阿尔贝托面对唯一的游客，也就是我，感到有些许无所适从，因为他实在是想不出有什么活动是适合我一人参与的。他先是提议要带我去看一间当地的农场，他说那间农场主人在池塘里养了各式各样稀奇古怪的鱼，很值得前去一看。

对此我自然是一口应允。要知道小时候我曾经在新英格兰水族馆打过工，所以稀奇古怪的海洋生物自然是对我有十足吸引力的。

不过我突然想到阿尔贝托昨天的提案——到萨满巫师家喝死藤水，便问他是不是到巫师家体验会更好。

“绝对，在巫师家的话你会体验到更强烈的幻觉”，阿尔贝托说道，布也跟着点头。

“那么不如带我去萨满巫师家吧。”

我们先是乘着摩托艇在亚马孙河上行进了大约一个小时。把船停在码头后，我们穿过树丛抵达了一座不大的村落，说是村落，其实不过是几个简陋水泥房子的集散地，这些房子里有些有人住，有些显然已经被弃置好久了。穿过村子我们又走了差不多两三英里的路程——先是蹚过一段及腰的水路，接下来是一段陡坡，再然后是一大段狭窄的类似沼泽一样的地带。这段沼泽路并不好走，一不小心我的橡胶雨靴便会陷入其中，停下来仔细看，沼泽路上还有数以千计的蚂蚁在来回爬行，不知它们是忙着迁徙还是在改造家园。

这一路上并不容易，我恍然间觉得自己宛如一名朝圣者，饱尝旅途的艰辛。不过转念一想，如果你确实想要以认真严肃的态度来对待这项当地人眼中神圣的仪式，你必须要付出一定的代价，忍耐汗水和炎热自然是免不了的。

经过一番跋涉，我们终于抵达了萨满巫师的家。那是一座架高的茅草房，房子周围几只小鸡在来来回回地跑动。巫师家一共有两个房间，大房间用来做饭、吃饭和休息，还有一个小房间大约是供巫师妻子使用的。除去巫师和他的妻子，同在房子里的还有一个小女孩，那大概是巫师的女儿或侄女，另外还有一个蹒跚学步的孩子，我想那可能是巫师的孙女，只见她一边笑一边叫着跌跌撞撞地在房间里跑来跑去。

对于我的到来，巫师一家似乎并没有太过在意，他们搭了个帐篷让我先休息。在帐篷里的这段时间，我有机会仔细打量巫师的家：这个家可以用古朴形容，你也可以说它是简陋的，除了墙上一本印刷日历、一台收音机和一些零零碎碎的杂物，家里几乎没有其他什么陈设了。依我看，这间房子可能自存在起就是如此模样了。

到太阳落山时，那个小女孩便不见了，萨满巫师的妻子把孩子安顿好之后，自己也上床睡觉了。

这时在一片漆黑中萨满巫师点燃了蜡烛，阿尔贝托和我一起盘腿坐下。他也要和我一起喝死藤水，他说或许他能借此看见他的妈妈。

萨满巫师又一次拿出了他的玻璃可乐瓶，只不过这一次瓶子里的液体看上去力道更足，冒出的气泡更多、响声也更大。巫师依然轻声吟唱着咒语，我不知道他们是有固定的一套咒语，还是说咒语的内容会随着场合变化而调整。我隐约听到诸如“巫师”“巫婆”等零星几个单词，当下我感到有些毛骨悚然。因为我听说过，萨满巫师中也分派别，有些巫师是邪恶派，有些则很善良。不过经过我仔细观察，我不认为我的这位巫师是个坏人，从他对待自己孙女慈爱的态度中，我就能断定他一定是个和善之人。尽管我听不懂他在唱什么，我总感觉他的唱词似在布道一般。在差不多吟诵了四十分钟咒语之后，巫师倒了一大勺死藤水递给我，我接过后一饮而下。

在随后的几个小时里，我产生了强烈的错觉，这错觉让我有种迷幻的感觉，错以为自己的肉身和浩瀚宇宙的某一点相连。尽管若是你问我身处何地，我还是能够知道自己是躺在萨满巫师家的地板上的，我甚至能够清楚地听到巫师用毛巾拍打蚊子的声音。但是一闭上眼我便恍惚觉得自己只是一个微不足道的分子，“我”的概念在那一刻变得逐渐模糊，死藤水产生的幻觉仿佛是将“我”的意识瓦解了一般，我只感觉自己是由数十亿个小分子组成的有机体，而这有机体融于宇宙，并且在不断膨胀。

晕眩，我当时唯一的感受便是晕眩，我的意识清楚，然而却无法确切地将自己的体验百分之百还原出来。

眩晕之中我看到了各式各样多彩的植物、动物，还有纷杂的我从不曾见过的各类生物体，我眼前的图像就和五六十年代出版的那种附有彩色插图的童话故事书一般。然而一切在我眼前闪现得太过短暂，我甚至来不及仔细端详，它们就以飞快的速度消逝了。这幻觉让我清楚意识到自己只不过是漂浮在宇宙中的一粒尘埃，也同时让我明白人类的意识中能够藏下一整个宇宙与其间的万物。我想这意识是古往今来众多有识之士所追求的一种理想意识，不仅是有识之士，即便是普通人，若是能时常提醒自己要保持谦卑并且心怀宇宙，这想来也是极好的。我想如此这般的意识形态能够让我们明白在接触和探究科学、宗教、艺术与爱之时需要怀抱着的初心。我知道当下产生的幻觉的确会让这种感觉更为强烈，可是直到今天，我仍然能够回忆起彼时那种感觉带给我的震动。被幻象支配时，我最强烈的感受是一种解脱感，这种解脱感让我暂时摆脱纷扰，甘愿承认自己作为人的渺小。这一瞬间的顿悟让我先是战栗，然后震惊，最终是解脱。

大约 4 个小时后，我终于从地板上坐了起来，一瞬间一阵恶心袭来，我知道自己要吐了。萨满巫师把木桶推到我面前，我不停吐着黑色的胆汁，觉得自己全身似乎都被掏空了一样。我感到自己全身上下的皮肤都在剥落，身体里所有的坏东西全部都被排了出来。除此之外，我还记得自己周围到处都是杀虫剂的味道，那是我最讨厌的味道，在被蚊子咬和闻杀虫剂之间我几乎无法做出选择。

吐了好一阵之后，我看着筒子里令人作呕的黑色液体唯一的念头就是“我要小便”。我向门外走去，正处在半梦半醒间的阿尔贝托提醒我一定要穿上靴子，他小声说着，“小心外面有蛇”。

对此我并不在意，我赌外面此刻不会有蛇来侵扰我，于是便大着胆子穿着凉鞋出门了。我一边小便一边盯着头顶的天空，空旷无垠的黑色幕布上布满了闪烁的星星，而这夜色就仿佛是我刚刚脑海中出现的宇宙的样貌。我身边是深邃的树丛，我并不感到可怕，反而觉得它们通灵了一般。风一吹，它们就像是弯下腰准备和我说悄悄话一样。

我在萨满巫师家过了一夜，第二天太阳晒进屋子，我才醒过来。接下来我便要和阿尔贝托一道回程了，虽然回程仍要经过长时间的跋涉，但这与我来时的感觉不尽相同。此时的我感到放松和解脱。说实话，此前我并不知道自己想通过这次旅行获得什么，即便是有什么，我也不确定自己是不是真的能够获得它。可直到我在萨满巫师家度过那一夜后，我在想，即便是在这一路上一无所获，也不要过分责备自己或感到懊恼。因为我至多不过是宇宙中的一粒尘埃罢了，在浩瀚的宇宙长河中，我最多不过是一闪而过的一个光粒子。只管行进，保持善心，用力感知，拥抱一切——我想能够做到这些那便可称得上无憾了，至于其他，那些太过关乎于自我感知的种种，我想我终究是可以放掉一些。我决定学着和自己和解，学会接受世界的广袤，并对未知和无限报以微笑。

以上便是我对死藤水的所有见闻了。当然，有关死藤水的知识远比我在这里的叙述要丰富和深奥得多。我提起过死藤水之所以能够使人出现幻觉，是由于其中的二甲基色胺在起作用，事实上二甲基色胺并不是什么不可得的化合物，科学家已经证实我们人类大脑的松果体会自然分泌二甲基色胺。而死藤水中的二甲基色胺则是靠卡皮木和绿九节的藤蔓煮沸后相互作用产生。这便是死藤水让人感到不可思议的地方。因为卡皮木和绿九节并非生长在一起的植物，且最初巫师又无法做什么科学实验来确定植物中的成分，那么他们凭什么知道将哪几种植物混合在一起才能达到生成幻觉的药效呢？有人说因为萨满巫师能够在梦里和植物对话，所以才有了死藤水的配方。也正因为如此，人们认为死藤水是神奇的。

对死藤水感兴趣的人有太多太多，这其中既包含科学研究人员，也包含一些企图以此逐利的商人，当然也有艺术家，还有不怀好意的骗子们。总而言之，这源自亚马孙雨林深处的带有玄幻意味的药水，自被人们知晓起便具有着某种不可名状的吸引力。在众多研究死藤水的科学家中，我想韦德·戴维斯是其中最了不起的，在他有关于死藤水的著作以及他接受的采访中，他反复强调尽管二甲基色胺的确会带给人感官的刺激，但对于文化场景和环境的后天感知力一样会刺激人类感官。

和韦德·戴维斯相比，我对于亚马孙的了解简直不足挂齿。戴维斯研究亚马孙已经有好几十年了，在他最近接受的一次有关死藤水的采访中，他甚至以“在我们那个年代”这样的表达开场，由此可见他涉足相关领域的时间有多长。

“我见到过不少对死藤水趋之若骛的年轻人，他们把它说得神乎其神。而事实上死藤水最开始不过是亚马孙部落当地人用来抵御猎豹的一种药水镇静剂罢了。”[1]

从某种层面上，戴维斯所言的确属实，在我离开亚马孙前认识了一个算得上对死藤水着迷的美国青年。在亚马孙的两周内，他已经喝过五次死藤水了。他说他非常推荐那些处在彷徨期的人食用死藤水。他说自己在当地的死藤水度假村遇到了一个让他倾心的葡萄牙女孩儿，还说那个女孩有着超乎同龄人的意志力。不过让他遗憾的是那个女孩决心要学习成为一名萨满巫师，而这就意味着她在近一年内都不能有性生活。对此，那个美国青年对我说，“要知道这实在是令人感到难耐的一件事，想成为萨满巫师你就必须先克制自我，我的意思是说克制自我当中情欲的那部分，这太难了”。我听了不知如何发表意见，只是默默点头表示赞同。

在从萨满巫师家回图库小屋的路上，阿尔贝托问我喝下死藤水后有没有出现幻觉。

“出现了。”

“是那种丛林幻象吗？”

“是，是像丛林一样，我看见了各式各样的生物。你呢？”

“是，我也看到了，不过我看到的是我妈妈。我看到她病得很厉害。”

“这样啊，别太难过。”

[1]　以上援引自韦德·戴维斯在2014年3月14日接受加拿大不列颠哥伦比亚省《温哥华省报》（*The Province*）记者保罗·卢克采访时发表的观点。——原书注

“好。”阿尔贝托回应道。

在我们聊天间隙，一只淡蓝色的蝴蝶突然从我眼前飞过，这只蝴蝶和我的手掌差不多大小，只见它沿着丛林中的小路飞来飞去，最终落在了一片树叶上。我无法形容它翅膀的颜色，那是一种明亮的电光蓝，这色彩很微妙，我在那种 64 色的油画棒中甚至都找不出对应的色彩来。

“看，它的身上长着一只‘眼睛’。”阿尔贝托对我说。

说是眼睛，那其实是蝴蝶身上一块圆形的白斑，只是那斑点的形状像极了眼球，而那眼球仿佛正企图望穿整个丛林，透视外面的世界。

这只蝴蝶再次让我陷入恍惚，我忽然觉得自己喝死藤水追求幻境的行为有些多余。仔细想来，我眼前的一切本身不就是一种幻境吗？

## 有关新宗教的三条戒律

如果要我基于食用死藤水的经历开创出一个什么新的宗教派别的话，以下是我初步设想出来的该教派的教义，或是戒律：

“你并不如你想象中那般重要”。不要过分考虑别人如何看待你，你所看重的自我只不过是无限宇宙当中无数不起眼的粒子当中的一个。任何自视甚高的心态都是可悲的，甚至是可笑的。试想如果一粒面包屑每日夸耀自己是如何了不起，你难道不会觉得它可悲吗。请看轻所谓“自我”吧。

你是构成宇宙的一部分，不过你并不等同于宇宙。你的核心价值在于你是能够反射出宇宙无垠与广袤的一束小的花火，而这花火是与生俱来的能量。

无论如何，不要毒死自己。在我喝下死藤水之时，“不要被毒死”是我脑中最强烈的念头之一。至于什么是有毒类饮品，我想啤酒还有浓度适中的优质酒精都可以排除在外。除此之外，我想你还是不要贸然尝试，包括死藤水在内。在我看来，健康饮食、保持营养均衡要比靠所谓死藤水续命靠谱得多。不过这只是我的一家之言，毕竟事实情况是各种有着漫长历史的宗教都将喝死藤水作为救赎方式之一。

以上这便是我认为我的潜在教徒应该遵循的原则。对了还有一点，对于那些仅仅喝过两次死藤水就宣称要发展出什么新教派的人，请你千万不要理会他。

# 艾伦·唐的美好品质 [1]

艾伦·唐是我的好朋友，在你最需要的时候，他一定会出现在你身边；而在你不需要他的时候，他也会常常出现。不过不管在何种情况下，看到艾伦总是令人喜悦的，他无论何时都面带笑容，让人感到放松。

艾伦是个反应敏捷的人。无论是他的身体还是大脑都处于非常年轻的状态，你绝对看不出他是个已经31岁的人。他的大脑转速极快，时不时就会想出一个惹人捧腹的梗，把周围的气氛弄得轻松又有趣。这就是为什么我喜欢艾伦。在我决定要来南美洲时曾经问过他要不要和他在旅行中途的什么地方碰个头。我提议在马丘比丘或是加拉帕戈斯，而艾伦则表示要在库斯科（Cuzco）和我碰面。尽管我表面上表现得非常冷静，摆出一副“我是最勇敢的独行侠，没人陪伴也无所谓”的姿态，可说真的，对于艾伦的到来，我满心欢喜。

---

[1] 艾伦·唐并不是我这位朋友的真名。我之所以在这提供一个化名是基于如下考量：如果我这位朋友不想要和我叙述的这些故事扯上关系的话，那他大可以摆摆手说自己不是什么艾伦·唐。不过说真的我想不出他需要这么做的理由。我这位朋友有着完美的人格，他的真名是艾伦·杨。——原书注

## 哦！还有

我还漏掉了艾伦的另外一个特质——他是个有自己独特风格的旅行者。

在出发前我就知道，如果拜托艾伦来预定我们在秘鲁的住宿，他一定会选择那些极尽奢华的酒店。我都能大约想象出那场景——在经历过亚马孙雨林潮热的几晚后，我疲惫不堪地抵达秘鲁，迎接我的是温暖而宽敞的当地高档酒店。依我的性子，我多半会一边享受着眼前的舒适，一边揶揄艾伦这种奢侈浮夸的行事风格。

在抵达秘鲁的途中，我一直担心自己体内会不会还残存没吐干净的死藤水，不过事实证明，好像我已经把该吐的东西都吐在亚马孙丛林了。

不出所料，艾伦的确预定了库斯科最好的酒店，满身疲惫的我得以在一下飞机后就舒适地躺在房间里，等待着厨师为我们烹制美味的热汤。我的背包里塞满了前些天积攒下来穿过的衣服，它们还带着亚马孙雨林里潮湿的水汽。我们一边聊天一边大笑着，

并为即将到来的旅程兴奋不已

我和艾伦的第一站是探访印加帝国的旧都。

## 在印加首都

库斯科作为印加古城的首都共有 40 万人，其中有一大部分都讲克丘亚语。这些讲克丘亚语的当地人自西班牙人出现起便在此地居住，他们就是所谓的印加人。印加人先是分流河道，在开辟出的空地上建造了印加古城的首都，也就是如今的库斯科。库斯科的海拔有 11000 英尺，要比美国的丹佛高出两倍。要知道在海拔这么高的地方建造城市可不容易。有不少游客在到达库斯科的当下都会感到身体不适，引发不适的正是其较高的海拔。我倒还好，并没有被这儿的高海拔气候影响太多。不过当我走在像圣布拉斯这样以陡峭街道而著名的街区时，还是感到阵阵眩晕。

在库斯科，除了当地居民外，最多的便是前来徒步的旅行者和各种背包客，他们大多数是为了徒步探险而来的。库斯科是个会让人筋疲力尽的地方，即便是山间的几条小径就足够让你气喘吁吁，有野心的探险者甚至会沿着安第斯山脉在古老的印加公路上跋涉，翻山越岭，好不惊险刺激。

虽然库斯科可能会让人感到疲惫，可它从来不会让人感到厌倦。这里汇集了大量独属于安第斯山脉和秘鲁的特产与工艺品，它们将令你大开眼界。举个例子，在库斯科生长着千余种土豆，即便你对徒步旅行感到厌倦，可我想能够有机会见识上千种不同类型的土豆绝对能够激起你的兴趣。

# 印加古城的兴衰

迄今出版的有关印加文化的书籍并不在少数：金·麦夸里的《印加帝国的末日》[1]，马克·亚当斯的《在马丘比丘右转》[2]，查尔斯·曼恩的《1491：前哥伦布时代美洲启示录》[3]都相当精彩。尤其是查尔斯·曼恩的那本，我特地买了有声书在车上放来听，查尔斯的记述实在引人入胜，因为担心错过其中精彩的情节，我时常把车停到路边好专心听书。

当年征服印加古城的西班牙人弗朗西斯科·皮萨罗事实上是个文盲，这说来有些让人难以置信。可事实就是如此。当年前来

---

[1] 《印加帝国的末日》(*The Last Days of the Incas*)，作者为金·麦夸里 (King Mac Quarrie)，该书出版于 2007 年，作者主要叙述了西班牙人征服印加古国和秘鲁的经过。

[2] 《在马丘比丘右转》，英文书名为 *Turn Right at Machu Picchu*：*Rediscovering the Lost City One Step at a Time*，作者马克·亚当斯（Mark Adams）在书中以诙谐幽默的方式讲述了其秘鲁之旅，该书出版于 2011 年。

[3] 《1491: 前哥伦布时代美洲启示录》，英文书名为 *1491:New Revelations of the Americas Before Columbus*，作者为查尔斯·曼恩（Charles Mann），该书出版于 2005 年，曾获年度最佳图书国家学院传播奖。

印加古城的西班牙人压根儿不是什么骁勇善战的士兵，他们中有些人读过一些书，有些当过文员、秘书，还有一些从事过类似律师助理之类的工作，这些人在西班牙是最普通不过的人，由于本也没什么可失去的，才能不顾一切地漂洋过海淘金探险。这些人当中有不少记述过当年的探险经历，不过在我看来他们的文笔都不如博纳尔·迪亚斯来得好，对，就是我在这本书开始提到的那个到墨西哥探险的家伙。

和皮萨罗一起抵达印加古城的还有他的四个弟弟，据说这四个兄弟都英勇无比又风流倜傥。其中只有赫尔南多把这次探险记录了下来。赫尔南多写了不少有关皮萨罗的溢美之词，也把自己好好夸了一通。如果对印加历史感兴趣，赫尔南多的记述也还算不错的选择。

印加贵族的后裔费利佩·瓜曼·波马·德·阿亚拉[1]当年也记录下了有关印加文化的种种。阿亚拉出生于西班牙人占领库斯科那年。面对西班牙人对印加人的控制，阿亚拉写了一本长达1000多页的书稿，其中还包含398幅插图，这本书稿的主要诉求是呼吁西班牙人将印加人原本拥有的各种权利交还回来。阿亚拉在年迈时曾经将这本书稿寄给了当时的西班牙国王，可自此之后这本书稿便消失了，没人知道它的下落。到了1908年，哥本哈根丹麦皇家图书馆的一位来自德国的叫作查德·皮茨曼的图书管理员在一次会议的间歇偶然发现了这本书。

---

[1] 费利佩·瓜曼·波马·德·阿亚拉是奇楚亚部落的贵族，其将西班牙人对安第斯当地土著的暴虐征服编纂成书，并对此加以谴责。

透过这些书籍，我有了对印加文化的初步印象——有关于它的一切都太让人感到不可思议了。

当哥伦布到如今海地沿岸时，印加帝国[1]是世界上最大的帝国。大约有 1000 万人居住那儿，其海岸线绵延约 2500 英里，其背后依靠的是陡峭险峻的安第斯山脉。为了使帝国的四处相互连通，印加人修建了道路。500 年过去了，如今那些旧时修成的道路仍旧存在，这些道路有的穿行至陡峭的山坡，有的直入深邃的雨林河谷，要知道当年印加人既没有带轮胎的车子，也没有我们今日所拥有的便捷的开路工具，天知道他们是凭借何等力量将这浩大工程完成的。

由于道路陡峭，印加人善于跑动与攀爬，在穿山越岭的途中，他们或许会不时通过嚼碎古柯叶为自己补充能量。印加人靠着结绳法记录信息、命令、数字、日期和各类报告。查尔斯·曼恩甚至认为印加人的结绳法所遵循的数学原理和二进制在某种程度上有一定的可比性。库斯科是古印加帝国的首都，帝国的一切都汇聚至此，使这里成了神奇而热闹的存在。

在库斯科，其中心广场边围绕着存放木乃伊的房子，这些木乃伊在房子里放置了超过百年的时间。旧时的印加人认为木乃伊的灵魂不死，所以它们被当作半活体一般悉心照看。有人专门为这些木乃伊拍打落在上面的苍蝇，并煞有介事地倾听这些木乃伊的灵魂相互间的对话。

---

[1] 查尔斯·曼恩在书中将印加一词拼写作 Inka 而非 Inca。曼恩的初衷大概是希望 Inka 能够给读者带来某种陌生感，从而激发他们以新的方式去感知印加文明。—— 原文注

库斯科的太阳神庙被镀以黄金，与这金色遥相呼应的是古城里驮着白银的羊驼。当年的库斯科到处都是羊驼和豚鼠。若是你在16世纪来到库斯科，绝对会惊讶于当地豚鼠的数量。传说中古印加帝国的皇帝总是穿着用吸血蝙蝠的皮毛制成的斗篷，搭配以羊驼皮毛制成的毛衣和帽子。作为印加古都，库斯科有着大量用石头堆砌而成的渡槽、运河河道、仓库和城堡。据说每一块石头重300多吨，高约20英尺。不知印加人用了什么法子将这些巨石砌在一起，期间连一根针都插不进去。在库斯科，人们喜欢吃炖饭、烤鱼，当然如果你愿意，这儿还有成千种土豆可供你品尝。

16世纪的古印加帝国并不太平。在1533年，整个古国陷入内战中，当时的印加帝国虽然幅员辽阔，但其统治并不稳定。在持久的内战中，帕恰库蒂一骑绝尘，将印加古国的疆域向北拓展至如今的厄瓜多尔，并将库斯科山谷的范围延伸至如今的智利境内。虽说帕恰库蒂并非印加帝国的第一位统治者，但是多数人将他认定为该帝国的奠基人。帕恰库蒂的统治持续了34年，之后他的儿子图帕克接手了政权，图帕克娶了自己的妹妹为妻，然后一路向着库斯科以北的海岸征战，此次征战的终点大约是在如今的复活节岛附近。图帕克死于1493年，也就是哥伦布登陆美洲后的第二年。那时的库斯科人还没听说有外族人抵达，尽管库斯科距离哥伦布登陆的地点只有2000英里远。再然后图帕克的儿子瓦伊那·哈帕克接替了其父亲成了统治者，其统治持续了30多年，这位君主最终死于一种在当时席卷印加帝国的怪病。哈帕克的尸体被制成木乃伊，和库斯科中央广场的木乃伊一起，被当作半通灵的存在供奉起来。

哈帕克一共有 50 个儿子，据说他的打算是在死后把帝国一分为二留给 50 个孩子当中的两个来接管，这两个孩子是同父异母的兄弟，其中一个孩子叫作华斯卡，另一个叫阿塔瓦尔帕。大约是华斯卡的母亲出身更高贵、更有权势，所以他掌控了库斯科。为了瓦解华斯卡的统治，阿塔瓦尔帕率领军队包围厄瓜多尔打算对华斯卡的地盘进行进攻。原本阿塔瓦尔帕并不占优势，他甚至险些丧命，可谁知阿塔瓦尔帕最后反转了局势，俘虏了他同父异母的兄弟。被俘虏后的华斯卡被逼迫喝下羊驼的尿液，由绳子绑着牵到库斯科后，阿塔瓦尔帕当着他的面将其妻子孩子全部杀害，再然后华斯卡当然也被杀死了。

正是在这个时候，消息传到库斯科，说一群肤色发白像怪兽一样的人骑着四只腿的会打仗的动物在库斯科登陆了，捎信的人说当地人可是从来没见过那样的物种。

所谓的怪兽人还有那些骇人的动物其实就是弗朗西斯科·皮萨罗带领的队伍了。整支队伍中一共有 168 个西班牙人，一些非洲和尼加拉瓜奴隶，还有 68 匹马。而这群外来客并不晓得自己刚刚踏上的这片土地是一个比西班牙大三倍的帝国。事实上皮萨罗是科尔特斯的堂兄之一，作为兄长，科尔特斯怕是早就将其征服墨西哥的经历一五一十地传授给了自己的弟弟。所以皮萨罗征服库斯科的过程基本上和科尔特斯在墨西哥的经历如出一辙。皮萨罗先是引诱阿塔瓦尔帕和他的军队进入卡哈马卡市的中心广场，然后命令士兵从暗处发射大炮，再然后士兵们从各处骑着马冲出来，就这样，皇帝被俘虏了。此外，皮萨罗一行人还杀死了大约

2000 名印加人。皮萨罗在俘虏印加皇帝后，将其绑做人质，然后要挟他命令其手下将能找到的黄金全部上缴。眼见着西班牙人对黄金如此疯狂，当地印加人一度以为他们是要用那些黄金来喂马吃。在搜罗完黄金后，皮萨罗打算将阿塔瓦尔帕烧死，表面理由是阿塔瓦尔帕是异端宗教的代表，而实际上是因为阿塔瓦尔帕拒绝告知皮萨罗其军队的规模和数量。皮萨罗队伍当中的牧师企图说服阿塔瓦尔帕皈依天主教，不过大概最终失败了，阿塔瓦尔帕还是被处死了，不过不是被烧死，而是被勒死。

事实上皮萨并没能完全“征服”印加帝国。由傀儡印加王尤潘基领导的一只起义军对西班牙人进行反抗，而西班牙人则因为在当地分赃不均起了内讧。印加当地的起义军好几次都几乎要了皮萨罗的命，他们设下了致命的陷阱，皮萨罗队伍里的士兵有不少都中了埋伏，头被巨石撞的脑浆迸裂。皮萨罗本人之所以能够几次脱险，靠着的是援军的及时到达。算起来，印加起义军和西班牙人抗争了将近 30 年。皮萨罗最终死于他建立的城市利马，在一场争执过后，他在家中被曾经密友的儿子刺死。皮萨罗死后其遗骨一直下落不明，不过现在人们普遍认定其遗骨应该是被存放在利马大教堂内的一个盒子里。1572 年，西班牙人发现印加帝国最后的国王和她的妻子藏在亚马孙河附近，他们把国王拖回库斯科，并以宗教异端罪为名将其处死。

想必当时的场面任谁看都是令人不寒而栗的。

即便西班牙人曾经试图抹去印加帝国的一切痕迹，可他们的尝试完全是徒劳。在如今的库斯科，印加文明的痕迹仍然随处可见。

## 在萨克萨瓦曼，与艾伦·唐寻找圣佩德罗

“为什么从来没人注意过萨克萨瓦曼！”

艾伦·唐提到的萨克萨瓦曼（Saqsaywaman）是位于库斯科的印加古国的城堡遗址，看着艾伦愤愤不平的样子，我也跟着来劲了，同时暗自思忖我们为什么不去萨克萨瓦曼看看。

萨克萨瓦曼是位于山丘上的一座古堡，旧时这算得上是库斯科相当大的一座城堡，它几乎可以装下整个库斯科的人口。也是在萨克萨瓦曼，后来的印加皇帝曼卡和皮萨罗一行人展开了殊死搏斗。要知道在曼卡之前包括阿塔瓦尔帕在内的两位印加皇帝都是被西班牙人杀死的，一个被烧死在火刑柱上，另一个被勒死在火刑柱上，也就是我们刚刚提到的阿塔瓦尔帕。和西班牙人决一死战的印加人在那场战役中牺牲了不少，他们从萨克萨瓦曼城堡跌落，城堡下堆叠着同族人流着鲜血的尸体。

让我和艾伦对萨克萨瓦曼格外起劲的原因倒不全是城堡本身，当天我们两人搞到了一种叫圣佩德罗的药草，这种药草产自当地，

被制作成致幻剂使用。

1983 年，美国植物学家韦德·戴维斯在他的小册子《圣佩德罗的圣草》中写到，“位于秘鲁境内的安第斯山脉北部高地有一个类似于巫术治疗所的地方，这里的巫师以月亮作为指引，人们在夜里出没，服下神秘的药草，这种药草便是富含麦司卡林[1]的圣佩德罗仙人掌（即主花柱）”。《圣佩德罗的圣草》收录于哈佛大学出版的期刊《植物博物馆手册》1983 年秋季刊第 4 期第 29 卷中。在一次不太正式的采访中，戴维斯说有一次自己在当地服用了大剂量的圣佩德罗，整个人亢奋异常，打电话给他的导师胡言乱语，说“天呐，我终于发现了，我们都是可以移动的植物！”（“当然如果不是因为圣佩德罗，我是无法和导师如此顺畅地发表这番言论的”，戴维斯在后来说道。）

我告诉了艾伦我在亚马孙雨林尝试死藤水的经历，他没有表现出任何惊讶或不齿。看他不反感，我便在库斯科继续我的体验之旅。在一家装潢有些诡异的小店里我买到了一包蓝绿色的粉末，据店主说这是从安第斯山脉生长的毛花柱上提取出来的粉末。我不知店主的话是否属实，只是觉得手中那包粉末看上去怪怪的。

从远处看，萨克萨瓦曼并不显得多么宏伟高耸，用艾伦的话说，它就像一个巨大的绿色土堆。

萨克萨瓦曼附近的地势要比库斯科其他地方的地势和缓一些，在那附近我们看到了两个忙着玩耍的小女孩，还有一只露出牙龈

[1]　麦司卡林的学名是三甲氧苯乙胺，其俗称为仙人掌毒碱。

的羊驼，在远处还零星四散着几只它的同类。附近还有几个漫无目的游荡的德国游客。无论是羊驼还是德国游客，他们看上去都十分友善。在日落前的一小时，我和艾伦把时间都花在了萨克萨瓦曼附近，我们在城堡四周的巨石和城墙上攀爬。萨克萨瓦曼的英文"Saqsaywaman"读来和"sexy women"（译作中文为"性感女人"）有些相近。好吧，这种谐音梗听上去有些幼稚，可我何必硬要摆出一副正经严肃的样子呢。城堡延伸下去是一个狭长的山谷地带，从其上看得到库斯科城的古广场和大教堂。

爬上城堡俯瞰库斯科，我不禁再次对由印加人打造起来的一切感到钦佩。

"天呐！我们还没去看马丘比丘！"艾伦·唐突然叫起来。

# 前往马丘比丘

如果你认为自己是那种硬汉式人物，那么你大可以徒步前往马丘比丘。如果你问我需要走多久，那么答案是你想走多久都可以。要知道通向马丘比丘的各式各样印加古公路和小径加起来足足有25000英里。若是算日子，怎么也得走上四五天。穿过云雾缭绕的丛林，跋涉至海拔四五千英尺处，经过古老的印加神庙和沿途大大小小的驿站，马丘比丘便在眼前了。库斯科有不少旅行公司提供前往马丘比丘的向导服务，在我看来，找一家旅行公司的好处在于他们会安排搬运工帮你搬运随身携带的行李和背包。我知道不少徒步旅行者认为要搬运工替自己运送行李听上去有些丢面子，所以他们总是很排斥所谓的向导公司和搬运工。面对这样的徒步旅行者，向导公司总会微笑着拍拍他们的肩膀，并表示千万不要为难自己。如果你执意要自己负担一切，那么请务必提前做好心理准备。毕竟马丘比丘处在险峻的半山腰，负重前往绝非易事。也正是如此，按照当地的规矩，游客在没有向导的陪同下是禁止前往马丘比丘的。而且若是你了解秘鲁的历史，外来客向秘鲁运输货物从来都不容易，从五百年前就是这样了。

要做一个真正的冒险家并不容易。要知道人类寻求冒险的欲望是极其高贵的，这是我们生而为人的最值得歌颂的品质之一。我想没人会不喜欢充满冒险精神的人，我们钦佩那些伟大的冒险者，且会以这些冒险者为榜样挑战自我。只不过对不同的人来说，冒险的定义不尽相同，徒步行至马丘比丘对于有些人来说或许是压根不可能完成的任务，而对有些硬核行者来说，或许不过是小菜一碟。

不少人把马丘比丘看作某种朝圣之地，我认为这是一种值得称道的对于历史的敬畏之心。这些人把马丘比丘设定为征服目标，他们认为只有达成目标后你才具有去好好欣赏它的资本。这是典型的新英格兰式的思维方式，我对这种思维方式再了解不过了，我喜欢抱持如此态度的人。

说到这，我相信你们一定好奇我和艾伦·唐是如何抵达马丘比丘的。“你们一定是在湿漉漉的林间小路上跋涉了四五天，然后精疲力竭汗流浃背地抵达太阳门附近”——也许你会这么认为。若是我一个人，有可能状况的确会这样。可这次我是和艾伦·唐一起，这家伙是来度假的，所以耗费大量体力和精力的事情他是绝对避免的。为了前往马丘比丘，他提前订好了座椅舒适的火车，火车里提供丰富的餐食，甚至还有秘鲁当地的乐队在车厢里演奏乐曲，就这样我们一边喝着浓汤，一边欣赏着窗外的山谷风光，没费什么力气就抵达了马丘比丘，抵达了那片位于山间的令人震撼的印加废墟。

## 马丘比丘是什么?

即便在马丘比丘上并没有印加帝国遗址，它仍然是值得前往并进行游览的。抵达马丘比丘并不容易，这意味着你需要沿着山一侧蜿蜒曲折的小路跋涉好一段时间，当你发现自己仿佛身处云端之际，那么你便离目的地不远了。被陡峭岩壁包围的马丘比丘顶部大约有两个足球场那么大，印加帝国旧时的痕迹在这里汇聚：已经残破的露台、喷泉、下水道系统、塔楼、浴场、仓库、庙宇等，共计 150 多幢外形各异的建筑及设施。不过这些石堆真正的用途至今也只是考古学家的猜测，又有谁能百分之百确认印加人当年用它们来做什么呢?

来自耶鲁大学的助理教授海勒姆·宾厄姆在 1911 年发现了马丘比丘。与其说是“发现”，倒不如说是他最先听说了有这样一个地方，并得到了一张标有马丘比丘具体地理方位的地图。再然后宾厄姆找了当地人带他前往，于是更多人知道了马丘比丘。公平地说，宾厄姆是第一个拍下马丘比丘并对其进行详细描述的人。《国家地理》杂志在 1913 年用了整个 4 月刊报道宾厄姆的第一手资料。宾厄姆一行人抵达马丘比丘时，那里荒草丛生，不过这并不影响马丘比丘惊艳众人。

宾厄姆确信自己找到了失落的印加古城。早在他之前，历史学家就笃信印加古城的存在。为了躲避皮萨罗[1]的进攻，印加人藏匿了近40年。他们的藏匿处一直如谜一般，没人知道其确切地点。据说曾经有西班牙人找到过印加人，只不过无一人活着从那儿离开。这座谜一样的城池叫作“比尔卡班巴”，人们确信比尔卡班巴规模庞大，有着多座大型寺庙。不过比尔卡班巴最终仍旧免不了被烧毁的宿命，这之后也没人确切知道其究竟位于何处了。唯一知道比尔卡班巴地理位置的或许只有克丘亚人[2]了，只不过当年任哪个克丘亚人也不会把有关比尔卡班巴的任何告诉那些探险者。很长一段时间，地理学家只能靠着古旧的史料来了解比尔卡班巴，他们为之着迷，渴望对其了解更多。尽管有人曾获得过零星一些有关比尔卡班巴遗址的线索，可终究没能有人真正找到它。

宾厄姆宣称自己找到的便是比尔卡班巴—— 消失已久的印加古城。他向世人宣称马丘比丘就是比尔卡班巴。这一发现让宾厄姆名声大噪。他因此顺利获选康涅狄格州州长，然后进入美国参议院，当选议员。在当选议员后，宾厄姆曾因为找说客来代表自己在一次税收议题相关的会议上发言而惹上麻烦，即便对于当时处在半腐败状态的国会来说，宾厄姆的行为也有些过于明目张胆。

[1] 皮萨罗即法兰西斯克 · 皮萨罗（Francisco Pizarro）。皮萨罗于16世纪入侵库斯科，然后逐步消灭印加帝国，在今秘鲁建立起了西班牙人的殖民统治。

[2] 也译作奇楚亚人，为南美洲印第安部落的一支。

事发不久，他便被一位民主党议员击败并因此落选国会议员。

海勒姆·宾厄姆在寻找比尔卡班巴这件事情上算不得诚实。在抵达马丘比丘的当下，他一定知道那并不是传说中的比尔卡班巴，因为史料中对于比尔卡班巴的描述很显然不同于他眼前的马丘比丘。比尔卡班巴仍旧藏匿在某处。宾厄姆不过是在掩人耳目罢了——典型的耶鲁行为。在宾厄姆之后，经由各路探险家还有考古狂热爱好者的努力，真正的比尔卡班巴被找到了（或者说大部分人确信那的确是比尔卡班巴）。不出意外，比尔卡班巴被掩埋在深邃的丛林地带中。考古学家为之兴奋，可对于游客来说，比尔卡班巴遗址四周杂草丛生的样子看上去可并不太吸引人。

尽管宾厄姆发现的并不是比尔卡班巴，可不得不承认，由他介绍给世人的马丘比丘看上去更令人向往。如果马丘比丘不是当年印加人为了躲避西班牙人的藏身之地，那它究竟是什么？宾厄姆曾经提出过另一个猜想，说马丘比丘是用来供圣女居住的一处圣所，这些圣女均是处女。不得不说这是个引人遐想的猜测，可并没有什么新意。不过我们并不能因此指责宾厄姆。

另一位学者金·麦夸里认为马丘比丘是印加帝国的统治者帕恰库蒂建在山顶的一处宗教场所，这里不仅有寺庙，还有类似大学一样的机构负责教授天文学和机械知识。麦夸里也不排除这样的可能，即马丘比丘可能是属于印加皇室的大型山顶浴场，也可能是供皇室子嗣度假的夏宫。

也有人认为马丘比丘是座高山监狱，用来关押政治犯或者宗教异端分子，这是我最认同的猜想。在和艾伦·唐一起向马丘比丘顶端跋涉的路途中，我一直在企图寻找支持这种猜想的蛛丝马迹。抵达马丘比丘，你会不由地感叹它是何等壮观，但这壮观中又夹杂着些许压抑，这让我越发相信监狱假说。被囚禁于此的人几乎是插翅难飞，唯一的出路只能是从悬崖上纵身一跃，运气好的人或许能挂在树枝上侥幸逃生，当然我们都清楚这样的下场多半是会摔成肉泥。

## 在马丘比丘做些什么？

1. 拍照。这绝对是每一位来到马丘比丘的游客都会做的事情。毕竟马丘比丘实在太惊人了。网络上自然不乏马丘比丘的照片，不过人们总还是最中意自己亲自拍摄的那些。如果在马丘比丘不拍照，那的确是少了一大乐趣。

2. 不停地开合背包。在向马丘比丘跋涉的路上，人们总是需要不时从背包上拿出些什么，相机、水、食物，等等。总归一路上总能见到停在半途的人，他们要么正收紧要么正打开背包。我自己也是其中之一。

3. 探索。马丘比丘周围值得探索的地方很多。除了那片常常出现在照片上的主废墟之外，四周还藏着很多和印加人有关的遗迹。在附近一处极为陡峭的悬崖上曾经有一条索桥通向远方，不过可惜的是现在索桥被拆除了。如果那索桥还在，我一定是会走到对面一探究竟的。

4. 向羊驼投喂苹果。在前往马丘比丘的路途中看得到零星的羊驼，看上去这些羊驼一直会在这附近出没，或许它们也是旅游景点的一部分。我在亚马孙雨林遇到的那对情侣米克和玛迪和我路线相反，所以他们早于我来到马丘比丘。米克和玛迪建议我随身携带几个苹果，好投喂羊驼。羊驼们显然极其享受大口咀嚼苹果的感觉，艾伦·唐说投喂羊驼绝对是我们此行最有趣的部分。我们投喂羊驼时还引来了不少女孩们驻足围观。

5. 沉思。或许这也是个不错的选择，在石堆和高山稀薄的空气间想象印加人过去在此都做些什么。

在马丘比丘这样的地方能做些什么呢？这问题似乎有些无厘头，我在来之前压根儿没想过要在这儿做些什么，或许就是像所有游客一样，在看到眼前的鬼斧神工之景后吃惊地张大嘴巴，然后陷入沉思。那么，再然后呢？

我看大部分游客是没什么头绪的。大家多半就是在导游的带领下四处打望，然后拍拍照，再然后你看我我看你，仅此而已。我和艾伦·唐算是游客中的活跃分子，我们几乎尝试了能想到的一切，仔细打量了长满青苔的石头，努力把周边的一切和监狱的陈设扯上关系。

抵达马丘比丘时是4月底，在那之后的一个月我就必须返回洛杉矶，投入一个新的电视节目的脚本创作中去。理论上我没太多时间继续在路上驻足，不过考虑到我是个工作效率还算高的人，在结束马丘比丘之旅后，我和艾伦·唐要绕路到一座岛上和我们的另一位朋友艾米汇合。愿意让我绕行前往的这座岛屿是另一处神奇之地，去过那儿的人都说那简直就是另一个世界，身处其中你会觉得自己到了另一个星球。

# | 第六部分 |

# 加拉帕戈斯和玻利维亚

当你看遍加拉帕戈斯群岛丰富多彩的生态系统时，这种意识会变得越发强烈——这里是一片极度和谐与完美的自然带，它看上去那么美丽，又那么脆弱。我一遍遍提醒着自己，可一定要保护好它，一定要，若是有一天它消亡了，那确实太可惜了。

# 前往加拉帕戈斯的远征

说实话，如果按照地理范畴算，加拉帕戈斯（Galápagos）本不该出现在这本书中。虽然它隶属厄瓜多尔，属于南美，但它距离南美大陆有 600 多英里。与其说加拉帕戈斯是谁的一部分，我倒更情愿视它为一个独立的小世界。

加拉帕戈斯由大大小小的群岛组成，赤道从其间穿过。群岛中有 18 个岛的面积较大，最大的有 62 英里宽，除此之外还有 4 个不那么起眼的小岛，我知道其中一个小岛的名字叫作“无名岛”（Nameless Island），想来也有趣，真不知这么算起来它倒是有名还是无名。

加拉帕戈斯的特别之处在于群岛上各种各样的动物。它们有的奇异，有的危险，还有的古怪，集合在一起就是令人向往的存在。由于加拉帕戈斯群岛几乎与世隔绝，所以岛上动物的进化方式和我们常见的动物完全不同。岛上螃蟹的色彩鲜艳得过头——亮红色和亮蓝色的组合就仿佛是刻意用油彩涂上去的一样；巨嘴鸟的鸟喙下挂着巨大的红色气囊，随着鸟儿的呼吸，气囊会一鼓一鼓地动起来；这里还有长着滑稽巨大脚蹼的蓝鸟，以及寿命长达 170 年的乌龟。

群岛上没太多人居住，动物们几乎主宰了这里。由于这些动物几乎不被人类打扰，也鲜少会被猎杀，所以它们得以按自己的节奏进化演变，生成一副奇异的样貌和形态。但凡有游客登上加拉帕戈斯群岛，他看到这些动物的反应都会如同达尔文在 1835 年看到它们时一样惊讶又惊喜。而面对人类，动物们则总能够处变不惊地继续自己的生活，对环绕在四周的游客视而不见。如果你愿意，你可以径直走到随便哪一只动物面前，盯着它的眼睛和它对视，往往这时，动物们投来的目光仿佛是在说，“有事吗？你是想和我聊天还是打架？若都不是，那么请别来打扰我”。再之后，它们便会飞回自己的巢里或是把自己一头埋进沙子里打滚，继续自得其乐的日子。

在岛上我们看到了海狮、橙嘴蓝脸鲣鸟、红脚鲣鸟，以及鸟喙下挂着下红色气囊的军舰鸟。大量的弱翅鸬鹚、燕鸥、白鹭、其他鹭科动物、以及在泥中寻觅小虾来吃的粉红色火烈鸟，这些在其他地方同样不常见的物种也令我们惊喜不已。除此之外，我能够说出名字的动物还包括蛎鹬、千鸟、燕雀、至少三种不同类型的鬣蜥和一只巨型海龟。

加拉帕戈斯是一个既奇幻又美妙的世界。当你一脚踏进这个与其他大陆都不尽相同的自然带，你绝对会为其历经万千年气候变化后的各种生物和自然现象着迷。我在岛上经过一群雌性海狮的“后宫”，看到一只盯着对手的虎视眈眈的雄性海狮，还有在沙滩上不停扑腾着翻动身体的海狮幼崽，这一切都令人感到新奇。与此同时，海滩附近还看得到蓝色胸脯的鲣鸟以及成群的红石蟹，没人知道这些奇异物种的祖先究竟长什么样。

达尔文以博物学家的身份踏上加拉帕戈斯群岛时曾经如此说道，“我们似乎正在揭开一个伟大的事实的面纱——地球上出现了新的物种”。达尔文这种说话、思考和写作的方式正是我乐于在科学家身上看到的。我喜欢科学家，如果有科学家愿意邀请我参与他们的任何一次探险之旅，我都是极其乐意的。对于达尔文所获得的成就，我只有一句话想说，那便是“嘿，伙计，你值得！”

## 来自书呆子气童年的记忆

在还只有十几岁的时候，我便开始读《纽约时报》的书评版了。这成了我每个星期日的消遣。我这么做并不是要显得自己多么特立独行，单纯是爱好罢了。不过，成年累月如此这般的积累，倒确实使我对那些最新最畅销的书籍了如指掌，也因此我在不知不觉中有了和朋友们在暑假期间夸夸其谈的资本。再以后，这项爱好先是让我在大学的各种聚会上叱咤风云，然后是帮助工作以后的我在各种高档次的鸡尾酒会上多了不少谈资。

在我 14 岁的时候，恰逢一本叫作《燕雀之喙》[1] 的书出版。书的作者是乔纳森·韦纳，内容是关于两位科学家彼得·格兰特和罗斯玛丽·格兰特在加拉帕戈斯群岛研究一种被称为“达尔文雀”的燕雀的科考经历。这两位科学家在加拉帕戈斯群岛上居住了 20 年，这 20 年他们都生活在当地的一座死火山上，每日的主要工作便是对达尔文雀的生物特征进行观察和测量。他们从岛上

[1] 《燕雀之喙》英文原版名为 *The Beak of the Finch*，其作者纳森·韦纳 (Jonathan Weiner) 专注于以生物进化为主题进行非虚构作品创作。

每一只燕雀身上取得血滴，测量它们的腿长，拍下它们的鸟喙进行分析。在对 20000 只燕雀进行观察研究后，它们发现这种生物的进化方式要比达尔文在当年观察到的更具戏剧性。

对于这些鸟类来说，加拉帕戈斯群岛的气候并不算十分宜居。岛上旱季和雨季交替的气候特点使燕雀以独特的方式进化：它们能很快地依据气候变化完成生物特征的演化——在旱季即将到来的时候，新生燕雀的喙会变得很大，这可以方便它们啄开因干旱而变得干硬的种子外壳。如果是雨季，新生燕雀的喙则会变得很小，这利于它们收集大量小体积的种子。总之，两位科学家通过野外观测进一步推进了达尔文的进化论。

在韦纳筹划着写这本书的时候，有超过一半的美国人还并不相信生物进化论。韦纳以耐心的口吻，通过两位科学家的故事，解释并让民众相信进化论。《燕雀之喙》是一本非常出色的书，它获得普利策奖可谓实至名归。

我头一回听说《燕雀之喙》的时候，对这种生物并没有什么兴趣。直到今天，我的兴趣仍然不大。对我而言，在加拉帕戈斯群岛的生物中，燕雀绝对不是最酷也非最有趣的生物。尽管我志不在燕雀，可韦纳的书的确让我对加拉帕戈斯群岛产生了好奇，并决意前往。

在我前往加拉帕戈斯群岛的那艘船上，有的乘客是在小时候看过有关这里的自然纪录片，还有的热衷于野生动物摄影，总之每个人几乎都对加拉帕戈斯群岛魂牵梦绕多年。

历经波折，我们终于抵达了这块梦之地。

## 我的好伙伴们

人人都知道加拉帕戈斯群岛的特色是那些奇异且有趣的生物。为了避免前往岛上的路途变得无聊，我干脆找了两个奇异且有趣的生物和我同行。他们中一位就是你们已经知道的艾伦·唐，还有一位是我另一位朋友艾米·斯摩佐斯[1]。

艾米生得十分娇小，嗓音低沉，这多半是烟酒所致，而非天生。艾米似乎总有用不完的精力，我从不见她露出疲态。她幽默，富有洞察力，且总是以充满智慧的方式和人交谈。那些性格较弱的男士往往会对她抱有多多少少的畏惧感，而强势的男士则总觉得她充满吸引力。如果你是单身成功人士，比如什么爱好攀岩的亿万富翁、生物技术企业家，或者是优秀的外科医生，愿意的话你大可以联系我，说不定我能帮助你成就和艾米之间的姻缘。艾

[1] 我这位朋友的真实姓名并不是艾米·斯摩佐斯，在正文中我之所以用艾米·斯摩佐斯来称呼是考虑到万一她想要保持匿名。不过依我对她的了解，艾米不是个遮遮掩掩的人，好吧，其实她的真实姓名是艾米·奥佐斯。——原书注

米最初在纽约做律师，而且做得十分成功，只不过她本身并不十分喜欢这份工作。再后来她改行做了制作人及喜剧剧作家，参与策划了吉米·法伦主持的《今夜秀》。虽然艾米看上去雷厉风行，有时甚至显得有些不近人情，不过熟悉她的人都知道，她实际上是个十分多愁善感的人。她热爱她的家人、朋友，喜欢小动物、孩子，热衷于和朋友们聚在一起过圣诞节，享受那种温暖的感觉。

在我们乘船前往加拉帕戈斯群岛途中，艾米在中途便抽光了随身携带的香烟。在发现香烟告罄后，她径直走到船上会计的办公室里寻求解决办法。

会计是厄瓜多尔人，表情严肃，看上去并不好惹。据我观察，除了船长，船上没什么人敢对这位会计先生发号施令，艾米恐怕是除船长之外的唯一一人。

“我知道这船上有人有烟。我要买一点儿。”艾米对会计说。

只见会计先生盯着艾米的眼睛，拿起电话，用西班牙语对着电话另一头的人说了些什么。几十秒后，一个水手便带着一大包香烟慌慌张张地跑进会计办公室。会计让水手把烟交给艾米，艾米接过香烟递给水手40美金。

艾米和艾伦是我见过的两个最健谈的人。他们能一边喝酒一边插科打诨到凌晨三四点而不觉疲惫。和他们在一起总是有说不完的笑话，有这二人陪伴前往加拉帕戈斯群岛绝对是不可多得的经历。

前往加拉帕戈斯群岛的船只可谓五花八门。我们乘坐的这艘算是非常不错的那种：船尾设有酒吧，每到晚上，一个身穿红色夹克的酒保便会出现在吧台招呼前来的乘客，酒保不会说英文，可我仍然认为他是我见过最酷的酒保之一。每天一到夜里，我们的活动基本就是到这个酒吧喝酒、聊天，以及眺望深色的海面。有那么一两晚，船上的一个类似负责人一样的先生把我们带到甲板上，在那儿他指给我们看天空中的各种星宿，让我们观赏赤道附近的夜空，就这样我们躺在甲板上直到太阳升起。我想我大概很难忘记这样的经历和那般震人心魄的夜色，直到有什么东西逐渐将它取代——我是说如果日后我能够经历一场极其难忘的婚礼或者目睹我的孩子降生诸如此类。不过我还是会把在加拉帕戈斯群岛附近的海面度过的夜晚归入我人生经历过的最佳镜头之一。

虽然每天夜里我们都会喝不少酒，可我从没错过第二天的任何一项活动。每天我们都会组织各式各样的短途探险——摩托艇是我们的交通工具，而各种神秘小岛则是我们的目的地。要知道每天都经历宿醉其实并不好受，不过每当我看到在潮湿的沙滩上翻滚的海狮宝宝时，我便又能够打起精神继续向前了。

## 另一桩妙事：潜浮

光是站在陆地上看加拉帕戈斯群岛上的生物就已经够令人惊叹了，若是你有机会跳下海潜浮，那么只会更惊叹：水面下的世界太过精彩，只一眼，我就能将四五种不同类型的海龟尽收眼底。除此之外，还有双髻鲨、章鱼以及上千种我叫不出名字的鱼儿。对了，还有在水面扑腾的企鹅。五光十色、应接不暇——这大概是我能想到的最恰当的用来形容这海底世界的词汇。

通过投放炸药或者是氰化物摧毁珊瑚礁来捕鱼曾真实发生在某些岛屿国家，这种捕鱼方式是人类对于其他地球生物进行压制的一种体现。加拉帕戈斯群岛的一株海底珊瑚的完全成型大约需要 100 年时间，其存在对于维持海洋生态系统平衡有着不可替代的作用。而一次严重的石油泄漏或是化学物污染就足以使一株珊瑚在几小时内死亡。

该庆幸的是，这种事情在加拉帕戈斯群岛发生的概率并不大，毕竟这里的自然体系是受到国家保护的。但是我们需要意识到，人类和其他物种之间的力量仍然算不上是相互制衡——人类以近乎疯狂的速度进化着。除非我们能够清楚地意识到滥用这种进化而来的力量是不可取的，否则总有一天我们会和地球上的其他生物一起消失。

以上这些话颇有些老生常谈的意思，也几乎是任何一个孩子都能告诉你的道理。但是这并不妨碍我们时常提醒自己保护自然环境的重要性。当你看遍加拉帕戈斯群岛丰富多彩的生态系统时，这种意识会变得越发强烈——这里是一片极度和谐与完美的自然带，它看上去那么美丽，又那么脆弱。我一遍遍提醒着自己，可一定要保护好它，一定要，若是有一天它消亡了，那确实太可惜了。

## 勇敢先生

在我们这艘船上的游客以英美两国人居多，他们大部分都已经退休了。和我聊得最投机的一位朋友在退休前是美国邮政局的一名摄影师，他待人热情，十分有个人魅力，在户外摄影时他总会戴一副薄手套，那是他爱人为了保护他的手不受到伤害而亲自用毛线织成的。

船上只有两个孩子，他们和父母一起前来，孩子们的父亲是一位帅气的来自英国的公司高管，母亲是一位出生于捷克的兽医。这一家是那种典型的人人都会羡慕的家庭——孩子充满童真和好奇心，举止得体；父母充满魅力，体格康健。

有一天在我们一行人缓慢经水路穿越一片红树林时，那位妈妈正靠着船舷向后仰，由于动作幅度有些大，她头上架着的墨镜一下子掉进了水里。没几秒墨镜就浮上了水面。我们的向导——一位出生在加拉帕戈斯群岛的优秀博物学家——试图用一根长竿把墨镜钩过来，试了几次还是失败了。那位妈妈见状有些沮丧，不过还是以十分优雅的态度坦然接受了事实。她只是说，“真可惜，那是我最喜欢的墨镜”。

听到这话，她的丈夫毫不犹豫地脱下了衬衫，他看了一眼向导，然后耸了耸肩膀，便跳入了水中。差不多过了三十秒的工夫，这位男士便捞到了那副墨镜，然后游回船上。

这行为太具有男子气概，以至于我们整船人都忍不住为他鼓掌。这位男士在当下成为果敢和能力的化身。他的妻子十分开心，孩子们则向他们的爸爸投以崇拜的目光。我想即便是等他们长大后，依然会记得爸爸今天的英勇之举。这位绅士的举动并不独属于英国人，但这种英雄气概却是使得英国成为一个伟大国家的原因之一。加拉帕戈斯群岛上的动物们尽管也十分讨喜，但是没有哪一个能够做出这位绅士这样的举动。

我在船上忘了打听这位绅士的名字，我想我以后也应该没什么机会再见到他了，不过他潇洒而勇敢的样子，我大概永生都不会忘记。

## “进　城”

除去动物之外，加拉帕戈斯群岛上还是有一些居民的。在20世纪二三十年代，一些欧洲人打算在此定居，岛上食物不足，他们就想出制作龟肉罐头以及其他各种古怪的办法作为求生之计。不过事实证明，加拉帕戈斯群岛绝对不是个十分宜居的地方，所以欧洲人最终还是离开了。再后来，来自厄瓜多尔大陆的贫穷农民和渔民来到岛上，企图在这儿谋求生计，这其中有人的确成功了。我们在加拉帕戈斯群岛的那位向导就是在岛上长大的。在他还小的时候，他不得不整日躲在别人的船上以船舱为家。长大后，这位向导仍旧居住在岛上，他的主要工作包括训练其他年轻人成为博物学家或是导游，参与岛上野生动物的保护工作。除了这位向导之外，我们游船上的很多船员都是加拉帕戈斯群岛上的岛民。

一天夜里，我和艾伦、艾米又是和往常一样聚在船上的酒吧里喝酒，而别的乘客几乎都已经入睡了。我们留意到我们这艘船上的一些船员悄悄登上了一艘摩托艇，他们是要趁着夜色前往圣克里斯托瓦尔的一个小镇。

我冲着这些船员不停挥手并且疯狂喊叫着，问他们自己能不能跟着一起进城。对于“进城”这件事我向来都抱有极高的热情：在洛杉矶，若是我的朋友在周六晚上来我家喝酒，那么我们一定会在深夜进城，也就是到城区中心地带去闲逛的。对于这些常年生活在岛上的水手，他们所谓的进城是当真进入到陆地上的城镇消遣。困在海上这么久，在热闹的镇上放浪形骸一番是一定的。我在想，大概他们早就受够了在海上整日和游客们待在一起的生活。所以即便我兴致高昂地想要加入他们，他们也只是在远处微笑着冲我挥挥手，然后以极快的速度把快艇拖下水，好尽快摆脱这令他们感到无聊的环境。

他们的这种心态我完全可以理解，可当下的我仍旧为不能到圣克里斯托瓦尔的小镇上走一遭而感到沮丧。我自然是很享受和动物们在一起的时光，可附近人们的生活状态似乎更加吸引我。

在岛上漂流了几日，我和艾伦、艾米返回了厄瓜多尔。我这两位朋友的旅程就此结束，而我则将继续我的南美之旅。两周之后我将要前往圣地亚哥，并和我的一位当地朋友约好了在那儿见面。而现在，我即将出发至我的下一站——玻利维亚。

# 寻找“欧帕·伦帕斯人”

那些热衷于在世界各地旅行的人我遇到过不少，若是两个如此这般的人碰到一起，他们之间免不了会展开一场“我到过最奇怪的地方是哪儿”的比拼：“你去过挪威吗？我可是在冬天到那儿的，我几乎都待在游轮上。”“这有什么稀奇，我可是在南极洲的一个科考站待了大半年。”——在这种情况下你若是不夸大事实，那很有可能会输给对手。当两方都在夸大事实时，一桩桩离奇的旅行经历便产生了——“哦，你是经由西伯利亚大铁路到那儿的啊。知道吗，要是乘火车的话一定要去坐二等座车厢，有趣的事儿只有在二等车厢才能体验。”

虽说这种攀比式的对谈本质上并没有什么意义，可通过它你倒是能够找到那些对冒险情有独钟的人。这些人对游客式的旅游并不感兴趣，他们要了解的是那些最奇异且遥远的景色和住在那里的人。说到底，这就是我们常说的猎奇心态。而猎奇心态是人类区别于其他生物的特质之一。就像电影中威利·旺卡费尽心思寻找欧帕·伦帕斯人一样，在现实生活中总是有人愿意不遗余力地跋山涉水挖掘那些奇人异事。

说到欧帕·伦帕斯人，我想大部分人都应该不陌生。对，就是电影《查理与巧克力工厂》里那些在威利·旺卡工厂里工作的有着绿色头发和橘色面孔身材娇小的生物。《查理与巧克力工厂》原本是罗尔德·达尔所著的一本童话书，在1971年被改编成电影搬上大银幕。我记得最初在书中读到有关描写欧帕·伦帕斯人的部分时我并不觉得有什么可怕，反倒是后来在电影中看到那些小家伙时，我莫名其妙感到恐惧，欧帕·伦帕斯人成为我的童年阴影之一。

在电影里，威利·旺卡告诉我们欧帕·伦帕斯人来自一个叫伦帕兰的地方，那里到处是凶猛的野兽，目之所及尽是荒野。而欧帕·伦帕斯人是当地最不起眼的存在，一只旺达拉兽甚至可以一口气吞下十个欧帕·伦帕斯人。所以即便是在巧克力工厂的工作有些枯燥，可威利·旺卡仍然认为这要比生活在伦帕兰强了不知多少倍。

我的朋友詹姆斯·麦克休把猎奇之旅比作是寻找"欧帕·伦帕斯人"。詹姆斯·麦克休是南加州大学的教授，他的专业是教授梵文。平日在洛杉矶，他不时会被那些金发美女邀请参加各种各样的联谊晚宴，而在假期，他则多半会前往印度，一头钻进当地神庙的地下室里翻找那些被遗忘的经书手稿，当然他也能以此躲避当地草地里猛然钻出的毒蛇的侵扰。哈，美女和蛇，可真不好说哪一个更危险。

有一次我和麦克休教授在洛杉矶的一家泰国餐厅吃饭，席间我们聊起了老挝。我问他有没有去过老挝，这问题若是问别人可能会让人有些摸不着头脑，可对于麦克休教授却是再顺理成章不过的了。除了梵语，他还会说印度语、孟加拉语、泰语、西班牙语和法语，所以如果他说自己也会老挝语，我一点儿都不觉得惊奇。

麦克休教授说自己没去过老挝，不过对那里很感兴趣。老挝是个内陆国家，曾经被法国殖民过。原本老挝的当地文化就十分奇异有趣，在法国人抵达后，当地融入了不少和法国有关的文化表达，混合后的风土人情对于那些猎奇人士来说自然是不可错过的。

在老挝的首都万象，你既能在热气蒸腾的丛林里觅得精致优雅的法式甜品店，又能毫不费力地将石缸平原上数以千计的类似脸盆一样的巨石尽收眼底。说到石缸平原上的巨石，不少考古学家就其用途进行过猜想，其中最有意思的一种推测认为这里曾经是一处巨型墓地。

“说真的，我真想去老挝看看。”我说道

“算了吧，伙计”，一个坐在我左边的陌生人突然插进话来。我和麦克休教授都吓了一跳，“抱歉插话，但我不得不说，如今老挝没什么好看的了”。那人又接着说。

“怎么说？”

“老挝已经和从前不同了。我曾经也认为那儿很酷，不过后来到处都修起了高架桥，如此一来，老挝便失去了自己的特色，和其他地方没什么区别了。”

虽然我从心底里对这位先生的这套说辞并不十分买账，但我仍然对他表示感谢，并表示可能因为他的这番话我省去了一张前往老挝的机票。再后来这位先生便离开了。

“天呐，看看吧，这便是那些执意要寻找欧帕·伦帕斯人的家伙。”麦克休教授说道，他说西方总是有这样执意将猎奇作为旅行目的的探险者，他们的目标是那些最古怪、最令人害怕，甚至是在他们看来最落后的城市。

“但这种想法并不可取，你必须意识到每座城市都有其独特和有趣之处。”麦克休教授补充道，“不少人说曼谷没什么意思，因为它看上去太像洛杉矶了。这些人口口相传说着曼谷的无趣，并提醒着还未前往的人顶好不要有要去旅游的念头。可事实上曼谷怎么会和洛杉矶相似呢？在曼谷的某些露天商场里会藏着一座庙宇，庙里供奉的是死于 1998 年的一个被进行过风干处理的女尸，各色人等会前来祭拜。在洛杉矶你看得到这些吗？”难道只有跑进丛林去探访那些与我们打扮不同的人们才算是真正的探险吗？

麦克休教授道出了事情的本质。这种猎奇心态并非不可理解。又有谁会对那些身处山谷或是丛林深处的城市不抱有哪怕一点关心呢？在全球一体化趋势越来越明显的今天，又有谁不愿意到那些仍然未被所谓“主流”文化同质化的部族一探究竟呢？当听说某地有那么一小撮人仍然依着古旧的方式生活，你会不好奇吗？答案很明确，我们都会好奇，只要这些地方不是什么险象环生战火纷飞的地界，那我想大部分人都是愿意前往的。对于来自所谓“强势”文化的一些人来说，对“弱势”或是“濒危”文化趋之若骛成了一种时髦，或是一种奢侈的爱好。然而这些人大多无法意识到，正是所谓“强势”文化的存在和其触角的无限延伸，有些古老的传统文化才变得日渐脆弱。

依照我的个人经验，那些热爱猎奇的人的目的地大多都是些内陆城市或是国家。比如蒙古、不丹、阿富汗、埃塞俄比亚。要知道几乎有90%的贸易都需要靠海运完成，内陆国家没有港口，在早期和外界沟通难度相对较大，这也恰恰给了他们较完整地去保存当地文化的机会。当然，有时这些国家由于深处内陆，我们也较少听说其内部的种种状况。瑞士和奥地利算是我了解比较多的内陆国家，不过这种了解也不过是浅尝辄止。至于列支敦士登和乌兹别克斯坦，我个人鲜少听得到有关他们的新闻或是故事，当然若是有人愿意分享，我自然洗耳恭听。

尤其是那些被群山包围的内陆国家，他们仿佛是被完整地装在了时空胶囊里，与外界的侵蚀完全隔绝。

玻利维亚便是个内陆国家，这里几乎到处都是沼泽和沙漠，在这种情况下原本在他处并不算优越地势的山地都显得格外珍贵，玻利维亚经济最发达的城市拉巴斯便处于高原的山谷地带。拉巴斯并不是玻利维亚的首都，真正的首都是苏雷克。苏雷克也地处高原地区，位置靠近波托西的银山。据说在波托西的银矿被挖掘得差不多之后，苏雷克的地位便不如从前，玻利维亚的政府机构也因此迁到了拉巴斯。

玻利维亚集市上的女性们穿着打扮十分有趣且充满魅力，只可惜她们对游人的拍照并不欢迎。她们戴着材质硬挺的圆顶小礼帽，在 1890 年左右不少英国男士们是这类礼帽的拥趸者。除外她们身上还穿着手工缝制的长裙，这些长裙做工精良，质感飘逸。我不太清楚这些女性们拒绝拍照的原因，或许她们认为拍照的行为会惊扰到她们原本平静的思绪？再或者她们单纯不希望自己的形象无端出现在某个陌生人的社交媒体账户页面上？说实在的我也不清楚原因是什么，总归但凡你提出拍照请求，遭到拒绝是一定的。对了，我在拉巴斯的集市上还看到了贩售风干后的羊驼死胎的商贩，据说若是当地有谁家盖了新房子，房子的主人会买来这东西做祈福用。

## 玻利维亚的监狱和总统府

玻利维亚的行政首都是拉巴斯（La Paz）。拉巴斯的海拔极高，有 1.2 万英尺，听上去实在是非常不可思议。为了能够摆脱高海拔带来的不适，我特意订了一个位于高处的宾馆。透过宾馆的窗户，能够俯瞰当地的美国大使馆，当然了，没有哪个玻利维亚人会对这座建筑过于留心，他们反倒可能对之嗤之以鼻。

在拉巴斯市中心有一座广场，这广场可能算得上是整个城区最美的广场了。广场上有一座叫圣佩德罗的监狱。圣佩德罗监狱的屋顶上有一个洞，监狱里的囚犯们会通过这个洞将在监狱内制作好的可卡因扔给在附近公园里等待着的线人。

这座监狱的管理人员不需要在狱内监管，他们需要做的唯一一件事情就是把犯人关进去。这听上去并不复杂，可就是连这么简单一件事，狱管们似乎也做得不怎么好。犯人一旦被关进圣佩德罗监狱，接下来的一切就只能靠自己了。在这座监狱里，牢房是需要支付租金才能住到的。有钱的囚犯可以租到好的房间，然后在监狱的餐馆吃饭，没钱的囚犯则只能选择睡在监狱楼梯的角落处。囚犯们还会定期进行选举，他们有一套自己的管理体系。他们甚至通过开放监狱供游客们参观赚到了额外的钱。

一个叫瑞斯迪·杨的澳大利亚人在听说了圣佩德罗监狱后亲自前来探访。托马斯·麦克法登——一个关在此处的英国囚犯带他参观了监狱内部的种种。麦克法登因在拉巴斯机场走私可卡因而入狱。对比其他狱友，他在圣佩德罗监狱的日子还算得上体面。他在监狱里交到了一个女朋友；同时，每隔一段时间，一个来自以色列的背包客也会到这儿和他待上一段时间。

瑞斯迪·杨和托马斯·麦克法登两人合著了一本书，书名叫作《长途跋涉的粉末》。这是本非常不错的书，我极力推荐。这么说吧，在我看来，从中你能获得不少有关生活的哲理。麦克法登是个极富魅力并且生存能力极强的人。在刚刚进入圣佩德罗监狱时，他几乎身无分文，常常挨饿。最开始监狱里的囚犯都想要杀了他，因为他们都以为他是美国人。在这种情形下，麦克法登硬是凭借一己之力在监狱里活了下来，他靠着在监狱里做导游挣到了一些钱。现在的麦克法登已经出狱并且回到英国了。

我是在当地红帽旅行社导游的陪伴下来到圣佩德罗监狱的，只是我并没有进到里面，就只在外面转了转（如果你有意到这周边看看，红帽旅行社真是个非常不错的选择）。我的向导对我说，如果你打算独自前往圣佩德罗，那么请顶好打消这个念头，因为一旦独自进入，那么你就要面临被强奸以及被刺伤的风险。我并不是没想过进到监狱里转一圈，可我想麦克法登的书已经够精彩了，我没什么想要再补充的了，所以最终还是决定只在外面看看，毕竟我可不想平白无故受到不必要的伤害。

在监狱附近停留了一小会儿，导游把我们带到了总统府附近，并且让我们留意看总统府第三层的露台。

“在过去的玻利维亚，如果谁想要成为总统，那么只要你能够把上一任总统从那个阳台扔出去，你就算赢了。”我们的导游解释道，再后来他给我们指了指旁边的灯柱，说有不少厉害的大人物都曾经被吊在那些灯柱上。

当然这都是过去的事情了，如今玻利维亚的总统可不是靠把上一任总统从阳台上扔出去而走马上任的。现任玻利维亚总统是胡安·埃沃·莫拉莱斯·艾玛，他来自社会主义运动，在 2009 年的选举中胜出。莫拉莱斯来自当地的艾玛拉部族，他原本有 6 个兄弟姐妹，可由于条件艰苦，莫拉莱斯一家总共七个兄弟姐妹中只有三个最终活了下来并且长大成人。

在莫拉莱斯还小的时候，他住的村子里大约有 25000 名矿工集 体失业。因着这波失业潮，莫拉莱斯和他的家人搬到了安第斯山 脚下，开始种植古柯叶。大约在 20 世纪 80 年代，美国政府以直升机派遣当地的乡村警察部队前去焚烧安第斯山脉的这些古柯种植园。据莫拉莱斯说，他当时亲眼看见那些家伙在美国禁毒署的助力下在当地的图纳里镇杀了 12 个村民。

成人后莫拉莱斯先是成了当地古柯农组织的领导，再后来，在 2002 年他差点获选总统。当时莫拉莱斯的对手是冈萨洛·桑切斯·德·洛扎达·桑切斯在竞选时聘请了詹姆斯·卡维尔和克林顿的竞选团队来为自己出谋划策，所以他的当选似乎是顺理成章的。在桑切斯上任的第二年，玻利维亚出现了经济危机，与此同时，莫拉莱斯还积极组织抗议活动，最终不堪压力的桑切斯辞去了总统职务。如今桑切斯住在美国，时常在各个商学院做讲座。玻利维亚当局至今都在试图引渡桑切斯回国，其指控桑切斯的罪名是在抗议中杀害民众。

据我所知，莫拉莱斯十分受到当地人的喜爱，尽管在有些人看来，这位总统有些古怪，也有些神秘。莫拉莱斯说自己有时做决策完全是凭借着自己梦里的那些预兆。这位总统在业余时间会随着一支叫作“运动男孩”的球队踢足球。莫拉莱斯说巴拉克·奥巴马在联合国发表的演讲“具有挑衅意味，带着傲慢。它透露出对全世界人民的威胁，透露出一种政治理念上的偏执”。算起来，莫拉莱斯是 19 世纪 30 年代以来玻利维亚任职最久的总统。

无论在墨西哥、中欧还是南美，你都能发现这样一个事实——天主教的各种意象以各种各样的方式与当地宗教相结合。圣母玛利亚的形象在这些地方十分常见，常见到让我错以为早在传教士抵达前她便在这里存在了，错以为其历史和当地人崇拜的山神一样久远。可事实上我们都知道圣母玛利亚的到来是当年欧洲传教士的“功劳”，只不过他们深知要改变当地人的信仰并非易事，所以到后来对于当地人是否能够虔诚地信仰基督教这件事，传教士几乎是只能选择睁一只眼闭一只眼。在玻利维亚，很显然传教士没能彻底改变当地人的信仰。在拉巴斯有一座 18 世纪建成的天主教堂，然而在教堂的外墙上你可以清晰地看见硕大的安第斯大地女神帕查玛玛的浮雕，只见她袒露着胸脯，俯瞰着大地众生。

## 的的喀喀湖

试问哪个孩子不愿意到的的喀喀湖玩一回呢？在我的印象中，我小时候用过的所有地理课本上几乎都会有的的喀喀湖的介绍，而的的喀喀湖之所以这么受孩子们的欢迎，很大一部分原因是它的名字读起来有趣且特别。我记得小时候我的小伙伴儿们但凡读到的的喀喀湖总是会兴奋得不得了。现在的小朋友的信息来源很多，或许地理课本早就不再是他们获取信息的唯一来源，可我打赌孩子们对的的喀喀湖的喜爱是不会变的。

但凡有野心参加《国家地理》杂志举办的 GeoBee 地理竞赛的孩子应该都知道，的的喀喀湖是南美洲最大的湖泊，在整个世界范围内，其体量排在第 15 名，不过据我所知前 14 名中有一个不知所谓的在南极的一个什么湖，所以在我心里，我把的的喀喀湖认定是排名第 14 名。除此之外，的的喀喀湖也是全世界海拔最高的湖，其湖面高于海平面 3812 米。

但凡你在南美洲的随便哪个城市旅行过，那么你一定就能意识到丹佛这样号称海拔 1 英里高的城市根本算不上什么了不得的存在，因为这里高海拔的城市实在是太多了。举例来说，玻利维亚的拉巴斯本身海拔就有 2 英里，加之处于群山之上，拉巴斯就显得更高了。身处拉巴斯，我甚至有一种置身于外太空的感觉。

当然，说外太空或许有些夸张了，但拉巴斯的的确确有一种与众不同的氛围。这里的空气更加稀薄，也是因为如此，城市建筑物的色彩显得更鲜艳，阳光也显得更加强烈。拉巴斯算不上富裕，但却并不显得悲伤和落魄，这大约是因为这里充满神秘感，这神秘感抵消了一些因贫穷带来的忧郁氛围。如果你想要知道生活在这儿是什么感觉，那么看一眼当地的羊驼你便可大概有个了解——这些羊驼总是半闭着眼睛，脸上挂着微笑，不时看着远方发呆。

玻利维亚很大，其面积大约是得克萨斯的两倍，正是因为这样，光是从拉巴斯坐车前往的的喀喀湖就要耗费我不少时间。

与此同时，玻利维亚的发达程度并不高，人口也算不上多，大约是得克萨斯的一半。我不知道我的读者中有没有人在这些年去过得克萨斯，即便人口并不少，可得克萨斯也并不显得拥挤。以此类推，你大概能想象到，玻利维亚绝对可以算得上地广人稀了。玻利维亚的大部分土地要么是绵延数英里的白色盐滩，要么就是覆盖着细沙的高原地带，再不然就是高达两万英尺的山脉，适宜人口定居的地方并不多。即便是在离拉巴斯不远的地界，你也看不到什么像样的城市，有的大多也只是飞长的高草。在拉巴斯附近看得到不少小型农舍，身着当地传统服装的老妇人偶尔会出现在路边等公交车或者是等什么人，羊驼们则来回悠闲地吃草。

提到那些面积比较大的城市时，美国人总是喜欢将其与得克萨斯相比，除了得州以外，蒙大拿州也常常被提及。

说实在的，的的喀喀湖周边一带的确和蒙大拿有点像。我去过蒙大拿，那儿到处是荒凉且一望无际的平原，平原远处是被积雪覆盖的群山。如果硬要说出唯一的不同的话，羊驼？对，对比的的喀喀湖，蒙大拿缺了羊驼。

的的喀喀湖周边虽然算不上热闹，但还是坐落着小镇。大多前来此地的游客都需先到秘鲁，再乘坐火车前来。游客抵达后可以乘船游览藏在湖泊深处芦苇荡中的水上市场，甚至可以选择在岛上住宿，只不过想要抵达其中任何一个岛都需要耗费一些时间，要知道的的喀喀湖的面积几乎和波多黎各一样大。我个人选择前往太阳岛，太阳岛并不太远，用不着乘太久的船。

## 嬉皮士理论

在我从的的喀喀湖回来后差不多一年左右，在一次聚会上，我和一个嬉皮士女孩聊起了的的喀喀湖。其实也就是我写下这一小节的前一天，7 月 4 日。我说的这个嬉皮士女孩曾经在印度住过几个月，还在某部宝莱坞电影中扮演过问题少女。她一头金发，样子生得十分可爱。

“你下一站打算去哪儿？”我问道。

“我想去的的喀喀湖。”

“哦，事实上，我曾经……”

“我听说那是个神奇的地方，那儿有大型的石头废墟，没人知道是谁建造了它们。你知道吗，那些石头建筑体积庞大。如果你走的地方足够多，你会发现越是古老的文明越是会有那些巨石堆起来的建筑。”

她说得有些道理，可我并不敢百分之百确定这就是事实。后来想起来，我甚至觉得把石头的大小和文明先进程度联系在一起是有些可笑的。

“没人知道当时的人们是如何把那些大石头堆在一起的。”她接着说。

这一点我倒是同意。我也不知道人们是靠着什么工具运输那些石头的。老生常谈的假设是依靠圆木做滚轴，对此我并不确定。不过有一点可以肯定，完成这一系列工程必定是需要训练有素且完备的组织机构的。

“你知道吗，当年的玻利维亚土著绝对不是用轮子来运输这些石头的。轮子这种圆形的东西只会出现在孩子们的玩具上。”女孩补充道。

对于以上这个观点，我也不确定。确实，在哥伦布到来前，南北美洲的土著居民还没有使用轮轴作为交通工具的习惯，在这一点上他们和旧时阿拉伯人不尽相同。不过这并不意味着南北美洲的人排斥圆形的物件。相反，圆形物件出现在生活的方方面面：最初的南美土著用圆形石头制作日历和磨盘。除此之外，一些祭品也是圆形的，那些特雷斯·萨波特斯的奥尔梅克文明遗址出土的石制祭祀品就可以作为佐证了（如今这些文物被收藏于墨西哥韦拉克鲁斯州哈拉帕市的人类学博物馆内）。人们的争议主要在于玩具——旧时哥伦比亚文明是否有带轮子的玩具。科研人员中对以上推测持支持观点的主要是那些信仰摩门教的教徒们，他们认为带轮子的玩具在古南美文明中确实存在，而他们的主要依据是《摩门经》中关于古时美洲战车的记述。

说实在的，在那天的聚会上，我压根儿不想讨论有关古哥伦比亚文明的种种。可女孩似乎兴致很浓，她接着说道，“旧时的当地人会制作非常结实的绳索。印加人和玛雅人仅仅使用当地的植物纤维就可以建造出结实的绳索桥”。

女孩说到这儿的时候，一个应该是她男友的年轻男士加入了我们的对话：“没错，大麻叶也被用作制造绳索。你知道当时华盛顿和杰斐逊都种过大麻，只不过他们并不是要用它来制造什么绳索的，他们是要把大麻和烟草混在一起抽。你们知道吗，烟草和大麻的植株看上去很相近。”

我从头到尾都不太认同这两人的观点，不过我们还是就这个话题聊了有那么一会儿。

尽管嬉皮士女孩儿没去过的的喀喀湖，可她有一句话说得没错，那儿是个神奇的地方。不仅是她，全世界的嬉皮士大约都已经发现了的的喀喀湖的神奇之处。但的的喀喀湖和我之前提到过的阿蒂特兰湖不同——阿蒂特兰湖更加恬静，适合瑜伽和冥想；而的的喀喀湖所能提供的是一种虚无的空旷感，那里所有的一切都以更加野生的方式存在。

在抵达太阳岛后，唯一能供我打发时间的就是在岛上各处散步，我并没有什么特别的目的地，只是单纯想要一路向前。我走到海边的石阶处，传说这石阶属于古印加文明；我经过一处老教堂，看上去它似乎已经荒废了一段时间；我也看到了一些农场、铁路，还有零星几只驴子。我不知道这些驴子的主人是谁，只看得到它们漫无目的地四处游荡。羊驼们被圈在一处带围墙的草场里，悠闲地吃着草。

站在岛上，我得以回望身后的的的喀喀湖，它美丽且充满野性，周围的山峦因没有完全被植被覆盖而略显荒凉，湖面上偶尔看得到几艘小船，在浩瀚烟波之下，它们显得格外渺小。

“这就是的的喀喀湖了吧。”我想。

在从太阳岛回程的船上，和我同行的是一位英籍印裔的男士还有他的女朋友，他们二人之前在哥伦比亚旅行，后骑行至玻利维亚。

“你们觉得这儿怎么样？”我问。

“说真的好极了，不过看久了也会略微有些审美疲劳。”男子的女朋友答道，她一边说着一边冲我礼貌地微笑着。这位女士的回答可以说非常英式了。想来有趣，一次长达 7000 英里的旅程中的种种曲折，因着这句极为英式的简洁回答倒显得云淡风轻了。到这儿，我的的的喀喀湖之旅就结束了。

# 关于西蒙·玻利瓦尔

玻利维亚因西蒙·玻利瓦尔而得名。说起玻利瓦尔，几乎人人都知道他是委内瑞拉的克里奥尔贵族，他以将南美从西班牙人的手中解放出来为毕生志愿。由他领导的革命标志着如今的委内瑞拉、哥伦比亚，以及厄瓜多尔的历史转折点。

玻利瓦尔的职业生涯极其复杂曲折：他曾经两度担任委内瑞拉总统，是大哥伦比亚共和国和玻利维亚的第一任总统，同时他也担任过秘鲁总统。我并非研究玻利瓦尔的专家，在我看来要了解玻利瓦尔，至少要读过丹尼尔·弗洛伦西奥·奥利里长达32卷的回忆录。奥利里出生于爱尔兰，其父是黄油推销员，他成年后一度成为玻利瓦尔的心腹。在写书之前，我想自己可能还是需要对玻利瓦尔做些研究，以防我的读者随意抓到一本什么有关玻利瓦尔的书就开始读，从而对这位伟人产生不必要的误读。要知道，玻利瓦尔的雕像在南美几乎随处可见，甚至在纽约的中央公园都有一座玻利瓦尔雕像。

玻利瓦尔自小由其家族的一名奴隶希波利塔抚养长大，其家族自委内瑞拉建国之初就拥有铜矿。在玻利瓦尔十几岁时，和不少南美贵族一样，被送往欧洲。一些有关玻利瓦尔的传记认定玻利瓦尔在欧洲时亲眼目睹了拿破仑在巴黎圣母院的加冕仪式，他因此受到了鼓舞，这也是日后他能够成就伟业的原因。和拿破仑一样，玻利瓦尔个头也不高，大概只有 162 厘米。当然也有一些传记作者认定玻利瓦尔认为拿破仑最终背弃了自由的真正要义，对其感到失望，所以压根儿没有去什么所谓的加冕仪式。

法国军官亨利·拉法耶特·维拉姆·杜库德雷·霍尔斯坦曾经辅佐过玻利瓦尔，霍尔斯坦一直认为在巴黎的这段日子并没有给玻利瓦尔带来太多积极作用："他在巴黎待了好几年，在那儿他完全过着富家公子一样的生活，总是有坏榜样出现在他周围……玻利瓦尔极其喜欢谈论他在巴黎的那段日子，说起巴黎他总是很兴奋，甚至会手舞足蹈。对于在巴黎的住所，他简直是喜欢得不能再喜欢，我认为这一切并没有给他带来什么好影响。在巴黎时，他脸色蜡黄，看上去虚弱无力。"

总而言之，霍尔斯坦对玻利瓦尔的评价并不高，他认为他的一生并不是没有犯过那些"极其可怕的错误"。他还指出，玻利瓦尔极其花心，懒惰，喜欢对人大喊大叫，热衷于在背后指摘他人。霍尔斯坦认为玻利瓦尔的成功更多是"时势造英雄"。霍尔斯坦对于玻利瓦尔的一切评价都能在其为玻利瓦尔所著的传记《玻利瓦尔回忆录》中找得到。

在回到委内瑞拉后，年轻的玻利瓦尔加入了革命军队伍，有史学家认为在革命过程中他经历了不少杀戮和背叛。1813 年，玻利瓦尔颁布了《决战宣言》以显示对抗那些反对委内瑞拉独立的西班牙人的决心,《宣言》称“对于那些侵犯哥伦比亚土地的恶魔，我们必须将其驱逐；我们必须对其进行复仇，以牙还牙。我们要向世界证明，侵犯美洲儿女的人必然会受到应有的惩罚”。

在拿破仑军队的攻势下，当时的西班牙帝国已经处于完全的崩溃状态。玻利瓦尔的军队导致西班牙军队的伤亡更加惨重，不少西班牙士兵在博亚卡[1]和卡拉波波战役[2]中丧命。在卡拉波波战役中，玻利瓦尔的心腹内华达也丢了性命。

玻利瓦尔原本拥有自己的奴隶，但当其与海地的黑人总统亚历山大・佩蒂翁结成盟友后，玻利瓦尔废除了奴隶制度。对此他表示，“我们究竟属于哪个种族似乎并不那么重要，平等似乎才是我们应该追求的”。而玻利瓦尔有这样的立场是意料之中的，毕竟他个人的种族归属问题本身就是混杂的。

玻利瓦尔最初认定“终身总统制”“终身议员制”和“终身贵族头衔”才是管理国家的最佳模式，而南美的统治者定会受益于这一系列制度。他也曾经希望将从他手中获得独立的南美各国统一为一体，但背地里有太多人阻碍玻利瓦尔的这项计划。因着各地叛乱四起，玻利瓦尔的统一大计并没有成功，他梦想中的共和国不得不分裂成如今的委内瑞拉、哥伦比亚、厄瓜多尔。

在就任总统期间，玻利瓦尔曾经遭遇暗杀，在其情妇的帮助下，他才得以躲过暗杀。与此同时，玻利瓦尔也决心流亡欧洲，

---

[1] 博亚卡战役发生于 1819 年，是玻利瓦尔解放哥伦比亚的决定性战役。
[2] 卡拉波波战役发生于 1821 年，经由此战，玻利瓦尔得以向加拉加斯进发。

只不过在开始流亡前他就已经丧命了。

作为委内瑞拉在 21 世纪的总统，乌戈·查韦斯一度坚信玻利瓦尔是被别人下毒致死。他下令挖出玻利瓦尔的尸骨进行检测，可检测结果并不能很好地支撑玻利瓦尔被毒死的假设。

在《玻利瓦尔回忆录》全书的最后一行，霍尔斯坦这样写道："玻利瓦尔做出过的最不理性的决定便是在其政治生涯的最后一刻丢下了看似仁慈的面具，到最后他说'只有刺刀是值得信赖的，只有刺刀才能主宰南美各国'。"霍尔斯坦认为玻利瓦尔的这番话是个负面例子，这会引起恐慌，也可能会被当时新成立的西班牙共和国效仿。

总之，随着我对玻利瓦尔的了解增多，我似乎有些明白为何早期的美洲人对乔治·华盛顿会保持着别样的崇敬之情。

# | 第七部分 |

# 智利和巴塔哥尼亚

废弃的传送带摇摇欲坠，荒废的医院墙上褪色的涂鸦显得分外凄凉，由残垣断壁的破洞处照进来的阳光格外刺眼，所有这一切都提醒着你这里曾经繁荣，而如今一切温暖和人类的痕迹都被沙漠和时光吞噬，没了踪影。

## 智利：狭长国度

如果你肯花时间来研究地图，那么你必定会对智利着迷。智利绝对算得上是个“身材苗条”的国家，从地图上看其轮廓就像个 T 型台。其国土面积狭小，却坐拥长达 2600 英里的太平洋海岸线。

如果有人问智利的特色是什么？

作为在智利旅行过的我，事实上也说不出什么来。

我在智利的旅行从伊基克（Iquique）开始——从拉巴斯直飞能抵达的最北端城市。直飞伊基克便意味着我不得不错过玻利维亚南部的盐沼，这的确有些可惜。不过我没那么多时间，我在圣地亚哥和朋友有约，必须加紧赶路。

伊基克是一个平淡无奇，易发海啸，之前用作硝酸盐贸易的港口。大约在我出发前的一个月，伊基克遭受了一场 8.2 级地震的袭击，街道看起来荒凉得很。在地震期间，大约 300 名女囚从当地监狱逃脱。尽管很多人最终选择了自首，但至今还是有一些人逍遥法外。智利的出租车司机似乎并没有太高的工作热情，在载我前往青旅的路上，司机师傅一路上嘟嘟囔囔，不停地在抱怨着什么。一路上的路况并不好，不少路灯都坏掉了，在漆黑的夜色中，我在车厢里颠簸着前往《孤独星球》评选出的伊基克“最佳住所”，那是我的目的地。

在抵达后，并没有人来迎接我。我不得已等在黑暗的门廊上，持续按了 40 多分钟的门铃才有一位穿着浴袍、睡眼惺忪的女人出现。她把我带到我的房间就消失不见了，而我的这间房看上去很有可能就是她儿子的卧室。如果这就是我要找的那家青旅，那么很显然我是这儿唯一的客人。我甚至有些怀疑自己是不是找错了地方，而这个倒霉的智利女主人阴差阳错地接待了我这位不速之客。很显然，这位女士对我的到来并不兴奋。不管怎么说，最终她还是让我在旅客登记簿上签名了，这让我稍稍安心一些。不过如果这真是所谓《孤独星球》评选出的当地最佳住所，依照其现在的运营方式，它也不会在榜太长时间了。

在智利北部的阿塔卡马沙漠中，曾经有数百家炼油厂，它们的主要业务是提取和加工硝酸钾还有硝石（一种制作肥料和烟花的高价值原料）。在经历了氨合成技术的出现、经济大萧条和化学技术的飞速进步后，这些曾经繁荣的炼油厂逐渐荒废。而阿塔卡马也成为大型的工业废墟基地，活像一座鬼城。

位于亨伯斯通和圣劳拉的废弃工厂距离伊基克仅 48 公里，是所有废弃炼油厂中规模最大的。这两处废弃炼油厂被联合国教科文组织列为世界文化遗产，但很少有人会特意跑去这处炼油厂参观，毕竟又有谁会对这种环境恶劣、腐烂破败、身处沙漠地带的公园园区感兴趣呢。据说，那些破旧炼油厂大门口的废弃的金属被风一吹，总是会发出吱吱嘎嘎的声响，听上去就像某种诡异的交响乐。照片里的亨伯斯通看上去孤独极了，那儿的一切都仿佛被掠夺一空：废弃的传送带摇摇欲坠，荒废的医院墙上褪色的涂鸦显得分外凄凉，由残垣断壁的破洞处照进来的阳光格外刺眼，所有这一切都提醒着你这里曾经繁荣，而如今一切温暖和人类的痕迹都被沙漠和时光吞噬，没了踪影。

躺在“最佳旅社”的儿童床上，我的确冒出了想去亨伯斯通看看的想法。如果是去亨伯斯通，我想我需要在凌晨四点起床，然后搭乘随便什么人的车就可以抵达了。可在查询了亨伯斯通相关的网站，我才知道这并不可行。没有任何一个网站建议旅客靠搭便车前往，因为这么做的话你很有可能会被困在当地好几天。

仔细想想，人不可能看遍所有风景，最终我还是决定将这荒漠中破败的硝酸盐工厂从我的愿望清单里划掉。说到这些硝酸盐厂，可能有些人知道，这儿曾经也被用来关押政治犯，有人甚至在这儿发现过地雷。

在决定放弃前往亨伯斯通后，我搭上了前往圣佩德罗－德阿塔卡马的巴士。

# 奥斯汀乐园

前往圣佩德罗－德阿塔卡马（San Pedro de Atacama）的沿途风景还不错。我乘坐的巴士一路向南行驶在智利1号公路上，这公路和加州1号公路几乎没什么差别——它沿着海岸线向远处延伸，和海水在远方交汇。这里的海滩很平静，几乎没有海浪，所以冲浪者不多。海水翻出的水波以柔软之姿俯冲到岸边，碰撞在锯齿状的岩石上瞬间消失于无形。

1号公路的另一边是陡峭而突出的山脊，因地势险峻，所以根本无人居住。海边唯一有些人气的地方是一个港口小镇，说是有人气，我倒觉得这小镇看上去有些阴森。除了一些极其简陋的看上去像度假房和钓鱼营地的建筑外，小镇上便别无他物了。这么说吧，这里房子简陋到即便被海啸摧毁也不会让人觉得太过惋惜。

小镇之后，我们驶入内陆，穿越群山，最终抵达了圣佩德罗－德阿塔卡马——地球上最严酷、干燥和炎热的地带之一。圣佩德罗－德阿塔卡马的有些地方已经有二十年没有下过雨了。这里人烟罕至，几乎什么都没有。我这里所说的什么都没有并不是在夸张。如果你去过得克萨斯、亚利桑那或者加利福尼亚莫哈韦沙漠，你应该知道在这些地方至少可以看到些荒漠仙人掌、少量灌木丛以及岩石。而圣佩德罗－德阿塔卡马一眼望去只有红褐色的通向天际的沙漠。这里甚至看不到云朵，要知道云是靠湿气形成的，在圣佩德罗－德阿塔卡马甚至连湿气都没有。

圣佩德罗－德阿塔卡马的空气能见度很高，这使沙漠和天空的色彩对比格外强烈——刺眼的红色和鲜艳的蓝色仿佛是被刀一分为二地切开，给人带来强烈的冲击感，绝对是值得一看的风景。

不过抵达圣佩德罗－德阿塔卡马要乘坐 7 个小时的巴士，这时间可不短。大概为了让旅程不那么单调，车上一个中等偏高身材、表情冷漠的女乘务员在中途走到车厢前为乘客们放电影。车上除了我之外，大部分乘客都是智利人。他们大多是在矿山开矿的工人，而这辆车子就是他们的通勤工具。

服务员放的电影叫《奥斯汀乐园》，拍摄于 2013 年，由凯丽·拉塞尔和詹妮佛·库里奇主演。凯丽·拉塞尔扮演的女主人公叫简，詹妮佛·库里奇扮演的是简的朋友。简是一个年轻的美国女性，她非常喜欢简·奥斯汀，所以用尽全部积蓄去到英格兰的一个叫作奥斯汀园的地方旅行。在这个主题乐园里你可以将自己当作是奥斯汀作品里的人物，而受雇于乐园的各式各样的年轻男性也会扮成各种角色假装和女游客谈情说爱。纯真的简原本以为这些年轻男性是对她动了真情的，可在知道这不过是他们的工作后，简感到心碎无比。到后来，一个在奥斯汀乐园里扮演马夫的男演员对简动了真心。而事实上他是真正的简·奥斯汀电影演员（出演马夫角色的这位是来自新西兰闹剧摇滚乐队“弦乐航班”的成员布莱特·迈克肯兹）。

于我而言，理解电影情节自然没问题，因为我的母语是英语，可以听得到西班牙语配音下的英语原音。可我不太确定车上的其他人是不是能够真切理解电影里的有些对白。要知道，剧中许多桥段是有关现代美国女性与19世纪傲慢的英格兰绅士之间滑稽的对谈的，要用西班牙语再翻译这些梗可并不是什么容易的事。我努力听了一会儿，可以我的西班牙语水平根本分辨不出电影里面在说什么。而且，对比拉丁美洲其他地区讲西语的人，智利人讲起西语来格外难懂。

我仔细观察了一下，大巴上的乘客几乎都在看电影，但没有一个人被电影的哪一个桥段逗乐过。我在想，为什么乘务员一定要播放这部片子呢？我不认为智利沙漠巴士公司和索尼经典娱乐公司达成了某种协议，以至于他们一定要播放《奥斯汀乐园》。一定是有人选择了这个电影，问题是选择它的原因是什么？或许是那个板着脸的乘务员想要看？我回头看了看她，她的确是在看电影，可她脸上的表情依旧非常淡漠，只见她双臂交叉，很显然对电影没什么兴趣。

我在想或许这位女乘务员对车上的男乘客抱有成见，甚或打心里讨厌他们，所以选电影时压根儿不考虑他们的感受。这些男乘客在我看来并没有什么值得讨厌的地方，如果从那位女乘务员的角度出发，或者是他们身上的气味惹她不悦。也许是常年被这种不悦的情绪支配，这位女乘务员在每次购买 DVD 的时候会特意选择那些男性乘客不喜欢的电影，丝毫不顾他们的品位和喜好。或许在这辆长途巴士上，唯一能令她感到愉悦的就是看着这些男人们瘫坐在座位上盯着无趣的电影，她不多的享受可能就是观赏矿工乘客们无聊且疲惫的神情。

这便是圣佩德罗－德阿塔卡马，人们在寂静的荒漠中以各种古怪的方式行进或生活。

## 沙滩车、热狗和<br>圣佩德罗－德阿塔卡马的人们

“你这是在干什么史蒂夫？！”在我的沙漠摩托的车轮卡在一个混凝土排水沟里的当下，我不禁如此自问道。我并不是对自己生气，也不是自责，只是一瞬间对自我产生了怀疑。在这之前，我以为以沙漠摩托的马力完全可以越过类似排水沟一样的障碍。这样的自信使我在选择行驶路线时并不十分当心。加之我自己本就注意力不是很集中，所以最终出现了失误。

我得以从排水沟中脱身靠的是一辆途经卡车的司机，我和我的向导向卡车司机大声呼喊求救，车里的司机帮忙把我的车子从沟渠里拉出来，然后冲着我们笑笑便离开了。他大概对这种事情见怪不怪了，天晓得他已经对多少个像我一样笨手笨脚的外国佬伸出援手过。对了，我的向导叫作胡安。我之所以请来胡安，是想去沙漠深处那些人迹罕至的地方看看。

圣佩德罗镇还不算是严格的沙漠地带，这儿有一条红色泥土路，算是主要街道，街道两边是一排排由红色黏土和卡里切（一

种天然碳酸钙水泥）制成的低矮建筑，街头不时还会窜出几只瘦骨嶙峋的流浪狗。沿街有些建筑里摆设有黏土制成的炉子，这些炉子的主要用途是烤制美味的食物。除此之外，在主街上还看得到一些类似旅行社的办公室，你可以从那儿预定游览周边景点的付费行程。这些景点和行程包括月亮谷、有火烈鸟出没的沙漠浅滩湖、火山，还有前往玻利维亚盐滩的夜间探险。

我在圣佩德罗－德阿塔卡马游览的第一个景点是埃尔塔蒂奥间歇泉。在那儿，日光温暖了地下水，地下水受热后变成蒸汽从地表岩层的孔洞蒸腾出来。如果你愿意，可以在间歇泉里泡个澡，那是天然的温泉。温泉附近还有当地土著阿塔科梅诺人在支着小摊贩卖烤羊驼肉。我乘坐的前往间歇泉的巴士上大部分乘客都是巴西人。车上的导游不停变换着各种发型，要乘客们大声喊出来哪个发型他们最中意。中途我们的车子在马丘卡教堂停了下来，该教堂建于16世纪。整幢建筑通体雪白，大门被漆成了亮蓝色，搭配着红色山坡作为背景，教堂的整体配色看上去鲜亮夺目，甚至有些滑稽感。

虽然间歇泉的景色也很不错，但我总感觉既然来到了圣佩德罗－德阿塔卡马，那我就必须尝试一些冒险活动。所以我才找到了胡安，要他带我去些不一样的地方。胡安住在沙漠周边小镇上，他在住处放了一套架子鼓，养了一只狗，院子里还有几辆卡车，除此之外，他的女友也住在那儿。胡安的房间有些凌乱，墙上贴满了地图，地图上标出了那些他去过和未来想去的地方，其足迹遍布南美洲、中美洲还有其他大洲。

在得救后，胡安对我说，“你必须学着驾驭它，我是说这辆沙漠摩托”，一边说着他一边跨上了摩托。

“明白了”，我回应道。之后我似乎找到了窍门，骑行变得格外顺利。

我们沿着沙漠里的小路一路向前行驶了一阵子，在一棵树下停了下来。

“这是棵非常特别的树。”胡安对我说道。我当然看得出，这是几英里以内唯一的一棵树。靠着我以前看过的图册判断，这应该是智利特有的梅斯基特树。在要详细向我介绍这棵树的当口，胡安的手机响了，之后他的注意力便被刚刚收到的短信分散了。

我并不因为胡安的分心而有任何不悦，我只是在想，如果在圣佩德罗－德阿塔卡马这样的地方都能够收到短信，那么这就意味着世界上再没有任何所谓的神秘国度，地球上的每个角落都被连接在了一起。

“对不起，我和我女朋友出了点儿问题。”看过手机后胡安说道。

“真的吗？别太难过了。”

“是真的。”胡安和我差不多年纪，同样未婚。

“到底是什么问题呢？”我追问道。

在这之后的二十分钟，胡安站在梅斯奎特树的树荫下向我讲述了他和他女朋友的种种。我除了倾听之外，还给胡安出了些主意，看看能不能帮他缓解他和女友之间的矛盾。胡安把自己女友令人迷恋和讨厌的特质历数一遍，向我述说了他们之间令人不安的争吵。除了有关女友的种种，胡安还说了不少有关自己家庭成员的事情，包括他的姐姐、妹妹和父母。我们两个聊起了年轻人的思考模式和各种理念，聊到了什么是我们可以接受的，什么则是不能容忍的。

胡安说自己肯定有不对的地方，可我们一致认为男人和女人的思想、意志和情感总会出现分歧，所以误会和矛盾在所难免。我和胡安就这样一边吃杏仁喝水一边说话。大概持续了半个小时，我们结束了对谈。我和胡安达成了共识：在遇到困难时，我们总是企图弄明白究竟发生了什么从而寻求解决之道。可事实上，更多时候我们只能被迫接受应发生的，被迫做出选择，然后继续生活下去。

“你说，换作是你的话你能做什么呢？”隔了好一会儿，胡安问我。

“是啊，能做什么呢？！”我也想不出其他什么答案，只得这么回答胡安。再然后，我和他骑上沙漠摩托继续向前。

颠簸了好一阵之后，我们来到了一处盐沼附近，大量盐分堆积使该处形成了一座盐晶体墙，这座晶体墙就好像钟乳石一样缓慢地渗出并且滴下水珠。胡安说，这些晶体在阳光的作用下会产生不均匀的膨胀和收缩，在这过程中，晶体互相摩擦发出的声音就宛如一种奇妙的音乐。胡安建议我静心聆听这声音，我当然是照做。仔细听来，这乐曲就像是由来自仙界的乐器合奏而成，在来自人间的我听来当然稀奇。

我和胡安再往前开了一会儿，迎面而来的是一辆已经废弃生锈的巴士。我在想这巴士到底是如何跑到这荒无人烟的地方，又是如何被遗弃的。胡安也好奇，所以我们就这个问题下车讨论了一小会儿，除了聊到眼前的巴士外，我们还聊到了阿拉斯加的一个冒险家和一辆被遗弃巴士的故事，你们也对这个故事感兴趣的话，可以去看看《荒野生存》这部电影，当然它的同名书也是可以的。再然后我们聊到了埃迪·维德为《荒野生存》制作的专辑。胡安曾经十分热爱音乐。他想去加州读书，学习如何成为一名音乐制作人，但最终他父亲告诉他，他们负担不起去加州的学费，于是他改行进入旅游业。胡安说带巴西的中年富商骑摩托去玻利维亚这样的旅行团，就是他平时能接到的大活儿了。

圣佩德罗镇一直以其神秘性和嬉皮士调性闻名。镇上的光线、空气、色彩、悠闲的氛围，以及深不可测的沙漠地带都使得人们对其心之向往。镇上一直有络绎不绝的背包客，你常能看到来自世界各地的年轻人在路边或是聊天或是洗漱。胡安说，他若是和女朋友分手了，可能要花很长时间才能觅得新欢。胡安长得很帅，有一种粗犷的男子气概，人也很聪明，绝对是嬉皮士女孩喜欢的类型。

他对我说，“你当然可以靠着和游客拉关系来多赚些钱，可是这很耗费时间，也不容易，更何况靠这种方式赚的钱也多不了多少”。

和胡安聊了一会儿便到了午餐时间。他推荐了一家小镇边上的苍蝇馆子，与其说是饭馆，不如说就是一个简陋的棚子罢了。胡安让我无论如何都要试试这家馆子的今日套餐，其中包含两个热狗和一种鲜花柠檬汽水，总共3000比索，也就是不到5美元。要知道智利人在烹制热狗时是相当较真的，绝不是随便把面包和香肠夹在一起。他们烤热狗的方法很独特，且会用当地特产的辣酱和鳄梨酱作为酱料涂在香肠上。说到这儿我知道不少美国人可能会感到摸不着头脑，热狗怎么能和鳄梨酱还有辣酱搭配呢？！简直荒唐。说不定不少人甚至跃跃欲试想要教智利人怎么做热狗。但事实上智利人的热狗美味极了，当天我甚至在胡安推荐的苍蝇小馆点了两份热狗套餐来吃。

我本来只打算请胡安陪我游览半天，所以只付了半天费用。原本我计划在当天下午到类似当地博物馆之类的地方看看。后来我决定还是继续骑着沙漠摩托在阿塔卡马沙漠里转悠转悠，所以便给胡安发短信要他回来。

再次见到胡安时他对我说自己已经和女朋友谈过了，她已经从他的房子里搬走了。

“可真快啊。”我说。

“反正我已经打定主意了，那么就没什么摇摆的必要了。”

“她什么时候搬走的？”

“就刚刚。”

“天呐！”

胡安说她女朋友在说了不少不中听的话之后，便一走了之了。

我试图安慰胡安，可却不知道从何说起。

“走吧，去沙漠骑一圈就好了。”胡安说道。

于是差不多在傍晚的时候我们又进到沙漠里，只不过这次是朝着和上午相反的方向进发。我们在一个很深的圆形水塘前停下，水塘周围长着一些芦苇，一些年纪不大的男孩儿围在水塘边，看起来他们是想通过跳水来比胆大。从第一个跳下去的那个男孩子的反应来看，水塘里的水一定凉得要命。绕过水塘，我们骑车向前穿过当地土著的领地，再往前我便不清楚是什么地界了，不过我们在那儿碰到了胡安的朋友。胡安停下和他的朋友聊了一会儿天，然后他们带我参观了一种安装在当地路边的太阳能厕所。

胡安说他第一次看到这种太阳能厕所就觉得很神奇，他向我展示了厕所内部构造，还在笔记本上给我画了这种厕所的原理图。说实话，我没太看懂那张原理图，凭我自己的理解，我认为它的工作原理要么就是凭借太阳能加热人类的排泄物然后产生某种能量维持厕所的冲水功能，要么就是由某种压缩机提供动力，而压缩机的功率很小，只会消耗非常小的能量。这个厕所主要是供前来附近的绿松石湖游玩的游客使用。绿松石湖也是阿塔卡马沙漠里的一处盐湖，湖里面沉积着大量的白色结晶盐。我和胡安脱了鞋，一起到盐湖里走了走。

在不远处的群山中，我们能看到阿塔卡马大型毫米波阵列[1]（ALMA）的所在地，在那儿有超过 66 台射电望远镜的射线从沙漠清澈干燥的空气中射出，科学家们用它们观测 4000 万光年以外的星系合并[2]。我和胡安并不懂什么星系合并，我们踩在盐湖里聊

[1]　阿塔卡马大型毫米波列阵是由来自北美、亚洲、欧洲等国的科研机构联合设计建造的射电望远镜阵列，是世界上最大的射电望远镜阵列。

[2]　星系的相互作用。

得更多的是音乐和女人。胡安在这期间告诉我他曾经在亚马孙丛林里工作过 6 个月，在那儿他的工作是负责抓捕偷海龟蛋的偷猎者。胡安说他刚来圣佩德罗还有点儿嬉皮士气质，可自打做了生意以后就再不是什么嬉皮士了。

我问胡安是否去过巴拉圭，我说我在南美剩下的时间不多了，而巴拉圭是我想去但是还没时间去的国家。在 18 世纪，耶稣会士试图按照他们的预期在如今巴拉圭的地界建立一个乌托邦式的社会，即便最终这个乌托邦并没有成型，但如今我们仍然能够依稀看到那些传教士当年留下的印记。

处在内陆的巴拉圭有着一段悲惨的历史。在 19 世纪 60 年代的三国同盟战争中，巴拉圭当地十几岁的孩子甚至都不得不带着农具上战场。据有些史书记载，当年巴拉圭有一半人口死于当时的战争，几乎每 10 个男人中就有 7 个死亡。这听上去的确是有些不可思议，我曾经试图对当时的战争做些研究，可因为我找不到关于当时巴拉圭人口数量的历史记录，所以不敢断言那些书中的叙述是否属实。可不管怎么说，在我看来，巴拉圭都是透露着悲伤氛围的城市。

“我去过巴拉圭”，胡安对我说，“如果你对动物感兴趣，那么你大可以去那儿看看”。要知道在巴拉圭的格兰查科大草原和森林里藏着包括美洲豹、塔皮尔、鹿、食蚁兽和巨型水獭等各种各样的动物。

“那儿的风土人情怎么样？”我接着问。

胡安摇摇头说，“要是去巴拉圭的话，只看动物就够了”。

太阳快落山的时候，在路边昏暗橘色灯光的笼罩下，我和胡安一前一后骑着摩托从沙漠回到了镇上。在我住的宾馆里有个很是可爱的女孩，她样子生得娇小，为人机敏，她告诉我她之前在密西西比大学上过一个学期的课。我问她在那儿上课感觉怎么样，女孩冲我笑了笑，转了转眼睛说，“这就说来话长了”。

胡安大概对这女孩很感兴趣，在送我回房间前特意打量了整个旅社，可没找到她，胡安略带失望地耸耸肩，然后便离开了。写到这里，我希望此时他们已经恋爱了，我甚至希望有天能够参加他们的婚礼。

# 阿塔卡马的“怪物”们

阿塔卡马沙漠中有一些奇怪而又巨大的艺术品。其中一件叫作“沙漠之手”，顾名思义，这是一件超大型的手型雕塑，有 36 英尺高，行驶在安托法加斯塔南部的高速公路上你便能够看得到这件作品。它是由智利雕塑家马里奥·伊拉拉扎巴尔于 1992 年设计建造的。

另一件作品是阿塔卡马巨人，这是一件长约 400 英尺的地雕，以倾斜的山坡为依托。雕塑呈现的是一个有着方形身体以及三角形头部的生物。这雕塑让我想起了 20 世纪 80 年代电子游戏中出现的那种坏蛋形象，据说这件作品完成于公元 1000 年左右。有人说通过观测月亮射下的影子和阿塔卡马巨人头部对齐的角度就可以推测出适宜播种的时间。这种做法似乎有些多余，毕竟想要知道何时适宜播种庄稼的方式太多了，而且它们中的大多数远比靠在山腰上趁着月黑风高观测月影要来得简便得多。

不少人赋予这两件雕塑各式各样的寓意，可在我看来它们传递的信息其实很简单——那关乎人类本能的情绪，这情绪由德阿塔卡马沙漠激发，概括成一句话就是“这里简直怪得离谱”。

在网上查阅阿塔卡马的相关资料时，我偶然读到了有关“阿塔卡马人”的故事，并且看到了一些照片。所谓“阿塔卡马人”是2003年于阿塔卡马沙漠附近被发现的一具长约6英寸的人形骨架，据说被发现时他被装在一个袋子里，弃置在当地某座荒无人烟的鬼城里。“阿塔卡马人”有着椭圆形的脑袋和椭圆形的眼窝，看上去就和外星人一般，跟我小时候在《未解之谜》还有各种恐怖的纪录片中看到的外星人形象几乎一模一样。（小时候我特别喜欢看那种有关外星探索的电视纪录片，相信我，如果未来哪一天福克斯25频道播出了类似外星人尸体检测节目的预告，那么我肯定是策划之一。）

斯坦福大学巴克斯特实验室免疫学和微生物学的加里·诺兰教授对“阿塔卡马人”进行了检测，确定该具尸骨并非外星人，而是人类。诺兰教授认为“阿塔卡马人”很可能是当地土著部落阿塔卡梅诺人的孩子，这个孩子患有各种先天性疾病和缺陷，可能是导致他被丢弃的原因。在我看来，深究为何一个土著婴儿的骨骼会被放在袋子里丢弃到鬼城，最终得出的结论可能比什么外星人的故事更令人震惊，甚至更令人感到心酸。

至今仍然有不少人坚信阿塔卡马人骨是外星人的遗骸，这些人认为科学家的所谓实验的结果不过是要向他们隐瞒真相罢了。我虽然并不完全同意这些人的看法，可我对于外星人的存在一直持开放态度。我坚持认为我们对于目前生活的星球以及整个宇宙还远称不上熟悉，我相信在宇宙的另一头总有什么未知生物带着我们不知晓的秘密存在，而它们很可能在未来的哪一天和人类产生某种连接。

阿塔卡马沙漠是世界上最适合看星星的地方之一，因为这里干燥无湿气，而且日光充足。我在沙漠的当晚是满月，本是最不适宜观星的日子。可尽管如此，在城外的土路上，我一抬头仍然可以看到天空中密布的繁星。

在我看来，像冰岛、美国死亡谷，还有阿塔卡马这样的地方，总给人一种外星球的感觉，我是说，身处其中，你总是会在恍惚中觉得自己正被困在巨大星系的某个神秘星球之上。这种被围困的感觉我想置身其中的每个人都能体会到。

# 切·格瓦拉

在1951年，埃内斯托·格瓦拉还是阿根廷布宜诺斯艾利斯的一名23岁的医学生。他的朋友，阿尔贝托·格拉纳多有一辆摩托车，他们给这辆摩托取名叫“大力神”。格瓦拉常常会和格拉纳多在一起边喝马黛茶边天南海北地聊天。

在他的回忆录《摩托日记》[1]中，格瓦拉写道，“我们一边做着白日梦，一边向遥远的国度前进；我们在热带海洋航行，穿越了整个亚洲”。在亚洲的旅行激发了格瓦拉和他的伙伴探索北美的热情。

于是格瓦拉问他的朋友，“我们为什么不去北美看看呢？”

“北美？怎么去呢？”

“骑着大力神不就行了吗，伙计。”

就这样，格瓦拉和格拉纳多决定踏上前往北美的征途，不过

[1] 《摩托日记》西语原版题目为 *Diarios de Motocicleta*，出版于1995年，切·格瓦拉在其中回忆了其早年的旅行，该书多次登上纽约时报畅销书排行榜，被认为是有关冒险和成长的经典叙事。

和他们在亚洲的旅途一样，北美的旅行也遵循同样的原则——那便是随心所欲，随遇而安。

据我所知，格瓦拉和格拉纳多的北美洲摩托车之旅一共耗时9个月。他们穿过阿根廷的潘帕斯大草原，越过智利边境，到达瓦尔帕莱索、圣地亚哥，接下来向北穿过圣佩德罗－德阿塔卡马和安第斯山脉，到达伊基克，然后前往玻利维亚和的的喀喀湖，进入秘鲁，到达库斯科和马丘比丘，再然后前往哥伦比亚。他们的线路几乎和我完全相反。

我并不是没有幻想过自己可以像格瓦拉一样骑着摩托风驰电掣般穿越拉美，也的确为了这个幻想学会了骑摩托。不过很快我便发现，骨子里我并不是个热爱以摩托为交通工具的人，而且到后来我觉得如果是为了模仿格瓦拉而开启一场漫长的摩托之旅，似乎显得又有些太过于刻意，于是我便放弃了这个想法。

但凡有人想要写一写南美，那么切·格瓦拉是断然不可回避的，因为在南美，切·格瓦拉的形象几乎遍布每一个角落。

“切”（Che）这个词是阿根廷人在称呼兄弟时使用的，如果一个阿根廷想要和一个美国人以兄弟相称，那么多半他会在这个美国人的名字前面加上“切”。如果你一直将切·格瓦拉定义为一名革命家的话，那么在你读过《摩托日记》后你一定会和我一样惊讶。因为《摩托日记》无关政治，它单纯就是由切·格瓦拉执笔的一本游记。切·格瓦拉在书中谈论更多的是他如何和他的伙伴偷喝红酒以及如何蹭饭的故事，有关政治事件的种种则被推到了叙事的边缘。切·格瓦拉最初打算把复活节岛定为目的地，不过这个计划最终没有实现。他还讲了他在旅途中拉肚子的事情，除此之外，他还告诉读者自己在路上一直带着一只小狗，而这也不时给旅行带来了大大小小的麻烦。

切·格瓦拉一路上一直都在想办法获得更多的马黛茶，他父亲是一位种植马黛茶的农夫。马黛茶内含咖啡因，切·格瓦拉对这种茶饮料很是喜欢。

不少人应该多多少少都听到过切·格瓦拉的传奇经历。他曾经目击工人们在位于智利丘基卡马塔的一个美国人拥有的铜矿里苦苦挣扎，亲历共产党人在沙漠里的艰苦条件下所做的斗争，目睹秘鲁和玻利维亚当地人民的艰难生活，还在亚马孙河流域附近的麻风病隔离中心做过一个星期志愿服务，体会到了病人们的痛苦，所有这些经历都成为后来切·格瓦拉开展革命的催化剂。事关革命，切·格瓦拉曾说，“我们需要做的便是摆脱令人感到不适的美国佬”。

在回到阿根廷后，切·格瓦拉完成了他的学位。这之后他再一次离开了家乡，来到了危地马拉。切·格瓦拉在危地马拉之时恰逢社会主义者阿本斯的政权被颠覆，而这被认为是美国人从中作梗。受该事件影响，切·格瓦拉写信给自己的亲戚，在信中他表示自己要成为一名共产主义者。在墨西哥城，切·格瓦拉与卡斯特罗兄弟成了朋友。他们曾经一起乘坐载有 82 名革命者的小游艇“格拉玛”号前往古巴。

然而由于一路航程艰险，这批革命者中只有 22 人幸存下来。如今格拉玛号被放在哈瓦那的格拉玛纪念馆作永久展出。菲德尔·卡斯特罗在这批革命者登陆后三年正式接管古巴，他任命切·格瓦拉为古巴工业部部长兼国家银行行长。最终因为和卡斯特罗在理念上的分歧，切·格瓦拉还是离开了古巴。

有太多人研究切·格瓦拉的生平，他们中的不少都比我聪明得多。举例来说，奥利弗·斯通、史蒂芬·索德伯格和沃尔特·萨尔斯都拍摄过和格瓦拉相关的电影，也都取得了不同程度的成功。还有曼迪·帕汀金，他曾在音乐剧《艾薇塔》中扮演切·格瓦拉，在该音乐剧中，格瓦拉以一种梦幻的形象被呈现。除此之外，乔恩·李·安德森还写过关于格瓦拉的一本长达672页的传记。根据安德森的记录，切·格瓦拉主张加强古巴和苏联的关系，并且参与帮助苏联将导弹运送至古巴，再然后就有了人尽皆知的古巴导弹危机。

1964年，切·格瓦拉访问了美国。在联合国，他发表了言辞激烈的演说，他指出美国存在的种族主义问题。他还出现在了一档叫《面对国家》的电视节目中，接受采访的视频至今仍然可以在网上找到，他一边抽着雪茄，一边不慌不忙地应对着记者，反倒是记者在格瓦拉面前显得有些手足无措了。

我想我们永远无法确切知道卡斯特罗和切·格瓦拉之间究竟发生了什么。我们唯一知道的是切·格瓦拉离开了古巴，他先是试图在刚果发动革命，之后又去了玻利维亚。

1967年10月13日，美国国家安全事务特别助理沃尔特·罗斯托给时任林登·约翰逊总统发送了一封非常简短的备忘录，备忘录带有附件，而该附件至今仍未被解密。备忘录本身的内容如下:“这使得人们不得不接受切·格瓦拉已经死亡的事实。在中情局的参与下,切·格瓦拉被玻利维亚军队俘虏并杀害。在被射杀前,他的遗言是‘开枪打我吧。你这个胆小鬼,你能杀死一个人,但是杀不死他的灵魂’。”

在结束了摩托车之旅后,切·格瓦拉的朋友阿尔贝托·格拉纳多回到阿根廷继续自己的学业。在古巴革命取得胜利后,应格瓦拉之邀,格拉纳多前往古巴对那里的医生进行培训,培训之余他则继续他的遗传学研究直到 2011 年在哈瓦那去世。在 2005 年接受 BBC 的采访时,谈到自己的老朋友,格拉纳多说道,“他从不会向任何人妥协。要知道这是很不容易的,除非你能够认同他的愿景,并且愿意相信这个愿景,你才有可能得到他的认同”。

如今我们仍旧时常能看到切·格瓦拉的形象,尤其是在 T 恤衫上。在南美,走几步就可以看到切·格瓦拉的脸。尽管我已经读过不少有关他的书,但我仍不敢说自己真正了解这位传奇人物。就我所知,切·格瓦拉认为当时的美国正从中美洲和南美洲榨取财富,然而这些财富却并没有流向当地人民,而我认为他在这一点上是完全正确的。同时,切·格瓦拉支持暴力革命,在这一点上,作为一个他口中所说的“美国佬”,我倒是没什么特别的看法。

除去其他,我必须要承认切·格瓦拉是一位非常优秀的且有趣的旅行作家。

如果我能够像他一样充满精力与活力,我一定会选择骑摩托从阿塔卡马沙漠前往我的下一站——圣地亚哥。可无奈我和朋友早就约定好了会面时间，为了避免浪费时间，我还是选择乘飞机，并且在并不长的航程上好好地睡了一觉。

# 记忆博物馆

想象一下，如果你是住在智利的居民，有一天有空军飞机轰炸你们的总统府，那毫无疑问，这一定是智利历史上顶糟糕的一天。而这正是 1973 年 9 月 11 日智利首都圣地亚哥所经历的一切。在那天快要结束之时，智利时任总统萨尔瓦多·阿连德发表了广播演讲。

在 1970 年那次混乱的大选中，阿连德虽然没有领先竞争对手太多，但还是以较多的票数当选为总统。阿连德主要实行的是“左倾”的经济政策，其举措包括增加国民在住房上的预算，为孩子们供应免费牛奶，改善与苏联及卡斯特罗领导下的古巴的关系，将铜矿国有化等。

由于阿连德的经济和外交政策并不符合时任美国总统尼克松和美国国家安全顾问亨利·基辛格的预期，所以美国政府在当时密谋打算颠覆其政权，相关对谈如今可以在解密后的白宫录音带中听得到。由此，智利原本的罢工和政治纠纷演变成了国家危机。

颠覆阿连德政权的正是当时智利军队的高级将领奥古斯托·皮诺切特将军，当天他控制着智利首都的坦克和部队。

在 11 日当天的广播讲话中，阿连德说："至少在我的记忆里，我是一个有尊严的，且忠于自己国家的人。"再然后这位时任智利总统的生命便结束了，他要么是自杀而亡，要么就是被射杀而死。

政变后，数千名智利人当即在智利国家体育场被围捕。在皮诺切特执政后，抗议其统治的智利人有被施以电刑、枪击的，有被从直升机抛下的，还有被带到废弃的硝酸盐矿的秘密集中营的，而皮诺切特的手下也不时会遭到来自反对派组织的攻击和暗杀。

反对皮诺切特的人来自智利的各行各业，这其中包括工会会员、记者、土著居民、矿工和知识分子，等等。虽然这些人各自的意见也不尽相同，也会因此发生纠纷，可在 1988 年他们倒是就一件事情达成了共识——他们在一次关于军事独裁的公投中均表达了否定意见。皮诺切特当了一辈子参议员，尽管受到不少非议，但我在想，他或许一直保持这样的想法："尽管我很强悍，可你们还是需要我。"在皮诺切特去世前，也就是在他 91 岁那年，他被卷入各式各样的案件和丑闻中，被指控涉嫌酷刑、绑架、谋杀，人们甚至怀疑他授意自己的军队建造实验室来制造"黑可卡因"。

以上我所说的这一切并不是什么古旧历史，而就发生在我有生之年。关于智利当年发生的一切，不同的人持有不同意见。就拿当年的公投来说，别说是同事和朋友了，就连生活在同一屋檐下的夫妻都可能意见向左。也因为当时智利政局的变动，不少家庭因此支离破碎，邻居反目。

以上这一系列故事都可以在圣地亚哥的记忆及人权博物馆觅得踪迹。记忆及人权博物馆是一座非常酷的建筑，是由巴西的一个建筑团队设计的。我在那儿参观时是一个下午，有一群七年级学生也在博物馆里。这群孩子把大部分时间都花在了彼此嬉戏打闹上。不过他们中倒仍旧有一些在认真看着馆内播放的录像。

在这些录像中，你可以听到人们讲述当年被绑架、遭受性侵、酷刑，以及失去家人的各种惨剧。你也可以听到因当年智利混乱的局面而引发的一连串其他悲剧。当然你也能够看到人们在结束公投后在街头进行庆祝的镜头。

当年那段时期在智利发生的很多事情都是以模糊之姿存在的，其中有些成了谣言，有些则随着那些被销毁的秘密文件随风而逝。而记忆博物馆让人们得以从另一种维度感知历史——它只是将旧时留下来的物件集合在一起，并不对任何人和事加以评断。一张电击床、一张报纸、一份海报，还有人们平铺直叙的有关当年的种种的述说，这便是一切了。

我个人认为记忆博物馆是个非常不错的地方。我在智利的朋友法布里齐奥也说，来智利的话这个博物馆不容错过。参观过记忆博物馆我便长松一口气，我在想这下我终于可以自由支配在智利的余下时间了，参加派对，找有趣的朋友玩儿，都是不错的选择。最终我决定找法布里齐奥见面，在我看来他是全智利最有趣的家伙。

## 智利最有趣的家伙

在法布里齐奥·科帕诺还是个男孩的时候，他住在洛杉矶——别误会，我说的是智利的洛杉矶，并非美国的洛杉矶。在十几岁的时候法布里齐奥迷上了美国的一档叫作《宋飞正传》[1]的节目。为此他特意搞了一个调解制调器以便从网上下载《宋飞正传》，下载一集平均需要差不多两天时间。我都能够想象当时如果网速突然变慢，或者妈妈的吸尘器突然把网线的插头碰掉，法布里齐奥该有多沮丧。

法布里奇奥在《宋飞正传》中第一次看到脱口秀，那时的智利还没有这样的艺术表演形式。法布里奇奥打算尝试看看自己能不能做脱口秀，于是他到当地的探戈俱乐部，问那儿的经理自己能不能在麦克风前讲些笑话，就当是逗乐观众的一种手段。对探戈俱乐部的老板来说，这要求很荒唐，毕竟当时的法布里奇奥才14岁。不过因为法布里奇奥是个看上去很可爱的孩子，想着可能

---

[1] 《宋飞正传》（“*Seinfeld*”）也被译作《辛菲尔德》或《欢乐单身俱乐部》，是一档于20世纪90年代推出的美国经典情景喜剧，共九季。

观众会买账，老板便应允了他的请求。也就是从那时起法布里奇奥开始了他的脱口秀生涯。

“人们一下子就喜欢上了脱口秀，他们喜欢这种来自纽约的舶来品，认为这是一种高级的表演形式。我开始说脱口秀后不久杂志就开始大规模报道，他们说纽约人都喜欢这东西”。法布里奇奥说道。就是如此，脱口秀在智利逐渐流行起来。

现在法布里齐奥 27 岁，他在智利电视台有一档深受欢迎的深夜脱口秀节目。

法布里奇奥的节目总是要请嘉宾来，让他苦恼的是他几乎已经访遍了智利所有的嘉宾，他对我说：“太难了，智利一共只有十几个名人，没办法，我只能一遍又一遍地采访他们。”

我第一次见到法布里齐奥是在洛杉矶——美国的洛杉矶，那时他正在为一部电影奔走，他当时受邀在那部电影中扮演一个年轻的地震学家。故事中，该地震学家发现了智利富豪正在密谋引发一场地震以便以此为借口使得智利脱离南美然后转投欧洲。这部电影上映后获得了极高票房，法布里齐奥也因此变得更加有名了。

虽然法布里奇奥在智利是家喻户晓的人物，但在美国几乎没人知道他是谁。我曾经带他去过环球影城，因为他说他想在那儿看《辛普森一家》的演出。我一直都非常喜欢法布里奇奥，他实在是个非常有趣的人。

“嘿，法布里奇奥，你父母是做什么的？”我在环球影城的自动扶梯上问他。

“他们是建筑师。”

“什么样的建筑师？”

“不怎么灵光的那种。”

他离开美国的那天我向他承诺自己有天一定会去圣地亚哥找他。你知道在美国，人们最爱说的便是自己有天一定会去圣地亚哥。我可不只是说说，这不，我真的来到了圣地亚哥。

我和法布里齐奥还认识了另外一个叫帕洛玛·塞尔斯的朋友，她也是一个喜剧演员。帕洛玛为人亲切，十分讨喜。

帕洛玛的英语说得很好，她说这是因为自己上过圣地亚哥美国学校。

听到这儿，法布里齐奥说，“美国学校，法国学校，我上过的学校没有任何前缀，甚至连智利学校都不是。它只是普通的学校罢了”。

“啊”，帕洛玛开玩笑说，“那是因为你当时还没有那么多钱”。

那天晚上，法布里齐奥带我去看他的脱口秀。要知道智利西班牙语的特色是夹杂有大量缩略词和俚语，而且讲话人的语速通常很快。法布里齐奥说的单词有一大半我都听不懂，可他实在是太具表现力的一个演员，即便听不懂我还是充分感受到了欢乐的氛围。

除了法布里齐奥，另外一个上台表演的脱口秀演员打扮得很像玛丽莲·曼森[1]。他也是个极具表演技巧的人，很会根据观众们

[1] 玛丽莲·曼森（1969— ）美国摇滚乐歌手，其音乐风格主要为工业金属摇滚，曼森最出名的是其大胆诡异的舞台妆容。

的反应丢梗出来。

在一个星期天下午，我和法布里奇奥还有她的女友开车前往瓦尔帕莱索，在车上我问他，“我想问你件事。昨天，我去了巴勃罗·聂鲁达的故居，拉恰斯高纳别墅。我想问……”

“哦，这是圣地亚哥最有名的景点之一。”

“对，或许是……我对于巴勃罗·聂鲁达了解不多，但是你知道，我想问问看……”

“哦，聂鲁达，我们对他不怎么感冒。我和我的朋友们早就就此达成一致了。”

听到法布里奇奥这么说我有些惊讶，同时也有些释然。巴勃罗·聂鲁达是获得过诺贝尔奖的诗人，是位被各种光环笼罩的大人物。曾经做过阿连德的顾问，还担任过驻法国大使。在阿连德的政权被推翻两周之后，聂鲁达就去世了，他的葬礼游行在当时的局势下看就像一场抗议游行。有人甚至认为是皮诺切特毒死了聂鲁达。

聂鲁达有三座房子，这三座老宅现在都是国家纪念碑般的存在，且其装修和陈设风格均是 20 世纪 70 年代的浮夸媚俗风格。我参观的那座房子的名字由来和他的一位保持亲密关系最久的情人有关。该故居叫作“查斯寇纳”，在聂鲁达的诗中他常以查斯寇纳来指代这位情人。有些人把“查斯寇纳”译作“头发蓬乱纠结的女士”—— 幽默感十足的翻译。[1]

[1]　作者所说的这为聂鲁达的情人应该是玛蒂尔德·阿露霞，在聂鲁达的妻子德丽亚保去世后，在 1966 年聂鲁达与玛蒂尔德正式结婚，聂鲁达的《船长之歌》《100 首爱情十四行诗》都是献给玛蒂尔德的。

我在参观查斯寇纳时租了语音导览仪，录制语音的讲解员语调饱满激昂，说到聂鲁达的这位情人，讲解员如是说："她因着和聂鲁达的这段关系承担了不少责任，可不得不说她一直以来都是令人着迷的。"

"聂鲁达总是喜欢从房子的秘密通道走出来，然后享受客人那种大吃一惊的感觉。"这是我在参观时，导览音频耳机中传出的介绍，与此同时我还得知聂鲁达喜欢把自己的房子当作一艘船，把自己想象成船长，而来访者则是为他沉迷的游客。我听了一会儿就知道，聂鲁达要是举办晚宴，那一定是令人难以忍受的噩梦。

法布里齐奥十分认同我的看法，他在车上假装自己是聂鲁达，然后冲我们说，"是我，我是聂鲁达，你们在这儿难道不开心吗？！"他试图要以此来告诉我们，聂鲁达是如何以无所不在的方式存在于智利人的生活之中。

没错，聂鲁达是个伟大的诗人，他是一位对生活充满热情颇有活力的伟大艺术家。他那些有关爱情的短诗忧伤得令人心碎。不过，相比之下，我个人还是更喜欢智利的喜剧表演艺术家。

在到达瓦尔帕莱索之前，我们花了些时间在太平洋沿岸的比尼亚德尔马闲逛了一阵子。比尼亚德尔马有点像摩纳哥、大西洋城这类地方，这里设有海滨赌场，海边的木板路上，小贩们给孩子们卖水枪、发光棒、沙滩毛巾、迈克尔·杰克逊的肖像画和古怪的民间艺术品。还有一些街头艺术家，他们其中有人的绝活是把人名刻在一粒米上。

"把名字刻在一粒米上，这也没什么特别的啊"，法布里奇奥如是说道，“拿到后对人家说，嘿，看我的名字，它在米上，它很小。那又怎么样呢？对了，我口袋里有一部可以放电影的手机”。

海滩公路附近还有一位用锯子演奏古典乐曲的街头艺人，他演奏的曲子大多很悲伤。这位艺人脚边还放着一堆用来售卖的CD。我和法布里齐奥还有他的女友停下来听了一小会儿他的演奏，我说的一小会儿就是真的一小会儿，差不多三十秒的样子。

“用锯子演奏，的确不错。不知道他有没有出过任何演奏专辑？”

再然后，我们去了瓦尔帕莱索海边的广场和旧船运大楼，在那里法布里齐奥看到了一尊他喜欢的雕像，呈现的是阿图罗·普拉特，1879—1883年太平洋战争中的智利海军英雄。

“诺，就是他。在智利我们所有人都很喜欢他，几乎每条街上都有普拉特的雕像。你看，他带着剑，举着旗，身边围绕着几个水手，这样子多么威武。”在说起阿图罗·普拉特时，法布里齐奥就像个孩子般兴奋，眼睛里闪着光。

“可唯一的问题是，他是个失败者！他的船被秘鲁人击毁了，所以他跳上了敌方的船。当时船上的那些秘鲁水手顺手抓起一个……一个……”

法布里齐奥花了一小会儿在脑子中寻找恰当的词汇。

“一个平底锅！对！是一个平底锅，那些秘鲁水手用平底锅砸了普拉特的头！”

“真的吗？”

“当然是真的。他们用平底锅杀死了普拉特。这么说来普拉特倒是算不上格外骁勇善战，但是人们仍然为他建了不少雕像。”

“这样的话，人们在塑像时应该把平底锅也放进去。”我半开玩笑地说。

“是啊，人们应该把普拉特被平底锅击倒的瞬间呈现出来。那样雕塑才更生动。”

智利最终还是在太平洋战争中取得了胜利，而这次战争的结果至今仍然产生着影响。这场战争使得玻利维亚丧失了其海岸线，玻利维亚人至今对此仍感愤慨。在战后的几年里，智利垄断了硝酸盐贸易，这使智利比邻国更快地富起来。在2007年，智利将一些书归还给秘鲁，不过这些书都是智利士兵在120年前打仗时从秘鲁偷来的。

关于阿图罗·普拉特死于被平底锅撞击一事，我本来是想去研究看看到底是否属实。不过万一这不是真的，我一定会觉得扫兴，所以最终打消了这个念头

在瓦尔帕莱索的街道上，孩子们看到法布里齐奥后一个个尖叫起来，还兴奋地把自己的兄弟姐妹喊来好围观这位大明星。法布里奇奥装出一副满不在乎的样子，可我看得出他事实上很享受被路人关注着。而他的女朋友在边上不时提醒他要表现得亲切一些。瓦尔帕莱索就像一个扭曲版的旧金山。在这里，海港藏在陡峭的山丘下，山丘上则密布着迷宫般的街道，你大可以乘着摇摇晃晃的电梯和吱嘎作响的缆车在山间上上下下。

我们一起乘船游览了海港，在海上法布里齐奥和他的女朋友一路都在笑，我们在船上的导游曾经是个码头工人，他性子很烈，

在船上的大部分时间都在抱怨以前负责管理这个港口的人有多么无能。在回到岸上后，我们各自点了一大碗海鲜杂烩来吃，我们就餐的那家餐厅墙上挂着玛丽莲·梦露的照片。对了，除了海鲜，我们还喝了奥斯特啤酒。

法布里齐奥的女朋友其实不怎么会说英语，只会说西班牙语和葡萄牙语，但这并不妨碍我们交流，一路上她给我看了不少有趣的视频。她还带我们去了一个艺术园区，这个艺术园区原先是一间监狱。在园区里，不少年轻人躺在草地上放松，我和法布里齐奥则悠闲地讨论着《辛普森一家》的经典桥段。

再后来我们拍了些照片，选取的风景包括瓦尔波色彩鲜艳的房屋，港口中停靠着的像彩色乐高积木一样的集装箱船，还有山丘上的楼梯和街道，拍摄完成后我们从中选了各自满意的发到了社交媒体上。

在瓦尔帕莱索的这一天是星期天。要知道能够在五月下旬的一个星期天探索南半球的一个海港城市是多么美妙的一件事。在这儿我们边喝酒边吃着肉馅饼，不时开着玩笑，就这样一直到太阳从空中沉入水面。这一切实在是太惬意了。

在返回圣地亚哥前，我们一群人在黑暗中驱车沿着瓦尔帕莱索最陡峭的街道一路向前，此行的目的地是聂鲁达的度假别墅。可惜我们抵达时，那儿已经关门了。

“这家伙怎么总是让我们失望。”我说道。

为了应和我，法布里齐奥学着《宋飞正传》里演员的语气大喊了一声“聂鲁达！”

## 智利三明治

智利有一个世界上任何国家都无法比拟的东西，那就是三明治。

当然我并不是说智利随便一家店里卖的三明治或是超市的三明治有多美味，我说的是智利最好的三明治。

我首先想到的是那种叫洛米托的牛肉三明治。这种三明治选用的是口感柔软却有韧性的面包。面包里夹着经过调味烧烤的牛肉薄片、新鲜的西红柿片、青豆，还有腌制过的辣椒。当然有时薄牛肉片可以替换成薄猪肉片，味道也是非常棒的。

还有另一种叫意大利的三明治，它之所以有这么个名字是因为其内馅酱料的色彩组合起来和意大利国旗的颜色非常相似，由捣成泥的鳄梨、番茄和白奶酪土豆泥组合而成。

在圣地亚哥和智利各个地方都有苏打汽水卖，在专门卖苏打汽水的餐厅里你就可以吃到以上这些三明治。在这些餐厅里，你总是会看到穿着蓝白相间制服的不那么友善的中年女性，店里的装修风格基本都是20世纪50年代的样子。餐桌上的餐巾纸总是被叠成塔形。点一杯生啤和一份三明治绝对是不错的选择，可你必须尽快吃完，因为服务员们并不希望你久坐下去。

如果要我在这些餐厅中选一家最棒的，那么我会选富恩特阿莱马纳餐厅。在这次旅行中我还去过一家在贝纳多·奥希金斯大街 58 号的餐厅，我一共去了两次，一次是去吃午餐，另外一次是吃早餐，吃早餐那次几乎是店家一开门我就进去了。如果你确实是个三明治发烧友，那么一定要去吃吃看。

# 巴塔哥尼亚

巴塔哥尼亚（Patagonia）的地理位置几乎接近地球南端的尽头了，那里的风力超强并且是旋风模式的，以至于那儿的树多半无法生长，最后大多成了枯树。这些树的树枝呈现出混乱、绝望的“之”字图形，每一株看上去都像是一个有许多手臂却被冻结在木头中身型扭曲的怪兽。它们中的一些弯着腰瘫在其他树干上，虽然仍有生命，可看上去却奄奄一息。这些树总能让我联想起自己曾做过的那些阴森的噩梦。除了这些奇形怪状的树，在巴士上我也看到了不少废弃的旧庄园、养牛羊的牧场。在当天下午我们抵达纳塔莱斯港时，当地下起了雪。

1895 年，一位名叫赫曼·埃伯哈德的德国探险家在巴塔哥尼亚的一个山洞里发现了人类和史前动物的骨头。他同时发现了一张红色的毛皮。当时他将毛皮挂在树上，将其展示给游客并和大家讨论其来源。一些欧洲科学家听说了这件事，来到巴塔哥尼亚，在那个洞穴周围继续探索。他们确定那张红色毛皮来自一只磨齿兽——一种被认为已经灭绝很久的巨型树懒。当然也说不定这种磨齿兽至今仍然存在，仍在巴塔哥尼亚未知的地方四处游荡，只是人类不知晓罢了。

《每日快报》的英国记者 H.H. 普利查德曾被派往巴塔哥尼亚寻找这种磨齿兽，不过他没有找到任何踪迹。不光是普利查德，我也没找到。如果我当真能够在巴塔哥尼亚找到一只磨齿兽，我并不会感到太过惊讶。我认为它们的确可能仍然存在于这片广袤的沙漠地带中，因为从四周的环境看上去，巴塔哥尼亚并没有被完全征服。我总感觉在深邃未知的山间仍隐藏着数量巨大且如幽灵般不时出没的未知巨兽。在巴塔哥尼亚，我和一些智利当地的女性搭同一辆小货车前往位于埃伯哈德的洞穴，那儿有一座巨型的树懒雕像，这只树懒用后腿站立，脸上的表情像是在微笑，整个姿势看上去就像在跳舞一般。

“巴塔哥尼亚”没有确切的边界，它更像是一个集合名词，专门指代构成阿根廷和智利南半部的巨大的稀疏草原。巴塔哥尼亚的总面积大约有 100 万平方公里，平均每公里只有两个人居住。巴塔哥尼亚这个名字是麦哲伦起的，似乎是来源于他当时正在读的西班牙骑士小说中的一个巨大怪物。要知道在麦哲伦那个年代，探险家和征服者们最喜欢读的就是骑士冒险小说。

巴塔哥尼亚有着大小如山丘的巨大冰川，你可以用梯子和冰斧攀登，也可以坐直升机直接降落在冰川上。在这些冰川之上还有各种高耸的尖尖的岩石，其中一块像小山一样的岩石叫作菲茨罗伊峰。说实在的，菲茨罗伊峰看上去实在是有点像一个巨大的竖起的中指，它的造型就仿佛是在嘲笑前来的登山者一般。美国登山者查德·凯洛格于 2014 年 2 月成功登顶菲茨罗伊峰，可不幸的是他在下山途中遇到岩石坠落并因此丧生。

在南半球每年的夏季，也就是 12 月到 2 月，总会有成群的背包客在巴塔哥尼亚跋涉。他们沿着“W”形路线远足，沿途会停留在木制的山间小屋作短暂休整。最近，巴塔哥尼亚特别受以色列人的欢迎，他们总喜欢在服完兵役后来这里旅行一段时间。在 2012 年，据说一个以色列背包客引发了当地的一场大火，在大风作用下，这场大火烧毁了托雷斯·德尔潘恩国家公园里的森林带，据说该森林带覆盖面长达 60 英里。

然而，当我到达纳塔莱斯港时，当天大多数商店都关门了，整个小镇非常安静。第二天早上，我和一车智利游客一起搭车进入托雷斯·德尔潘恩公园，这些游客多是世界各地的一些退了休的老年人。公园附近的路边有成片的积雪，还有成群的自由放养的羊驼。这些羊驼纤瘦敏捷，每一只身上都拖着一口袋干草。面包车司机带我们参观了一处瀑布，再然后是点缀着几只粉红色火烈鸟的冰冷湖泊。整个行程的风景极好，唯一遗憾的就是当天我并不在状态，有些困倦。在从瀑布前往湖泊的途中，我竟然靠着窗户睡着了。

就在我睡着的这一小会儿工夫，我们乘坐的面包车发生了追尾事故，我的头猛地撞到了前排座位上。车子之所以追尾是因为路面太滑，从车上看去全都是黑色的冰块。有好一会儿我们的车子都处在失控的状态中，我们眼看着它向悬崖边缘的落石前冲去。在这过程中，车上有的人失声痛哭，有的人发出令人感到恐怖的尖叫。每个人都以为自己将会因此丧命。不过幸运的是，我们最终幸免于难。

这次大难不死必须要感谢我们的司机师傅，他似乎并不慌张。只见他先是将车子滑到一边，在路面稍微粗糙的地方踩下了刹车，然后便停了下来。我们就这么摆脱了死神，再然后他踩下油门继续前进。

在经历这个插曲过后，车子里充斥着尴尬的氛围。因为刚刚我们不管男女老少，每个人都如胆小鬼一般疯狂地尖叫，可尖叫过后却什么都没发生。后来我们进到礼品店，这种尴尬的氛围仍旧笼罩着每一个人，甚至在回程的路上，尴尬仍旧主宰着整个车厢。

在巴塔哥尼亚西部，也就是安第斯山脉延伸入大海的地方有很深的峡湾。在那里，大块的冰从倾斜的冰川上裂开并掉入黑色的海水中。和一群喝醉的智利人一起，我乘船前往贝尔纳多奥伊金斯国家公园。该公园是以智利独立战争中爱尔兰裔的智利英雄贝尔纳多·奥希金斯的名字命名的。贝尔纳多的父亲当年徒步穿越安第斯山脉，在当地建造了庇护所，还创办了智利的邮政服务。

贝尔纳多一路成为智利的最高行政长官，可后来他原先的好友领导政变推翻了他的政权。遭到背叛的贝尔纳多乘船离开了瓦尔帕莱索，从此再没有回到过自己的祖国。

在抵达纳塔莱斯港后，我们的船停在了一个旧庄园附近，这个庄园位于一个偏僻的小岛上。我们在岛上烧烤，我还和一位智利母亲还有她的两个儿子一起吃饭。巧合的是他们都是法布里齐奥的粉丝。

我在纳塔莱斯港所住的地方叫卡乌小屋，这个旅店自称由“自由冥想”这个理念发展而来。“自由冥想”这个概念听上去很不错，我很是喜欢。为了契合该旅社的理念，我也进行了一下所谓“自由冥想”。我的自由冥想活动主要是独自坐在旅社的大厅里，喝着美味的咖啡，抚摸旅店的狗，兴致勃勃地阅读《岩石与冰》杂志里关于爱德华娜·帕萨班的资料。爱德华娜·帕萨班是一位女登山家，她的志向是要攀登地球上 14 座 8000 多米以上的山峰。在一次令人沮丧并半途而止的攀登后，她尝试过自杀。自杀未遂后的帕萨班被送入了一家精神病院。在出院后，帕萨班继续自己的登山计划。除此之外，据传她还和已婚的意大利登山运动员西尔维奥·蒙迪内利发展了婚外情。（这篇有关帕萨班的文章写得很好，在《岩石与冰》杂志的第 204 期刊登，其作者是大卫·罗伯茨。）

在大厅待上一阵子我会选择到外面走走。沿着一段曾经通向一家大型肉类加工厂的废弃铁路向前，我可以远眺至乌尔蒂马－埃斯佩兰萨湾。乌尔蒂马－埃斯佩兰萨的意思是“最后的希望之声”。

事实上我对于这一小节有关巴塔哥尼亚的书写并不是十分有信心，因为毕竟它只是凭借我浅尝辄止的探索得出的一些七零八落的印象。在我之前，早已有无数更加优秀的游记以出色的文笔描述过这一片荒芜又神秘的地带。

# 布鲁斯·查特文 [1]

在布鲁斯·查特文还小的时候，他曾在祖母的橱柜里看到过一块皮革。查特文的妈妈说那是雷龙的皮肤。在查特文结婚的时候，他祖母的表弟查理·米尔沃德把这块皮革寄给他作为结婚礼物。查理·米尔沃德是一名水手，曾在巴塔哥尼亚的蓬塔阿雷纳斯遭遇过海难，在海难中幸存下来的米尔沃德之后便一直生活在巴塔哥尼亚。

作为书写巴塔哥尼亚最成功的作家之一，有关布鲁斯·查特文缘何会前往巴塔哥尼亚的故事有太多版本。根据最被人们认同的一个故事版本，自从在祖母那儿看到那块雷龙的皮肤后，查特文便对远方未知的世界有了兴趣。在 34 岁时，查特文在伦敦《周日时报》做记者。有一次，在去采访爱尔兰家具设计师艾琳·格雷时，他在艾琳位于巴黎的公寓墙上看到了一张巴塔哥尼亚的地图。

[1] 布鲁斯·查特文（Charles Bruce Chatwin，1940—1989)，生于英国，是知名的游记作家以及记者。

查特文对艾琳说自己一直想去巴塔哥尼亚，艾琳回应他说这是个好想法，如果成真，查特文就算替自己看过了墙上的这片梦想之地。在采访过艾琳回到伦敦后，查特文便给自己的老板发了一封电报，说自己要去巴塔哥尼亚，一共要大概四个月，再然后他便出发了。

查特文的那本游记叫作《巴塔哥尼亚高原上》[1]，在书中他讲述了他在当地的各种经历。包括与埃斯坦西亚·洛辛弗农场的苏格兰主人一起吃太妃糖，与阿劳坎尼亚和巴塔哥尼亚王国的王储菲利普会面等。说到这位菲利普王储，查特文在游记中说他是个古怪的法国人，而这个王储头衔是菲利普从同样古怪的一个法国人后裔那儿买来的。

查特文深入偏远的丘布特山谷，最初在那儿定居的是一批威尔士人，而如今他们的后裔仍然在使用威尔士语。他还追溯两个神秘的美国牛仔埃文斯和威尔逊的足迹前进，到过不少人烟罕至的地方。据说这两个牛仔的真名分别是布奇·卡西迪和圣丹斯·基德。

查特文还和当地碰到的一位有着神学、人类学和考古学博士学位的老牧师交谈。牧师告诉他，公元前 6000 年，巴塔哥尼亚人猎杀了当地的独角兽，直至其灭绝。查特文声称自己在智鲁岛（the island of Chiloé）上遭遇了会巫术的部族，据他说这些人可以变身成动物，逆转河流的走向，还可以凭借一块叫作查兰克的水晶石

[1] 《巴塔哥尼亚高原上》英文原版名为 *In Patagonia*，出版于 1977 年，是查特文最具影响力的代表作，曾荣获包括美国“佛斯特奖”在内的多项文学大奖。

看透每个人的秘密。

查特文在书中讲述了绰号为“红猪”的亚历山大·麦克伦南是如何用步枪猎杀火地岛的土著奥纳人。同时，我们还由他得知了杰姆巴顿以及达尔文与巴塔哥尼亚之间的交集。原本就是当地人的杰姆巴顿被带到了英格兰，在那儿他得以有机会见到了当时的国王威廉四世。在杰姆巴顿的引领下，达尔文随英国皇家军舰小猎犬号前往巴塔哥尼亚进行探险和科学考察。在回到家乡后，杰姆巴顿又恢复使用自己的火地岛人的名字——欧朗德里科。据说在当地，欧朗德里科杀了一些英国传教士，不过这种说法没有考据，没人知道到底是真是假。

查特文还重述了他祖母的表弟查理·米尔沃德的一些经历，并在蓬塔阿雷纳斯找到了这位长辈在当地居住过的老房子。旅程的最后，他参观了一处巨型树懒洞穴，他声称自己在周边到处寻觅挖掘最终得到了一块珍贵的树懒皮。

1978年,《巴塔哥尼亚高原上》一经出版就成了畅销书。由此，越来越多的背包客开始出现在丘布特山谷，他们身上往往都带着查特文的这本书，书内还有一些页脚被折起来作为标记。大量背包客的到来让当地原本与世隔绝的牧羊人先是感到震惊，而后表现出些微的愤怒。对于一些文青旅行者来说，查特文成了他们的偶像。要知道查特文是个非常有魅力的人，而且很上镜，他把靴子搭在肩上的那张出现在《巴塔哥尼亚高原上》扉页的照片无疑是当时很多旅行者都渴望拥有的面貌。查特文在旅游期间一直使用的是从一家位于巴黎的文具店购买到的一种笔记本，而这种笔记本就是如今著名的笔记本品牌 Moleskine 的前身。

在查特文的时代，巴塔哥尼亚还是个荒芜的大牧场。如今，不说别的，单说那家以巴塔哥尼亚这个名字作为注册商标的公司，其年盈利就超过 6 亿美元。在这家公司的官方网站上，我们可以看到这么一段对巴塔哥尼亚的介绍："巴塔哥尼亚总是会激发我们有关自然的丰富想象——浪漫的冰川融化成峡湾，山峦起伏，南美牧人，秃鹰翱翔。"巴塔哥尼亚实在是个不错的名字——不管是用作什么，不管是使用哪种语言的人都可以不费什么力气就读出它的发音。

尼古拉斯·莎士比亚在 1999 年出版的传记中讲述了布鲁斯·查特文的生平故事，在我看来这本传记的有趣程度丝毫不逊色于查特文的游记。莎士比亚说，查特文有一种"能够和人迅速亲近起来的能力"。据说人们总是喜欢邀请查特文到自己的避暑别墅里做客，并把查特文介绍给他们最好的朋友。

查特文做过艺术品交易商，做过考古学研究，还耗费三年时间写了一本书来证明人类天然就是游牧民族。查特文写道，"如果将人类禁锢在某地，也就是我们说的所谓定居，那么注定要催生暴力、贪婪、攀比等现象，被禁锢久了的灵魂和肉体总有一日会疯了一般地寻求改变和新鲜的东西"。查特文认为，既然人类已经从非洲大陆走出，那么便不该停下其探索的脚步。

查特文本人实在地践行着自己的想法。除去巴塔哥尼亚，他还计划去尼日尔和喀麦隆待上三个月，如果有额外空余的时间，他还想去苏丹待上几个星期。在那儿他计划给他的妻子写信，建议她在 8 月 25 日前后在西亚而非中亚的某个地方碰面。

查特文的妻子伊丽莎白·查特文和他相识于苏富比拍卖行。据伊丽莎白说，他们第一次见面，布鲁斯吃了整整一罐鱼子酱，没分给她哪怕一丁点，他甚至要伊丽莎白给他买一本爱马仕笔记本。再然后布鲁斯邀请伊丽莎白吃饭，结果却在最后一刻爽约，原因是当天他还约了其他女性。对于和伊丽莎白的相识，布鲁斯·查特文有时候会对别人说他们是在波斯的一次考古挖掘中遇见彼此的。虽然伊丽莎白知道布鲁斯是双性恋，可他们还是在相识几年后结了婚。

查特文在游记中捏造了不少事实，同时也隐藏了不少事实。他的女性情人曾经把查特文形容成是一个“变化多端的变态”。查特文也有不少男性恋人。在《巴塔哥尼亚高原上》中，查特文几乎没有提及一路上他遇到的那些香艳的经历。把事实和捏造出来的东西结合对他来说没什么大不了，查特文认为这才是真正的艺术，他对于其他批评家的质疑和责备完全不屑一顾。

在说起查特文时，澳大利亚诗人莱斯·默里如此评价他的这位朋友：“他很孤独，不过他情愿保持孤独。”

写一本出色的游记大抵必须付出像查特文这样的代价，我在巴塔哥尼亚停留时也感到十分孤独，而我对这种状态并不是十分情愿。

# 尽 头

在抵达蓬塔阿雷纳斯（Punta Arenas）后我做的第一件事情就是找民宿，我尝试投宿的第一家民宿已经不接待客人了，因为老板打算过冬。老板是一对年轻夫妻，尽管不营业，他们还是很好心地给我泡了一杯茶。关于蓬塔阿雷纳斯，他们推荐我一定要去看看当地有名的墓园。

“蓬塔阿雷纳斯的墓园是世界上最美的。”

我采纳了他们的意见，第二天一大早，太阳还没升起来，我就到达墓园的大门外。墓园里面是白色的大理石坟墓，那是19世纪90年代绵羊产业繁荣时期当地的地主家庭为自己所建造的。墓地大门的费用由萨拉·布劳恩支付，她是波罗的海德国犹太移民的女儿。她先是从丈夫那里继承财富，然后凭一己之力打造了一个以绵羊养殖和海豹狩猎为基础的商业帝国。

我爬上墓园后面的小山俯瞰全城，越过水面就可以看到火地岛。

很好，我想，就是这样，这差不多就是我想要抵达的尽头了。

下回如果还有机会的话，我还想要去威廉斯港。那是世界最南端的城市，我想去看一看。那里有绵羊和油井。不过，还是等到下回吧。

如果可以，我还想去南极洲。但就算去了南极又怎么样呢。这次就到此为止吧，是时候回家了。

当然，回家并不意味着我厌倦了旅行，我还对很多地方充满好奇。比如，委内瑞拉的特佩高原，那儿虽然条件艰苦，但是很值得一去。还有哥伦比亚的洛斯亚诺斯平原，那儿的牧人会向你展示狂放的骑术，我相信大部分游客一定会喜欢。我还想去基多看看，可这次没机会了。还有伯利兹，我也错过了。

除去南美，我当然也愿意到世界其他各处转一转。我想就这么游荡，直到耗尽所有力气。不丹？长满青草的莱索托？瑞士？要么就是爱尔兰和意大利吧。这些地方我都去过，可我还想再去。

每当回想起在旅途中的各种神奇经历时，我认为这些经历中最重要的便是人——无论是我在旅途中结交过的朋友们，还是陌生人。相比那些山峦和废墟，我反倒把旅行中遇到的陌生面孔记得清晰。对于陌生人我都愿意用无限的热情去拥抱，那么我爱的人们呢？我最爱的人大多都在美国，他们中的一些出没于洛杉矶，还有一些长住在纽约，还有人生活在马萨诸塞州的尼达姆，在那儿日升而作日落而息。我常说，人是世界上最令人愉悦的存在，这次旅行恰恰印证了我的这种想法。

在智利的最后一餐，我选择在一家叫洛米特的餐厅吃三明治。我点了一份这家餐厅的招牌意式三明治。

“打扰了朋友，你从哪里来？”一个坐在我旁边吧台上，看起来很慈祥的老者在结束了和朋友的聊天后，转头来问我。我告诉他我来自美国。

“你的西班牙语很不错”，他用西语对我说。其实我的西语真不怎么样，可听到这样的夸奖我还是很高兴。

“你在巴塔哥尼亚要待很长时间吗？”

“不，我今天下午就要离开了。”

“好吧，如果你有机会再回来，给我打个电话，我是在这儿搞旅游的。我可以带你去看企鹅，去火地岛。”

“你会带团去威廉斯港吗？”

“有过，不过那儿没太多值得游览的景点。”

我告诉他下次如果我再有机会来玩儿，想去威廉斯港看看。老人把名片递给我，我一看是个德国名字，就问他是不是德国后裔，他说他的祖先在差不多 19 世纪 80 年代时移民到这里。

当天下午我便启程，飞机在飞过圣地亚哥和巴拿马的领空后，我终于到家了。一推门我便把行囊扔在地板上，好让我的猫通过声音感知到我回来了。第二天，我的生活又回归了正轨，为了弥补这几个月和家人朋友分开的时光，我尽可能多和他们待在一起。

在回来后的每天夜里，我的主要工作便是写这本书。在写作过程中，我仿佛又一次重温了这趟旅程。

下一次去哪儿好呢？檀香山是个不错的选择。夏威夷群岛还一直留在我的旅行愿望清单上呢。可能有些人并不知道，夏威夷群岛曾经被叫作三明治群岛。这说来话长：英国的约翰·蒙塔古爵士是首先发明三明治的人，而他也恰恰是赞助库克船长前往夏威夷探险的人，故夏威夷群岛得名“三明治”。蒙塔古爵士喜欢打牌，为了在打牌时方便进食，所以想出了把烤牛肉夹在面包里的办法，这便是三明治的前身。据说约翰·蒙塔古爵士和歌剧演唱家玛莎·雷有染，而他的妻子也因此发疯。末代夏威夷女王，莉莉欧卡瓦拉尼，嫁给了一位来自波士顿的船长，结婚五年莉莉欧卡瓦拉尼一直被囚禁在伊奥拉尼宫里，每日能做的就是不停地写歌打发时光。说到夏威夷，还有成百的士兵在珍珠港亚利桑那号战舰的沉没中丧生。以上这些都和夏威夷有关。人们都把夏威夷当作天堂般的存在，尽管它在远处看一直闪着光，可若当真靠近，过往的游客却鲜少有人能够抓住任何光斑。

我想如果到了夏威夷，去卡拉劳步道走走一定很不错……

# | 附录 |

# 那些女性旅行者们

在写这本书的时候，看一眼我的书架，我突然发现我似乎早就有了一种偏见——即游记作家就应该是男性。或许是男人更喜欢吹牛，更有闲钱和时间去旅行，所以他们才有了大把出版游记的机会。

如果说游记作家的男女比例的话——95% 比 5%？大概是这样。即便女性游记作家的确相对较少，可我仍想纠正自己曾经的这个偏见。于是，我找了不少女性作家的游记来阅读。

从这其中，我挑选出了最好的一些书目，在此列出，供读者参考：

弗雷娅·斯塔克，《杀手谷》（*The Valleys of the Assassins and Other Persian Trarels*）。单从书名上看，你就应该知道其作者绝非等闲之辈。斯塔克十几岁在工厂工作时，被机器扯掉了一大半头发。她以护士身份参与过一战，在二战中她远赴阿拉伯负责宣传工作。在两次世界大战期间，斯塔克完成了约 20 本游记，这些游记记录了其在战时和战后经历过的各式各样的冒险。

埃莉诺·克拉克,《洛马里亚克的牡蛎》(*The Oysters of Locmariaquer*)。这并不算真正意义上的游记，它更像一本对布列塔尼海岸的介绍。据克拉克说，在那儿男人们负责采集牡蛎，而女人们则每天忙着各种家长里短。克拉克对于布里塔尼海岸的一切并不是特别感冒，言语之间那里的生活甚至不时令她抓狂。作为读者，我倒觉得布列塔尼海岸并没有她说得那么令人不快。不过说不定等我再老一点再愤世嫉俗一点时，再回头看她的这本书，我也会和克拉克有一样的感觉。可不管怎么说，这是一本好书肯定毫无疑问。

伊丽莎白·吉尔伯特,《美食，祈祷，恋爱》(*Eat, Pray and Love*)。我第一次读这本书时，它已经作为畅销书问世很久了。我那时非常不解吉尔伯特写书的动机，据她在书中介绍，她在洛杉矶有一份体面的工作——作为专栏作家为杂志撰写游记，也是因此她有大把机会到世界各地旅行。除此之外，她有个极其富有的丈夫，在纽约上东区和城郊都有房子。吉尔伯特也承认，自己几乎已经拥有想要的一切了，而写游记不过是“已经有糖吃的孩子还吵着想要更多”。这本书越读到后面越精彩，会带给人极大的精神慰藉。吉尔伯特的行文很流畅，读来甚至有种被催眠的感觉。在读过她的书之后，我理解了为什么有那么多人愿意听她的演讲，很显然她是个很会说故事的人。

谢丽尔·斯特雷德，《走出荒野》(*Wild*)。对于广大女性来说，斯特雷德是近乎圣人一般的存在，她强大，勇敢，有英雄气概。对于这些观点，我完全同意。我对于斯特雷德本人和《走出荒野》一书都抱有敬意。我认为《走出荒野》向我们传递出的关键信息之一是女性若独自在外旅行，尤其是在那些不怎么安全的地方，在街头总是会面临被盯上的风险（尽管这可能并非作者本就打算传达的）。而像我这样什么都没有的单身男性，走在街头则没什么太多要担心的。我想这可能算是男性旅行者对比于女性旅行者为数不多的优势之一吧。

德夫拉·墨菲，《向南倾斜：从爱尔兰到印度的自行车之旅》(*Full Tilt:Ireland to India with a Bicycle*)。在这本书的开篇，墨菲写道："在我十岁时，我收到的生日礼物是一部自行车还有一张地图，由此，我便产生了骑行至印度的想法。"再然后，墨菲便真的开启了她的印度骑行之旅。墨菲来自爱尔兰，她是个坚强而务实的人，头脑清醒，笔锋犀利。从墨菲的视角来看，我这样的旅行方式一定会被认为是问题重重。不过，我也不是什么头脑清醒的人，不会过分苛求自己——在力所能及内做到最好我便对我的旅行满足了。

在这本书的开头，墨菲写道，"在写这本书的时候，我本可以凭着从百科全书中收集数据和信息，然后把它们融入写作中去，来使得我看上去更博学，可我并没有这么做"。很显然，我没能像墨菲一样，就像你们看到的，我查阅了百科全书，并把从中获得的信息和数据插入到书中相关的章节中去，我认为由此读者便能了解更多有关中南美洲的文化历史及地理信息。在我看来，和读者共享这些信息和数据，是我作为作家的职责之一。至于是不是要由此使自己显得更有学问，这倒不是最重要的。

不管怎么说，尽管我和德夫拉·墨菲在写作策略上有些许不同，我仍旧对于德夫拉德作品抱有十足的喜爱。

1953 年，27 岁的詹姆斯·莫里斯是英国珠穆朗玛峰探险队的随队记者，当时埃德蒙·希拉里和滕津·诺盖第一次登顶珠峰，在大本营的莫里斯通过电报把其同胞登顶的消息发送至伦敦。莫里斯将登山队员和自己作为随从记者的这次经历写成书，书名叫《加冕珠穆朗玛峰》，非常值得一读。几年后，也就是在 1964 年，莫里斯做了变性手术，同时改名为简·莫里斯。在这之后，她写了不少极为出色的游记，比如《伟大的港口：穿越纽约》《旅程》。我对简抱有至高的敬意。

# 其他那些对我有重要影响的书籍

《信》(*True Histories*)，琉善（著），基思·西德威尔（译）。琉善是个情绪极其丰富的作家，这在他的行文中也有体现，要知道将这种跌宕起伏的情绪由古希腊语翻译成现代英语绝非易事，可西德威尔做得很出色。

《伊本·白图泰游记》(*The Trouels of Ibn Battuta*)，蒂姆·麦金托什·史密斯（编辑）。不说什么，这是历代游记中的绝对经典。

《荒野侦探》(*By Night in Chile*),《智利之夜》(*2666, The Savage Detectrives*)，罗贝托·波拉尼奥（著）。虽然波拉尼奥的这两本书都是小说，但它们仍旧让我对墨西哥边界、墨西哥城以及智利当代历史有了更加清晰的了解。

《科尔特斯的来信》(*Letters of Cortés*)，弗朗西斯·奥古斯都·麦克纳（译）。在读过这本书后，我确信科尔特斯痴迷于在南美传播天主教和消灭异教，然而我不确定这样的行为对于他来说究竟是好事还是坏事。

《有关征服者们的简短介绍》（*The Conquistadors: A Very Short Introduction*），马修·雷斯特尔、费利佩·费尔南德斯·阿姆斯托（著）。绝对的好书。通过这本书你能够完全了解包括科尔特斯等西班牙征服者的种种。

《关于西班牙政府的七个谜》（*Seren Myths of the Spanish Conquest*），马修·雷斯特尔（著）。马修·雷斯特尔在这本书中的叙事十分有趣，他并没有为了所谓更顺畅的阅读体验而将西班牙人的征服史简化；相反，雷斯特尔将这段历史复杂的脉络以清晰的方式为读者一一呈现。

《墨西哥征服史》（*History of the Conquest of Mexico*），《秘鲁征服史》（*History of the Conquest of Peru*），威廉·普雷斯科特（著）。据我所知，普雷斯科特从未去过墨西哥及秘鲁，这两本书都是他在波士顿完成的。我之前提到，在哈佛时，普雷斯科特在食物大战中被迎面而来的面包块击中了眼睛，从而导致一只眼睛失明。《墨西哥征服史》和《秘鲁征服史》出版于19世纪40年代，在这之后这两本书一直被认为是有关南美征服史的巅峰之作。后来，在与墨西哥作战时，普雷斯科特的书几乎成了美军的行动指南——每个前往墨西哥的美国士兵都随身带有一本《墨西哥征服史》。

《破碎的矛：阿兹特克人对墨西哥征服的叙事》(*The Broken Spears: The Aztec Account of the Conquest of Mexico*)，米格尔·莱昂·波蒂拉(著)。波蒂拉的这本书帮助我们从阿兹特克人的视角审视了那段征服史以及那些让人摸不着头绪的历史事件。

《有关阿兹特克人的简短介绍》(*The Aztecs: A Very Short Introduction*)，大卫·卡拉斯科(著)。如果非要指出这本书的不足，我认为这本“简短介绍”本可以稍微再简短一点。

《内部线路：墨西哥城编年史》(*The Interior Circuit: A Mexico City Chronicle*)，弗朗西斯科·戈德(著)。这是一本关于墨西哥城精彩而又略带悲伤的叙事，弗朗西斯科以自己的视角叙述了他在墨西哥的生活，探索以及悲喜。

《矛盾的征服：1517—1570年间在尤卡坦的玛雅人和西班牙人》(*Ambivalent Conquests! Maya and S Paniard in Yacatan*1517—1570)，英加·克伦丁(著)。这本书叙述了16世纪发生在尤卡坦的种种，虽然细节庞杂，但克伦丁的叙事方式十分清晰，也易于理解。

《迭戈·德·兰达征服前后的尤卡坦》(*Yucatan Before and Afer the Conquest*)，威廉·盖茨(编辑，翻译)。关于兰达仍然有不少未解之谜值得人们去探究，我之前提到过，他焚烧了大量玛雅人的书籍。从盖茨的这本书中你能够比较全面地了解有关兰达的种种。

《中美洲、恰帕斯和尤卡坦的旅途见闻》(*Incidents of Travels in Central America, Chiapas, and Yucatan*)、《尤卡坦旅途见闻》(*Incidents of Travel in Yucatan*), 约翰·斯蒂芬斯(文字记录), 弗雷德里克·凯瑟伍德(版画绘制)。对于斯蒂芬斯和凯瑟伍德的记述我想我的态度已经在之前的章节中有所表示了, 假设我和他们生活在同一时代, 我真心希望能和他们二人成为朋友。

《玛雅晚期宫廷的奇观: 对波南帕克壁画之洞见》(*The Spectacle of the Late Maya Court: Reflections on the Murals of Bonampak*), 玛丽·米勒(著), 克劳·迪亚·布列滕汉姆(著)。米勒和布列滕汉姆算是研究波南帕克壁画的专家了, 他们对于这种玛雅文明的艺术表现形式进行了富有洞见以及充满热忱的研究。不过二人的重点更多的是在于探究波南帕克壁画的审美价值, 并非记述他们曾经访问过的玛雅文明旧址的种种见闻。

《波波尔·乌》(*Popul Vah*), 这本书是由一位玛雅人写成的, 然而至今我们并不能确定这位玛雅人的姓名。我读的版本是丹尼斯·泰德洛克的英文翻译版, 其记述了有关玛雅人的各种奇闻逸事。

《阿兹特克的宝库》(*The Aztec Treasure: New and Selected*

*Essays*），埃文·康奈尔（著）。埃文·康奈尔是一位美国作家，在该书中，他对于失落的中美洲文明做了评述和反思。

《要求民主：1870—1950年在哥斯达黎加和危地马拉的改革和反应》（*Demanding Democracy: Reform and Reaction in Costa Rica and Guate mala* 1870—1950），德博拉·雅沙（著）。感谢玛丽卡向我推荐这本书。

《1953—1956年：白宫岁月》（*Mandate for Change* 1953—1956 *:The Whits House Yuars*），德怀特·艾森豪威尔（著）。在看过这本书后，你会对危地马拉当年的政变有更多了解。同时我想你也会意识到，白宫里的外交政策制定者在当年是如何以各种不入流的手段对中美洲国家发号施令，并将其玩弄于股掌之间的。

《萨尔瓦多》（*Salvador*），琼·迪迪翁（著）。迪迪翁是个很酷的作家，能把让人恐惧的事情以很酷的口吻讲述出来。

《哥伦布阴谋：关于哥伦布的历史调查》（*The Columbus Conspiracy: AnInrestigatim Into the Secret History of Christopher Colum bus*），迈克尔·布拉德利（著）。这是迈亚在萨尔瓦多的海滩上推荐给我的一本书。布拉德利将哥伦布的探险和“纯洁异端派”、圣杯、神秘的非洲水手、宝藏坑以及罗斯福新政联系在一起。

《哥伦布和耶路撒冷愿景：一次被宗教驱使的航海探险》

(*Columpus and the Quest for Jerusalem: How keligion Drore the Voyages That Led to America*), 卡罗尔·德莱尼(著)。德莱尼在书中指出，哥伦布是一个真正的宗教狂热者，他到美洲的航海更多的是受到宗教因素驱使——即航海的最终目的是寻觅如耶路撒冷一般的圣城景象，黄金和冒险主义精神并不是最主要的驱动力。

《帝国的商业：联合果业，种族，以及美国向中美洲的扩张》(*The Business of Empire: United Fruit, Race and U.S.Expansion*)， 杰森·科尔比(著)。科尔比的这本书几乎满足了我在阅读之前对其全部的期待。

《蚊子帝国：1620 年到 1914 年间大加勒比地区的生态与战争》(*Mosquito Empires Ecology and nar in the Greater Caribbean 1620—1914*)，J.R.麦克尼尔(著)。我个人认为若非特别感兴趣，你大可不必读完此书，读一下本书序言的第一段基本就够了。麦克尼尔是生活在塞尔维亚的一名青年研究员，他并不富裕，时常感到悲伤以及孤独，他在书中说在塞尔维亚的日子唯一值得庆幸的事情是当年没有被成千上万的蚊子吃掉。

《甜与权力：糖在近代历史上的地位》(*Sneetness and Power: The Place of Sugar in Modern History*)，西敏司(著)。我的朋友詹姆斯·麦克休教授告诉我，这本书绝对是相关领域的经典之作。

《不可避免的变革：美利坚合众国在中美洲》(*Ineritoble*

*Rerolutions: The United States in Central America*)，沃尔特·拉费伯（著）。这是一本讲述了美国人是如何在中美洲制造麻烦的书。拉费伯认为美国人在当年的中美洲面临着进退两难的状况——要么放弃收拾残局，要么去收拾残局然后把局面搞得更糟。

《尼加拉瓜战争》(*The War in Nicaragua*)，威廉·沃克（著）。在读过威廉·沃克的这本书后，我比原先更喜欢他了。通过阅读这本书，相信你大约能体味到为什么沃克能够在因入侵墨西哥而受到的审判中成功获释，他在当时确实为自己进行了成功的辩护。

《沃克：第一个入侵尼加拉瓜的美国人的真实故事》(*Walker: The Story of the First Americon Invasion of Nicaragua*)，鲁迪·沃利泽（著）。这本书基本上就是将和沃克有关的各种材料整合在一起的一本史料合辑，尽管在我看来其整合的方式有点奇怪。

《大亨的战争：科尼利厄斯·范德的"入侵"》(*Trcoon's War: How Cornelius Ianderbilt Invadecl a Country to Orer throw America's Micitany Adrenturer*)，斯蒂芬·丹多·柯林斯（著）。这本书十分精彩，柯林斯的叙事节奏很快，有时他的口吻会显得有些过于激动。

《海洋之间的道路：1870—1914年间巴拿马运河开凿纪录》(*The Path Between the Seas: the Creation of the Panama Canal*

1870—1914)，大卫·麦卡洛（著）。麦卡洛绝对是位优秀的作家，我敢这么说，这本书几乎没有哪一页是不精彩的。说老实话，这本书给予我的帮助是极其巨大的，我从中确实获取了不少有关巴拿马运河的历史资料。

《穿越达连地堑》(*Corossing the Darien Gap*)，安德鲁·尼尔·伊根（著）。安德鲁·尼尔·伊根绝对是个勇敢且冷静的冒险家。当然，我对他的盛赞绝不是因为他在亚马孙网站的书评部分为我的上一本书打了五星好评。

《黑旗之下：海盗与大航海时代》(*Undr the Black Flag: The Romonce and the Reality of Life Among tre Dirates*)，戴维·科丁利（著）。科丁利的这本书和我的这本游记主题没什么交叉地带，不过这并不妨碍我对它的喜爱。

《蓝水帝国：摩根船长的海盗大军，史诗般的美洲之战以及终结亡命之徒统治的大灾难》(*Empire of Blue Water: Captain Morgan's Great Pirace Army, the Epice Bottle for the Americas, and the Catastrophe that Endel the Outlans Bloodny Reign*)，斯蒂芬·塔蒂（著）。在有关摩根船长的那些书中，这本书在我看来是最可读的。

《血与银：加勒比海和中美洲海盗史》，克里斯·莱恩（著）。作为一本写海盗的书，在我看来莱恩的行文有些生硬，不过说不定这就是他要追求的文字效果。

《十七世纪加勒比海上的英国“漫游者”》（*Soolomy and the Pirate Tradition: English Sea Rorers in the Serentecnth Century Caribbean*），B.R. 伯格（著）。说真的，我不知道这家伙在书中是在说真的还是在开玩笑。

《在卡塔赫纳的性、种族和荣誉》（*Violent Deliqht, Violent Ends: Sex, Race and Honor in Colonial Cartagena cle Indias*），尼科尔·冯·热尔梅滕（著）。这本书对我的写作并没有带来太多启发，不过它其中包含的那些历史故事还是很精彩的。

《杀死帕布罗：追捕亡命之徒》（*Killing Pablo: The Hunt for the Mord's Greatest Outlow*），马克·鲍登（著）。鲍登的这本书很好地帮我厘清了哥伦比亚的历史。

《一条河：在亚马孙热带雨林的探索和发现》（*OneRirer: Explorations and in the AmazonRain Forest*），韦德·戴维斯（著）。戴维斯在我眼中是世界上最疯狂的人类植物学家及记者，这本书中记录了大量他在亚马孙的惊人见闻。

《精神分子：一名医生对致幻剂的科学研究》（*DMT: The Spirit Molecule: A Doctor's Rerolution any Research*），里克·斯特拉斯

曼（著）。斯特拉斯曼在书中谈到了不少在进行科学研究时遇到的困难。

《印加帝国的末日》（*The Last Days of the Incas*），金·麦夸里（著）。麦夸里的书可读性极强，其对于历史的叙述读来让人兴奋。

《新纪元和新政府》（*The First New Chronicle and Good Government*），费利佩·瓜曼·波马·德阿亚拉（著）。这本由德阿亚拉写成的有关印加文明的书中，图片要比文字来得精彩。如果你对这些图片感兴趣，可以访问丹麦皇家图书馆的在线网站。我个人有的版本是大卫·弗莱的译本。

《印加叙事》（*Narrative of the Incal*），胡安·德·贝坦索斯（著），罗兰·汉密尔顿和达娜·布坎南（译）。

《印加历史》（*History of the Incal*），佩德罗·萨米恩托·德·甘博亚（著）。甘博亚在写书时似乎并没有打算美化印加文明的意思，不过这并不影响这本书的精彩度。

《加拉帕戈斯的野生动物》（*Wiollife of the Galápagos*），朱利安·菲特、丹尼尔·菲特（著）。优秀的生物科学科普读物。

《贝格尔号航行日记》（*The voyage of the Beagle*），查尔斯·达尔文（著）。一个英国人在一次航海中邂逅并爱上了地球另一片大陆上的动物——用一句话概括《贝格尔号航行日记》，大概就是如此了。

《燕雀之喙：关于进化的故事》（*The Beak of the Finch: A Story of Evolution in Our Time*），乔纳森·韦纳（著）。如果你想知道和自己的妻子在孤岛上居住 20 年是什么体验的话，这本书绝对是个好选择。

《长途跋涉的粉末：关于友谊，古柯叶以及南美最古怪的监狱》（*Marching Powolers: A True Story of Friend ship, Cocaine, and South America's Strangest Jail*），瑞斯迪·杨、托马斯·麦克法登（著）。精彩有趣的一本书，我个人强力推荐。

《西蒙·玻利瓦尔及其主将回忆录》（*Memoirs of Simon Bolivar and of His Principal Generals*），亨利·路易斯（著）。尽管这本书的作者并不吝啬将其所了解的一切和读者们分享，可我并不十分确定书中所描述的种种是否全部属实。

《西蒙·玻利瓦尔相关论文集》（*Simon Bolirar: Essays on the Life and Legacy of the Liberator*），大卫·布什内尔和莱斯特·兰利（编辑）。这本书的受众更偏向于研究人员而非大众读者，不过其中收录的论文质量都非常高，有着严谨的逻辑和论证。

《摩托日记》（*The Motorcycle Diaries: Notes on a Latin American*

*Vourney*），埃内斯托·切·格瓦拉（著）。其中最有趣的是切·格瓦拉描述其在旅途中拉肚子的经历。对了，我读的版本是由海洋出版社和切·格瓦拉研究中心共同出版的翻译版。

《切·格瓦拉：革命的一生》（*Che Guerara: A Rerolutionary Life*），乔恩·李·安德森（著）。乔恩·李·安德森对于南美和中美洲的了解超过我太多太多，他的这本《切·格瓦拉：革命的一生》是这位著名记者最出色的代表作。

《玻利维亚日记》（*The Bolirian Diany of Ernesto Che Guerara*），埃内斯托·切·格瓦拉（著），玛丽·爱丽丝·沃特斯（编辑）。在读过这本书后，我认为与其说切·格瓦拉热衷的是将人们从贫困中拯救出来，倒不如说他热衷的其实是革命本身。也是因此，从某种程度上来说，格瓦拉在成就自己的理想之路上变得令人畏惧。不过这并不妨碍全世界大量的青年男女在当年将其视为精神偶像。

《巴塔哥尼亚高原上》（*In Patagonia*），布鲁斯·查特文（著）。就像我之前所说的，查特文对于巴塔哥尼亚的描写比我精彩得多。

《布鲁斯·查特文》（*Bruce Chatwin*），尼古拉斯·莎士比亚（著）。这本关于查特文的传记几乎和《巴塔哥尼亚高原上》本身一样精彩。

除去以上这些书籍，我的资料来源还包括一些网站、报纸和小册子。我的初衷当然是尽量不要出现任何错误，不过若是真有什么错误的话，欢迎大家指正。

# 想感谢的人

那些和这次旅途有关的人们。

如果你是个什么都搞不定的笨蛋，在完成穿越 11 个国家的旅行途中你势必要向无数人寻求帮助才有可能渡过种种难关。在接受了别人的帮助后，但凡你还是个体面的人，那么顶好去感谢每一个曾经在旅途中帮助过你的人。我就是那种近乎什么都搞不定的“笨蛋”，而我也曾经试图向每一位对我此次美洲之行提供帮助的人表示谢意，不过我想这其中有一些人是需要我在这儿特别记录下他们的名字，以示再次感谢。

克罗齐摩托车公司的马可。对于马可本人和他经营的生意我一直抱有极大的尊重和钦佩。马克的耐心和慷慨给我留下了深刻的印象。他有着温和的性子，遇事却又表现得冷静镇定，我想没有哪个旅行者会不喜欢他这样的导游。如果你们谁有一天造访圣克里斯托瓦尔，来找马克做向导绝对没错。

在帕伦克的玛雅贝尔旅社遇到的那些住客们。我和同住在这间旅社的游客相处融洽，我非常享受住在这儿的那一小段时光。

那些不厌其烦地回答我对墨西哥种种疑问的记者和美术设计师们。谢谢你们对我的帮助。

危地马拉的帕梅拉。有关你的故事我擅自做主进行了修改才放到这本书里，我想这样可以避免有些人会因此认出那是你，可我又保留了故事的内核，因为我希望更多人看到你身上那些令人喜爱和钦羡的品质。

在海龟岛度假村遇到的迈亚和他的伙伴们。感谢你们和我聊冲浪。

海龟岛度假村的主人。当你说你觉得电视剧不过是为了迎合大众口味的没什么营养的东西时，我真是气疯了。可我还是要说，待在你经营的度假村是件令人享受的事情，它真的是个非常独特的好地方。

感谢布伦特·弗雷斯特，感谢你和我分享了那么多关于这些国家的经验以及你对每一个国家的想法以及喜好。

巴拿马运河的渔船上的里奇船长，我只能说你太棒了。

杰奎琳船上的船长。说真的以上两位船长都是经验极为丰富的令人钦佩的存在。

五人组的孩子们。你们是最优秀的青年，请一直这样优秀下去。我要特别感谢维罗尼卡和我分享当年被绑架的故事，当然还要感谢你耐心回答我各种琐碎的问题。

蒂尔伯格的莉娜，你真是个好人。

在波帕扬遇到的孩子们。感谢你们和我一起喝酒并且邀请我去那场生日宴会。还有，请你们一定要读读看这本书里我对你们之于“9·11”事件看法的反驳。

米克和玛迪。

在伊基托斯的卡萨·菲茨卡拉尔多宅子里遇到的沃尔特·萨克瑟，感谢你讲给我听那么多精彩的故事，只可惜篇幅所限，我不能把它们一一收录到这本书中。

艾米·斯摩佐斯和艾伦·唐，感谢，千千万万遍。

圣佩德罗遇到的胡安。胡安并不是这位朋友的真名。

法布里齐奥和伊莎多拉。和你们度过的那一日开心极了，我会一辈子记得那一天。谢谢你们。

在纳塔莱斯港遇到的那群智利朋友们，感谢你们在我束手无策的时候对我表现出的好意和热情。

还有在蓬塔阿雷纳斯洛米特餐厅遇到的那位许诺日后为我提供向导的先生。